KB146921

사막

SABAKU by Kotaro Isaka

Copyright © 2010 by Kotaro Isaka
All rights reserved.
Originally published in Japan by Jitsugyo no Nihon Sha, Ltd.
Korean hard-cover translation rights in Korea
reserved by Hyundae Munhak Publishing Co., Ltd.
under the license granted by Kotaro Isaka
arranged through Cork, Inc. and SHINWON AGENCY CO.

이 책의 한국어판 저작권은 신원에이전시를 통한
저작권자와의 독점계약으로 (주)현대문학에 있습니다. 저작권법에 의해
한국 내에서 보호를 받는 저작물이므로 무단 전재와 무단 복제를 금합니다.

# 사막

이사카 고타로 장편소설
오유리 옮김

현대문학

**일러두기**
1. 이 책은 2010년 발행된 『사막』 문고본을 우리말로 옮긴 것이다.
2. 본문의 주는 모두 옮긴이 주이다.

# 차례

나는 이미 사막에 대해 많은 것을 이야기했다.
하여 지금은 그보다 오아시스에 대해 이야기하려 한다.

—앙투안 드 생텍쥐페리, 『인간의 대지』

제1장

봄

1

4월, 대학 생활이 시작되었다. 무슨 거창한 서두가 있는 것도, '여기서부터 대학생'이라는 명확한 선이 그어져 있는 것도 아니지만, 아무튼 대학생으로서의 첫해가 시작됐다.

나는 술집 입구에서 맨 안쪽, 벽에 등을 기대고 앉아 주위를 둘러보았다. 천장 부근에는 담배 연기로 생긴 뿌연 구름이 떠 있고, 다다미 바닥에는 누가 엎지른 건지 아니면 오랜 세월 배어든 건지 끊임없이 맥주 냄새가 났다. 술병을 들고 이리 기웃 저리 기웃 하는 놈에, 목이 쉬도록 떠들어 대는 놈에, 상대가 무슨 말을 하든 연신 고개를 끄덕이며 맞장구를 치는 놈들을 보며 '퍽도 애쓰네.' 하고 나는 한 발짝 떨어진 자리에서 냉랭하게 시선을 던졌다. 옆자리에 누가 털퍼덕 와 앉아서 돌아보니 헤어스타일이 먼저 눈길을 끈다. 머리를 전체적으로 뒤로 넘겼는데, 정수리 부분만 위로 뻗치게 세웠다. 볏을 세운 성난 수탉 같았다.

"난, 도리이鳥井라고 해."

"어? 야마세미*?" 내 입에서 얼떨결에 그런 말이 튀어나왔다.

"그게, 뭐야?" 그가 크하하 요란하게 웃었다.

"그 머리 모양, 야마세미 같아서 그만……. 삐죽삐죽 선 머리카락이 꼭 야마세미 같다고."

"그거, 매미** 말하는 거냐?"

"아니, 새야."

"새 이름이, 야마세미라……."

키는 나보다 조금 더 크지만 덩치는 비슷했다. 양반 다리를 하고 앉으니 홀쭉한 몸에 긴 다리가 더 눈에 띄었다. 내가 '기타무라'라고 이름을 대자 그는 술이 올라 자기소개고 뭐고 그럴 정신이 없다면서 간사를 쳐다보았다.

테이블 앞쪽으로 남자들이 몰려 앉아 와자지껄 떠들고 있었는데, 그 가운데 머리를 길게 기른 사람이 간사란다. 알록달록 화려한 안경을 낀, 이름부터가 '간지'인 그는 갖은 폼을 다 잡고 담배를 피우며 신 나게 주절대고 있었다. 만주사변을 획책한 '이시하라 간지'와 동명이인인데, 그는 비전은 고사하고 결단력도 없

+ 물총새. '새'를 의미하는 '도리'에서 물총새를 연상한 것이다.
++ 매미의 일본어 발음은 '세미'이다.

어 보였다. 그저 분위기에 들떠 흥청대기 바빴다. 그는 분위기가 무르익으면 자기소개를 할 거라고 떠벌리더니만, 여자들 앞에서 혼자 흥에 겨워 그럴 정신이 없어 보였다.

"근데 너는 왜 그렇게 따분한 얼굴로 앉아 있냐?"

"글쎄, 별로 그렇진 않은데?"

"거짓말." 도리이가 잘라 말했다. "퍽도 열심들이네, 한심하게…… 뭐 이런 생각 했지?"

나는 도리이의 얼굴을 말똥말똥 쳐다보았다.

"왜, 바로 맞혔어?" 도리이는 씨익 웃었다. "학생은 말야, 근시안형近視眼型과 조감형鳥瞰型으로 분류할 수 있지."

남들을 그렇게 분류할 정도로 네가 대단한 놈이냐, 고 말하고 싶었지만 속으로 삼켰다.

"근시안 타입은 당장 눈앞의 일밖에 보지 못해. 근시니까. 먼 장래의 일은 생각하지 않아. 조감형은 '조감도' 할 때 그 조감을 말하는 거야. 부감俯瞰, 즉 내려다본달까? 위에서 전체를 조망한달까? 쉽게 말해서 전체를 관망하는 거야. 기타무라는 보나 마나 조감형인 것 같은데?"

"보나 마나라니."

센다이 번화가에 있는 술집 2층. 건물 외벽에는 화려한 네온사인이 빛을 발하고 있다. 법학부 동기생 약 80명 정도가 한데 모여 신입생 환영회를 갖는 자리다. 우리가 다닐 국립대학에서는 대부분의 수업이 강당에서 대규모로 이루어지기 때문에 과라는 단위가 별 의미는 없지만, 그래도 사람들은 '같은 시기, 같은 학교, 같은 과에 다니게 된 것도 다 인연'이라고 생각하는 모양이다. 4월 첫째 주, 아직 수업도 본격적으로 시작되기 전이고, 낯선 분위기에 사람들 얼굴이라도 익혀 둬야겠다고 생각했는지 거의 전원이 참석했다.

도리이는 요코하마에서 왔단다. 나는 별 관심 없이 "어어 그래?" 하고 말았다. 그랬더니 도리이가 득달같이 지적했다. "너 관심 없구나. 보통은 요코하마 어디서 왔느냐든가, 요코하마의 차이나타운 꽤 괜찮더라, 뭐 그렇게들 말하던데."

"차이나타운 꽤 괜찮더라."

도리이는 이번에도 크하하 하고 웃었다. "너는?"

"나는 이와테, 모리오카."

"아하, 나 고이와이 농장에 가 본 적 있어. 초등학교 때."

"어땠어?"

"소나 양 뭐 그런 게 있던데." 하면서 작은 접시 위에 놓인 로스트 비프를 집는다.

"그거야 안 가 봐도 아는 거 아냐?"

"기타무라, 너 재밌는 애구나." 도리이는 내 어깨를 툭 치고는 일어났다. "자, 이제 출동해 볼까. 여자애들과 끈끈하게 지내지 않고서야 어디 대학생이라 할 수 있겠냐."

그의 말발을 따라갈 재간이 없어 나는 "어, 그래, 요코하마 어디?" 하고 화제를 돌려 보았지만 대답은 없었다.

## 2

도리이는 약간 떨어진 곳에 앉아 있는 두 여학생 앞에 앉았다. 찾아가 앉는 폼이 꼭 "어이구 오래 기다리게 해서 미안허이, 이제야 왔네." 하는 것처럼 너무도 자연스러웠다.

테이블 위의 요리들은 별로 줄지 않았다. 점원이 칠리새우 큰 접시를 가져왔다. 점원은 손님들이 좋아하나 어쩌나보다는, 빈틈 없는 테이블 위에 어떻게 하면 이 큰 접시를 들이밀어 놓나 고민하는 표정이었다. 일단 '술은 20세 이상에게만 제공한다.'고 말은 했지만, 다들 거리낌 없이 부어라 마셔라 했다.

앞에 앉은 갈색 머리 여자가 먼저 말했다. "나는 간사이에서 왔어." 그 말투가 마치 우주인이 "우리는 우주에서 왔어." 하는 것 같아 속으로 웃음이 나왔다. 화장을 그렇게 해서 그런지, 눈과 눈썹이 또렷했고 빨간 입술이 도드라졌다. 반면 그 옆에 앉은 여자는 삼단 같은 머리를 어깨까지 늘어뜨리고 얼굴에는 화장기 하나 없었다.

"도쿄 네리마 구에 사는, 미나미라고 해." 삼단 같은 머리를 한 여자애가 이름을 밝혔다.

"우리도 조금 아까 알게 됐어." 간사이 억양을 쓰는 여자가 말했다. "근데, 얘는 너무 말이 없어서 무지 애먹고 있는 중이야."

미나미는 거의 입을 떼지 않았다. 그렇다고 퉁명스러운 느낌은 아닌 것이, 맥주잔을 뜨거운 찻잔 받아 들듯 양손으로 받치고 생글생글 웃고 있었다. 그 덕분인지 한밤 번화가의 빌딩 속임에도 그 애의 주위는 따뜻한 봄 햇살 아래 있는 것 같았다.

내 옆에 있던 도리이가 "잠깐!" 하고 소리를 지른 것은 바로 그때였다. "미나미라면, 그때 그 미나미?" 다짜고짜 손가락으로 가리킨다. "기억 안 나? 중3 때." 그러면서 도쿄에 있는 공립중학교 이름을 댔다. "2반! 3학년 2반."

이젠 아주 따지고 드는 분위기다. 뜬금없이 무슨 말인가 하고 있는데, 당사자인 미나미는 활짝 웃으며 대답했다. "그래, 어쩐지. 너 맞구나."

"뭐야, 알고 있었어? 기타무라, 여기 앉은 미나미랑 나 중학교 때 같은 반이었어. 자동차 집 미나미."

"우리 아빠가 자동차 딜러였던 것도 기억하네." 미나미의 두 뺨이 발그스레해졌다.

"기억하지, 하고말고. 나야 고등학교 때 요코하마로 이사 갔지만 말이야. 이거 정말 기막힌 우연 아냐?"

당사자도 아니고, 그간의 사정도 모르는 나로서는 기막힌 우연이 아니냐는 말에 덮어놓고 맞장구칠 수가 없었지만, 분위기상 고개를 끄덕였다. "살다 보니 이런 일도 다 있구나." 하면서.

"강의실에서 봤을 때 혹시나 했는데." 미나미는 쑥스러워하는 것 같았다. "그러다가 설마, 아니겠지, 했었어."

"미나미, 너 아직도 그거 할 수 있냐? 우와!" 도리이가 물었다.

"아아, 응."

"구부리기도 하고, 움직이기도 하고?"

무슨 말인지 나로서는 알 길이 없었다. 그래서 물으려는 찰나 간사이녀가 끼어들었다. "저기 봐, 저쪽에 도도, 큰일 난 거 같네."

그녀가 눈짓을 한 방향으로 고개를 돌려보았다. 도도가 누굴 말하는지 바로 감이 왔다. 입구에서 가장 가까운 테이블에 긴 생머리에 날씬한 여자가 있었다. 눈이 크고 콧날이 오똑한 데다 턱 선이 날렵했다. 모델이나 여배우라고 해도, 말도 안 된다고 코웃음 치기보다는 "어쩐지." 하면서 고개를 끄덕이는 사람이 많을 것 같다. 도도의 주위에는 이미 남자들만 우글거렸다. 간사를 맡은 간지를 필두로 여섯 명이나 붙어 앉아 있다.

"인기 좋네."

"참 예쁘네." 미나미가 짐짓 놀란 듯 말했다.

"근데 어딘가 좀……." 내가 말했다. "따분해하는 것 같은데."

도도는 테이블 위 맥주와 칵테일 잔을 앞에 둔 채 꼿꼿하고 '무표정'하게 앉아 있었다.

눈길 한 번 받아 보려고 시답잖은 수작을 거는 남자들에게 단 한 마디도 솔깃해하는 분위기가 아니었다.

"미인이 악마의 속삭임을 견뎌 내고 있군." 도리이도 나와 같은 감상을 피력했다. "저쯤 되면 거의 귀 없는 호이치 수준이라고 봐야지."*

"도리이 너는 안 가 봐?" 미나미가 물었다. "너 중학교 때부터 예쁜 애 좋아했잖아."

"어떻게 그런 걸 다." 도리이는 놀라는 시늉을 하다가 곧바로 응수했다. "난 관둘래, 괜히 나도 저치들이랑 한패로 보일 텐데 뭐. 다른 기회를 노려야지. 호이치가 방심한 틈을 노리겠어."

"기타무라, 배 안 고파?" 간사이녀가 싹싹하게 권해 나는 적당한 요리가 있나 둘러보았다. 마침 근처에 연두부 요리가 있기에 맛을 보려고 스푼을 찾았다.

"아, 여기." 곧바로 미나미가 만지작거리고 있던 스푼 하나를 건넸다. "이거 사용 안 한 거야."

스푼을 받아 들고 두부를 떠먹으려다가 조금 이상하다 싶어 가까이 들고 바라보았다.

"왜 그래?" 도리이가 물었다.

스푼의 머리 부분을 손가락으로 짚고 보여 주었다. 확실히 스푼의 손잡이 부분이 휘어져 있었다. 테이블 위의 다른 스푼들은 다 곧고 반듯했는데.

"아 참, 내가 또 깜빡했네." 미나미가 불쑥 한마디 했다.

"왜, 뭐가 어떻게 됐는데?" 간사이녀가 얼굴을 들이민다.

도리이는 스푼을 보더니 "아하!" 하면서 미나미에게 시선을 돌렸다. "너 아직도 건재하구나!"

뭐가 건재해? 내가 스푼을 만지며 묻는 것과 거의 동시에 식

✤ 고이즈미 야쿠모가 지은 괴담소설로, 1904년에 출판되었다. 유령에게 귀를 잃은 맹인의 이야기이다.

당 미닫이문이 활짝 열렸다.

주위의 소음이 뚝 그치고 모든 시선이 문 쪽으로 쏠렸다. 늦게 도착한 남학생 하나가 문을 열어젖히고 들어왔다. 얼굴은 보름달 형에 불룩하게 튀어나온 배가 허리띠 위로 늘어져 있었다. 머리는 짧게 치고 검은 뿔테 안경을 썼다. 눈썹은 나름 강직해 보였으나, 쉽게 말해서 만화에 나오는 곰 아니면 돼지, 그런 분위기였다. 만화 캐릭터와 다른 점이라면, 뭐는 영장류고, 뭐는 포유류네 하는 게 아니라, 간단히 말해서 그는 귀엽지 않다는 점이었다.

"아, 아." 남자는 들어오자마자 문간에 있는 가라오케 기계 옆에 서서 마이크를 잡았다. 높은 음역에 반향하는, 날카로운 소리가 울려 모두들 귀를 틀어막았다. "늦어서 죄송합니다. 제 소개를 하겠습니다. 저는 니시지마입니다. 니. 시. 지. 마. 요!"

야, 거기! 아직 자기소개할 시간 아니야! 누군가가 입을 열었다. 하지만 니시지마에게는 접수되지 않은 모양이다. 혼자 착각했군. 나는 이번에도 한 발짝 떨어진 입장에서 바라보았다. "며칠 전 지바 현에서 왔습니다만 오늘 지각한 것은 바로 옆 건물 '하우스'에서 마작을 하다가 도무지 발을 빼려야 뺄 수가 없어서 그런 겁니다."

뭐야, 저거! 여기저기서 야유가 쏟아졌다.

나도 속으로 뭐야, 저거! 하고 삐죽거렸다.

"여러분, 들어 보십쇼." 니시지마는 거기서 말투를 싹 바꾸었다. 청중에게 호소하는, 열띤 목소리였다. "제가요, 평화를 구축하려는데 말이죠. 모두가 방해를 하는 겁니다." 좀 들어 보십쇼, 하는 말투는 공손한데 위압감이 느껴졌다. 일단 입을 떼니 점점 속도가 붙는다. "마작을 모르는 분을 위해 한 말씀 드립니다만, 마작에는 '핀후*'라는 조합이 있습니다. '평화平和'라고 쓰고 핀후라고 읽는데, 저는요, 그 핀후를 열심히 쌓고 있었거든요. 평화를 기원하는 마음에서요. 그 점수도 몇 안 되는 것을 최선을 다해 쌓고 있는데 같이 하는 아저씨들이 자꾸 방해를 해서 나를 꼭 이겨 먹더라 그겁니다. 저는 이 세상을 평화롭게 하려는 것뿐인데. 거참 웃기지 않습니까?"

마이크를 통해 들려오는 말에 나는 어이가 없었다. 다른 사람들도 어안이 벙벙하긴 마찬가지였다.

"잠깐만요, 왜들 다 꿀 먹은 벙어리가 되어 있는 겁니까? 우리가 살고 있는 세상 여기저기서 전쟁이 일어나고 있는데, 우리들은 지금 뭘 하고 있는 겁니까? 저는 지금 평화에 대해 이야기하고 있는 겁니다. 그렇게 넋 놓고들 있으면 어쩌자는 겁니까?"

이 무렵부터 니시지마의 흥분은 차츰 고조되고 연설 내용은 횡설수설하기 시작했다. 적어도 지금 이 순간 센다이 유흥가에 있는 술집과 전쟁은 가장 동떨어진 화두였으니, 나는, 그가 왜, 저렇게 열을 내는지 알 수 없었다.

"지난주 뉴스 보셨습니까? 미국은 또다시 중동을 공격할 겁니

---

* 마작 족보의 하나, 1점. 이어지는 숫자 두 개 중 하나와 같은 것을 타인이 내면 성립한다.

다. 예전에 핵무기도 없는 이라크를 공격해 놓고 '내가 뭐 잘못했느냐?'며 오리발을 내밀던 나라 말입니다. 다시 말해서 전과前過 있는 불량 국가가 또 다른 나라에 선전포고를 했다는 겁니다. 그건 바로 석유 때문입니다. 자유국가가 남의 자유를 빼앗고 있는데, 그럼에도, 이 나라 젊은이들은 화를 내지 않습니다. 그건 왜 그런 겁니까. 초록은 동색이다 이겁니까? 그 나물에 그 밥이다 그겁니까?"

그즈음 되니 다른 학생들도 반응을 보이기 시작했다. 정중하지만 단정적으로 누군가를 꼬집어 경멸하는 그 말투에 사람들은 실소와 함께 불쾌감을 드러냈다. "무슨 말을 하는 거야!" 하고 앉아 있던 누군가가 먼저 포문을 열었다. 그 말을 계기로 여기저기서 원성이 터져 나왔다. "어디서 굴러 온 땅딸보야.""혼자 취했나?""집에나 가 봐!""머리가 어떻게 된 거 아냐?""뭐야, 찝찝해." "마이크를 꺼 버려!" 하는 와중에 "도대체 뭐 하는 놈이야?" 하면서 간사이녀도 인상을 썼지만, 나는 왠지 니시지마에게서 눈을 뗄 수 없었다.

"저기 말이죠, 안 믿을지 모르지만, 조 스트러머와 조이 라몬*은 둘 다 죽었습니다." 니시지마가 주먹 쥔 팔을 들어 올렸다.

누구야, 그게? 누군가가 소리쳤다.

누구야, 그게? 도리이도 키득댔다.

---

＊ 각각 록 밴드 '더 클래시'와 '라몬스'의 보컬리스트.

나는 그 뮤지션들을 알고 있었기 때문에 속으로, 그래서 그게 어쨌는데? 하고 생각했다.

"저기, 펑크로커인 두 사람이 없어졌으니, 이제 이 세상은 어찌 돌아갈까요. 바로 우리들이 들고 일어나야 한단 말입니다. 학생인 우리가요. 펑크록의 정신은, 바보인 학생들이 이어받아야만 한다고요."

그런 바보는 너 하나로 족해! 누군가의 외침을 시작으로 다시 야유가 쏟아졌다. 하나 니시지마는 아랑곳하지 않고 말했다. "들어 보십쇼, 우리들이 맘만 먹으면." 거기서, 한 템포 쉰다.

그 틈을 놓칠세라 간지가 그를 가로막았다. 누군가는 부러 더 큰 소리로 하품을 했다. 그러나 나는 평소답지 않게 그의 다음 이야기가 궁금해 채근했다. "맘만 먹으면?"

니시지마가 입을 떼며 또박또박 단언했다. "우리들이 마음만 먹으면, 사막에, 눈이 오게 할 수도 있다, 이겁니다."

3

"당신들, 계속 그렇게 냉담한 얼굴로 앉아 있습니다만." 니시지마의 연설은 끝나지 않았다. 하지만 그가 말을 하면 할수록 주위의 반응은 싸늘해져 갔다. "그런 식으로 주변과 거리를 두고, 나만 잘살면 된다, 대충 남들만큼만 살면, 그렇게 살면 좋겠습니까? 니체도 그러지 않았습니까? '죽기 살기로 싸우는 칼잡이에게서나 배만 부르면 좋아라 하는 돼지에게서나 똑같이 거리를 두고 있다면, 그것은 그저 범인凡人 외에 아무것도 아니다.'라고요."

옆자리의 도리이가 빙그레 웃는다. "니체가 그랬나?"

"글쎄." 나는 어깨를 한 번 들썩하고 말았다. 속으로는 그럴 수도 있지 싶었다.

간지가 더 이상은 못 들어 주겠는지 자리에서 일어났다. 자자, 그래 알았어, 알았다고. 이제 그만 마이크 좀 내려놔라. 쌀렁하거든? 간죽대며 니시지마에게 다가간다. 앉은 자리에선 피시식, 키득키득 여전히 차가운 웃음들이 퍼져 나갔다.

"나는 말입니다, 어쨌거나 무슨 말이 하고 싶으냐면 말입니다." 마이크를 뺏기게 생긴 니시지마가 사람들에게 팔을 부여잡히면서도 끝까지 말했다. "내가 하고 싶은 말은, 어째서, 그 하우스의 영감탱이들은 내 쌈짓돈을 그렇게 악착같이 빼앗아 갔느냐는 겁니다. 평화를 말입니다, 평화를 구축하고자 한 나의 돈을. 평화를 위한 핀후를 말입니다. 만간*, 하네만**을 들입다 해서, 뭐가 그리 재미있다는 겁니까."

"결국 하고 싶은 말이 저거였어?" 도리이가 웃음을 터뜨렸다.

나도 웃지 않을 수가 없었다. 미국이 어쨌네, 전쟁이 어쩌네, 거창하게 떠들더니만 결국은 마작에서 진 게 분하다는 하소연이

---

\* 마작 점수 내기, 5~7판을 땄을 때를 이른다.
\*\* 마작 점수 내기, 8~10판을 땄을 때를 이른다.

었다.

"도리이, 쟤는 무슨 타입이냐?"

"뭐가?"

"쟤는 근시안형이야, 조감형이야?"

"근시를 가진 새대가리라고나 할까?" 도리이는 그러면서 크하하 웃었다.

앞에 앉아 있는 미나미는 놀란 토끼 눈을 하고 있으면서도 여전히 따뜻한 미소를 띠고 있었다. 시선을 돌려 입구 근처를 보니 남학생들에게 둘러싸인 도도가 보였다. 그녀는 고개를 돌리고 "저는 말입니다." 하며 꽥꽥대는 니시지마를 꼿꼿이 바라보고 있었다.

무슨 일에나 한 발짝 떨어진 자리에서 바라보는 나는 나의 대학 생활이, 어쩌면 이들로 인해 극적인 것이 될지도 모르겠다는 예감인지 기대인지 모를 기운을, 어렴풋이 느꼈다.

아니 뭐 대단한 건 아니고.


4


눈 깜짝할 사이 5월이 되었다. 학창 시절 그거 잠깐이라고 한 친척들의 말은 사실인 것 같다. 봄이 시작되고, 여름이 오고, 가을이 지나면 겨울, 1년이 그렇게 후딱 간다더니.

출석해야 하는 강의와 꼭 출석하지 않아도 되는 강의, 엄한 교수님과 그렇지 않은 교수님, 도움이 되는 것과 시시한 것, 진실과 허구가 뒤섞인 정보가 자연스럽게 귀에 들어오고, 4월에는 길게 줄을 섰던 학교 앞 버스정류장도 지금은 꽤 한산해졌다.

나는 가능한 한 강의는 빼먹지 말자는 주의였기 때문에, 꼬박꼬박 출석해 1교시 강의실에 빈자리가 하나둘 늘어 가는 양상을 흥미롭게 지켜보았다.

흥미롭기로 따지자면 도도의 주변도 만만찮았다. 이건 뻔히 예상된 일이긴 하나, 도도는 1학년뿐만 아니라 같은 건물을 오가는 거의 모든 학생들의 관심을 받았다. 불과 한 달 사이에 그녀를 둘러싼 소문이, 주로 '도리이 통신'을 통해 전해 들은 것이지만, 속속 들려왔다.

대학생씩이나 된 만큼 나름 분별이 생겨서일까, "환영회 때 척 보고 필이 왔습니다. 분명 우리는 완벽한 커플이 될 겁니다. 저랑 사귀시죠." 하며 덮어놓고 덤비는 놈은 없었지만, 그래도 몇 놈 정도가 그녀를 꾀기는 했다. 극장이라든가, 놀이공원이라든가, 동물원이라든가, 약간 떨어진 일본삼경*으로 불리는 공원 등지로 말이다. 이런 놈들은 어이없게 거절당했다. "별로인데."라는 애매하기 짝이 없으면서도, 뭐라 반박할 수도 없는 말로. 그것을 두고, 도도한 미녀의 오만 방자한 행동으로 볼 것인지, 주제 파악 못 하고 무모하게 달려든 촌뜨기들의 비참한 최후로 볼 것인지

---

✢ 센다이의 마쓰시마, 교토의 아마노하시다테, 히로시마의 미야지마 세 곳을 일컬어 일본삼경이라고 한다.

는 사람에 따라 다르겠지만, 모든 걸 차치하고 '다른 자들은 상대 안 해 줘도 나만은 다를 것'이라 믿는 사람들이 많다는 현상만큼은 확인할 수 있었다.

그날 나는 2교시에 민사소송법 강의가 있었기 때문에 오전 9시 반에 학교에 도착했다. 주차장에 자전거를 세우고 있는데 뒤에서 누가 외쳤다. "기타무라, 발견!" 배낭을 들고 돌아보니 도리이였다. 푸른색 셔츠에 베이지색 면바지를 입고 있었다.

"머리는 여전히 야마세미구나."

"그거 매미 말하는 거였나?"

도리이는 이미 필요한 강의 외에는 출석하지 않겠다는 방침을 나름대로 정해 놓아 강의실에서는 좀처럼 볼 수 없었다. '필요한'이라는 건 인생에 꼭 필요한 강의를 말하는 거냐, 아니면 졸업에 꼭 필요한 강의를 말하는 거냐고 물었더니 도리이는 크하하 웃으며 즉답했다. "졸업에."

"강의도 안 들을 거면서 대학엔 뭐하러 들어왔냐?"

"그야, 당연히, 놀러지."

"너무 식상한 대답 아니냐?"

"나는 말이야, 졸업 후엔 슈퍼 샐러리맨이 될 생각이거든."

"슈퍼마켓에서 일하는 샐러리맨?"

"그게 아니고. 아니, 뭐 그럴 수도 있지만, 아무튼 우리 과에서 최고로 출세해서 월급도 많이 받고, 회사에서도 우두머리를 목표로 매진하는 그런 사원이 되고 싶다, 이 말이야. 접대 같은 것도 하고, 그래서 토요일 일요일도 없이, 가족들과 보내는 시간은 거의 없는, 그런 회사원 말이야. 생각해 봐, 슈퍼 샐러리맨이 되면 이렇게 놀 수가 없을 거 아니냐. 그러니 지금 이때뿐이야. 지금 이 대학 4년 동안은 앞으로 회사원이 되면 할 수 없는 일들을 할 거야."

"할 수 없는 일이라니, 예를 들면 어떤 거?"

"가능한 많은 여자들과 사귀기, 마작, 닥치는 대로 책 읽기."

"그거야, 회사원이 돼도 대충 가능하지."

"일반적인 회사원이라면 가능하지. 하지만 슈퍼 샐러리맨은 안돼."

"운동은 안 하나?"

"스포츠 따위에 땀 빼는 인간들은, 시간을 활용할 줄 모르는 부류라고 난 본다."

내게 친구를 사귀겠다는 의지와 노력이, 혹은 인간적인 매력이 부족한 탓인지 5월이 되어도 친구라곤 도리이밖에 없었다. 그 유일한 친구가 어느 날 한마디 했다.

"기타무라 너도 좀 가야겠다."

"어딜?"

"중국어와 확률 공부하러."

"마작?"

내 말에 도리이가 손가락을 튕겨 소리를 냈다. "잘 아네!"

"어제 니시지마도 똑같은 말을 하더라."

쉬는 시간에 강의실에 앉아 노트 정리를 하고 있는데 니시지마가 찾아와 다짜고짜 말했다. "기타무라, 합시다." 4월, 오리엔테이션 술자리에서의 강렬한 등장과 연설이 있은 후 나는 니시지마를 관심 있게 보고 있었지만, 그때까지 둘이서 이야기를 나눌 기회는 없었다. 그래서 나는 일단 니시지마가 내 이름을 알고 있다는 사실에 놀라고, 오래전부터 아는 사이인 양 너무도 자연스러운 그의 접근 방식에 흠칫했다.

"하다니, 뭘?"

"4자 회담. 확률과 중국어 연구요."

"뭐야, 그게?"

"마작." 니시지마는 오른 손가락 세 개를 세워 보였다. "지금, 세 명은 확보했는데, 나머지 한 명은 꼭 기타무라여야 합니다."


"니시지마가 주장하기를, 기타무라北村가 없으면 안 된대." 도리이가 강의동을 뒤로하고 서서 나를 똑바로 쳐다보았다. 건물 너머로 지는 석양의 붉은빛이 꼭 우리를 향해 불을 뿜는 것 같았다. 그 강렬한 빛 때문에 순간 그의 왼팔이 보이지 않았다.

"저기, 어제 내가 니시지마한테도 말했는데, 첫째, 나는 마작을 할 줄 몰라. 그리고 둘째, 나는 강의를 빼먹고 싶지도 않아."

"첫째, 마작은 내가 가르쳐 주면 돼."

"뭐?"

"둘째, 오늘 민사소송법은 휴강이야. 오후 강의들도 다 휴강이고. 학회가 겹쳤다나 봐."

"그렇게까지 왜 나를 끌어들이려고 하는 건데? 그리고 네가 나를 가르치겠다니, 너도 벌써 멤버에 낀 거냐?"

"나는 끼지 못했다."

"왜, 넌 마작도 할 줄 안다며."

"조건에 맞지 않아."

"조건?"

"그래."

머릿속에 무언가가 스쳐 지나갔다.

"그러니까, 마작은 분명 넷이서 하는 거지? 그리고 동서남북 순으로 돌아가는 거 아냐?"

"오, 회전이 빠른데?"

"설마, 내 이름에 '북北'이라는 한자가 들어 있어서 그런 건 아니겠지?"

"정답! 축하드립니다, 네." 도리이가 두 손을 치켜들고 나를 껴안으려 한다. 해서, 얼른 피했다.

도리이와 같이 내 자전거를 타고 그의 맨션으로 갔다. 마작은 전문 하우스에서 하는 거 아니냐고 물었다가, "초보자가 아는 척은."이라며 비웃음만 샀다. "처음엔 집에서 해도 충분해."

도리이가 사는 맨션 앞에 도착하자마자 외관을 보고 나는 입이 떡 벌어졌다. 내가 사는 아파트와는 디자인과 구조 면에서 너무 차이가 났다. "도리이, 너 부르주아냐?" 세련되고, 단단하고, 신축 건물로, 대충 훑어보니 7층짜리였다.

　"부모님이 그다지 궁하지 않으신 것뿐이야."

　"그런 게 부르주아라는 거야."

　집 안으로 들어가서 또 한 번 놀랄 수밖에 없었다. 방이 네 개, 그것도 모두 원목 바닥에, 화장실에는 비데까지 설치되어 있고, 에어컨도 있다. 이쯤 되면 더 이상 묻고 자시고 할 것도 없다.

　'도리이는 부르주아'라고 단정 지을 수밖에.

　"부모님이 돈을 어떻게 써야 할지 모르는 것뿐이라니까."

　어쨌거나 이 이야기는 이쯤에서 접기로 하고, 도리이는 내가 앉은 탁자 앞에 상자를 꺼내 놓더니 뚜껑을 열었다. 안에는 마작 패가 담겨 있었다.

　"3시에 니시지마와 애들이 올 테니까 그때까지 기본적인 규칙을 가르쳐 줄게."

　나는 시계를 찾아 이리저리 둘러보다가 벽시계를 하나 발견했다. 오전 10시다.

　"이건 뭐냐?" 나는 검은 점과 빨간 점이 찍힌, 희고 가느다란 봉을 집어 들었다. 상아로 만든 이쑤시개 같다.

　"점봉点棒. 트럼프에서는 칩을 사용하잖아. 그거랑 똑같은 거야." 그러고 나서 도리이는 이것이 천 점이고, 이것이 만 점, 하며 설명했다. "그럼 먼저 족보부터 익힐까?"

"족보라니?"

"이 정도라니······." 도리이가 실소했다. "이것도 모른단 말야?"

"그러길래 싫다고 했잖아."

"알았어. 가르쳐 줄게. 걱정 마. 마작의 기본은 말이야, 우선 머리 하나와 몸통 넷이야."

"머리? 몸통?"

"머리라는 건 같은 패의 조합을 말해. 예를 들면 이런 거지."

도리이는 상자에서 꺼낸 패를 들고 ▦▦ 나란히 놓았다.

"그다음엔 세 장이 한 세트인 몸통을 4세트 만드는 거야. 몸통의 패턴은." 하면서 이번엔 재빨리 패를 세 개 맞춰 ▦▦▦ 순서로 늘어놓았다. 이건 포커의 스트레이트와 비슷하네, 하고 나는 생각했다. 그다음 도리이가 만든 ▦▦▦▦ 세트는 약간 다르긴 하지만 포커의 트리플과 비슷하다고 생각했다. "그게 몸통이라고?"

"몸통 부분이 4세트. 머리와 가느다란 몸통이 있으니까 구불구불한 용 닮았지?"

듣고 보니 확실히 ▦▦ ▦▦▦ ▦▦▦▦ ▦▦▦ ▦▦▦ 패가 나란히 늘어선 모습이 왼쪽 끝이 머리고, 그 뒤로 몸통 네 마디를 갖는 뱀처럼 보이기도 했다.

"날 때 외치는 '론'이라는 것은 원래 용을 뜻하는 것 같아."

"아아." 용을 말하든 뱀을 말하든 나는 별 관심 없었지만.

"우선은, 네 장 마작부터 해 보면 쉬워. 처음에 네 장을 갖고 있다가 한 장을 가져와서 완성시키는 거지." 그러면서 도리이는 ▦▦▦▦▦ 패를 나열했다. "이런 식으로 해 나가는 거야. ▦▦▦▦▦ 이렇게도 되고. 그럼 네 장 마작으로 연습해 보자."

"마작에도 바둑처럼 필승법이라든가, 이론 같은 게 있냐?"

"없어, 없어." 도리이는 손을 내저으며 부정했다. "마작은 결국 자기 자신을 납득시키는 게임이야. 해명을 생각하는 게임이지."

"그건 또 무슨 말이야?"

"해 보면 알아."

바로 그때 피리 소리 비슷한 소리가 들렸다. 보니까 창가에 새 둥지가 매달려 있었다. "여긴 우리 집에 없는 것들투성이네."

"문조야. 귀엽지?" 도리이는 어느 틈에 새 둥지로 가서 손가락을 안으로 집어넣고 있었다. "얘 이름은 이소야."

"이소?" 남의 집에 얹혀산다는 뜻의 '이소로居候'에서 딴 이름인가 했다.

"마작 패 중에 '이소一素'라는 게 있는데 그 패에 새가 그려져 있거든. 거기서 딴 이름이야." 그러면서 도리이는 ▦ 패를 찾아 보여 주었다. 정말로 새 그림이 있었다. 공작이야, 뭐야?

"커피나 한잔하자." 도리이가 일어나 부엌으로 가다가 갑자기 뭐가 떠올랐는지 걸음을 멈추고 돌아보았다. "아 참, 근데 너, 여자랑 자 본 적 있냐?"

"뭔 소리야, 그건 또." 너무 노골적이고 뜬금없는 질문이 약간 거슬렸다.

"아직 동정?"

"동정이 뭔데?"

뚱하게 대답하자 도리이는 크하하 하고 한참을 웃었다.

"아이고, 그 딱지도 처음 떼야 되나?"


5


니시지마는 거의 두 시간이 넘도록 필사적으로 '평화(핀후)'를 구축하고 있다. 중간까지 쌓다가 무너지고, 완성 직전에 방해 공작으로 또 무너지고, 봉은 차츰 줄어드는데도 그는 자기 방식을 고수했다.

"거참, 어째서 평화를 달성하기는 이다지도 힘든 걸까?" 니시지마가 투덜댔다.

"다음에 한찬,[*] 끝인가?" 나는 나의 고문 자격으로 뒤에 앉아 있는 도리이를 돌아보았다. "그래. 남장南場 완료." 도리이가 대답했다. 마작은 넷이서 하는 게임으로 한찬이면 각각 두 바퀴씩 선을 한다, 라고 들었다. 첫 번째 돌 때는 동장東場이라 하고, 두 바퀴째가 남장南場이다. 남장이 다 돌면 한찬이 끝난다. 그렇게 배웠다. 대개는 거기서 점수를 확인하고 순위를 결정한단다.

"잠깐만, 기타무라 정말로 마작 이제 막 배워서 하는 거야?"

---

[*] 마작은 동장과 남장을 각 4국씩 전 8국을 하는데, 한찬은 동 1국부터 남 4국까지를 하나의 단위로 하는 것이다.

내 옆에 앉은 도도가 패를 세우면서 말했다. "오늘 아침에 배웠지."

이름에 '북北' 자가 들어 있다는 이유로 소집됐다는 걸 알았을 때, 나는 혹시나 도도東堂도 멤버가 되지 않을까 잠깐 생각하기는 했다.

"이름에 동서남북이 들어 있는 사람들이 같은 과에 다 모였다 이겁니다. 이거 뭔가 의미하는 바가 있는 거 같지 않습니까? 그냥 넘어갈 일이 아닙니다."

니시지마西島는 미나미南와 도도에게도 또 한참 궤변을 늘어놓았을 것이다. 그런 식으로 사람을 불러 모으는 것도 우습지만, 그 말을 듣고 줄레줄레 모여든 우리도 참 우리다.

도도는 내 오른편, 마작 용어로 말하자면 '시모차'＊에서 패를 잡고 있다. 인형처럼 피부가 반짝반짝한 도도가 말했다. "그런데 기타무라, 참 잘하네. 한 번도 지지 않고 판단도 빠르고 말이야. 많이 해 본 솜씨 같아."

"예전부터 뭘 배우든 요령은 빨리 익히는 편이야."

"한다면 하지만, 깊이 빠지지는 않는 타입?" 도도가 내 얼굴을 살폈다.

"맞아. 한다면 하는 재수 없는 타입."

"그런데 니시지마는 왜 그렇게 핀후에 집착하는 거니?" 미나미

＊ 자기 오른편에 앉은 사람.

34

가 니시지마를 보며 한마디 했다. 미나미는 똑바른 자세로 앉아 있어 혼자만 꼭 다도 수업을 받는 것 같았다. 오늘도 여전히 그녀는 빛 속에 있다.

니시지마는 손을 멈추고 특유의 연설조로 말했다. 나는 믿습니다. 이렇게 시시한 일에서도 말입니다. 과학적인 근거가 없더라도 간절히 원하면 통한다고 믿습니다.

"핀후 쌓기 말이야?" 내가 물었다. 도리이에게 들은 따끈한 지식에 따르면, '평화平和'라고 쓰고 '핀후'라고 읽는 그 조합은 가장 점수가 낮다. 도리이의 말에 따르면 "점수가 거의 붙지 않으니까 평화라고 하는 모양"이다.

마지막 선은 니시지마였다. 주사위를 쥐고는 있지만 좀처럼 흔들려고 하지 않았다. 그 대신 "저기, 나 지금 너무 우울합니다." 하며 입을 뗐다. "미국이 다시 중동의 산유국을 공격하지 않았습니까. 명목상으로는 테러리스트 척결이라는 등 세계 평화 수호라는 등 하지만, 그건 이권 취득을 위한 행위라고밖에는 해석할 수 없습니다. 그런데도 우리 일본의 젊은이들은 아무런 관심을 보이지 않고, 아니 완전히 강 건너 불구경하듯 방관하고 있습니다. 자기가 먹고사는 데는 지장 없다 이거겠죠. 나는 그런 사고방식이 납득되지 않습니다. 그러니 적어도 나만큼은 우리가 사는 이 세상 일을 숙고하며 평화를 구축하려는 겁니다. 이렇게 내가, 이런, 학생에게는 호화롭기 한량없는 이 고급 맨션에서."

"호화롭기 한량없어 송구하네." 도리이는 전혀 신경 쓰지 않는 투로 말했다.

"여기 이 방구석에서 핀후를 만들다 보면, 다시 말해서 남들이 코웃음 칠 만한 나의 평화 기원이 쌓이고 쌓이다 보면, 마침내 뜻이 통할 겁니다."

"통하는 게 아니라, 통하리라 믿는 거지 니시지마는……." 하고 내가 지적했다.

"그건 어려울걸." 도리이가 곧바로 대꾸했다. 그러고는 곧 트레이드마크인 크하하 하고 웃었다. "니시지마, 네가 아무리 핀후를 쌓는다고 해 봤자."

"아직 한 번도 완성 못 했지만." 도도가 끼어들었다.

"그러게 말이야." 도리이는 말을 이었다. "설사 몇백 번을 완성해 봤자, 미국의 대통령은 중동으로 군대를 보낼 거야. 유엔 결의가 어쩌고저쩌고하지만, 이번에도 미국의 의사대로 밀고 나갈 거라고. 두고 봐라. 농축 우라늄 병기가 중동을 목표로 날아가지. 까딱하다간, 아니, 까딱하지 않아도, 일본 자위대까지 출동할걸?"

"봐 봐, 이거야." 니시지마는 주사위를 쥔 채 동작을 멈췄다.

"어디, 뭐?"

"도리이, 조 스트러머가 한 말 잊었습니까?" 니시지마가 안경테를 만졌다.

"스트러머? 그게 누군데?"

"더 클래시라는 밴드의 멤버." 내가 대답했다.

"오, 기타무라는 더 클래시 음악을 들어요?" 니시지마가 동지를 만났다 싶었는지 눈동자를 반짝이기에, 나는 재빨리 손을 내저으며 들은 적은 있지만 별로 아는 것은 없다고 잡아뗐다.

"조 스트러머의, 그러니까 더 클래시 노래 가사 중에 이런 게 있는데." 니시지마가 손가락을 세워 가며 설명한다. 마치 그 손가락을 통해 하늘에 있는 조 스트러머와 교신이라도 하는 듯한 모습이었다. "당신들은 지배당하고 있는가, 아니면 명령하고 있는가. 당신들은 전진하고 있는가, 아니면 후퇴하고 있는가.' 이런 말이었던 것 같은데. 자, 이 질문에 우리는 전진하고 있다고 자신 있게 말할 수 있습니까?"

우리는 감동해서 그런 건 아니었으나, 모두 입을 다물고 있었다. 조금 있다가 모두의 의견을 대표하는 마음에서 내가 입을 열었다. "뭐라고 딱히 답을 못 하겠네."

"그러니 안 된다는 겁니다." 니시지마가 투덜거렸다.

"많은 사람들은 너처럼 생각하지 않을걸."

"다수의 생각과 개인의 취향은 관계없습니다."

그 말을 들으며 나는 유치한 반항과 경박한 이상주의는 펑크록의 본질일지도 모르겠다고 생각했다.

니시지마가 주사위를 굴렸다. 9가 나왔다. 그는 자기 패에서 하나를 집어냈다. 니시지마의 선으로 남장의 4국이 시작됐다. 니시지마가 나면 선의 연장으로 계속되지만, 다른 누군가가 먼저 나면 거기서 종료다. "지금 톱은 누구야?"

"미나미 아닌가?" 도도가 말한다.

"응? 나야?" 미나미가 자기 점수통을 들여다본다. 옆에 놓아둔 상자에는 점봉이 많이 들어차 있었다. 미나미가 난 판은 동장에서 두 차례뿐이었지만, 그때 딴 점수가 컸다. 만간이라는 것과 하네만이라는 것이다. 족보명은 무슨 긴 주문 같아서 잊어버렸다. 아무튼 미나미는 그 주문의 은혜를 입어 5만 점 가까이 점수를 땄다. 2등은 도도, 3등은 나, 니시지마는 당당히 꼴등, '비리'*가 됐다. "니시지마가 비리네." 도리이가 말하자 니시지마가 인상을 구기며 대꾸했다. "이것 보십쇼, 다들 아는 것을 굳이 입 밖에 내서 뭐합니까. 하늘은 푸르다, 바다는 드넓다, 니시지마는 비리다, 그런 건 일일이 말할 필요도 없단 말입니다."

"하늘은 푸르고, 바다는 드넓고, 니시지마는 비리다." 도리이가 시 낭송을 하듯 한 번 더 읊어 다들 깔깔댔다.

니시지마의 눈에서 빛이 났다. "아직 승부가 다 끝난 게 아닙니다. 이제부터 내가 '선'이잖습니까. 절벽 끝에 몰리고서야 비로소 실력이 발휘된다, 이 말입니다. 이제부터 연장입니다. 자, 가는 겁니다, 전진이에요, 전진!" 하며 패를 끊었다.

그 결과, 도도가 여덟 번째 차례에서 ▨을 쓰무** 하면서 끝냈다. "단야오 핀후 이페이코우 쓰모 도라 1."

족보를 읽어 내려가자 니시지마는 어린애처럼 귀를 틀어막고

---

* 최하위, 꼴찌를 낮춰 부르는 말.
** 순서에 따라 돌아가다 패산에서 한 장 꺼내 가는 것.

저 혼자 "아아, 어." 소리를 지르며 못 들은 척했다.

6

도리이가 두터운 커튼을 젖히고서야 밖이 어두워진 것을 알았다. 나와 도도가 거의 동시에 벽시계를 보았다. 저녁 7시가 넘었다. 한찬이 끝나고 점수 계산도 끝나 우리들은 패를 만지작거리며 널브러져 있었다.

그때 갑자기 통 하는 소리가 들려왔다. 무슨 일인가 해서 벽을 쳐다봤더니 도리이가 말한다. "옆집에 젊은 부부가 사는데 만날 싸움이야." 벽과 바닥이 노상 쿵쾅대는데 처음엔 걱정을 좀 하다가 부인 쪽이 힘이 더 세 보여 신경 껐단다.

"남편은 걱정 안 해도 되나?"

"남자 걱정은 뭐하러 하나?" 그러더니 도리이는 "일단 밥이나 먹으러 가자." 하며 일어섰다.

맨션에서 두 블록 정도 안으로 걸어 들어가니 작은 식당이 나왔다. 오래된 미닫이문 안쪽으로 4인용 테이블이 몇 개 놓여 있었다. 다른 테이블에 학생으로 보이는 남자 서너 명이 먼저 앉아 있었다. 간판에는 '賢犬軒'이라고 쓰여 있었다. 뭐야, '켄켄켄'* 이라고 읽으라는 건가? 웃기는 간판 다 보겠네. '중화요리'라고도

---

✤ 賢犬軒을 일본어 발음으로 읽으면 '켄켄켄'이 됨.

쓰여 있었지만 메뉴를 보니 일반 가정식 밥집이었다. 테이블이 도는 것도 아니고, 가게 이름을 '켄켄켄'이라고 지은 것도 일본 사람의 아이디어로 보였고, 메뉴에 나와 있는 쇼가야키*도 중화요리 같지는 않았다. 우리들은 입구 쪽 넓은 테이블에 자리를 잡았다.

"이 집 음식 다 맛있어." 도리이가 하는 말을 듣고 벽에 붙은 메뉴를 올려다보았다. 오른쪽 테이블에 앉은 학생 몇이 이쪽을 힐끔거렸다. 그들은 도도를 보고 눈을 한 번 휘둥그레 뜨더니 곧 고개를 돌렸다.

"총각, 오늘은 여럿이 같이 왔네." 앞치마를 두른 아주머니가 도리이에게 말을 걸었다. 도리이는 이 집 단골인 듯했다. 우리들은 차례대로 먹고 싶은 음식을 댔다. 레바니라 정식,** 튀김 정식, 라면 정식, 쇼가야키 정식…… 아주머니가 주방으로 돌아가자 도리이가 싱글대며 말했다. "쇼가야키는 맛이 한 2퍼센트 부족하지."

"이 집 음식은 다 맛있다며." 내가 득달같이 반박했다.

"쇼가야키 빼고 말이야."

"그럼 진작 말했어야지."

"근데, 도도는 어디 출신이야?" 도리이가 내 말을 무시하고 화제를 돌렸다.

* 간장 양념에 잰 고기구이 반찬.
** 밥, 국, 밑반찬이 나오는 고기부추볶음.

"나는, 센다이가 고향이야." 하고 대답하면서 도도는 니시지마를 쳐다보았다. 나도 덩달아 그쪽으로 시선이 돌아갔다.

니시지마는 테이블에 팔꿈치를 괴고 가게 안쪽을 심각하게 쳐다보고 있었다. 텔레비전 화면을 노려보는 것이었다. 무슨 재미있는 거라도 하나 해서 건너다보니 늘 보는 뉴스 앵커의 얼굴이 비치고 있었다. 잠시 지켜보다 그가 컵에 담긴 물을 마셨다. 나머지 네 사람도 똑같이 컵을 들었다.

"봤습니까? 지금 저 뉴스?" 다시 화면을 쳐다보니 그새 광고로 바뀌었다.

"무슨 뉴스?"

"센다이에 퍽치기가 나타났다잖아요."

"아, 그 얘기, 나도 알아." 미나미가 소리를 높였다. "한밤중에, 중년 남자를 노린다는 거 말이지?"

주문한 요리가 나왔다.

"퍽치기라니, 무슨 짓을 하는데?" 도리이가 젓가락으로 니시지마를 가리켰다.

"젓가락으로 사람 가리키지 마십쇼." 니시지마가 언짢은 표정으로 말했다. "범인은, 중년 남자로 보이는 사람에게 '대통령이오?'하고 묻고는, 때리고 돈을 빼앗아 간대요."

"대통령?" 나와 도도, 도리이의 목소리가 겹쳤다.

"정말 모릅니까? 음, 내가 생각하기로는, 그 범인은 현세를 개탄하고 있는 겁니다. 미국이, 유엔의 제지에도 먼 나라를 공격하려는 이 현실에 분노하고 있다고요."

"범인이?" 그렇게까지 범인의 심정을 헤아리는 걸 보니 혹시 네가 범인 아니냐고 묻고 싶어졌다.

"아마도 말입니다, 도저히 자기 자신을 주체할 수가 없어서, 그는 자기 나름의 행동을 개진한 거라 봅니다. 미국이 이렇게 제멋대로 나오는 것은 모두 그 원숭이처럼 생긴 대통령 탓이라고 생각한 것 아니겠습니까."

나는 요즘 텔레비전을 켤 때마다 등장하는, 호리호리하고 칙칙한 면상을 떠올렸다. 늘 눈동자를 가만히 두지 못하고 이리저리 두리번거리며, 대답이 궁하면 괜히 실실 웃는, 쌀나라米國 대통령. 그 사람도 나름대로 고민은 하고 있을 것이고, 나보다야 사회 전반에 대해 아는 게 많겠지만, 그의 언동을 보고 들을 때마다 '저거 바보 아냐?' 하는 생각을 떨칠 수가 없다. 나처럼 세상 물정 모르는 애송이한테까지 그런 소리를 들으니 대통령 노릇하기도 참 딱하다 하지 않을 수 없다.

"그 펀치기는, 그렇다고, 대통령을 닮은 사람들을 공격한다는 거야?"

참으로 칼 같으십니다, 기타무라, 하며 니시지마가 눈을 빛냈다. "내 생각에 그는 진정 센다이 역 앞에서 대통령을 찾아 승부를 내고자 하는 것 같습니다."

"센다이 역 앞에서 한평생 기다린들 미국 대통령은 나타나지 않을걸?" 도리이가 웃는다.

"우리의 프레지던트맨에게는 그러한 현실 따윈 상관없단 말이죠, 대통령을 쓰러뜨리기만 하면 전쟁을 피할 수 있다고 믿는 겁니다. 따라서 일편단심 배회하고 있는 겁니다. 그러니 그렇게 '당신은 대통령이오? 대통령이오?' 하면서 돌아다니는 것 아니겠습니까?"

"프레지턴트맨이란 건 그 범인의 이름이냐? 뉴스에서 그랬어?" 도리이가 다시 한 번 텔레비전을 보았지만 화면은 다른 기사로 넘어가 있었다. 자선 활동을 가장해 길거리 모금을 벌여 수천만 엔이나 되는 돈을 가로챈 사람이 붙잡혔다는 보도였다.

"아니, 지금 내가 붙인 이름인데요." 그는 너무도 멀쩡한 표정으로 그렇게 대답하고는 다시 접시를 향해 고개를 숙였다. "아무튼, 나는 그 범인을 지지합니다."

"범죄자인데?" 미나미가 걱정스러운 말투로 물었다.

"자기 주변 일에만 흥미가 있고, 세상에서 무슨 일이 벌어지는지도, 어디에서 전쟁이 일어나는지도 모르고, 내전으로 임신부와 어린아이들이 사살되든, 시시각각 동물들이 멸종해 가든 나와는 상관없다, 강 건너 불구경하듯이 텔레비전을 보는 학생과, 자기 스스로 어떻게든 사태를 개선해 보고자, 한결같은 마음으로 대통령을 찾아 헤매는 프레지던트맨, 어느 쪽이 잘못이라고 생각합니까?"

우리는 서로 얼굴을 마주 보다 한목소리를 냈다. "프레지던트맨!"

니시지마가 한숨을 내쉬었다.

"요즘 미국에 대한 비판은 애들도 하지 않을걸?" 도리이가 콕 집어 말했다.

"바로 그래서, 나는 아이들은 하지 않는 일을 하고 있다 이 말입니다. 미국을 비판해 봤자 아무 소용 없다는 비판도 말입니다, 대세와 별반 차이가 없다는 의미에서 똑같은 겁니다." 니시지마는 한 발짝도 물러나지 않았다. 그러더니 "저기요, 잠깐만요…… 그 말, 그 유명한……." 하고 물었다.

"무슨 말?"

"인간이란, 자신과 상관없는 불행한 사건에, 전전긍긍하는 존재다!'라는 말!"

"그게 무슨 말이야?"

"저 멀리서 사람들이 난파당했을 때, 수수방관하고만 있을 수는 없다!' 그 멋진 책을 읽은 적이 없단 말입니까?" 니시지마는 문장을 인용하면서도 책 제목은 밝히지 않았다.

"우리의 프레지던트맨이 언젠가 대통령과 한판 붙으면 이 세상은 바뀔지도 모릅니다."

"우리라니, 그 사람이 왜 우리 프레지던트맨이냐?"

"나는 말입니다, 내게 특별한 능력이 있었으면 참 좋겠습니다. 만약 그렇다면 마작에서 핀후를 쌓는 것 외에 좀 더 가능한 일이 있으리라 봅니다."

"근데 여태 마작에서도 핀후를 못 쌓고 있잖아, 크하하." 도리이가 웃고는 곧바로 "아 참! 그렇지!" 하고 손가락을 튕겼다. 스푼으로 수프를 떠 마신 다음 입술을 핥고서 말한다. "특별한 능력이라면 미나미를 빼놓을 수 없지."

"그게 무슨 말입니까?" 니시지마가 젓가락으로 가리키자 이번엔 도리이가 반격했다.

"젓가락으로 사람 가리키지 마쇼." 그러면서 미나미를 보며 말했다. "미나미, 보여 줘 봐."

미나미는 살며시 눈을 내리뜨며 미소 지었다. 도리이가 스푼을 미나미에게 건넸다. "그거 혹시." 도도가 한마디 한다. 나도 설마 하는 마음이 얼핏 들었다.

"그걸 구부리겠다는 건 아니겠죠?" 니시지마도 같은 생각을 했나 보다.

"두고 보라고." 도리이는 웃고 있지만 우리의 무지몽매함을 깨우쳐 준다든가, 신앙을 설파하려 한다든가, 그런 의도는 전혀 보이지 않았으며, 능란한 속임수로 관객을 속이려는 것 같지도 않았다.

"그럼 해 볼게." 미나미가 말하더니 손을 테이블 위로 올렸다. 스푼의 그림이 그려진 머리에서 손가락 한 마디 정도 아랫부분을 엄지와 검지로 잡았다.

"말도 안 돼."

"조감형인 기타무라는 납득하지 못할지도 모르지." 도리이가 말한다.

미나미의 얼굴을 본다. 미간을 찌푸리거나 관자놀이에 핏대를 세우거나, 손을 떨지는 않았다.

"뭐 하는 거야, 그거." 나도 모르게 그런 말이 흘러나온 찰나, 스푼이 변화를 보였다. 스테인리스로 된, 낡은 스푼은 미나미의 손가락이 닿은 부분부터 뒤로, 살짝이기는 하지만, 휘어졌다. 열을 가한 플라스틱이, 자기주장도, 기백도 없는 젊은이처럼 흐느적거리며 꺾인 것이다.

미나미가 이번에는 그 스푼을 수직으로 세웠다. 문양이 그려진 부분을 만지작거리다가 오른손으로 스푼 윗부분을 만졌다. 힘을 준 것 같지는 않았다. 그럼에도 머리 부분과 몸통이 직각이 됐다. 내 눈에는 "이리도 연약해서 죄송합니다." 하며 스푼이 고개를 조아리는 것처럼도 보였다.

도리이가 크하하 웃었다.

"이건 그렇게 가볍게 웃어넘길 일이 아닌데." 나는 생각을 말했다. 도도를 보니 진짜 인형처럼 굳어서 미나미의 손을 뚫어져라 쳐다보고만 있었다.

"흐음." 납득이 가지 않는다는 듯 소리를 낸 것은 니시지마였다. 그는 미나미의 손에서 스푼을 뺏더니 제 손으로 몇 번 힘을 주어 가며 구부리려고 애썼다. 꿈적도 하지 않았다. "흐음." 그의 입에서는 같은 소리가 흘러나왔다.

문득 1년 전 고향 집에서 부모님과 같이 본 텔레비전 방송이 떠올랐다.

조에쓰에 사는 어느 할머니가 스푼 구부리기 재주를 선보였다. 그 마을에서는 할머니의 재주에 편승해 덕을 좀 보려고 대대적으로 떠들었던 모양이다. 꼬장꼬장한 할머니가 단정한 차림으로 스튜디오에 나와 겸손하게 "잘될지 모르겠네요." 하더니, 스푼을 뚝 구부렸다. 그런데 그 방송에 출연한 개그맨과 카피라이터가 할머니의 수상한 동작을 지적하고, "잠깐만, 거기 좀 이상한데요?" 하고 떠들었다. 그것을 계기로 집중적으로 조사해 보니 스푼 구부리기에는 결국 속임수가 있었다는 것이 밝혀졌다.

　"그럼 그렇지, 세상에 초능력이란 게 있을 리 없지." 엄마는 실망스럽다는 듯 말했고 나도 같은 기분이었다.

　하지만 지금 미나미가 보여 준 스푼 구부리기는 전혀 속임수로 보이지 않았다.

　"스푼 하나 구부러진 게 뭐 대단한 일은 아니잖습니까."

　"니시지마는 지기 싫어하는 성격이야." 도리이가 웃었다. "미나미는 어릴 때부터 이랬어."

　"학교에서 큰 난리 나지 않았어?" 도도가 물었다.

　"별로. 우리 중학교는 변두리에 있었거든." 도리이가 대답했다.

　"도쿄인데?" 내가 물었다.

　"도쿄에서도 변두리는 변두리지. 아무튼 당시에는 모두들 놀라긴 했지만 난리 정도는 아니었다고."

　"방송국에서 달려오지도 않고?"

　"왜, 반에서도 유난히 발이 빠르다든가, 펜을 잘 돌린다든가,

물구나무서기를 잘하는 애들이 있잖아. 그런 거랑 비슷한 거지. 미나미는 그리 눈에 띄는 타입이 아니었거든, 안 그래?"

미나미가 고개를 까딱한다.

"이건 그런 수준이 아닌데."

"기타무라, 너도 지금 당장 방송국에 전화해야겠다고 생각하는 건 아니지?"

"이보시오들, 그냥 물구나무서기가 뭐 그리 특별합니까?"

혼자 투덜대는 니시지마를 놔두고 우리는 계속 미나미를 주목했다.

"스푼 구부리기 말고 할 줄 아는 것 또 있어?"

"잘은 모르겠는데, 뭐 이것저것."

"물건을 움직일 수도 있고?"

도도가 반신반의하는 투로 눈치를 보며 물었다.

"응." 미나미는 대답하면서 도리이 앞에 놓여 있던 대접을 지그시 응시했다.

"대접!" 도리이가 말했다. 그러자 대접이 스슥 하고 미나미 쪽으로 움직이기 시작했다. 마치 대접의 형태를 한 생명체가 잔뜩 경계하며 한 발 한 발 다가서는 것처럼 보였다. 우리들은 숨을 죽였다. 그리고 천천히 숨을 내쉬었다.

"거짓말."

"어때, 둘째가라면 서러워할 조감형도 깜짝 놀랐냐?"

"이걸 보고 놀라지 않으면 그게 사람이냐?"

"움직일 때는 이름을 불러야 하지?" 도리이가 미나미를 보며 확인한다.

"이름?"

"사물을 이동시킬 때 그 물건의 이름을 의식하면 더 쉬워." 미나미는 부끄러운 모양이었다.

"그게 뭐야?"

"그러니까 쉽게 말해서, 스푼을 움직일 땐, 지금 움직이는 것은 스푼! 이라고 의식을 집중하는 모양이야. 그러니까 그 이름을 불러 주면 더 움직이기 쉽다 그거지. 그래서 지금 내가 대접, 하고 말해 준 거야."

"자동차의 경우는 그 차종을 부르지만." 미나미의 고개는 점점 더 밑으로 떨어졌다. 자기 입으로 말하고서도 이렇게 수상한 재주를 부리는 것을 미안해하는 것 같았다.

"차종을 부른다고?"

"미나미네 아버지가 자동차 딜러시거든. 그냥 차, 라고만 하면 너무 막연하대. 그러니까 차종까지 머리에 새겨야 확실하지."

"정말로 자동차를 움직였어?" 나는 돼지고기를 집었다가 멈추고 물었다.

도리이는 중학교 2학년 때 단체로 자연학습에 참가했던 이야기를 해 주었다. 강변에서 밥을 지을 때 도리이는 미나미와 함께 강으로 물을 길러 갔다. 그때 도리이가 건너편 강둑에 큰 세단이 서 있는 걸 보고 재미 삼아 그 차를 움직여 보면 어떻겠느냐고 제안했다.

"그래서 그걸 움직였단 말이야?" 내가 눈썹을 치뜨고 물었다.

"처음엔 꼼짝도 안 했는데." 미나미는 샐쭉 웃었다.

"내가 열심히 차, 차, 하고 말했는데도 꼼짝도 안 했었지. 안 되 겠다 싶어서 그냥 한 번 '크라운!' 하고 차종을 말했더니."

"날았어?" 도도 역시 이야기에 완전히 몰입했다.

"강 쪽으로 붕 하고 날아오르더라."

우리들은 한동안 입을 헤벌리고 있을 수밖에 없었다. "거짓말."

"그런데도 뉴스거리가 안 됐단 말이야?"

도도도 주위 반응이 믿기지 않은 듯했다.

"뭐, 나름대로는. 그랬지?"

"나름대로는, 이라니. 도대체 뭐야, 그 학교. 그거 우리 나라에 있는 학교 맞냐?" 내가 말했다.

"이거 왜 이래, 네리마를 우습게 보는 거야, 뭐야."

"아니 그게 아니라."

"좋아." 니시지마의 눈이 날카롭게 빛났다. 안경을 만지며 말하 는 모습이 술도 마시지 않았는데 꼭 주정뱅이 같았다. "그럼 지 금 당장 밖에 나가서 실력 한번 봅시다. 입으로야 무슨 말인들 못 하겠습니까. 자, 밖으로 나가서 크라운 한번 띄우는 걸 봅시 다들!"

하지만 미나미는 괜히 미안한 표정으로 고개를 내저었다. 그 사건 이후 딱 한 번밖에 시도해 보지 않았다고 말했다.

"그 후로 한 번 했다고?"

"그게, 고등학교 3학년 때."

고등학교 3학년 때 어느 깊은 밤, 학원에서 집으로 가는 길에 자판기 앞에 누가 대형차를 세워 놨기에 누가 이런 데다 차를 세웠나 하는 생각에 차종을 보고 '하이에이스!' 하고 속으로 이름을 읊었더니 그 차가 날아올랐단다. 붕 떠올라 몇 미터 떨어진 지점에 안착.

"거 참 믿기지 않는군요." 니시지마가 항의했다.

"지금은 안 되는 거야?" 도리이가 조심스럽게 물었다.

"안 돼. 가끔씩 시도해 보는데 안 되더라. 자연학습 갔을 때랑 작년 한 번밖에, 큰 물건은 움직인 적이 없어."

그쯤에서 도도가 손가락으로 수를 꼽아 본다. "4년에 한 번 발휘되는 거네."

"아아, 그럴지도 모르겠다." 미나미의 얼굴이 환해졌다. "충전 기간이 필요한 건지도 모르겠네."

"그런 게 어딨습니까." 니시지마가 뾰로통한 얼굴로 끼어들었다. "아니, 그게 무슨 올림픽입니까, 월드컵입니까. 게다가 아까 그 구부린 스푼, 그거 식당의 물건이잖습니까."

아, 맞다, 나중에 사과드려야겠네, 하며 미나미가 새초롬해졌다.

"니시지마는 믿질 않는 모양이군." 도리이는 웃으며, 그럼 뭐 더 이상 어쩔 수 없지, 하고는 내 앞에 있던 컵을 가리키며 말했다. "미나미, 컵!"

미나미가 쳐다보았다. 물이 든 컵이 오른쪽으로 천천히 이동한다.

"아니, 어떻게 이런 걸 보고 가만있을 수 있느냐고." 나는 멍하니 앞에서 움직이는 컵을 가리켰다.

"어허, 우리 동네 사람들을 우습게 보면 못쓴다니까."

<br>

7

도리이 집으로 가는 길에 니시지마는 노상에 주차되어 있는 차를 볼 때마다 차종을 대며 미나미를 쳐다보았다. 스카이라인! 오디세이! 니시지마의 목소리가 허공에 울려 퍼졌다.

"본인이 안 된다는데, 왜 자꾸 그러냐." 내가 은근히 타박했지만, 미나미는 사람이 순해서 그런지 성내지 않고 니시지마가 시킬 때마다 멈춰 서서는 교향곡이라도 음미하는 사람처럼 눈을 감고 한참을 있다가 결국 고개를 내저었다.

"기타무라, 너는 믿어?" 도리이가 내 어깨를 툭 쳤다. "이런 거 믿지 않는 사람, 꽤 많던데."

"이런 거라니 어떤 거?"

"초자연적인 현상 말이야. 초능력이라든가 유에프오 같은 거."

"나는 그런 거 별로 상관 안 하는데." 솔직히 대답했다. "부정하고 싶지도 않고, 좋아하지도 않고, 신경 쓰지 않아."

"그렇지, 그거야말로 조감형 입에서 나올 법한 대답이네."

"내게 그런 힘이 있다면." 니시지마가 이쪽으로 다가섰다. 어느 틈에 내 어깨에 기댄다. "있다면 어쩔 건데?" 그렇게 되물은 건, 옆에 가던 도도다.

"어쨌든 니시지마 너는 핀후나 쌓아라." 도리이가 키득댔다.

집으로 돌아온 우리들은 더 이상 마작에 뛰어들 기분은 아니었지만, 니시지마가 "한찬만, 한찬만" 하고 노래를 하는 통에 다시 둘러앉았다.

모두들 2만 7천 점을 가지고 다시 시작했다. 마작을 접한 지 얼마 되지도 않아 이런 소리를 하는 건 좀 우스울지 모르지만, 손에 와 닿는 패의 감촉과 차례가 돌 때의 기대감, 패를 섞는 소리, 패 나누기, 이러한 것들이 점점 재미있어졌다. 전략을 세우고 상황을 확인하고 쌓고 부수기를 반복하는 과정은 나와 맞는 것 같다. 한참 동안 패를 쥐고, 교체하고, 버리면서 용의 몸통을 완성해 갔다. 우리를 둘러싼 공간에는 네모난 패의 마찰 소리만 울려 퍼졌다. "치!" "퐁!" 등의 외침도 없었다.

결국 그 판도 저녁 식사 전과 마찬가지로 미나미가 1등, 니시지마가 꼴등으로, 거의 고정 순위라 해도 별 무리 없는 상태로 종반을 맞았다.

"니시지마, 펑크록 좋아해?" 도도가 입을 뗀 것은 남장의 2국, 모두들 입을 꼭 다물고 담담하게 패를 넣다 빼고 있을 무렵이었다.

"좋아합니다." 니시지마는 아주 잡아먹을 듯이 패를 노려보며 대충 받아넘겼다.

"펑크록이란 게 어떤 건데?"

니시지마가 궁리를 하며 패를 집는다. 표정이 밝아진다 했더니 "리치"*를 외치곤 ⊞패를 옆에 버렸다.

"리치야? 무섭네." 미나미가 소리 죽여 말했다.

"펑크록의 정의는 말입니다. 솔직히 말해서 말하기 나름입니다." 일단 리치를 불러 놔서 그런지, 자기 패가 노출될까 봐 불안해서 그런지 니시지마는 갑자기 말이 많아졌다.

"프리티 싱스의 초기 앨범이나 닥터 필굿의 초기 앨범도 모두 펑크라고 해도 돼요."

"초기, 초기. 거참 되게 시끄럽네." 도리이가 놀렸다.

"그렇지만 내가 좋아하는 것은 역시나 더 클래시와 라몬스입니다."

"환영회 때도 말했었지? 조 스트러머하고 조이 라몬." 내가 끼어들었다.

"그게 누군데?" 도도가 물었다.

"더 클래시와 라몬스의 보컬리스트." 내가 설명했다.

"기타무라하고는 친구가 될 수 있을 거 같아요. 친구가 되어 줘도 될 것 같습니다."

"그냥 알고 있는 것뿐이지 좋아하는 건 아냐."

---

＊ 바닥에 내려놓은 패가 없이 텐파이 상태에서 다음에 들어오는 패 하나로 나는 경우.

니시지마는 내 말을 귓등으로도 안 듣고 패를 하나 들고는 "아닌데, 이게 아니야." 하고 🀄를 버렸다.

"아아, 그거 괜찮아?" 도도가 말한다.

"🀄? 이런 패는 필요 없습니다."

"아니, 그 라몬스인가 뭔가 하는 밴드 말이야."

"그 밴드의 곡들은 다 비슷비슷하게 들릴 거다." 나는 충고하는 기분으로 한마디 거들었다.

"저기 말입니다, 바로 그런 면이 좋다는 겁니다. 초지일관 아닙니까. 소중한 것은 세월이 가도 변치 않는 법이니까요. 대개 음악성이 변해 간다는 건, 흔들린다는 증거입니다. 아 맞다, 조이 라몬의 명언을 압니까? 명언을."

"명언이라? 뭔지 한번 듣고 싶네." 도리이가 싱글거리며 말했다.

"뭐랬는데?" 나도 관심이 있어 물었다.

"조이 라몬은 어떻게 그렇게 오랫동안 밴드를 계속할 수 있느냐는 기자들의 질문에 완벽한 대답을 했지요."

"뭐라고 했는데?" 도도가 패를 쥔 채 눈을 홉뜨고 니시지마를 쳐다보았다.

"뭐라고 그랬는데?" 미나미도 살짝 웃으며 눈을 반짝였다.

"뭐라 그랬느냐니까." 내가 틈을 메웠더니 뒤따라 도리이가 보탠다.

"뭔데."

"조이 라몬은 이렇게 말했습니다. 오랫동안 밴드를 계속하려면." 니시지마는 거기서 입을 꾹 다물더니 우리 네 사람의 얼굴을 차례차례 둘러보고 말했다. "스테이지 위에서 별로 움직이지 않는 겁니다."

나와 도리이가 동시에 웃음을 터뜨렸다. 그 바람에 내 패들이 무너질 뻔했다. 미나미도 소리 없이 웃었다. 도도는 어떤지 쳐다보니, 그녀의 입꼬리도 위로 살짝 올라가 있었다. 입을 크게 벌리고 웃는 건 아니었지만 속에서 꿈틀꿈틀 웃음이 올라오는 걸 참는 것 같았다.

"왜들 그럽니까? 왜 웃는 겁니까, 도무지 모르겠군요. 이보다 더 심오한 답이 또 어딨답니까?"

"심오하긴." 도리이가 받았다.

"어쨌거나 그 사람 죽었잖아." 미나미는 약간 섭섭한 표정을 지어 보인다. "그렇게 움직이지 않고 버텼는데."

세 번째 차례가 돌 즈음 무슨 소리가 났다. 뭔가 싶어 창을 돌아보니 도리이가 새 둥지 옆에 서서 모이를 주고 있었다. 도도와 미나미도 그쪽을 보고 있는데 니시지마만큼은 자기 패에 집중하고 있었다.

"아." 소리를 낸 것은 도리이였다. 달칵하더니 푸득 푸득 푸득, 날갯짓 소리가 울렸다. 새집 문을 잘못 닫았는지 문조가 밖으로 나왔다. 가볍게 날아올라 방 한쪽 구석으로 날아갔다.

"빨리해요, 다음은 기타무라 차례입니다." 니시지마만 계속 마작에 집중하고 있다. 리치를 부르긴 했는데 좀처럼 맞는 패가 나오지 않아 안달이 난 모양이다.

내가 패를 버리고, 도도의 순서도 끝나고, 그다음 니시지마가 쌓아 놓은 패에 손을 뻗으려던 바로 그때 문조가 날아들었다. 우리가 둘러앉은 마작 테이블 한가운데로 내려앉는다. 비행기가 유도등에 따라 착륙하듯 날개를 퍼덕이며 테이블 중앙에 자리를 잡았다. 사람들의 시선이 자기에게 집중된 걸 알았는지 이쪽저쪽 조그만 머리를 두리번거린다.

그때였다. "론!" 니시지마가 소리를 질렀다. "론, 론, 론이에요."

"응? 내 패로?" 도도가 고개를 갸웃거린다.

"새예요, 새. 🐦라고요. 여기 새가 있으니 론이죠!" 니시지마는 침까지 튀겨 가며 자기 패를 내보였다. 소즈로만 이루어진, 말끔한 조합이었다. "🐦니까 수패가 하나 붙는 겁니다. 멘젠센이이쓰*, 잇키쓰칸**, 도라*** 1로, 바이만****이에요. '선'의 바이만이라고요." 아주 신이 나서 지껄인다.

"새라니, 아니 지금 이 문조를 보고 패가 맞았다는 거야?" 미나미가 멍한 표정으로 새를 가리켰다.

---

* 기립한 상태에서 통수 또는 만수패로 완료된 상태.
** 1부터 9까지 통수패의 조합으로만 완료되는 것.
*** 일본 마작에만 있는 규칙. 배패 시작하는 위치에서 옆으로 세 칸째 패를 뒤집어 놓고 그 패의 바로 다음 패에 1번을 더 주게 됨.
**** 일본 마작의 점수 내기, 8, 9, 10판 따기.

"당연하죠. 바로 그겁니다." 니시지마는 승리감에 취해 얼굴이 한껏 상기됐다. 어쨌거나 니시지마는 🦜 패로 완성하고 싶었던 모양인데 애가 닳도록 나오지 않다가 🦜 패에는 어차피 새 그림이 그려져 있으니 진짜 새로 대치하겠다, 그 이야기인 것 같았다. 우리는 어이가 없어 저마다 한마디씩 응수했다.

"말도 안 돼, 그건 룰이 아니잖아." 내가 먼저 인상을 구겼다.

"이 문조는 그럼 누가 던진 패가 되는 건데?" 미나미가 손가락으로 가리켰다.

"근데, 그 조합은 네가 바라는 핀후는 아니구나." 도도가 날카롭게 지적했다.

뒤에 있던 도리이도 크하하 웃더니 한마디 했다. "그거 참 마음에 드네."

"넌 뭐가 마음에 든다는 거냐?" 내가 도리이를 보며 물었다.

"갖다 붙이기 말이야. 새의 패 대신 진짜 문조를 사용하다니, 엉뚱하기 짝이 없지만 이런 갖다 붙이기는 인간이 아니고선 생각 못 하는 거 아냐?" 도리이는 말했다. "억지 짜 맞추기. '사'라고 발음하면 죽음死이 연상된다면서 모든 '사' 자가 들어가는 걸 기피하는 거랑 매한가지지. 그런 건 동물적으로는 의미가 없어. 하지만 인간에게는 의미가 있지. 엄청 인간적인 사고방식이야."

"난 그건 아니라고 보는데."

"어쨌든 점봉 빨리 주십쇼." 니시지마 혼자 담담하게, 아니 너무도 태연하게 게임을 속행하려 했다.

"너무 엉뚱하고 어이가 없어서 힘이 난다, 힘이 나."

도리이 혼자 킬킬댔다.


8


우리는 밤 9시가 넘어서야 도리이의 맨션을 나설 수 있었다. 니시지마의 말도 안 되는 짜 맞추기는 결국 받아들여지지 않았다. 원래대로 하자면 그런 끝내기, 즉 '가짜 론'은 벌칙으로 점봉을 오히려 뱉어 내게 되어 있다지만 '문조를 패로 치고 끝내는 수법'에 대해서는 왕초보인 나를 제외한 세 사람이 봐도 전례 없는 경우였던지, 그 엉뚱함에 모두들 대충 봐주고 넘어가자는 분위기였다.

우연찮게도 나와 도도가 집에 가는 방향이 같았다. 미나미와 니시지마가 각각 다른 쪽으로 가고 둘이 나란히 큰길을 걸었다.

"저기 있잖아." 내가 먼저 말을 꺼냈다. "도도, 너는 미나미 어떻게 생각하나? 스푼 구부리기 말이야. 그거 대단한 일 아닌가?"

"나도 그렇게 생각해. 지금도 잘 믿어지지 않지만, 그래도 미나미가 거짓말을 하는 것 같지는……." 도도가 거기서 말을 끊었다.

"그런 사람으로는 보이지 않아."라고 내가 말했다.

느티나무 가로수가 이어진 길을 따라 아파트가 죽 늘어서 있다. 주변에 가게라고 할 만한 것은 작은 제과점과 옷집 정도로 그나마도 셔터를 내려 주위는 다소 어두웠다.

"밤이 늦었는데, 괜찮겠어?" 은근슬쩍 이렇게 물어봐 주는 것이 매너일 것 같았다. 응, 이라는 것 같기도 하고, 아니, 라고 하는 것 같기도 한 애매한 대답이 돌아왔다.

작은 건널목을 하나 건너니 보이는 것이라고는 길가에서 손님을 기다리는 택시들뿐이었다.

"저기 말이야." 영업이 끝난 주유소를 지나칠 때쯤 도도가 입을 뗐다. 그 말투가 꼭 뭔가 깊이 생각하고 있던 말을 꺼낼 때랄까, 뭔가 중요한 고백을 하는 분위기라 나는 순간 흠칫했다.

"나랑 같이 시디숍에 가지 않을래?" 도도의 입에서 예상치 못한 말이 흘러나왔다. "아까 오다가 봤는데 상점가에 24시간 영업하는 가게가 있더라."

"좋아. 뭐 사려고?"

"나 시디 같은 건 잘 안 들어서 그런 가게는 안 가 봤어. 고등학교 때 선생님이 재즈 광팬이라 입만 떼면 재즈 이야기를 해서 아주 진저리가 났거든."

"근데, 제 발로 가겠다는 거야? 뭐 사게?"

"저기, 아까……." 도도는 선뜻 말을 못 하고 뜸을 들이더니 "니시지마가 말한 거."라며 약간 목소리를 낮춰 말했다.

"라몬스?"

"응 맞아, 그거."

## 9

늦은 시간 시디숍에 도착한 우리는 한눈팔지 않고 곧장 서양 음반 코너로 가서 안으로 안으로 깊숙이 들어갔다. 도도는 말한 대로 시디를 사는 게 서툰 눈치였다. 그녀가 'R' 코너 앞에 서서 내게 물었다. "저기, 이거 멋있어?" 라몬스의 첫 번째 앨범인 것 같은데 그것을 손에 쥐고 있었다. 라이더 재킷에 낡은 진을 입고 한 석 달 열흘 손에 물도 안 묻힌 것 같은 몰골의 남자들이 껄렁하게 서 있었다.

"글쎄, 그런 걸 멋있다고 해야 하나?"

"좀 촌스럽지?"

"글쎄……."

도도는 결국 라몬스의 시디 몇 장을 골라서 계산대로 향했다.

계산대 앞에 있는 직원은 지적인 이미지의 안경잡이 남자였는데 도도의 얼굴과 그녀가 내민 시디를 보고 또 보고, 보고 또 봤다. 너무나 노골적인 그의 태도에 나는 그만 웃음이 터질 뻔했지만, 하긴 왜 안 그렇겠느냐 싶기도 했다. 한밤중의 시디숍에서 도도 같은 예쁜 아가씨가 30년도 더 된 펑크록 밴드의 앨범을 사겠다고 들이미는 경우가 그리 흔치 않을 것이다.

"혹시." 가게를 나와 잠깐 걷다가 내가 말했다. 신호가 푸른색으로 바뀌어 우리는 건널목을 건넜다. 나보다야 나이가 들어 보였지만, 술에 취한 젊은 남자들이 우리 곁을 스쳐 앞으로 지나갔다. 그중 몇몇이 슬그머니 이쪽을 돌아보았다. 물어보고 말고 할 것도 없이 도도를 돌아다본 것으로, 따라서 그들의 행동은 '슬그머니'가 아니었지만, 도도는 전혀 개의치 않는 모습이었다.

"내가 잘못 본 거라면 미안한데, 도도 너, 니시지마가 마음에 있냐?"

잠깐 침묵이 흘렀다. 멀리서 전철이 지나가는 소리가 들려왔다. 그와는 다른 방향에서 조그맣게 자동차의 시동 소리도 들렸다. 고요하다고 할 정도는 아니었지만, 그래도 꽤 평화롭고 차분한 밤이었다.

"너 그 일 기억하니? 보름 전에 볼링 쳤던 거." 건널목 앞에 섰을 때 도도가 말했다.

내 머리는 즉시 바짝 조여 놓았던 나사가 풀어지듯 팽팽 돌아 보름 전 과거로 거슬러 올라갔다. 그러고는 도도가 말하는 그날에 멈춰 재생하기 시작했다. '센다이 볼링'이라고 쓴 간판과 불만으로 부어터진 니시지마의 얼굴이 보였다.

보름 전, 우리가 속한 법학부에서 신입생 볼링 대회가 열렸다. '신입생 전원'이라고는 했지만 의무적으로 참가해야 하는 것은 아니었다. 대략 볼링장의 레인 열 개를 빌리는 정도의 규모였다. 각 레인에 다섯 명씩, 간단한 제비뽑기로 팀을 나누고 세 게임 후 개인의 합계점으로 승부를 겨루는 식이었다. 진행을 맡은 사람은 먼젓번처럼 우리 과의 폼생폼사, 간지였다. "언제나 간사 역을 맡는 간지입니다." 그렇게 떠벌리면서 조금씩 분위기를 띄웠다.

나는 도리이와 같은 레인이었다. 우리 팀의 나머지 세 명 중 한 명은 같은 과 여학생이었고, 두 명은 다른 과의 남학생들이었다. 그 여학생은 보기에는 가냘프고 연약해 보였는데, "나 애버리지 180 정도 치니까 놀라지들 마."라는 농담인지 진담인지 모를 말을 해서 남자들의 말문을 막더니, 실제로도 그만큼의 점수를 내서 결국엔 입을 떡 벌어지게 만들었다.


시디숍 쇼핑백을 든 도도와 나는 큰길을 지나가기 위해 지하도로 들어갔다. 사방이 계단인 지하도 중앙에는 작은 분수가 있고 그 주위에 벤치들이 놓여 있었다. 몇몇 벤치는 종이 상자를 이불 삼아 덮고 누운 노숙자들이 점거해 우리는 비어 있는 의자를 찾아 앉았다.

"그날, 너는 왼쪽 맨 끝 레인에 있었지?"

"잘 알고 있네."

이벤트가 있던 날, 내 옆에 있던 도리이가 "뭐야, 도도는 저 끝에 있는 거야? 도무지 접근할 수가 없네." 하며 구시렁댔기 때문에 기억하고 있다.

"니시지마는 우리 바로 옆 레인이었는데."

"그것도 기억나." 나는 곧바로 고개를 끄덕였다. "니시지마는 점수 영 안 나오더라, 초보여서 그런가."

"자긴 초보 아니라고 큰소리치던데?"


멀리 떨어진 곳에 있는 우리가 보기에도 니시지마의 공 굴리는 폼은 실소를 금할 수 없었다. "쟤 왜 저러니? 정말 꼴사나워 못 봐 주겠네." 가까이에 서 있던, 애버리지 180 양도 그냥 넘어가지 않았다. 도리이는 기어코 끝까지 가서 확인하고는 돌아와 보고했다. "점수도 형편없어, 90도 안 돼."

"저 녀석, 척 보기에도 운동하고는 담 쌓은 거 같잖아." 옆 레인에서도 그런 소리가 들려왔다. 팀을 막론하고 니시지마의 우스운 폼이 각 레인 참가자들의 입방아에 올랐다.

레인의 뒤쪽에는 대기시간을 뭐 하면서 때울까 고민하던 다른 손님들도 몇몇 서성이고 있었다. 비싸 보이는 양복을 입은 남자들이 담배를 꼬나물고 우리의 플레이를 보고 있었는데, 그들에게도 니시지마는 좋은 눈요깃거리였다.

"저 사람들, 호스트야." 애버리지 180 양이 가르쳐 주었다.

"호스트와 볼링이라, 어째 잘 연결되지 않는데?" 내가 떠오르는 대로 말했더니 애버리지 180 양이 고갯짓하며 말했다. "센다이 일대 화류계에선 요새 볼링이 유행이라더라."

"웰빙 호스트구먼." 도리이가 피식댔다. "그러는 너는 호스트바에 자주 가나 보지?"

애버리지 180 양은, 뭐 대충, 하면서 부정하지 않았다. "호스트

하는 사람들 의외로 좋은 사람들이 많다니까? 친절하지, 또 열심히 살지."

말하는 걸 들어 보니 이미 그들의 입담과 속임수에 깊이 넘어간 것 같았다. 그녀는 계속해서 "건전한 사람도 있고, 의심쩍은 사람도 있다."면서 "직업에 귀천은 없다."고 끝을 맺었다.

완전히 넘어간 건 아닌가 보다. 나는 그냥 고개만 끄덕거렸다.

"다만 좀 덜떨어진 남자도 있나 봐." 애버리지 180 양은 거의 '걸어 다니는 호스트 대백과' 수준의 내공을 드러내기 시작했다. "돈 버는 데 혈안이 돼서 도박에 손을 대기도 하고, 위험한 조직에 발을 들이는 사람도 있고 말이야."

위험한 조직이란 구체적으로 어떻게 위험한 거냐고 묻자 그녀가 대답했다. "강도라든가 빈집털이 조직에 끼는 사람도 있는 것 같더라."

"강도랑 빈집털이는 호스트와는 거리가 먼 직종 아니야?"

"거시적으로 공통점을 찾자면 지향하는 바가 '돈'이라는 데 있지."

그것은 만인의 공통분모 아닌가?

거기까지 듣고 있는데 공을 던진 니시지마가 뒤돌아 나오면서 다리가 꼬였는지 그만 앞으로 고꾸라지는 게 보였다. 호스트들의 박장대소가 이어졌다.


"정말 그때 깜짝 놀랐어. 니시지마는 다른 사람들의 웃음거리가 되어도 전혀 창피해하지 않고, 실수를 해도 꿈쩍 않더라."

"꿈쩍 않는다고?"

"내가 보기에 그건 자기 자신을 믿고 있어서 그런 것 같아." 도도는 '자신을 믿는다.'라는 말을 약간 어색해하며 발음했다.

"니시지마는 자신을 믿고 있단 말이지?"

"어떤 상황에서도 주눅 들지 않잖아."

"그래 맞아, 니시지마는 주눅 들지 않더라."

"실은 말이야, 단체로 볼링 친 다음다음 날, 나 그 볼링장에 갔었거든?"

"왜, 볼링에 재미 붙였냐?"

"지갑을 두고 와서." 도도는 계속 말을 이었다. 별다른 애착도, 중요한 카드도 없는 지갑이었지만 볼링장에 물어보니, 있으니까 와서 가져가라고 했단다. 도도가 뒤이어 한 이야기는 묘한 현장 감이 묻어나 마치 나도 그 볼링장에 동행한 기분이었다.


오후 2시, 일요일의 볼링장은 그런대로 북적였다. 볼링공이 레인에 떨어지는 소리가 울리고 매끈하게 굴러가 핀들을 쓰러뜨리는 소리가 난다. 잠시 침묵했다가 다시 소리가 메아리친다. 이따금씩 함성이 일기도 하고, 김샌다는 듯한 소리가 들리기도 했다. 카운터를 보는 여직원에게서 지갑을 건네받은 도도는 입구로 걸어가다가 니시지마를 발견했다. 그는 왼쪽에서 두 번째 레인에 서서 공을 들고 던질 준비를 하고 있었다. 의자에는 아무도 없어, 니시지마 혼자 왔구나, 짐작했다. 그러고는 자기도 모르게 한 발, 두 발, 이미 니시지마의 레인 쪽으로 다가서고 있었다.

"왜, 흥미가 생겼어?" 나는 이야기 중간에 불쑥 물었다.
"응. 엄청……"

니시지마가 공을 굴리는 모습을 보고 도도는 다시 한 번 놀랐단다. 이틀 전의 폼과는 전혀 달랐다. 안정된 자세였다. 적어도 도도의 눈에는 그렇게 보인 모양이다. 도도는 근처에 있던 의자에 앉았다. 의자의 위치가 높아 레인이 잘 내려다보였다.

니시지마가 던진 공은 레인의 오른쪽 가장자리를 따라가다 깔끔하게 회전해 절반을 넘은 지점에서 천천히 왼쪽으로 휘어졌다. 그것이 정확히 커브인지 혹인지는 잘 모르겠지만 아무튼 근사하게 휘어졌다. 그 모습은 지켜보는 이들을 나름 기대에 부풀게 했지만 결국에는 1번 핀을 지나쳐 옆에 있는 핀을 맞혔다. 꼭 칼로 도려낸 것처럼 왼편의 핀들만 남았다. 고개를 절레절레 흔들며 니시지마가 자리로 돌아왔다. 거참, 이상하네, 하는 표정이었다. 그리고, 뭘 하나 봤더니 그는 의자에 놓아둔 책을 집어 들고 정독하기 시작했다.

볼링 교본으로 보였다고 했다.

니시지마는 심각한 얼굴로 공은 들지 않고 팔 동작만 몇 차례 계속했다. 오른쪽 다리를 내디디며 동시에 오른팔을 앞으로 뻗고 왼쪽 다리를 딛는 타이밍에 오른팔을 밑으로 향해 중력에 따라 진자를 그리듯 세 발자국째 뒤로 끌어 올렸다. 마지막 네 발자국째는 내민 왼발에 무게를 실고 팔을 휘두른다.

저만하면 괜찮은데, 하고 도도는 생각했다. 동작을 끝내고 공을 잡은 니시지마는 똑같은 폼으로 던졌다. 공은 조금 전보다는 중앙으로 굴러갔지만 이번 역시 1번 핀을 지나쳐 결국 일곱 개나 남았다.


"내 생각에 니시지마는 아침부터 와서 연습을 하고 있었던 게 아닌가 싶어. 그 전날에도."

도도는 별다른 표정은 없었지만 목소리는 잔잔했다.

"이틀 내리 책을 보면서 연습했다는 거야? 다 끝났는데 왜?"

"분했던 게 아닐까?"

"웃음거리가 된 게?"

"아니 그보다, 볼링을 제대로 하지 못한 자신한테."

"자신을 믿는 사람이라서?"

"너 같으면 아무리 분한 마음이 들어도 이런 데 집중하진 않겠지?"

"근본적으로 난 그런 일을 두고 분하게 생각하지도 않지. 볼링 점수가 어떻게 나오든 별로 신경 쓰지 않는다고."

"나도 그래. 근데 말이지, 그럼, 어떤 일에 너 자신이 전심전력을 다할까 혹시 생각해 봤어? 가만히 보면, 발등에 불이 떨어지면 다 한다고 큰소리치는 사람은 막상 때가 되도 안 하더라. 니시지마는 그런 사람에 비해 무슨 일이든 결판을 내고야 마는 타입이야, 내가 보기에. 변명하지 않고, 상황을 외면하는 일 없이, 극복하려고 하는 사람."

"비록, 볼링이라도 말이지?"

"마작에서 고작 펀후를 완성하는 것도 그렇고."

나는 도도를 쳐다보았다. 그 애가 정면을 향하고 있어 날렵하게 뻗은 코와 왼쪽 눈의 섹시한 눈썹이 보였다. 입술을 살짝 떼며 말한다. "결국 그날 볼링장에 두 시간 정도 있었어."

"두 시간?" 나도 모르게 큰 소리를 냈다. 갑자기 분수가 물을 뿜었다. 내가 지른 소리에 깜짝 놀란 것처럼 피슉! 날아올랐다가, 그다지 놀랄 일은 아니었나 했는지 힘없이 밑으로 떨어졌다.

도도는 굴러가는 공을 가만히 바라보는 것만으로도 즐거웠다. 그렇게 표현하지는 않았지만 내게는 느껴졌다. 깔끔하게 굴러가는 공도 있고 저러다 멈춰 서는 건 아닌가 걱정이 될 정도로 천천히 나아가는 공도 있었다. 처음에는 핀들이 있는 방향과는 전혀 다른 쪽으로 가다가도 어느 지점까지 가서는 '어때, 속았지?' 하면서 크게 커브를 돌아 핀에 정확히 충돌하는 공도 있었다. 타다당, 넘어가는 핀 소리에 막힌 가슴이 뻥 뚫리는 것 같았다고, 가슴속에서 핀 소리가 메아리치는 것 같았다고 도도는 말했다.

"그때까지 니시지마는 한 번도 스트라이크를 내지 못했어."

"그거 분하네."

"응. 정말이야. 엄청 열심히 했는데." 도도는 이 자리에 없는 니시지마를 옹호하는 듯이, 아니 그보다는 사실을 보고하는 듯이 말했다. "한 번만 더 하면 될 것 같더라."

10회째 공을 던지기 전 니시지마가 공을 들고 핀을 응시하는 것을 도도는 긴장하며 바라보았다. 시곗바늘이 가리키는 시간과 던질 때마다 오른팔을 비비는 니시지마의 표정으로 봐서 이번이 오늘의 마지막 게임이 되지 않을까, 하는 예감이 들었다. 마지막 한 번 정도는 스트라이크가 나오면 좋으련만…… 도도는 생각했다. 하루 동안의 특훈으로 실력이 일취월장하지는 않더라도 이렇게까지 했는데 마지막에 한 번쯤 스트라이크가 나온다고 눈을 부라릴 사람은 없을 텐데, 하고.

도도는 어느새 의자에서 내려와 니시지마의 레인 바로 뒤에 서 있었다. 공이 돌아 나오는 테이블 옆에서 니시지마의 등을 바라보았다.

니시지마가 오른발을 내밀었고, 동시에 팔이 움직였다. 장내는 고요했다. 적어도 도도에게는 아무 소리도 들리지 않았다. 검은 공이 천천히 공중으로 들려 올라간다. 하나, 둘, 셋. 도도 역시 속으로 동작을 따라 했다. 지쳐서 그랬는지 내디딘 왼쪽 다리가 후들거리는 듯했지만 니시지마는 침착하게 공을 굴렸다.

"파이팅! 하고 나도 모르게 속으로 외쳤지 뭐야." 도도는 자기가 생각해도 저 자신이 이상하더라고 읊조렸다. "나는 별로 그런 일에 흥분하는 성격이 아닌데."

"나도 그래."

"너도 그 자리에 있었으면 아마 파이팅! 하고 외쳤을 거야."

레인의 오른쪽 가장자리로 굴러가던 공은 도랑과 평행하게, 스릴을 즐기려는 듯 곧게 굴러갔다. 그러다가 갑작스레 어깨의 힘을 빼듯 방향을 틀어 왼쪽으로 휘었다.

잠깐 회전을 멈추나 했더니 이번에는 직선으로, 말하자면 핀의 정면을 향해 곧장 나아갔다. 마치 바닥에 레일이라도 깔려 있는 것처럼 공은 1번과 2번 핀 사이로 빨려 들어갔다.

탄알 같은 공이 핀을 공중에 튀어 오르게 했다. 핀들의 절규가 레인 끝에서 울려 퍼졌다. 도도는 얼결에 오른손 주먹을 꽉 쥐고 외칠 뻔했다. 해냈어, 니시지마!

"나, 스트라이크가 터질 때 그 생각이 떠오르더라."

"무슨 생각?"

"신입생 환영회 때 니시지마가 자기소개하던 거."

"그래 인상적이었지."

"슬로모션처럼, 하나하나 튀어 오르는 핀을 보면서 정말이지 어쩌면 그럴 수도 있겠다 싶더라고."

"뭐가 그럴 수 있어?"

"어쩌면." 도도가 어깨를 으쓱한다. "사막에, 눈을 내릴 수도 있지 않을까."

"논리적이지 않아."

"이미 그렇게 생각했으니 어쩔 수 없지."

"근데, 너, 라몬스의 시디를 다 사고, 정말로 니시지마한테 반한 거냐?"

"비밀." 말은 그러면서도 도도는 부끄러워하는 표정도, 부탁하는 모습도 아니었다.


10


다음 날 아침 나는 1교시 철학 강의를 들으러 아침 8시부터 강의실에 앉아 있었다. 대강당도 아니고 작은 강의실이었는데, 썰렁할 정도로 빈자리가 많았다. 옆자리에 누가 와 앉기에 돌아보니 간지였다. 긴 머리를 귀 뒤로 넘기고, 가는 스트라이프가 많이 들어가 있는 얇은 스웨터를 입고 있었다.

"너도 이 강의 듣냐?"고 했더니 그는 무슨 말도 안 되는 소리, 하는 표정을 짓는다.

"너 만나러 왔지."

"왜, 마작 하자고?"

"그게 무슨 소리야? 아무튼 어제 아는 사람한테 들었는데, 너 어젯밤 도도랑 같이 다녔다며? 시디숍에서 목격한 애도 있어. 네가 도도하고 시디를 고르는 걸 봤대."

"어쩌다 같이 가게 된 것 뿐이야. 도도가 시디를 고를 게 있다고 해서."

"너, 도도랑 친하냐?"

"아니, 둘이서만 이야기한 건 어제가 처음이야."

아하! 간지는 거기서 뻔하군, 하는 표정을 지었다. 짐작건대 내가 도도에게 딴마음이 있어 접근했다고 해석한 눈치다.

"저기, 내가 너니까 하는 말인데." 간지가 목소리를 낮추며 말했다. "나, 도도 찍었다. 그리고 나와 너, 둘을 놓고 보면 아무렴 내가 낫지 않냐?"

뭘 갖고 자기가 낫다는 건지는 모르겠지만, 묻기도 귀찮아서 대충 동의했다. "그래, 네가 낫겠지."

"그래그래. 그러니까 승산 없는 게임은 일찌감치 그만두는 게 좋아. 무슨 말인지 알겠지?"

"알았다고." 웃음을 참느라 애먹었다. 간지 녀석, 이 거들먹거리는 말투는 도대체 어디서 배운 걸까.

드르륵, 문이 열리고 백발의 교수가 들어섰다. 간지는 몸을 웅크리고 빠져나가려다가 멈춰 섰다. "참! 기타무라, 너, 도리이하고 친하지?"

"뭐, 대충."

"너 조심하는 게 좋을 거다. 그 녀석, 여고생이든 전문대생이든 막 찝쩍거리고 다녀서 벼르고 있는 사람들이 있는 것 같아."

벼르고 있는 사람들이 상대 여자들인지, 아니면 여자와 관계 있는 남자들인지, 나는 모르겠다. 어쨌거나 요코하마에서 온 지 아직 한 달 정도밖에 지나지 않았는데 벌써 거기까지 손을 뻗은 도리이의 행동력이 놀랍기는 했다.

"아, 맞아." 강의실을 나가기 전에 간지가 한 번 더 말했다. "도도는 무슨 시디 좋아하든?"

잠깐 생각한 후에 대답해 주었다. "재즈였지, 아마."

## 11

그다음 날 나는 도리이와 니시지마를 만났다. 이렇게 말하면 내 대학 생활은 그 두 사람과 엮이는 일 아니면 아무것도 없다고 생각될는지도 모르겠다. 하지만 실제로는 집에서 텔레비전을 보기도 하고, 디브이디도 빌려 보고, 음악을 듣기도 하고, 또 신문 보급소에서 나온 영업 사원과 옥신각신하다가 결국 계약을 맺기도 하고, 세탁소를 찾아 돌아다니기도 하고, 강의실에서 노트 필기를 하거나 질문을 하기도 하며, 서점에서 독일어 사전을 사기도 하고, 사 온 책을 바라보기도 하고 읽기도 하는 등 헤아리자면 많은 일을 한다. 다만 잡다한 일상사와 시답잖은 일에 대한 설명은 생략할 의도다 보니, 결과적으로 도리이, 니시지마와 관련된 일이 중심이 되는 것이다.

오후 3시 넘어, 정치학 강의가 끝나고 자전거를 세워 둔 곳으로 걸어가는데 그들이 잠복해 기다리고 있었다. 야마세미 헤어스타일의 도리이가 얇은 핑크색 셔츠를 말쑥하게 차려입고 오른손을 번쩍 들었다. "지금부터 시내에 갈 건데 너도 같이 가자."

"시내에는 왜?"

"미팅 나갈 때 입을 옷 사러."

"미팅?"

"이번 주 금요일에 미팅 할 거야. 미팅."

"둘이 가면 될 거 아냐."

"넷이야. 여자들도 네 명이 올 거니까, 이쪽도 넷이 나가야지."

"그럼 다른 사람한테 말해 보든지. 나 말고. 뭐, 간지라든가. 간지랑 몰려다니는 애들은 그런 건수 어디 없나 혈안이 되어 있을 텐데." 순간 간지한테 전날 들은 '벼르고 있는 사람들' 이야기가 생각났다.

"간지 패거리들? 아아, 난 걔네들 별로야. 걔네들은 '대학씩이나 들어왔으니 여자랑 좀 놀아 보자' '우리들이 얼마나 잘나가는지 보여 주자.' 그 따위 생각밖에 없는 애들 같아. 아주 온몸에써 붙이고 다닌다니까. 그에 비해 나는 신선한 맛이 있다고나 할까."

"글쎄, 내겐 그렇게 안 보이는데……."

"아직 보는 눈이 없어서 그렇지."

"그런데 미팅 상대는 우리 학교 여자들이냐?"

"아니야, 아니야." 도리이는 만면에 희색을 띠며 손을 흔들었다.

"전문대 여학생들." 그러면서 나도 어디선가 들어 본 적이 있는 시내의 전문대 이름을 언급했다. "그 학교 1학년 중에 얼마 전에 알게 된 애가 있는데 걔가 주선한 거야."

"어디서 알게 됐는데?"

"완전히 내가 낚였지. 밤중에 길을 가다가." 도리이는 자신만만한 표정이다.

"여자애가 먼저 접근했다고?"

"응. 하세가와가."

"너를 낚은 사람 성이 하세가와냐?"

"그래, 하세가와 선수하고 똑같은 하세가와."

"네가 말하는 하세가와 선수는 뭐 하는 선수인지는 모르겠다만." 내 말에 도리이는 표정을 바꾸며 말한다.

"기타무라, 너 정말 몰라? 말이 되냐? 그 유명한 유격수 하세가와 선수 말이야. 공수 양면에서 뛰어난 사람." 모르긴 해도, 도리이가 서포트 하는 프로야구 팀의 선수인 모양이다.

"알았어, 내 이제부터 그 하세가와 선수를 주목하지."

"아무튼 그래서 지금부터 옷 사러 가는 길이야. 그러니까 너도 같이 가자."

"뭐하러 옷까지 사냐?"

"네가 잘 모르는가 본데, 미팅이란 첫인상에서 승부가 나는 법이거든. 처음 만났을 때 사람들은 2초 만에 상대에 대한 평가를 끝낸다는 얘기 모르냐?"

"가격표도 안 뗀 새 옷을 빼입고 나가는 건 좀 우습지만, 고등학생 티도 못 벗고 나가는 건 더 웃긴 노릇이야. 이건 나의 지론인데, 옷만으로 멋져 보이긴 어렵지만, 옷 때문에 우스워 보이는 건 한순간이지."

"고로, 지금 사러 가는 길입니다." 니시지마가 뒤에서 끄덕인다. 어차피 도리이의 꼬임에 넘어갔겠지, 생각했더니 아니나 다를까 니시지마가 말한다. "도리이의 말을 듣고 나도 깨달았습니다."


자전거를 타고 먼저 아케이드 거리에 도착하여 약속 장소인 큰 시계탑 앞에 서 있었다. 길이 막히는지 도리이와 니시지마는 좀처럼 나타나지 않았다. 하지만 약속 장소로 많은 사람들이 애용한다는 그 시계 앞에는 평일 대낮임에도 몇몇 사람들이 서 있어서 그 모습을 바라보고 있는 것만으로도 심심하지는 않았다.

양복 차림의 무표정한 중년 남자도 있고, 미니스커트의 롱다리 여자도 있었다. 나보다 약간 더 나이가 들어 보이는, 아이비리그 스타일의 남자들도 두셋 모여 서 있었다.

깃발을 들고 모금 운동을 하는 아저씨들의 모습도 눈에 들어왔다. '유족'이라는 글자는 보이는데 어떤 유족을 말하는지는 모르겠다. 모금함을 목에 메고 지나가는 사람들에게 말을 건다. 전에 뉴스에서 본, 모금을 가장한 사기꾼들에 관한 기사가 떠올랐다. 그것 때문인지는 모르겠지만, 좀처럼 돈을 집어넣는 사람들이 없었다. 분명 돈을 넣기는 모금함에 넣었는데, 결과적으로 그것이 나쁜 사람들의 주머니만 불린 꼴이 됐다고 하면 기분이 좋을 리도 없을뿐더러 바보짓을 했다는 생각마저 들 것이다. 나부터도 지갑을 꺼낼 마음이 들지 않았다.

마침내 15분 늦게 도리이와 니시지마가 나타났다.

벽의 대부분이 유리로 둘러싸인, 멋들어진 빌딩이었다. 다양한 브랜드가 입점해 있다는 그곳에는 많은 젊은이들이 왔다 갔다 했다.

"난 이런 데 처음 와 봐." 안으로 들어가 1층 플로어를 걸으며 내가 솔직히 털어놨더니 도리이가 웃으며 대꾸했다. "그렇겠지. 모리오카 출신인 기타무라는 목장밖에 더 알겠어?"

"그 굴욕적인 발언에 궐기한 모리오카 전 시민들이 지금 4번 국도를 타고 돌진할 거다." 내가 뚱하게 대꾸했다.

"국도로 온다고? 아니 왜? 고속도로가 빠를 텐데. 고속."

플로어 한쪽에 있는 상행 에스컬레이터를 탔다.

"니시무라, 돈은 있어?"

"돈은 말입니다, 나중에 어떻게든 충당할 수 있는 겁니다." 니시지마는 의기양양하게 대답했다.

"니시지마, 아르바이트한대." 위 계단에 선 도리이가 내려다보며 말했다.

"빌딩 경비 아르바이트입니다." 니시지마가 설명을 덧붙였다.

"경비? 가드맨 말이야?"

"야간에 하는 건데요, 빌딩 순찰을 돈다거나, 약간의 청소를 하는 일입니다." 니시지마는 어물쩍 넘겼다. 말투로 보아하니, 자기도 구체적인 일의 내용은 모르는 것 같다.

"그런 일을 아르바이트생이 해도 되나?"

"며칠 전 마작 하우스에서 같이 게임을 하던 아저씨가 임대 빌딩에서 그런 일을 하고 있지 뭡니까. 그래서 슬쩍 한번 물어봤다가 덜컥 일하게 된 거예요. 굿 타이밍, 굿 뉴스 아닙니까."

"재밌는 게, 그 임대 빌딩이 또 우리 집 바로 맞은편이야." 도리이가 위에서 말한다.

"8층짜리 낡은 빌딩인데, 어쩌면 우리 집에서 니시지마를 볼 수 있을지도 몰라."

"오늘은 도리이가 먼저 내 옷값을 내 주고, 나중에 아르바이트 비를 받으면 갚기로 했죠." 니시지마가 꼿꼿하게 서서 말했다.

"경비 아르바이트까지 하는데 옷 한 벌 못 사겠습니까." 니시지마는 경비원 아르바이트만 하면 세상의 모든 물건을 다 살 수 있고, 또 일생 돈에 쪼들리지 않을 거라고 과신하는 것 같은데, 나야 뭐 그런 아르바이트를 해 본 적이 없으니 딱히 지적할 수가 없었다.

5층은 모두 남성복 매장이었다. 우리는 에스컬레이터에서 내려 시계 방향으로 돌기 시작했다. 도리이는 한층 고급스러워 보이는 두 번째 매장으로 들어가 재킷을 사고는 "이만하면 난 문제 없겠지." 하면서 무슨 보증수표라도 받은 듯한 얼굴을 했지만, 니시지마는 쉽사리 마음에 드는 옷을 발견하지 못했다.

한 층을 거의 다 돌고 다시 제자리로 왔다. 온 벽을 새하얗게 칠해 다른 매장보다 훨씬 깔끔하고 단정한 분위기를 풍기는 곳이었다. 발을 들이자마자 우리들은 샅샅이 매장 안의 옷들을 탐색했다.

얼마 지나지 않아 내 옆으로 검은색 정장을 입은 여직원이 다가왔다. 호리호리한 몸매에, 어깨 위로 파마머리가 찰랑거렸다. 동그스름해서 그런지 어려 보이는 얼굴이었다. 왼쪽 가슴 위에 붙은 명찰로 눈이 간다. 하토무기? 무슨 저런 이름이 다 있지……?

"특이한 이름이죠? 멋지지 않아요?" 여직원이 내 생각을 한발 먼저 읽곤 웃었다.

"오늘은 어떤 분위기의 옷을 보러 오셨나요?"

"오늘은 그냥 친구 따라서." 나는 살짝 비켜서며 말했다.

그러자 어느 틈에 도리이가 다가와서 끼어들었다. "예, 오늘은 미팅에 입고 나갈 옷을 보러 왔는데요."

"어머나." 하토무기 씨는 기분 좋은 감탄사를 흘렸다.

벽 쪽에 서 있는 마네킹을 가만히 보고 있던 니시지마가 가까이 다가왔다. 그리고 하토무기 씨 앞에 서서 물었다. "저 마네킹이 입고 있는 거, 저한테는 어떻겠습니까?"

그의 말투가 이상해서 그런지 하토무기 씨도 잠깐 무슨 말인가 하는 얼굴로 있다가 대답했다. "아, 입어 보실 수 있어요. 재킷

한번 꺼내서 보여 드릴까요?"

"전부 말이에요." 니시지마는 표정 하나 바꾸지 않고 뭔가 마땅찮은 투로 다시 물었다. "왜요, 이상해요? 마네킹에 입혀 놓은 옷을, 세트로 다 사 가면 우스워 보일까요?"

나는 마네킹을 쳐다보았다. 짙은 청색 재킷에 흰 면바지, 그리고 안에는 얇은 갈색 셔츠를 매치해 화려한 맛은 없지만 썩 세련되어 보였다.

"전혀요. 그렇지 않습니다." 하토무기 씨는 부드럽게 미소 지으며 말했다. "보통 밖으로 나가면 다른 사람들은 마네킹에 한 세트로 입혀 됐던 건지 알아보지 못하죠."

"아, 그렇습니까." 니시지마가 멋쩍게 웃었다.

"저렇게 마네킹에 입혀 놓은 옷을 통째로 구입하는 경우 대개 직원 보기를 쑥스러워하시던데." 하토무기 씨가 웃으며 입을 뗐다. "이번처럼 마네킹에 입혀 놓은 옷을 전부 한 세트로 사면 우스운 거냐고 면전에서 물어보신 손님은 처음이네요."

"바로 그게 니시지마의 강점이죠." 내가 말했다.

니시지마가 탈의실로 들어가자 하토무기 씨가 우리를 보며 슬며시 귀띔했다. "재밌는 친구분이네요. 아주 당당하세요."

하토무기 씨는 니시지마의 본질을 잘 집어냈다.

"촌스럽지만, 당당하지요." 도리이가 자신 있게 말했다. "남들은 꼴사납게 봐도, 본인은 전혀. 니시지마를 보고 있으면 뭐든 할 수 있을 것 같은 기분이 들어."

"니시지마에게는 끝이 없다, 그런 느낌이야." 내가 생각나는 대로 말했더니 옆에 있던 하토무기 씨가 아아, 하고 입을 열었다. "그 말 사카구치 안고*도 한 적 있지요. 벚나무 아래에는 끝이 없다."

거창한 대화는 아니었지만, 그때부터 하토무기 씨와는 직원과 손님 관계를 떠나 폭넓은 잡담을 나누었다. 듣다 보니 하토무기 씨는 우리보다 한 살 많은 프리터족**이었다. "젊어 보인다기보다 어려 보여서 오히려 곤란해요."라고 했다.

하토무기 씨는 처음 보는 사람과도 스스럼없이 어울려 이야기하는 내내 편안한 분위기를 만들었다. 또 그런 분위기에 한몫 단단히 한 그녀의 둥근 얼굴도 내 눈엔 귀여워 보여, 첫눈에 반했다기보다, 앞으로 내가 이 가게에 자주 발걸음하게 될 것이며, 그러는 동안 이 여자와의 거리를 조금씩 좁혀 나가, 정확히 언제가 될지는 모르나 연상연하 커플이 되지 않을까 하는, 자신감 과잉인지 과대망상인지 모를 예감이 슬며시, 하지만 확실하게 들었다.

뭐 그리 대단한 건 아니고.


조금 있다 니시지마가 탈의실에서 나왔다. 오호! 나와 도리이

---

* 1906~1955 일본의 소설가. 종래의 형식과 도덕에 반기를 든 작풍으로 유명하며, 대표작으로 『백치』가 꼽힌다.
** 일정한 직업을 갖지 않고 아르바이트로 생활하는 사람들.

가 동시에 감탄했다. 청바지 차림일 때와는 백팔십도 다른, 훨씬 어른스러운 분위기를 풍겼다. 너무 딱 맞는 게 아닌가 싶기도 했지만 보기 흉한 정도는 아니었다. "좋네요, 잘 어울려요." 하토무기 씨가 손뼉을 쳤다. 좋아, 그것으로 해라. 나도 부추겼다. 도리이는 재킷에 붙은 가격표를 흘낏 확인했다.

"보기 좋아요?" 니시지마가 일말의 쑥스러움도 없이 태연하게 말했다.

"아니, 보기 안 좋아." 나와 도리이가 동시에 대답했다.

"이 정도면 이번 미팅은 성공적이겠군요." 니시지마가 진심을 담아 확신하기에 우리 세 사람은, 하토무기 씨를 포함해서, 글쎄 표현은 조금씩 달랐지만 거의 '보장은 할 수 없다.'는 쪽으로 뜻을 모았다. 니시지마의 입이 또 한일자로 꾹 닫히고, 우리 세 사람은 웃었다.


12


백화점에서 돌아오는 길, 셋이서 센다이 역 근처 뒷골목을 걷고 있을 때였다. 뒤에서 따라오던 니시지마가 걸음을 멈추고 소리쳤다. "와아, 이거 굉장하네요." 유리창 너머로 이리저리 움직이는 남자들이 시야에 들어왔다. 순간, 나도 궁금증이 일었다. 그리 넓지 않은 실내에서 누구는 반바지에 티셔츠, 누구는 윗도리도 없이 반나체로 꿈틀거리고 있었다.

안쪽으로 링이 마련되어 있고, 천장에 매달린 샌드백도 있었다. 전부 열 명 정도 되었는데, 개중에는 꼬마도 있었고, 나보다 나이가 많아 보이는 남자도 있었다. 모두들 거칠게 숨을 내쉬며 꿈틀거렸다. 권투 체육관이라면 주먹을 휘두른다거나, 폼을 확인하며 연습해야 하는 것 아닌가 싶은데, 그들은 아무 말 없이 꿈틀거리며 호흡만 골랐다.

　"킥복싱이다." 간판에 쓰인 이름을 확인하며 도리이가 말했다. "유명한 체육관이야. 아하, 여기 있었구나."

　"그래?" 나는 고개를 갸웃했다.

　"몰랐어? 아베 가오루잖아. 아베 가오루가 소속된 체육관이라고, 분명해. 아아, 여기 있었구나."

　"그거, 프리재즈 색소폰 연주자 아니야?" 내가 곧 대꾸했다. 브로발린이라는 수면제를 백 알 정도 먹고 스물아홉 살에 요절한, "나는 누구보다 빨리 불고 싶다."던 알토 색소폰 연주자다. 네 시간을 내리 쉬지 않고 연주를 하고, 입에서 피를 흘리며 색소폰을 불었다는 일화를 어디선가 읽은 기억이 난다. 그 아베 가오루? 여태 살아 있었어?

　"색소폰? 무슨 색소폰이야. 단순히 동명이인이지. 내가 말하는 아베 가오루는 바로 저 사람이야. 킥복싱 챔피언. 종합격투기 시합에서 활약하고 있잖아." 하고는, 목을 쭉 빼고 체육관 안을 살피다 안쪽 벽을 가리켰다. "저기 봐, 저기 사진 있다."

　멀리 떨어진 곳이었지만 트렁크를 입은, 다부진 근육의 소유자가 주먹을 쥐고 있는 사진이 걸려 있다. "처음 보는데." 나는 솔직히 말했다.

그때, 땡 하는 소리가 들려왔다. 링 위에 붙은 공이 울린 것이다. 그것을 내가 알아냈을 때는 이미 체육관 안에서 꿈틀대던 남자들이 격렬하게 몸을 움직이기 시작했다. 경쾌하게 바닥에서 제자리 뛰기를 하는 남자들의 발놀림에 맞춰 건물 전체가 일렁이는 것 같았다.

샌드백을 두들기는 사람도 있고, 코치로 보이는 사람의 미트를 향해 킥을 날리는 사람도 있었다. 퍽, 퍽, 하는 소리가, 소리라기보다는 진동이 여기저기서 울렸다. 거울 앞에서 주먹 쥔 폼을 확인하는 사람도 있었다. 아까까지는 공이 울리기 전 인터벌, 쉬는 시간이었던 모양이다.

안쪽 문이 열리고 거기서 근육으로 똘똘 뭉친 남자가 모습을 드러냈다. 그러자 체육관 내에 긴장이 돌기 시작했다. 적어도 난 그렇게 느꼈다. 물론 남자들은 모두 각자의 연습에 전념하고 있어 근육남을 빤히 쳐다보지는 않았지만, 그래도 사람들의 머릿속에는 저마다 '왔다, 왔어.' 하며 침을 한 번 꿀꺽 삼키는 듯한 긴장감이 감돌았다.

남자는 링을 향해 90도로 허리를 숙여 인사하고 크게 외쳤다. "잘 부탁드리겠습니다." 짙은 눈썹에 부리부리한 눈, 입술도 두툼한 것이 전체적으로 대담한 인상이었다. 그러고 나서 그는 팔과 허리를 흔들며 몸을 풀었다.

"저 사람이 아베 가오루야." 도리이가 나직하게 말했다. 듣고 보니 확실히 사진 속의 자신감 넘치는 남자와 동일 인물이다. 하지만 실물이 훨씬 힘 있어 보였다. 돌덩이 같은 중량감과 번득이는 매서움을 겸비했다. 한마디로 속이 꽉 찬 육체다.

"저 사람 세냐?"

"세지. 게임 전에 늘 호언장담하는데, 결과도 그대로야. 호방하다고 할까. 아, 저쪽에서 미트 들고 있는 사람 있지? 파란색 미트 든 사람 말이야." 도리이가 오른손으로 링 옆에 서 있는 중년 남자를 가리켰다. 보통 체격에, 후줄근한 티셔츠를 입고, 남자아이를 지도하고 있다. "저 사람이 회장이야. 저 사람이 당시 불량 청소년으로 비행을 일삼던 아베 가오루에게 싸움을 걸어서 이겼대."

"그래서 아베 가오루는 여기 다니게 된 거야?"

"꼭 우시와카마루*와 벤케이** 같지?" 도리이가 웃는다.

"삼장법사와 손오공이군." 나도 한마디 거들었다.

"그러다가 킥복싱 챔피언이 된 거야?"

"챔피언이 된 지 한 반년쯤 됐나? 이제 슬슬 방어전을 할 때가 됐을걸? 아무튼 무진장 강해. 더 말할 것도 없어."

"어떻게 요코하마에서 온 네가 센다이의 격투기 선수를 그렇게 잘 아냐?"

---

* 가마쿠라 시대의 무사로, 본명은 미나모토노 요시쓰네이다.
** 미나모토노 요시쓰네의 충복으로, 원래 승려였다.

"저 사람은 전국적으로 유명한 사람이라니까 그러네. 모리오카 출신은 모를지도 모르지만." 도리이가 한심하다는 표정을 지었다.

"그런 소리 해 놓고 떨리지도 않냐? 그런 굴욕을 들은 모리오카 전 시민이 궐기하여 지금……."

"그래, 그래. 또 국도를 타고 올라들 오시겠지."

체육관 앞에는 연습 광경을 구경하는 사람들이 가져다 놨는지, 누가 봐도 버스정류장에서 훔쳐 온 게 뻔한 벤치가 놓여 있었다. 자리에 앉은 나의 눈은 곧장 아베 가오루에게로 향했다. 다른 남자들과는 서 있는 폼부터가 달랐다. 구릿빛 피부에서 피어날 리 없는 열기가 올라오는 게 보였다. 아베 가오루가 천천히 우리 앞에 있는 샌드백으로 다가섰다. 먼저 이용하고 있던 젊은 이들이 아베 가오루가 글로브를 낀 왼팔을 뻗자 다른 곳으로 흩어졌다.

공이 울린다.

순간, 요동친다. 삐걱거리며, 요동치고, 울린다. 체육관이 요동치고 샌드백을 매단 체인이 삐걱거리고, 샌드백이 비명을 지르고, 코치가 쥔 미트가 요동치고, 킥을 반복하는 남자들의 버티고 선 다리가 삐걱이고, 그들의 팔이 요동친다. 푹, 퍽, 소리가 나고, 지면이 울리고, 그것이 유리창을 흔들고, 벽 너머 이쪽 벤치를 삐걱대게 하고, 앉아 있는 우리들의 몸을 울린다. 피부와 발 언저리가 진동할 뿐만 아니라 우리를 지탱하는 정신의 축을 뒤흔드는 느낌이었다.

보고 있는 동안, 눈부신 붉은빛이 눈앞을 물들였다. 가라앉기 시작한 태양이 우리의 등 뒤에서 체육관 유리창으로 들이쳤다. 농염하게 달아오른 빛 속에서 남자들이 나름의 리듬에 맞춰 몸짓하는 광경은, 엷은 안개가 피어오르는 숲 속에서 육식동물이 먹잇감을 응시하며 다가서는 모습과도 닮은, 탁월한 미美를 연출했다.

그중에서도 아베 가오루의 움직임은 특히 아름다웠다.

우리들에게 등을 보이고, 그러니까 석양을 등지고 샌드백을 향해 줄기차게 펀치를 날렸다. 저러다 질식하는 건 아닐까 하는 생각이 들 정도로 쉼 없는 타격이었다. 몸을 뒤틀 때마다 그의 허벅지 근육이 융기하고 발을 내디딜 때마다 땀이 사방으로 튀었다. 흩어지는 땀방울 하나하나가 빛을 반사하는 듯 보였다.

공이 울리고, 인터벌이 되자 아베 가오루를 비롯한 모두가 연습을 중단한다. 다시 공이 울리자 아베 가오루의 로킥이 샌드백을 뒤흔든다. 툭, 탁, 하고 귀가 아니라 피부로 소리가 튄다.

주위가 꽤 어두워진 것 같아 나는 천천히 시계를 보고는 깜짝 놀랐다. "우리 한 시간이나 이러고 있었네. 이제 그만 가자."

"킥복싱은 원래 무예타이에서 유래한 거야. 무예타이." 돌아오는 길에 도리이가 말했다. 체육관에서의 흥분이 가시지 않아서인지 좀 들뜬 목소리였다.

"무예타이라면 그 태국의 국기 말야?"

"맞아. 무예타이는 굉장한 스포츠지. 전에 들었는데, 옛날 태국의 왕이 버마 군대의 포로가 됐을 때,"

"왕이 포로가 됐어요?" 니시지마가 눈썹에 힘을 주며 물었다. "그랬다면 게임 끝 아닙니까?"

"다들 그렇게 생각하겠지. 그런데 그게 아니었어. 버마의 왕은 그 태국의 왕에게 기회를 줬어. 버마의 병사와 싸워 이기면 자유롭게 풀어 주겠다고."

"그래서 어떻게 됐어?"

"태국의 왕이 이겼지. 멋지지 않냐? 그때 사용한 것이 바로 무예타이였대."

"이야, 그거 멋진 이야기군요." 니시지마가 강력히 동의했다. "정말로 강하군요." 우리는 체육관을 지나 역 근처 큰길을 걷고 있던 중이었다.

"아니, 뭐 그렇게까지 멋진 이야기는 아닌데." 먼저 말을 꺼낸 도리이가 도리어 당황했다.

"왕이라면 말입니다. 그 정도로 강하다는 걸 보여 줘야만 합니다. 미국의 대통령도 말이죠, 자기 스스로 중동으로 가서 직접 맞서 싸우는 의지를 보여 줬으면 좋겠습니다. 기개랄까, 정치가의 혼을 보여 줘야 한다 그 말이죠. 일본 총리도 마찬가집니다. 기자들에게 이러쿵저러쿵 둘러댈 시간이 있으면 전장으로 가 선두에 서서 싸우면 되는 겁니다. 일국의 정상은 무예타이를 배워야만 합니다."

"그게 무슨 정치가냐, 람보지."

"프레지던트맨의 용기를 우리는 절대 잊어선 안 됩니다."

나는 대꾸하기도 귀찮아서 대신이라기는 좀 뭐하지만 "아까 그 체육관에서 연습하던 모습은 감동적이었다." 하며 화제를 돌렸다.

"조감형인 기타무라도 감동이란 걸 하나?" 도리이가 웃는다.

"바로 그겁니다. 그게 바로 살아 있다는 실감이라고요." 니시지마가 입에 거품을 물고 말했다. "우리 학생들이, 설렁설렁 놀고 먹는 것과는 정반대로 말입니다. 자기 몸을 쓰고, 육체의 고통을 견디며 맞부딪치는 겁니다. 그런 식으로 해 나가야 돼요. 자신의 피부로 직접 부딪치는 세계입니다. 나는 완전히 감동받았습니다. 완전히 빠져 버렸습니다."

"아이고, 완전히 빠졌어요?" 도리이가 어르듯이 말했다.

"그렇게 말만 하지 말고 너희들 체육관에 한번 다녀 보지 그러냐?" 내가 감동에 빠진 두 사람을 짓궂게 꼬집었다.

"나한테 그게 가당하기나 한 얘깁니까?" 니시지마가 뚱하게 답했고, "나도 그래, 난 도무지 운동하는 사람들에게 공감할 수 없어."라며 도리이가 웃었다.


13


다음 날 아침 나는 2교시 법학 A 강의에 들어갔다. 안경을 낀 초로의 교수는 학생들의 지력보다 청력을 시험할 요량인지, 마이크도 사용하지 않고 기어 들어가는 목소리로, 그것도 속사포로 강의를 해 나갔다. 대강당이었기 때문에 도무지 참다못한 학생들이 하나둘 앞자리로 이동했다. 그 모습을 보고 나는 어쩌면 교수가 개미 소리로 강의하는 것은 앞자리 공석을 메우기 위한 의도가 아닐까 생각했다.

도도가 말을 건 것은 강의가 끝난 직후였다. 가방에 노트와 펜을 넣고 있는데 불쑥 다가와 한마디 했다. "너무 어려워."

"아, 어려워? 저 교수님의 말 알아듣기가?"

"아니, 그게 아니고. 며칠 전에 산 시디 말이야." 도도가 가방 밖으로 삐져나온 이어폰을 가리키며 말한다. "곡들이 전부 비슷비슷하고, 연주도 뭐, 내가 듣기로는 그다지 훌륭한 것 같지 않고, 괜히 분위기만 그럴듯하게 잡고 막 흘러가는 것 같아."

"거기까지 알았으면 충분해." 솔직히 말하면 나는 펑크라는 장르가, 사람들이 말하는 것만큼 절실한 음악이라고는 느껴지지 않았다. 따지고 보면 연주하는 밴드나 공연장에서 난동을 부리는 관객이나 나름대로 유복한 가정에서 태어나 따분한 일상을 견디다 못해 그런 분위기를 타고 남아도는 힘을 해소하는 것뿐이라는 인상이 강해 좋아하지 않았다. 다만 기껏 들어 보려는 사람을 김새게 만들 필요는 없어서 굳이 말하지 않은 것이다.

"그건 그렇고." 도도가 말투를 약간 바꾸었다. "너희 미팅 할 거라며?"

어떻게 알았지? 속으로 생각하면서 "아직 결정된 건 아닌데." 하고 대충 대답했다.

"니시지마, 옷을 산 모양이더라?"

"자세히도 알고 있네." 나는 속으로 놀랐다. "그거 바로 어제 일인데. 그것도 어제저녁."

"어젯밤 미나미가 도리이한테 전화를 했다가 들었대. 나도 미나미한테 들었어."

"상대는 전문대생들인 것 같은데, 나도 자세한 건 몰라."

"분명 예쁜 애들이겠지?"

"글쎄, 너보다는 못하지 않겠냐?"

"뭐야, 사람 비행기 태우는 거야?" 도도의 눈이 반짝이는 것 같았다. 내겐 그렇게 보였다.

"저기 말이야." 나는 짚고 넘어가지 않을 수 없었다. "너, 지금 니시지마가 킹카가 돼서 예쁜 여자들하고 친해질까 봐 걱정하는 거냐?"

"걱정까지는 아니지만."

"아니지만?"

"약간 우려는 하고 있어."

"아니, 이것 봐, 우려고 자시고 간에." 나는 말하면서 어떤 단어를 골라야 할지 생각했다. "니시지마를 상대로 그런 걱정은 할 필요가 없다고 보는데."

"방심하다 큰코다친다는 말이 있어."

"아니, 그렇게 걱정이 되면 네가 먼저 말하면 되잖아."

"말하다니, 무슨 말을 해?"

"너의 마음." 내가 진지한 표정으로 말하자, 도도는 전에 없던 싸늘한 얼굴로 나직이 응수했다. "나. 의. 마. 음?" 그러더니 더 작은 소리로 물었다. "어떻게?"

"나야 모르지."

잠깐 생각을 하다 고개를 들었더니, 어느새 도도는 강의실을 빠져나가고, 없었다.


"저기, 기타무라, 정말 아무것도 아니냐?" 옆에서 소리가 들려 누군가 했더니, 간지였다. 없는 사람의 얘기를 하면 꼭 장본인의 그림자가 나타난다더니, 간지에 대해 입도 뻥긋하지 않았는데, 기척도 없이 나타났다. 햇빛을 등지고 있어서 그림자처럼 보였다.

"뭐가?"

"도도 말이야. 지금도 둘이 다정하게 얘기했잖아." 간지는 나를 추궁한다기보다 딸의 외박에 가슴이 덜컹한 아버지 같은 표정이라, 퍽도 딱해 보였다.

"특별한 얘기를 한 건 아니야."

"그러니까, 예를 들어서 무슨 얘긴데?"

"예를 들면 논문에 관한 얘기." 우리 학교 법학부는 졸업논문뿐만 아니라 1학년 말에도 논문을 내야 한다. 이제 막 대학에 들어온 초짜들한테 무슨 논문을 쓰라는 건지 모르겠지만, 짐작건대 '대학에 들어왔다고 이제부터 놀아도 된다고 생각하지 마라.'는 대학 측의 고려 때문이 아닌가 싶다. 아무튼 지금 둘러대기 적절한 화제라고 생각했다.

"아아, 뉴론 말이냐?" 간지가 얼굴을 찌푸리며 대꾸했다. 입학논문*을 줄여서 '뉴론'이라고 부르는 애들도 있다.

"주제는 뭐로 할까, 뭐 그런 이야기."

"흠, 그렇군." 간지는 여전히 석연치 않은 표정이었다. 그러다 뭔가 퍼뜩 생각이 났는지 나를 다시 불렀다. "아 맞다, 기타무라. 내가 며칠 전에도 말했지만 도리이 조심해, 위험한 녀석이야. 걔 전문대 여자들도 찝쩍대지?"

"하세가와 선수 말이냐?"

"선수? 아니 무슨 선수가 아니라 전문대생이라니까. 아무튼 그 여자, 만만찮은 여자 같더라."

"만만한 것보다는 만만찮은 게 낫잖아?"

"이 남자 저 남자랑 사귀고, 또 어디 술집 나가는 남자가 이것저것 갖다 바친다나 뭐라나."

"바친다나 뭐라나?" 그 애매한 말투가 우스워 나도 한번 따라 해 보았다.

"아니 참, 그 반대인가? 여자가 남자한테 이것저것 갖다 바친다나 뭐라나."

---

✝ 입학논문은 일본어 발음으로 뉴가쿠 론분이다.

"바친다나 뭐라나."

"도리이가 찝쩍대는 걸, 몹시 거슬려한다는 얘기가 있어."

"내가 들은 바로는, 먼저 작업을 건 사람은 도리이가 아니라 그 여자고, 아직 그렇게 깊은 관계인 것 같지도 않던데."

"증거 있냐?" 간지가 눈을 매섭게 뜨고 물었다.

"증거? 글쎄, 증거가 있거나 말거나." 나는 대충 말하고는 강의실을 나왔다.


혼자 학생식당에서 점심 식사를 끝낸 나는 게시판에 붙은 '휴강'이란 글자를 보고, 또야, 했다. 민사소송법은 얼마 전에도 휴강이었기 때문이다.

혹시 이번에도 도리이와 니시지마가 어디 숨어 있다가 나타나는 것은 아닐까 자전거를 세워 둔 곳을 둘러보았지만, 다행히 그들의 모습은 보이지 않았다. 그런데 야마세미 말고 눈에 익은 사람이 있었다. 다소곳이 반달눈을 한 미나미가 주변을 환하게 만들고 서 있었다.

"도리이, 오늘 학교에 나올까?"

"글쎄, 도리이 오늘 수업 없는 것 같던데. 왜, 무슨 볼일이라도 있어?"

"뭐 대단한 일은 아니지만. 이번 주 금요일, 도리이 생일이거든. 그래서."

"금요일이 도리이 생일이야?"

"응. 중학교 때 이후로 변하지 않았다면, 말이지만." 그러면서 쑥스러운 듯 발치를 보는 미나미가 지금 농담으로 한 소린지, 진심으로 한 소린지 모르겠다.

"그럼 축하라도 할 겸 밥이나 같이 먹는 게 어때?" 무책임한 말인 줄은 알지만 미나미에게 말해 보았다. 딴마음은 없었지만 그렇게 옆에서 부추겨야 할 것 같았다.

"아무래도 그러는 게 좋겠지?" 미나미의 두 눈이 순간 초롱초롱해졌다.

나는, 그게 좋을 거 같은데, 하고 한 번 더 말하려다가 중요한 사실을 깨달았다. "참, 미팅!"

"미팅?"

금요일은 미팅을 하기로 한 날인데. 미나미도 그 사실은 알고 있겠지만 날짜까지는 몰랐나 보다. 눈을 깜박거리며 서 있는 미나미를 보고 얼른 둘러댔다. "아니, 도리이한테도 뭔가 볼일이 있을지도 모른다는 소리야." 그리고 도망치듯, 아니 도망치기 위해, 자전거에 올라탔다.


14


금요일, 미팅은 무난히 이루어졌다.

미팅 참가자는 사전에 들은 대로 남자 넷, 여자 넷이다. 남자는 도리이, 니시지마, 나, 그리고 야마다라는 경제학부 1학년이다.

야마다와는 그 자리에서 처음 만났는데, 공부를 너무 해서 근시가 됐다고밖에 생각할 수 없을 만큼 진지한 풍모의 소유자였다. 홀쭉한 체격에 검은 뿔테 안경을 썼다.

"어떻게 아는 사이야?" 하고 물었더니 도리이가 "우리 집 근처에 살아. 전에 갔던 그 식당에서 만났지. '켄켄켄' 알지? 야마다가 쇼가야키 정식을 시키길래 다른 걸 시키는 게 나을 거라고 내가 충고해 줬거든. 그러다 알게 됐다. 명랑한 녀석이 아니라 말하는 게 좀 졸리기는 한데." 라고 대답했다.

"잠깐만. 나한테는 쇼가야키에 대해 가르쳐 주지 않더니 왜 야마다한테는 가르쳐 줬냐?"

"너는 남의 조언을 필요로 하지 않는 위인이시니까." 도리이가 까랑까랑한 목소리로 치켜세우듯 말했지만, 터럭만큼도 흐뭇하지 않았다.

술집의 한 별실에 우리들이 먼저 도착했다. 긴 호리고타쓰식[*] 테이블이라 우리는 안으로 다리를 뻗고 앉아 여자들이 오기를 기다렸다. 발소리와 웃음소리가 들리고 그 소리가 점점 커진다 싶더니 "어머, 먼저들 와 있네." 하고 경쾌하게 말하며 하세가와가 들어섰다. 어깨에 닿을 만큼 긴 머리에 미니스커트를 입었다.

여자·넷이 앞에 늘어선 모습을 본 순간, 나는 나도 모르게 아아, 하고 소리를 낼 뻔했다. 흥분이나 감동이 아니라 한탄이었다.

---

[*] 마룻바닥을 파고 그 위에 상을 놓은 형태의 일본식 좌식 테이블.

앞에 앉은 여자들이, 하나같이 예뻐서, 외모만으로 보자면 이건 다시 볼 것도 없이 우리 남자들보다 한 수 위였기 때문이다.

예를 들자면 포커 게임에서 서로 치열하게 견제한 끝에 "하나 둘 셋." 하고 손에 든 카드를 동시에 펴 보였을 때, 이쪽이 3원페어인데 반해, 상대는 풀하우스인 경우처럼 완전히 꿀리는 기분이었다. "그 정도로 어디 승부를 겨루겠다고 그러냐." 하고 상대가 말하면, "이게 바로 포커의 맛 아니냐." 하며 당당히 맞서는 것도 방법이긴 하지만, 유감스럽게도 이것은 포커가 아니다. 누구 말마따나 처음 2초에 승부가 나는 냉혹한 미팅이다.

네 여자들의 시선이 순식간에 남자들을 훑고 지나간다. 등급을 매기고 있겠지. 대충 짐작이 갔다. 하지만 여자들이 생각만큼 실망한 눈치가 아니라는 것이 조금 의외였다.

"저기요, 이 모양으로 생겼는데 괜찮겠습니까?" 하고 확인하고 싶다.

여자들부터 순서대로 자기소개를 했다. 한 사람씩 말하고 그때마다 박수를 치고 도리이와 하세가와가 숙달된 말솜씨로 촌평과 감상을 덧붙여 분위기를 띄웠다. 내 예상을 뒤엎고, 아니 굳이 혼자서 불안해할 필요는 없었다고 할까, 나름대로 미팅의 분위기가 무르익었다. 미팅이란 모름지기 어때야 한다는 선입견이 있었던 건 아니지만, 나쁘지 않은 분위기였다. 그것은 오로지 여자들의 미모와 사회자들 덕분이었다. 구체적으로 어땠느냐 하면, "프렌치프라이는 간장을 찍어 먹냐, 소스를 찍어 먹냐."라든지,

"초등학교 때 아카시로 모자*는 어떻게 썼냐."라든지, "화장실에서 뒤처리는 어떻게 하냐." 같은, 시답잖지만 아무도 피해 갈 수 없는 화제를 침묵이 끼어들 여지 없이 꺼내 참가자 전원이 대화에 참여하게 만들었다. 술이 한두 잔 들어가면서 얼굴이 벌게진 야마다가 처음과는 아주 딴판으로 달변가가 되어 싹싹하게 대했는데, 그것이 또 여자들에게 크게 어필했다.

"나, 아무래도, 안경이 잘 안 어울리는 거 아니야?" 뜬금없이 야마다가 큰 소리로 말했다. 누가 시키지도 않았는데 손을 번쩍 들고 있다. 척 보기에 벌써 술이 꼭대기까지 찬 상태다.

"아 근데, 안경을 벗으면 '와, 의외로 잘생겼네.' 하게 되는 타입 아닐까?" 하세가와가 수다스럽게 대꾸했다. 그러자 다른 여자들도, 꺄꺄 환호하며, 맞아, 바로 그런 타입인가 봐, 덮어놓고 맞장구를 쳤다.

좋아, 야마다, 안경을 벗어라. 도리이가 명령하자 야마다는 이미 자신이 안경만 없으면 꽃미남 축에 든다고 확신했는지 가슴을 쭉 펴고 검은 뿔테 안경을 벗었다.

아…… 여자들에게서 비명이라고도 할 만한 신음이 새어 나왔다. 어찌 들어 봐도 미리 짰다고밖에 생각되지 않는, 과장된 한숨이었다. "우리가 잘못 봤네, 도로 써."

이런. 화가 난 야마다는 목숨 건 결투를 신청했다가 완전히

---

＊ 초등학생들이 등하교할 때 쓰는 빨강, 흰색 모자.

무릎 꿇은 모습이었다. 그러면서도 또 "취미는?"이라는 질문에 "그렇게 내 취미가 뭔지 궁금하냐?" 하고 받아쳤다.

"의례적인 멘트."라고 여자들이 입을 모으니 야마다는 진지하게 대답했다. "나는 컴퓨터가 취미다."

"컴퓨터가 취미라니, 너무 막연한 대답 아냐?"

"골동품 수집하는 사람처럼 눈에 뜨일 때마다 컴퓨터를 사 모으기라도 하는 거냐?"

"어허, 무슨 가당찮은 말씀을." 야마다는 짐짓 뭔가 있는 듯이 말했다. "사진을 찍어서 다른 사진들과 합성, 가공하는 거야. 역사적인 사진에다 내 모습을 끼워 넣는다든지. 예를 들어 로버트 카파의 그 유명한 사진에 내 모습을 겹쳐 넣는 식이지."

"카파의 사진? 그 총에 맞은 사람의 사진 말이야?" 내가 묻자 그는 고개를 끄덕인다. 그런 사람의 얼굴에 자기 사진을 겹쳐 넣는 게 재밌느냐고 여자들이 질문했다.

"역사에 참가하는 데 의의가 있는 거지. 대통령과 악수를 한다거나 메달리스트가 돼서 수상대에 서기도 하고."

"그거 그냥 합성사진이잖아." 도리이가 잘라 말했다. "그게 뭐가 새로워?"

"정밀함이 다르지." 야마다는 불쾌해진 얼굴로 또박또박 대꾸했다. "근데 대부분은 사진이 아니라 동영상이야. 과거의 뉴스 영상에 나를 끼워 넣는다니까."

"글쎄, 그런 것도 이미 영화로 나와 있다니까." 도리이가 산뜻하게 말했다.

"어, 정말이야?" 야마다는 갑자기 제정신이 돌아왔는지 엄청 실망했다.

그때 화장실에 다녀오겠다며 하세가와가 일어났다. "나도." 내 바로 앞에 앉은 여자도 따라 일어났다. 두 사람은 테이블을 돌아 문 쪽으로 나갔다. 거기서 도리이가 나를 불렀다. "니시지마 좀 화장실에 데려다 줘라. 쟤 너무 마셨어."

어째 조용하다 싶더니만.

니시지마는 꽤 마신 것 같았다. 처음에는 괜찮다며 내 손을 뿌리치더니 화장실 앞까지 와서는 "기타무라는 여기서 좀 기다려 주십쇼. 추한 꼴은 보이고 싶지 않아요." 하고는 문 앞에 나를 세워 두고 들어갔다.

"추한 꼴은 이미 접수했는데 뭐."

따분하게 서 있는데 바로 옆 여자 화장실에서 말소리가 새어 나왔다. 세면대 근처에 서서 수근대는 것 같았다. 먼저 화장실에 간 두 여자다. 엿듣는 것 같아서 약간은 찜찜했지만, 그냥 가는 것도 괜히 도망치는 것 같아 그대로 서 있었다.

"뭐랄까, 좀 이상해, 쟤들." 조금 전까지 내 앞에 앉아 있던 여자의 목소리가 들렸다.

"다들 저 모양일 줄 몰랐어, 정말 짜증 나." 이번에는 하세가와의 목소리다. "미팅이 아니고 짜증팅이야."

그렇군, 멀리 갈 것도 없이 이런 데서 각자의 감상을 주고받는 거군. 나는 끄덕이면서 한편으로는 다들 이 모양이라 미안하다며 속으로 사과했다.

"그 이상한 남자 말이야, 괜히 저 혼자 화난 것처럼 뚱해서는, 완전 핵폭탄 아니니?"

도마 위에 오른 첫 번째 타자는 니시지마일 것이다. 나는 친구인 니시지마를 두고 핵폭탄이라는 둥 놀리는 소리를 들으면서도 그다지 불쾌하지는 않았다. 처음 본 자리에서 사람들이 니시지마의 장점을 이해하기란 무리고, 또 나 역시 완전히 그를 이해하고 있다고는 할 수 없으며, 글쎄 또 그렇게 말하자니 당초 장점이란 게 있었는지도 보장할 수는 없지만, 아무튼 눈에 보이는 걸 중시하는 사람들이 그의 장점을 몰라도 그건 어쩔 수 없는 일이라고 생각했기 때문이다.

"근데, 내 앞에 있는 애는 괜찮더라."

"아, 그래. 그래. 멋있더라."

그것이 나를 두고 하는 얘기인 줄은 곧바로 알지 못했다. 흠칫했다. 여자에게 멋있다는 말을 들은 것은 난생처음이다. 아, 그러고 보니 모리오카에 있는 이발소 주인 아주머니에게 '멋있다'는 말을 듣긴 했지만, 그것은 손님에게 으레 하는 인사일 테니 무효로 쳐야 한다.

"저기 도리이라는 사람도 나쁘지 않잖아, 재미도 있고."

"응, 그렇긴 한데……." 하세가와가 대답했다. 하지만 그 말투는, 꼭 할 말을 다 하지 않고 남겨 둔 듯한, 뭔가 숨기는 듯한 느낌이었다.

그런데? 나는 다음에 올 말을 기다렸다.

"그런데." 예상대로 하세가와가 말을 이었다. "그런데 도리이는, 이 여자 저 여자 찝쩍거리고 다니니까, 글쎄 좀, 괜찮겠지?"

"음, 그러네."

뭐가 글쎄 좀, 이고 뭐가 괜찮다는 건지 난 알아들을 수 없었다. 하지만 여기까지 듣고 이것이 단순한 미팅이 아니라는 짐작은 갔다. 멋있다는 소리에 으쓱했던 기분은 이미 물 건너가고 없었다. 그러던 차에 니시지마가 문을 열고 나왔다. "부활입니다, 부활했어요."

하세가와와 맞은편 여자도 자리로 돌아왔다. 그때부터 다시 잡담이 시작됐는데 내 얼굴에는 화장실 앞에서 들은 그들의 대화가 먹구름이 되어 떠 있었다. 쫓으려 애를 써도 가시지 않았다. 그럼에도 한동안은 표면적으로 유쾌한 분위기가 이어졌다.

위태위태하던, 그 일종의 거품이 싹 가신 것은, 부활한 니시지마가 장광설을 시작했기 때문이다.

"요즘 센다이 시내를 휘젓고 다니는 프레지던트맨 있잖습니까?"

여자들의 반응이 싸늘했던 건 당연지사다.

"휘젓고 다녀?"

"프레지던트맨? 그건 또 뭐니?"

별수 없이 도리이가 설명을 보탰다. "지금 센다이에서 자주 일어나는 퍽치기 사건을 말하는 거야. 니시지마는 그 일에 굉장히 관심이 많거든."

"빨리 잡혔으면 좋겠는데. 어차피 변태나 뭐 그런 부류 아니겠어?"

저런 식으로 나오면 니시지마가 가만히 있지 않을 텐데, 불안해하던 차에 예상대로 니시지마가 입을 열었다.

"잡히면 어떡합니까? 프레지던트맨은 이 세상을 위해 자신이 할 수 있는 일을 하고 있는 거 아닙니까?"

잠시 멍하니 있던 여자들 측에서 노골적인 혐오감이 분출되고, 나와 도리이는 서로 얼굴을 마주할밖에 달리 도리가 없었다. 잠시 후 이래서는 안 되겠다 싶었는지 도리이가 "사건이라면 말이야," 하며 부자연스럽게 끼어들었다. "사기 사건도 있었지." 하고 얼마 전 텔레비전에 나온 모금 활동을 빙자한 사기꾼 이야기를 꺼냈다.

하지만 그마저도 역효과를 냈다.

도리이가 "실제로 그런 일이 있으면 다들 속아 넘어갈 거야." 하고 말하자, 다른 사람들도 "너무 심하지 않니?" 하고 감상을 피력했다.

"마음먹고 기부를 했는데 그게 엉뚱한 곳으로 흘러든다면 완전 바보짓 하는 거 아니니?"

"우리가 동전 몇 푼 넣는다고 해 봤자 무슨 큰 도움이 되겠어?"

"위선적인 거 같아서 난 싫어." 하고 얼굴을 찌푸리는 여자도 있었다.

"아니, 한 군데 기부를 하면, 득달같이 다른 데는 기부하지 않느냐나…… 너무 웃기지 않니? 그런 건 단순히 자기만족에서 하는 짓 같아." 하며 누군가가 웃었다.

이와 같은 여자들의 반응에 마침내 니시지마가 폭발했다. "지금 무슨 말들을 하고 있는 겁니까?" 그는 불같이 소리쳤다. "그렇게 머리 좋은 척하며 살아서 득을 보는 사람 없습니다. 우리 나라 국민들의 대부분은 말이죠, 바보짓 하게 될까 두려워 결국 아무 짓도 못 합니다. 바보짓 하기를 죽는 것만큼이나 두려워하는, 바보들의 천국이라고요."

여자들의 표정이 어두워졌다. 나와 도리이는 이미 면역이 돼서, 또 시작이군, 하며 눈만 껌뻑였다.

"모금함을 들고 있는 사람이 실제로는 사기꾼일지도 모른다, 그 말이죠? 아니 뭐하러 그런 걱정까지 한답니까? 그런 억측을 해서 뭐한답니까? 그냥 기부하면 되는 겁니다, 기부하면 된다고요. 위선은 싫다고 했는데요, 그런 사람이 꼭 자길 위해서는 아무렇지도 않게 거짓말을 합니다."

"니시지마, 알았어. 네 말 알아들었다." 도리이가 손으로 제지했지만 입을 다물 니시지마가 아니었다. "예를 들어 말입니다." 손가락을 치켜든다. 안경 속의 눈이 빛난다. 투실투실한 얼굴이 한

층 더 부풀어 보였다. "예를 들어, 당신들이 모두 타임슬립을 했다고 칩시다."

"그건 또 뭔 얘기니?" 하세가와가 눈썹을 찌푸렸다.

다른 여자들의 표정도 찌푸려졌다. 그녀들의 기분이 그대로 드러났다.

"타임슬립, 그거 옛날 말이지. 음, 오래전에 흘러간 말이라고." 술이 떡이 된 야마다가 안경을 흔들며 말했다.

"백 년 전으로 거슬러 올라갑니다. 무대는 그냥 일본이라도 괜찮습니다. 일본의 어느 시골로 가는 겁니다. 그리고 그 마을에서 산다고 칩시다." 니시지마가 침을 튀겨 가며 말했다. 여자들의 시선이 침의 궤적을 따라가다 테이블 끄트머리에 떨어졌다. "그런데 거기서 만난 주민이 병으로 쓰러졌습니다. 원인을 알 수 없는 병으로 말이죠, 고열로 곧 죽어 넘어가게 생겼습니다."

내 맞은편에 앉은 여자는 대놓고 인상을 찌푸렸다.

니시지마는 눈 하나 꿈쩍하지 않고 이야기를 계속했다. 남들 눈을 개의치 않는다고 할까, 마이웨이 스타일이라고 해야 할까, 주위의 혐오와 경멸을 뿌리치고 전진을 계속하는 니시지마의 태도가 마음에 들어 나는 사실 그의 이야기를 즐기고 있었다.

"바로 그때 당신들 주머니에 항생제가 들어 있습니다. 타임슬립을 하기 전에 병원에서 받은 약이 들어 있다고요. 그래서 그것을 마을 주민에게 줄까 어쩔까 고민하다, 퍼뜩 깨달은 겁니다. '지금 이 시대에는 아직 항생제가 존재하지 않으니 여기서 항생제를 사용하면 역사를 바꾸는 일이 되지 않을까.' 그런 생각을 하게 됩니다."

"아아, 그거야 흔히 있는 얘기지. 영화라든가 소설에서 말이야. 타임슬립 해서 역사가 바뀐다는 얘기."

"그건 안 되지, 음." 야마다가 충혈된 눈으로 니시지마를 쳐다보았다. "자기 마음대로 행동하면 안 된다고. 당장 눈앞의 일만 생각해서 역사 전체를 좌우하면 되겠냐?"

"바로 그겁니다." 니시지마의 목소리가 커진다. "아까 말한 모금 활동도 마찬가집니다. 역사라든가 세계라든가하고는 상관없어요. 지금 당장 눈앞에 닥친 어려움, 위기! 그걸 해결하면 되는 겁니다. 항생제가 있으면, 그냥 주면 됩니다. 필요한 사람이 나타날 때마다 그냥 막 주는 겁니다. 생각해 보세요, 자기 눈앞에 있는 사람도 못 구하는 인간이 더 큰일에 일조할 리 있겠습니까. 역사는 무슨 얼어 죽을 역사입니까. 당장의 위기를 해결하면 되는 거라고요. 지금 내 눈앞에서 울고 있는 사람을 구하지 못하는 인간이 내일, 이 세계를 무슨 수로 구한다는 겁니까."

그 자리의 분위기가 갈수록 가라앉는 건 명백했지만 나는 간만에 가슴속 깊이 통쾌함을 느꼈다. "그냥 항생제를 주면 됩니다." 내 속이 다 후련했다.

"얼마 전엔 세계 정세를 생각해야 된다고 하더니만." 하고 비난하는 도리이도 기분 나쁜 눈치는 아니었다.

## 15

하지만 니시지마의 발언은 여자들의 사기를 끌어 내렸다. 미팅의 분위기를 바다에 비유한다면, 도리이와 하세가와가 애써 파도를 일으켜 해변 가까이 바닷물이 들이치게 해 놓은 것을, 니시지마의 "역사야 바뀌든 말든 일단 있는 대로 항생제를 퍼 줘야된다."는 지론이 단번에 쓸어 내보낸 셈이다. 바싹 메마른 땅을 가리키며 사람들이 "여기는 그 옛날 바다였습니다." 하고 회고하듯 우리들이 앉은 테이블을 보면서도 "이 자리는 몇 분 전까지꽤 분위기가 좋았습니다." 라고 할 만했다.

아무튼 현장의 공기를 민감하게 파악하는 것이 이런 이벤트에 익숙한 사람들의 필수 조건인지, 도리이가 얼른 입을 뗐다. "자 자, 이제 그만 다른 데로 옮길까? 2차 가자, 2차."

나는 여자들이 1초라도 빨리 이 미팅에서 빠져나가고 싶어 할거라고 예상했기 때문에, 그녀들이 한술 더 떠 2차는 어디로 갈거냐며 적극적으로 나오는 것을 보고 잠깐 멍해졌다.

"볼링 어때니?" 하고 제안한 것은 하세가와였다. 나와 도리이는 반사적으로 니시지마를 곁눈질했다.

"아, 볼링도 좋겠다." 하세가와의 옆에 있던 여자가 찬성했다. 그러자마자 다른 두 명도 같이 노래를 했다. "그래 볼링하러 가자, 볼링." 마치 국회에서 누가 제안한 긴급동의안에 대해 사전물밑 작업을 해 둔 동지들이 일제히 "찬성! 찬성!" 하며 들고 일어나는 것 같은, 한쪽으로 우르르 몰려가는 그들의 행동이 내 눈에는 썩 부자연스럽게 비쳤다.

"에이, 나는 안 할래요." 니시지마가 응석받이 꼬마처럼 반대했다.

"됐어, 그럼 볼링 하고 싶은 사람만 가면 되잖아." 하며 여자들이 목소리를 높였다. "하고 싶지 않은 사람은 그냥 집에 가면 되지 뭐."

"가자, 기타무라. 니시지마도 야마다도 다 같이. 아, 맞다. 사실 오늘이 내 생일이거든. 열아홉 살 생일. 생일 기념 볼링 대회가 되겠네. 자, 가자!" 노아의 방주에만 태우면 모든 동물들을 구제할 수 있다고 믿는 것처럼, 볼링장에만 가면 모두가 행복해지리라고 믿는지, 도리이가 힘주어 말했다. "됐어, 됐어. 다 같이 볼링 치러 가자고!"

술집 앞에 있는 엘리베이터는 가뜩이나 좁은 데다 타고 있는 사람도 많았다. 그래서 일단 여자들을 먼저 보내고 우리들은 가게 앞에서 엘리베이터가 다시 올라오기를 기다리기로 했다.

"어때?" 도리이가 내게 말했다. 니시지마는 화장실에 가고 야마다는 너무 취해 벤치에 늘어져 있었다.

"뭐가 어때?"

"누구, 마음에 드는 애 있어?" 도리이가 실실 웃는다. "기타무라, 생각보다 여자들한테 꽤 먹히는 스타일인가 봐?"

"먹혀?"

"여자들한테 말이야. 네 앞에 앉았던 여자애 괜찮아 보이지 않든? 야마다는 니시지마 앞에 있던 애가 마음에 든대." 도리이가 등 뒤에 있는 야마다를 엄지손가락으로 가리키며 귓속말했다.

"언제 그런 얘기를 다." 저렇게 떡이 됐는데.

니시지마가 화장실에서 나왔다. "니시지마, 볼링 치러 가기 그렇게 싫으면 그냥 가도 괜찮아." 늦은 감은 있지만 말해 보았다.

"아니요. 나 혼자만 집에 가는 건 처량하지 않습니까? 게다가 여자들이 '저 바보 같은 놈 도망쳤다.'고 생각할 게 뻔한데 오기로라도 가겠습니다."

그는 나름대로 자기가 처한 입장과 상황을 파악하고 있는 것 같았다. 그러면서도 혼자 집에 가기는 처량하다고 하는 걸 보니, 사람 냄새 나는 그가 한편으로는 기특했다.


1층에 내렸을 때 내 눈에는 두 가지 별개의 모습이 보였다. 그 두 가지 다 신경 쓰이는 장면이었다.

하나는 이쪽으로 가자며 손을 쳐든 하세가와의 뒤쪽에 있는 여자의 모습이다. 조금 전 술집에서 내 앞에 앉아 있던 여자가 휴대전화를 귀에 대고 있었다. 전화하는 것 자체는 이상할 것 없다. 집에 전화해서 "오늘 좀 늦을 것 같아." 하는 것일 수도 있고, 실제로는 애인이 있는 몸이라 "좀 더 놀다 갈게. 하지만 안심해도 돼, 제대로 된 인물은 하나도 없어." 하고 보고하는 걸지도 모른다. 친구에게 내일 수업에 대해 확인하는 경우도 있을 수 있다. 하지만 여자의 표정에는 누군가에게 상황을 보고하는 스파이 비슷한 분위기가 풍기고, 뭔가 꿍꿍이를 꾸미는 것처럼 보였다. 나와 눈이 마주치자 얼른 시선을 피하며 전화를 끊는 것도 마음에 걸렸다.

또 하나는, 그 여자보다 더 뒤에 있는 좁은 골목 너머였다. 라면집 입간판이 있었는데 그 뒤에 숨은 그림자가 언뜻 보였다. 그 그림자는 분명 우리들의 모습을 지켜본 후 따라 움직인 것 같았다. 하지만 우리를 미행하거나 스토킹을 할 만한 사람은 없기 때문에, 그냥 괜한 생각인가 하고는 "자, 볼링장으로 출발!" 하며 여행사 가이드처럼 손을 흔드는 도리이의 뒤를 따라가기로 했다.

한 번 더 확실히 해 둘 마음에 돌아봤는데 골목 모퉁이에서 살짝 얼굴을 내민 여자의 모습이 눈에 들어왔다. 여자는 둘이었다. 아마도 술집 앞에서 우리가 나오기를 기다리고 있었던 것 같다.

대체 뭐야, 나는 앞을 향하면서 고개를 내저었다. 미나미, 도도, 너희들 그렇거나 이 미팅의 향방이 마음에 걸렸던 거냐?


16


"야마다, 잘하네." 여자들이 깔깔대며 손가락으로 가리켰다. 옆 레인에서 너무 취해 비척거리면서 공을 던지는 야마다가 스트라이크를 냈다.

"저렇게 취했는데, 굉장하네." 도리이가 한껏 치켜세웠다. 도리이도 점수는 꽤 잘 나왔다. 이성 앞에서는 평소 실력 이상의 결과를 내는 타입이라고 큰소리치더니, 아주 없는 소리는 아닌 모양이다. 이대로만 가면 160점 이상을 올릴 것 같았다.

장내에는 레인에 떨어지는 공의 무기질적인 소리와 핀들이 충돌하는 통쾌한 소리가 불규칙하게 반복되었다. 멀리 떨어진 레인에서 비명과 더불어 함성이 일었다.

니시지마도 참가했다. 도도의 말은 사실이었나 보다. 볼링 대회 때와는 천양지차의 폼으로 공을 던진 니시지마는 점수 또한 나쁘지 않았다. 오히려 니시지마 자신이 본격적으로 실력 발휘를 하지 않아서 그런가, '믿기 어려운 고득점'까지는 아니었다. 하지만 도리이가 내게 니시지마가 어떻게 저렇게 잘 치게 된 거냐고 토끼 눈을 뜨고 귀엣말을 할 정도의 실력은 됐다.

첫 게임이 끝나고 집계한 결과 최고 득점자는 도리이였다. 165점. 여자 팀은 120점부터 140점까지 괜찮은 성적이었고, 나도 비슷한 수준이었다. 니시지마는 120점이었다.

한 게임을 더 치기로 했다. 다만 그 전에 화장실에 가는 사람에, 자판기를 찾으러 간 사람에, 점수가 나쁜 것은 공 탓이라고 투덜대더니 공을 바꾸러 간 사람도 있어 잠깐 휴식시간을 가졌다. 참고로, 공이 어쨌다는 소리를 한 것은 야마다였다. 하지만 이는 얼토당토않은 소리로, 굳이 따지자면 공 탓이 아니라 술 탓으로 돌려야 한다.

바로 그때 낯선 남자들이 등장했다. 우리가 모두 한 게임을 더 하고 끝낼 생각으로 의자에 앉는데 "재밌어 보이는데, 뭣들 하는 거요?" 하며 두 명의 남자가 접근했다.

검은색 양복 차림의 남자 두 사람으로, 한 사람은 긴 머리를 살짝 갈색으로 염색하고 또 한 사람은 짧게 쳤다. 둘 다 눈썹을 다듬고 오뚝한 콧날에 체격도 좋았다. 키는 180센티미터 이상으로 보였으며, 어깨가 떡 벌어졌다.

도리이가 아는 사람들인가 싶어 그쪽을 돌아다봤더니 도리이도 나를 건너다보며 마뜩잖게 인상을 쓰고 있었다. 누구냐고 입만 뻥긋거렸다.

그러고 있는 사이에도 그들은 넉살 좋게 "자 자, 우리도 좀 같이 합시다, 같이 좀 해." 하면서 여자 팀 자리에 억지로 끼어 앉았다.

"뭘 하긴. 보면 몰라? 볼링 친다, 볼링." 도리이가 남자의 질문에 뚱하게 대꾸했다.

"우리는 둘뿐이라 무진장 외로운데, 어떻게 하면 이렇게 여자들이랑 놀 수 있는지 좀 가르쳐 주라." 장발이 부러 더 큰 소리로 껄껄댔다.

그들의 뻔뻔함에 기가 막힌 건지, 불쾌해서 그런 건지 도리이는 그만 입을 다물었다. 남자들은 대략 이십 대 초반으로 보였는데, 우리들 같은 십 대 후반이라고 보기에는 어른스러운 분위기였지만, 그렇다고 회사원 같지는 않았다.

"볼링 계속할 거지?" 짧은 머리 남자가 바로 옆에 있는 여자에게 말을 걸었다.

"응, 할 거야." 여자가 쾌활하게 대답했다. 당황하기는커녕, 기다렸다는듯 여유로운 웃음을 띠었다. 처음에는 외견상 세련된 꽃미남과 몇 마디 주고받느라 들떠서 그런 줄 알았는데, 듣다 보니 꼭 듀엣곡을 한 소절씩 따라 부르듯 호흡이 척척 맞았다. 하세가와를 넘겨다보니 맞은편에 앉아 있던 그녀도 마침 이쪽을 돌아보던 터라 눈이 마주쳤다. 하세가와가 냉큼 고개를 돌렸다.

뭔가 이상해…….

하세가와와 다른 여자들, 그리고 긴 다리를 우아하게 꼬고 앉은 남자들을 차례로 관찰한 나는 찜찜한 기분을 떨칠 수 없었다. 그들의 태도는 과장되고 부자연스러웠다.

"이봐 레이치, 우리도 여기 볼링에 끼자." 짧은 머리 남자가 긴 팔을 휘휘 돌려 가며 말했다.

"좋지." 레이치라고 불린 남자가 씨익 웃으며 긴 머리를 쓸어 올렸다. 콧구멍에도 힘을 준 그 모습마저 소위 말하는 섹시남 특유의 몸짓으로 보이니 신기할 따름이다. "우리랑 같이 볼링 한판 치자고."

"왜 우리들이 당신들과 볼링을 쳐야 돼?" 도리이는 불만스레 대꾸하곤 "안 그러나?" 하며 나와 니시지마를 돌아봤다. 상황 파악이 제대로 안 돼서 나는 애매하게 고개만 끄덕였는데, 니시지마는 소리를 버럭 질렀다. "그거야 당연하죠. 왜 여기 끼어드는 겁니까?"

이봐 도리이, 이건 아무래도 이상해, 우리 지금 수상한 상황극에 휘말린 거 아냐? 나는 어떻게든 그런 뜻을 전달하고 싶었지만 도리이는 전혀 눈치채지 못했다.

"안 되겠네." 레이치는 짐짓 여유를 부리며 짧은 머리 남자에게 말했다. "준, 그럼 우리는 우리끼리 저쪽으로 가서 하자." 그러더니 여자 팀을 돌아보며 부추긴다. "이봐, 이런 사람들보다 우리랑 같이 한 게임 하는 게 어때?"

"아아, 그게 더 좋을 거 같다." 여자 팀의 누군가가 말하자 "그래 그러자." 하며 다른 누군가가 찬성했다. 나는 이런 상황이 점점 더 수상하게만 느껴졌다.

그때 옆에 있던 도리이가 반대했다. "잠깐. 그렇게 멋대로 행동하지 마."

"잠깐은 무슨 잠깐이야." 준이라는 남자가 말했다.

"좋아, 그럼 이렇게 하자." 거기서 레이치라는 남자가 기다렸다는 듯이 말투를 바꾸고 끼어들었다.

"뭘?"

"볼링으로 승부하자."

"뭐야, 그건 또 갑자기."

"나랑 당신이 대표로 볼링 대결을 하자고. 내기볼링 어때? 분위기 살고 좋잖아." 껄렁한 말투로 상대의 의견은 안중에 없이 밀어붙이는 그에게 짜증이 났다. "어때, 괜찮겠지? 하자."

"갑자기 무슨 소리야?" 하고 도리이가 내뱉자 동시에 여자들이 "재밌을 거 같아!" 하며 합창했다. "응 그래, 하자. 그렇게 해, 도리이."

여자들이 한꺼번에 매달렸다. 완전히 짜고 치는 고스톱 분위기에 당황한 나는 퍼뜩 하세가와 쪽을 쳐다보았다. 그 애는 혼자 시선을 돌리고 있었다.

"야, 아이코! 왜 그렇게 조용히 있어. 너도 내기볼링 좋아하잖아." 거기서 레이치가 말했다. 처음에는 누구를 보고 하는 말인가 했는데, 처음 들어간 술집에서 자기소개를 할 때 하세가와가 "아이코의 '아이'는, 쪽빛으로 물들이다 할 때 그 쪽빛을 뜻하는 한자藍를 써." 하면서 입에 붙은 말로 설명했던 게 생각났다. 그런데 지금 그 이름이 레이치의 입에서 튀어나와서 조금 놀랐다.

하세가와도 움찔한다. 퍼뜩 쳐든 그녀의 얼굴이 죄가 드러난 용의자처럼 굳어 있는 게 보였다. 눈동자가 둘 곳을 못 찾고 흔들렸다.

"어럽쇼!" 도리이가 황당한 표정으로 레이치와 하세가와를 교대로 쳐다보았다. "당신 뭔데 쟤 이름을 알아?"

"도리이, 이 여자애들은 저 남자들하고 진작 알고 있던 사이인지도 몰라." 나는 조심조심 말해 보았다.

"그게 무슨 소리야."

"그래 맞다. 나와 아이코는 아는 사이지. 그것도 아주 깊은 관계라고. 안 그래, 아이코?" 레이치가 말했다. "그런데 어쩌다 여기서 이렇게 보게 됐네." 어쩌다, 라는 말에 힘을 준다.

"호스트?" 의식하기도 전에 그 말이 먼저 입 밖으로 흘러나왔다. 전에 애버리지 180 양에게 들은 '호스트들 사이에서 볼링이 유행한다.'는 이야기가 생각났다.

"그래, 왜, 호스트면 안 되냐?" 레이치가 거들먹댔다. "자 자, 도리이 짱,✚ 나랑 한판 붙지. 여기서 도망치면 남자 체면이 말이 아니잖아?"

"그럼 그럼, 스타일 구기는 거지." 여자 팀에서 한목소리를 냈다.

나는 거기서 한 걸음 더 나아가 술집 화장실 앞에서 들은 여자들의 대화를 떠올렸다. 하세가와는 다른 여자와 도리이에 대해 이야기했었다. 이 여자 저 여자 찝쩍거리고 다니니까, 조금쯤은, 괜찮지 않을까? 이쯤 되니 분명해졌다. 맞다, 여자들은 처음부터 계획적으로 이번 미팅 자리를 만든 것이다.

"아, 근데 무슨 내기를 할 건데?" 여자 팀에서 질문이 나왔다. 여자들은 지금 완전히 재미가 들려서 우리들의 입장과 기분 따위는 안중에도 없었다. 무슨 축제라도 온 양 들떠 있다.

"그렇지, 내기라면 일단 돈내기지." 호스트 준이 딱 잘라 말했다. "도리이 짱은 척 보니 돈도 좀 있을 것 같으니까 말이야." 하면서 손가락을 쫙 폈다.

"500엔요?" 니시지마가 묻고, 내가 "5,000엔?" 하고 물었다.

---

✚ 주로 어린아이나 친근한 사이에 많이 쓰는 호칭.

도리이는 심각한 눈빛으로 "5만이란 소리군." 하고 나직이 읊조렸다. 그러나 호스트들이 뻔하지 않느냐는 투로 되받았다. "50만."

"50만?" 나는 눈을 번쩍 치떴다. "말도 안 돼."

와, 재미있겠다, 하고 여자들이 떠들었다. "도리이, 꼭 해야 돼, 꼭!" 두고 볼 것도 없이 옆에서 부채질을 해 판단력을 흐리게 하려는 전략이 틀림없었다. 여자들은 저마다 도리이를 연호했다. 도리이, 너 부자잖아. 이 정도는 받아 줘야지. 그러지 않으면 우리는 너무 실망할 거야, 재재대며 사람을 몰아세웠다.

도리이, 이것은 예정되어 있던 이벤트다, 아까 본 대로 호스트들이 사전에 여자들과 내통한 건 분명하고, 이 제안을 받아들이는 것은 저들에게 놀아나는 일밖엔 안 된다, 라고 말하려고 했다. 하지만 곧바로 그러지는 않았다. 50만 엔이라는 돈이 너무 어마어마한 액수여서 현실감이 들지 않은 데다 제아무리 도리이라도 이런 말도 안 되는 도발에는 응하지 않을 것이라고 믿었기 때문이다. 한데 도리가 "재밌겠군." 하고 말해, 나는 순간 의자에서 굴러떨어질 뻔했다. "도리이."

"잠깐만, 난 이런 사람들 질색이거든." 도리이가 당당하게 말하고, 옆에 있던 니시지마는 큰 소리로 외쳤다. "맞습니다, 쓰러뜨려야 됩니다."

## 17

한판 붙어 보자고. 어디 덤벼 보시지. 가는 말이 고와야 오는 말이 곱다.

"그럼, 시작하기 전에 다시 한 번 확실히 해 두자. 내기 금액은 50만이다. 알겠지? 나중에 딴소리하기 없기야!" 호스트 레이치가 잘생긴 얼굴에 한껏 미소를 띠었다. 자기가 질 가능성에 대해서는 눈곱만큼도 생각하지 않는 눈치였다.

"그렇게나 돈이 궁하냐?" 도리이가 받아쳤다.

"나는 말이야, 재수 없는 애송이의 자존심을 콱 밟아 뭉개고 싶어서 이러는 것뿐이야. 어차피 돈도 다 엄마 치맛자락에 매달려서 타낸 거 아니겠어?" 하며 호스트 레이치가 준과 마주 보고 고개를 끄덕였다.

그들의 말투에서 어딘가, 남의 불행이 곧 나의 행복이라는 분위기가 풍겨 듣고만 있어도 섬뜩했다. 그들의 반반한 얼굴이 독충 내지는 파충류로 보이면서 싸늘한 기운이 등줄기를 타고 내려갔다.

"야, 도리이. 너 정말로 할 거야?" 나는 도리이의 옆구리를 쿡 찔렀다.

"당연하지. 그럼 여기서 꽁무니 빼랴?"

"아니, 우리는 저 사람의 실력이 어느 정도인지도 모르잖아."

내가 귀엣말을 하자 도리이는 내 옷자락을 쭉쭉 잡아당기며 왼편 옆 레인 쪽으로 다가갔다. 그리고 다른 사람들에게 등을 돌리고 나직이 말했다. "실은 나, 아까 저것들이 다른 레인에서 게임 하는 것 봤어."

"뭐?"

"네가 화장실 갔을 때, 있는 대로 폼을 잡는 놈들이 있어서 얼마나 치나 봤더니."

"봤더니?"

"꽝이야, 꽝. 100점이나 겨우 될까 말까야. 그러니까, 그냥 입으로만 큰소리치는 거라고." 도리이는 의기양양했지만, 나는 왠지 더 불안해졌다. 이것이 만일 처음부터 계획된 일이라면, 도리이가 보는 앞에서 일부러 낮은 점수가 나오도록 연출했을 수도 있다.

내 생각이 지나칠 수도 있지만, 호스트 레이치와 준의 음침하고 싸늘한 눈빛을 보면, 진짜 돈 때문이 아니라 천천히 끈질기게 먹잇감을 궁지로 몰아 올가미에 빠뜨리는 것 자체를 즐기는 것처럼 보였다.

나는, 도리이를 말리지 못했다. 마음 한구석에 '어떻게든 되겠지. 무슨 일이야 있으려고.' 하는, 안이한 생각도 있었다.

도리이는 졌다. 10프레임째, 도리이가 자포자기한 폼으로 공을 던지고 그것이 대각선을 그리듯 왼쪽 도랑으로 빠져 대결은 싱겁게, 끝이 났다. 호스트 레이치가 들으라는 듯 크게 웃으며 말했다. "허허허, 끝까지 할 것도 없었네." 호스트 레이치의 득점은

170점, 도리이는 좀 전의 그 좋던 컨디션은 어디로 갔는지 130점이 고작이었다. 흐름을 망친 원인은 명백했다. 도리이가 목격한 것과 달리 호스트 레이치의 실력은 출중했고, 그것을 보고 도리이는 집중력을 잃었다. 큰돈이 걸려 있다는 중압감도 영향을 미쳤을 것이다. 또한 이것이 가장 큰 타격을 주었으리라 보는데, 뒤에서 보고 있던 여자애들이 무슨 일이 있을 때마다 "도리이, 힘내! 괜찮아 괜찮아." 하고 소리쳤고, 실수를 한 뒤에도 "도리이라면 만회할 수 있어."라면서 격려를 해 불필요한 힘이 실렸던 것이다. 스트라이크를 놓치고, 스페어 처리를 못 할 때에도, 여자들은 "아아." 하면서 땅이 꺼져라 소리를 냈다. 그것 역시 가뜩이나 초조한 도리이를 더 진땀 나게 만들었다.

"네, 50만 엔 되겠습니다." 호스트 레이치가 팁을 받을 때처럼 손바닥을 내밀었다.

"아이고, 이거 도리이 쨩, 한참 더 배워야겠네."

이건 아무리 생각해도 사전에 미리 계획된 음모라는 확신이 들었다. 이 여자 저 여자를 찝쩍거린다는 도리이를 벼르고 있었던지, 도리이가 부잣집 아들이라는 점을 노려 돈을 뜯어내고 망신을 주려는 꿍꿍이가 틀림없다. 도리이는 얼굴이 새파래져 힘없이 어깨를 떨구었다.

"푸시push 해도 돼." 거기서 호스트 레이치가 말했다. "도저히 인정하지 못하겠다면 말이지."

"푸시?" 내가 다시 물었다.

"곱절 푸시. 꼭 한 번 더 해야겠다면, 들어주겠다 그거지. 단, 금액은 곱절이 된다. 말하자면 100만 엔."

"오호, 곱절 푸시예요, 곱절 푸시!" 니시지마가 입술을 쭉 내밀었다. 흥분한 목소리였다. 지금까지 아무 말 않고 상황을 관전하고 있었지만 그는 나름대로 울분을 참고 있었는지도 모른다. "이대로 질 수는 없습니다. 도리이, 한 번 더 굴려 봐야지요."

"아니, 도리이, 그만둬." 나는 거기서 도리이의 어깨를 잡았다. 이런 식으로 상대의 입에 발린 말에 놀아나 봤자 득이 될 것이 없다고 생각했다. 그리고 무엇보다 호스트 레이치의 볼링 실력이 너무 좋았다. 하지만 나의 바람은 날아가고, 도리이는 "좋아, 푸시!"라고 말했다. "한 번 더 가 보자."

"그렇지." 호스트 레이치가 헤벌쭉 웃었다. "여기서 계속 지면, 완전 스타일 구기는 거지."

두 번째 게임은 곧바로 시작됐다. 이번에는 도리이가 선공이고 호스트 레이치가 뒤이어 던지면서 모두가 지켜보는 가운데 주거니 받거니가 이어졌다.

결과부터 말하자면, 이번 판 역시 도리이가 패했다.

전의 게임보다 근소한 차이로 10점 정도가 모자랐지만 진중하고도 심각하게 마치 시체 같은 낯빛으로 공을 던지는 도리이와 시종일관 여유 있는 표정으로 날렵하게 공을 놓는 호스트 레이치를 비교했을 때 그 실력 차는 역력했다. 이 10점이란 점수 차는 다음 전개로 이어지는 포석이 아닐까, 도리어 의심이 들 정도였다. 나는 게임을 끝낸 도리이에게 다가가 그의 귀에 대고 말했다. "이런 내기는 유효할 리가 없어. 돈을 주겠다고 말만 하고 오늘은 이만 돌아가자." 일단 이 자리에서 발을 빼고 물러나 작전을 세워야 한다.

"조감형인 네 생각엔 그럴지 몰라도 난 여기서 물러날 수 없다." 억지로 웃어 보이는 도리이가 딱했다.

"하세가와랑 다른 여자애들이 저 호스트들 편이라는 건 이제 알았겠지? 이건 미리 짠 각본이라고. 이제라도 발을 빼야 해." 이런 일은 내게 좀처럼 없는 경우인데, 나는 말하면서 점점 더 화가 났다. '18세, 5월, 화를 내다.' 하고 내 비망록에 써 넣어도 될 만큼, 드문 경우다.

"곱절 푸시!" 도리이는 내 충고를 따르지 않고 호스트 레이치를 향해 손을 치켜들었다. "오호!" 호스트 레이치가 환호한다. 옆에 있던 호스트 준을 보며 어깨를 으쓱해 보인다. "멋진데, 도리이 짱, 그럼 200만이 되는 거야, 괜찮겠어?"

여자애들로 말하자면, 하세가와만 뒤가 켕겨서 그런지 불편한 표정으로 눈을 내리깔고 있었고, 나머지 세 명은 완전히 싸움 구경하는 아줌마들이 되어 소리쳤다. "200만! 멋지다!" 그런가 하면 또 "도리이 힘내라."라면서 무책임의 극치라고 할 만한 응원을 보내며 손뼉을 쳤다. 나는 어처구니가 없었고, 도리이는 얼굴이 굳었다.

세 번째 게임은 의외로, 이렇게 말하면 도리이에게 실례이긴 하지만, 손에 땀을 쥐게 하는 접전이었다. 기세등등하던 레이치도 200만이라는 액수가 부담이 됐는지, 아니면 그의 팔에도 피로가 쌓인 탓인지 박빙의 점수 차이를 유지하며 종반을 맞았다. 따라서 9프레임을 마친 시점에서 선공인 호스트 레이치가 141점, 나중에 친 도리이가 140점이 됐을 때는 "좋아, 할 수 있어." 하며 도리이가 전의를 다지고, 뒤에 앉은 니시지마도 "돼요, 이번엔 됩니다." 하고 흥분하기 시작했다.

"레이치 괜찮아?" 호스트 준의 말에 불안감이 묻어났다.

호스트 레이치도 확실히 위기를 느꼈는지 심각한 표정을 하고 10프레임을 맞았다.

호스트 레이치의 몸이 천천히 움직였다. 공을 잡은 오른팔이 앞으로 이동하며 오른발을 내딛는다. 네 번째 스텝에서 던지는, 유연한 동작이다. 빗나가라, 빗나가라, 나는 속으로 되뇌고, 니시지마는 입 밖으로 "빗나가라, 빗나가라." 주문을 걸었다.

공이 손을 떠난다. 매끈하게 굴러가다가 우아하게 커브를 튼다. 핀에 무슨 자력이라도 있는지 정확하게 핀이 모여 있는 곳으로 공이 빨려 들어가는 것을 보며, 나도 모르게 신음이 흘러나왔다. 그것은 볼링에 있어서 최고의 퍼포먼스였고, 우리에게는 최악의 결과였다.

핀 10개가 모두 한 번에 튀어 올랐다. 호스트 레이치가 작게 승리의 세리머니를 했다. 알통을 과시하려는 듯 팔을 구부리고 이쪽으로 돌아온다.

상대가 먼저 스트라이크를 잡은 것뿐이야, 나는 속으로 말했다. 실제로 아직 게임의 결과는 모르는 상황이다. 하지만 호스트 레이치는 그 후 연속해서 세 번 스트라이크를 잡아 냈다. 10프레임에서 세 번 연속 스트라이크. 펀치 아웃이다. 이게 말이나 되나? 이게 도대체 있을 수 있는 상황인가. 물론 이것은 호스트 레이치의 기술과 집중력이 낳은 결과겠지만, 그 이상으로 나는, 악마가 그를 도와주고 있는 건 아닌지, 그의 몸 안에 강한 악마적 기운이 있는 건 아닌지 의심하지 않을 수 없었다.

"도리이 짱, 일이 이렇게 돼서 어쩌지?" 호스트 레이치는 자기가 거둔 성적에 우쭐하며 비아냥댔다.

도리이는 얼굴이 백지장이 되어, 그 자리에 꼼짝 않고 서 있었다. 도리이의 승리는 아침 이슬처럼 사라졌다. 설사 도리이가 레이치처럼 펀치 아웃을 내더라도 최종 점수는 171대 170. 하늘은 푸르고, 바다는 드넓고, 도리이는 진다.

"그럼 도리이 짱, 200만 엔 되겠습니다." 호스트 준이 손가락 두 개를 이쪽으로 펴 들었다.

"아 참, 연락처 하나 알려 줘. 이대로 내빼면 곤란하잖아. 면허증 같은 거 있나? 아, 그렇지, 당신들한테도 내가 한턱 쏠게. 200만 엔으로 어디 가서 한잔하자고." 하세가와와 다른 세 여자애들을 보며 두 팔을 벌렸다. 여자애들도 이때쯤에는 정체와 본심을 감추려고 하지도 않고 "와! 좋아!" 환호하며 박수를 쳤다. 나는 기가 막혀 말이 안 나왔다.

"잠깐 기다려." 도리이가 입을 연 것은 그때였다. "아직 내 순서 가 끝나지 않았잖아."

"뭐야, 점수 계산이 안 되나? 네가 전부 스트라이크를 쳐도 이 길 수 없다고."

도리이는 잠깐 입을 다물었다가 곧 대담하게 큰 소리로 말했 다. "다시 한 번 하자. 기회를 줘. 내가 지금부터 세 번 연속 스트 라이크를 잡으면 내가 이기는 걸로 해 주라."

"무슨 소릴 하는 거야?" 호스트 준이 웃는다. "아니, 봐주는 데 도 한계가 있지."

"이 상황에서 스트라이크를 내기도 어렵잖아. 마지막 10프레임 으로 한 번만 더 기회를 줘. 부탁해." 도리이는 애걸에 가깝게 부 탁했다.

"싫은걸?" 호스트 레이치가 비웃듯이 손을 흔든다.

"그냥 무조건, 그래 달라는 건 아니야."

"오호, 그럼 곱절? 곱절 푸시로 하겠다?" 호스트 준은 매우 흥 미를 보이다가 곧 "그래도, 셈이 안 맞지. 레이치는 벌써 세 번이 나 이겼는데. 그냥 깨끗이 승복하시지그래."

"곱절 푸시, 400만 엔." 도리이가 손가락 네 개를 세웠다.

"야, 도리이!" 나는 더럭 겁이 났다.

"플러스!" 도리이가 말한다. "만약 이번 내기에서도 지면 내가 자퇴한다."

그 말에 호스트 레이치가 순간 멍해졌다. 그러더니 호스트 준과 마주 본다. "그거 재밌겠네." 하며 표정을 푼다.

"도리이." 나는 기가 막히다 못해 얼이 빠져 겨우 그의 이름을 불렀다. 이건 정말 농담이라고밖에 생각할 수 없지만 그의 표정은 심각했다. 아니, 이게 뭐라고 학교까지 걸고 한단 말인가. 나는 허탈한 웃음밖에 나오지 않았다. 이건 일단 칼을 뽑아 들었으니 뭐라도 잘라야 한다라기보다, 순전히 자존심 대결 외에는 아무것도 아니지 않나. 그렇지만 내가 필사적으로 말리지 않은 것은, 마음 한구석에 혹시나 하는 기대가 있었기 때문이다. 도리이가 스트라이크를 치지 않을까 하는. 하긴 어수룩해도 너무 어수룩하다. 이러니 이런 상황까지 왔지. 이렇게 말도 안 되는 짓을 하려는 친구 하나 말리지 못할 수준이니, 설득력 없이 중동에 군대를 보내는 미국을, 그에 합세하는 일본의 자위대를 아무도 말리지 못하는 것 아닌가.

도리이가 던진 공은 완벽해 보였다.

오늘만 해도 벌써 네 게임을 쳤으니, 아무렴 내딛는 발에 제대로 힘이 들어가지 않았겠지만, 그래도 완벽한 각도에서 공은 힘 있게 굴러갔다. 중심에서 약간 오른쪽으로 치우쳐 사선으로 1번 핀과 2번 핀 사이를 돌진해 간다. 공이 핀과 충돌하고 핀과 핀들이 서로 부딪쳤다. 나는 스트라이크를 확신하고 얼결에 오른손을 움켜쥐었다. "좋았어!"의 "좋"까지 내뱉었다. 도리이도 스트라이크로 믿었는지 주먹을 꽉 쥐었다. 그러나, 핀이 남았다. 스트라이크 연속 3회라는 조건을 내건 도리이는 이 시점에서 이미 진 게 된다.

"아……." 나와 니시지마는 이 무자비한 결과에 어깨를 떨구었 다. 레인의 양쪽 끝에 하나씩, 핀 두 개가 거리를 벌리고 수문장 처럼 꼿꼿이 서 있었다. 불가능의 상징으로도 일컬어지는 스플 릿이었다.

호스트 레이치와 준이 환호하고 여자들도 제자리에서 방방 뛰었다. 그러다 한 가닥 동정과 걱정은 됐던지, 호기심 넘치는 눈 으로 약간 톤을 바꾸어 물었다.

"저기, 학교는 정말로 그만둘 거야?"

짓누르는 무력감에 그 말소리마저 저 멀리 들렸다. 쭈그리고 앉은 도리이가 아주 작아 보였다. 설마 400만 엔을 정말로 내주 려는 건 아니겠지, 제아무리 남의 일에 관심 없는 나도 입안이 바싹 말랐다. 니시지마는 울분으로 질식 직전으로 보였고, 야마 다는 무슨 일이 일어났는지 까맣게 모른 채 의자에서 거의 미 끄러질 듯한 자세로 자고 있다. 그때 "푸시!" 하는 소리가 들려와 나는 정신이 번쩍 들었다.

우리들이 앉아 있는 자리로 성큼성큼 다가서면서 손을 들고 외치는 낭랑한 목소리. "푸시!"

도도였다. "곱절 푸시!"

## 18

호스트 레이치의 동공이 곱절로 커졌다.

"도도, 이런 우연이 다 있습니까?" 니시지마가 놀라며 말했다. 우연이 아니라 네가 어떻게 될까 신경이 쓰여서 뒤를 밟은 거다, 하는 말이 목구멍까지 올라왔다. 도도는 표정 하나 바꾸지 않고 말했다. "분위기 좋은데, 우리도 좀 껴 줘."

"도리이." 미나미가 걱정스럽게 불렀다.

뭐야, 이 여자들. 하세가와와 다른 세 명이 소리를 내지는 않았지만, 온몸으로 말했다.

"응? 어떻게 할래?" 도도가 호스트 레이치에게 다시 한 번 말했다. 호스트 레이치는 예상치 못한 여자들의 출현에 놀라는 눈치이기는 했지만 큰 동요는 보이지 않았다. "아니 푸시고 뭐고, 이미 어쩔 수 없다니까. 도리이 짱이 완전히 졌어."

"이러면 어떨까? 지금 남은 스페어를 잡으면 이번 승부는 완전히 없던 것으로 하기!" 도도는 미나미와 이 게임을 어디선가 지켜봤다고 했다.

"그건 또 뭐야, 그럼 너무 일방적으로 봐주는 거지. 지금까지도 계속 우리가 양보해 줬는데."

그건 맞는 말이다. 깨끗이 포기하지 못하고 계속 조건을 달면서 여기까지 게임을 끈 것은 도리이 쪽이다. 그건 인정해야 한다.

"단, 스페어를 잡지 못하면 지금까지의 내기는 성립하는 거고,

나도 당신들이 하라는 대로 할게. 그건 어때?"

"도도, 너는 끼어들지 마." 도리이가 굳은 표정으로 말했다.

"오, 그거 좋네." 호스트 준이 신이 나 박수를 친다. "하라는 대로 하겠다? 그 애매모호한 표현, 마음에 드는군." 허연 이를 드러내며 웃는다. "우리들 말대로 따르겠다 이거지?"

"재밌는데." 호스트 레이치가 엄지손가락을 내민다. 그래, 좋아좋아, 여자애들이 또 부추기듯이 분위기를 띄웠다. 여자들은 낯선 미인에게는 냉담한 법인지 아까보다 더 열성적으로 응원했다.

"도도." 미나미가 걱정스럽게 불렀다.

"대신!" 도도가 가슴을 펴고 또박또박 말했다. "공은 도리이가 아니라 저 사람이 던져도 될까?" 하며 옆에 앉아 있는 니시지마를 가리켰다.

생각지도 못한 조건에 그 자리에 있던 사람들이 모두 눈을 동그랗게 뜨며 한목소리를 냈다. "뭐?" 니시지마 자신도 상황 파악이 안 되는지 "그게 무슨 소립니까?" 하고 자리에서 일어났다.

"그런 조건으로 다시 내기하는 건 어때?"

"왜 저런, 뚱한 남자보고 던지라는 거야?" 호스트 레이치가 인상을 찌푸린다. 예상치 못한 상황이 전개될까 봐 경계하는지도 모르겠다. "왜, 저 사람 실력이 그렇게나 좋은가?" 하고 신중하게 말한다. 생각보다 빈틈이 없군, 하고 나는 생각했다.

"레이치, 괜찮아. 내가 전에 저 사람 본 적이 있거든." 갑자기 그 자리에서 준이 말했다.

"역 뒤에 있는 볼링장에서 학생들이 떼거지로 와서 던진 적이 있는데, 그때 저 사람도 있었어. 완전 꽝이야. 걱정 붙들어 매라고." 하며 턱으로 니시지마를 가리켰다. 볼링 대회가 있던 날, 이 호스트도 거기에 있었던 모양이다.

"어때? 칠 거야?"

"좋아, 까짓것 한판 붙어 보지." 호스트 레이치의 대답이 나오는 데는 그리 긴 시간이 걸리지 않았다.

"바보짓 하지 말라니까." 도리이는 패닉 직전이었음에도 상황을 무마하려 했다. 니시지마는 니시지마대로 자기는 책임을 질 수 없으니 함부로 결정하지 말라고 불만을 터뜨렸다. 그러나 이런 이견을 일축한 사람 역시 도도였다. 도도는 신중한 표정으로 니시지마에게 다가가 말했다. "이러고저러고 따지기 전에, 일단 하면 되는 거야. 전진할 거야? 아니면 물러설 거야?" 흥분도, 흔들림도 없는 담담한 말투였다.

"사막에 눈을 내려 봐."라는 말까지 듣고 가만히 있는 니시지마는 니시지마가 아니다. 그를 안 지 얼마 되지 않은 나도 아는 사실이니, 18년간 니시지마로 살아온 자신이 그것을 모르지는 않을 터, 벌떡 일어났다.

니시지마가 공을 고르고 타월로 손을 닦았다. 이거 점점 재밌어지는데, 하고 호스트 레이치가 앉은 자리에서 등을 뒤로 젖히며 거만을 떨었다. 돈과 미인과 그리고 나, 호스트 준이 이미 승리를 거머쥔 양 껄껄대는 가운데 내 머릿속에 뭔가가 번개처럼 스쳐 지나갔다. 나는 미나미를 뒤로 끌어냈다.

"지금까지 뒤에 숨어서 다 보고 있었는데 도도 쟤가 지금 무슨 소릴 하는 건지 모르겠어." 하며 미나미는 겁을 먹고 덜덜 떨었다. "도리이하고 도도가 걱정돼 죽겠어."

"괜찮을 거야. 이런 말도 안 되는 돈내기는 실제로 돈을 지불할 필요 없어. 어떻게든 될 거야." 나는 침착하게 대답했지만 정말로 괜찮을지는 자신 없었다. "저기 말이야, 미나미, 그거 사용할 수 있어? 대접을 움직이던 거 말이야."

"아." 미나미도 내가 하려는 말을 짐작했는지 어색하게 고개를 끄덕였다. 미나미의 힘으로 공을 유도할 수는 없느냐고 나직이 물어봤다.

100퍼센트 확신할 만한 것도 아니고, 과학적이지 않더라도 할 수 없다. 지금은 이런저런 수단을 가릴 때가 아니다. 누울 자리를 보고 다리를 뻗으라고, 어디 자비심에 호소할 수도 없는 마당이니 그렇다면 미나미의 특수한 능력에 기대 볼 수밖에.

미나미는 곰곰이 생각한 다음 대답했다. "자신은 없지만."

"힘닿는 데까지 해 보자." 자동차는 안 됐더라도 볼링공은 괜찮지 않을까, 나는 지푸라기라도 잡고 싶은 심정이었다. 다만 그것은 어디까지나 질량의 차이를 보고 그리 생각한 것인데, 미나미의 초능력이 작용하는 게 질량의 경중에 달렸는지는 확실하지 않으니 마땅한 근거라고는 볼 수 없었다.

"힘닿는 데까지 해 볼게." 미나미가 말했다.

니시지마는 레인 앞에 서서 공을 들고 움직이지 않았다. 목표물을 조준하고 있는 중인지, 코스를 머릿속에 그리고 있는 중인지 '볼링 창시자의 조각상'처럼 굳어 있었다. 도리이와 도도도 서 있었다. 나는 자리에 앉아 옆에 있는 미나미를 레인이 잘 보이는 위치로 이끌었다. 호스트 레이치와 준, 그리고 여자애들도 가만히 니시지마의 뒷모습을 보고 있다.

니시지마가 천천히 움직이기 시작한 순간, 나는 등에 난 솜털까지 거꾸로 일어서는 느낌이 들었다. 긴장과 공포도 물론 있었겠지만, 그 이상으로 이런 상황에서 굳건하게 발을 내딛는 니시지마의 자신감과 힘찬 동작에 감동한 것이다.

"일편단심으로, 내 모든 것을 다 바쳐 해내면 그것으로 충분하다."

그때 사카구치 안고의 소설 속에 등장하는 대사가 떠올랐다. "온 마음을 다해 자신의 역할을 해낸다."는 그 늠름한 기상이 니시지마가 발하는 아우라 속에 배어 나왔기 때문이다. 발을 앞으로 내밀고 힘 있게 오른손을 위로 쳐든다. 공을 앞으로 내밀고 곧이어 손을 뗀다. 안고 소설의 뒷부분이 다시 떠오른다. "눈 뜬 소경과 다름없는 자들의 눈에 들지 않는다 한들, 그게 뭐 대수냐." 하는 바로 그 부분.

좋아, 가 보자! 나는 어울리지도 않게, 속으로 외쳤다. 눈 뜬 소경과 다름없는 자들에게 뭔가 따끔한 맛을 보여 주는 거야! 공이 오른편에서 부드럽게 누군가의 어깨를 어루만지듯, 완만한 곡선을 그리며 빠른 속도로 굴러간다. 레인이 울린다. 내 심장 고동이 그 울림과 일치한다. 미나미가 사물을 움직일 때는 그 사물의 이름을 불러 주면 더 효과적이라는, 규칙인지 요령인지 모를 이야기를 떠올리곤 "볼링공, 볼링공." 하며 옆에서 속삭였다. 볼링공이야, 공을 움직이는 거야. 호흡이 거칠어진다 했더니 그건 미나미가 아니라 나였다. 투구를 마친 니시지마는 오른손을 앞으로 뻗은 채 우뚝 서서 공이 나아가는 모습을 지켜본다.

주사위는 던져졌다. 우리는 몇 초 후에 닥칠 미래를 지켜보는 수밖에 없다. 꿀꺽, 침 삼키는 소리가 났다. 나만이 아니라 그 자리에 있던 사람들이 전부 마찬가지였다.

볼링공이 왼쪽 핀과 충돌하는 것을 보고 나는 오른손을 쥐었다. 곧바로 튀어 오른 핀이 오른쪽으로 날아올랐다. 하나만 더, 나머지 핀을 쓰러뜨리지 않으면 의미가 없다. 회전하며 핀이 뒤로 굴러가는 것이 안달이 날 정도로 느리게 보였다. 순간, 이 세상의 모든 소리가 사라졌다. 오른쪽 끝에 남아 있던 핀과 충돌하는 장면을 목격하는 순간, 나는 자리에서 일어났다, 아니 튀어올랐다. 핀이 퉁 하고 쓰러지며 도랑에 떨어졌다. 레인에는 아무것도 남지 않았다. 무의식중에 두 손을 공중으로, 거기는 실내였으니 천장만 있을 뿐 밤하늘은 아니었지만, 그래도 마음 같아서는 끝없는 허공을 향해 쭉 뻗었다. 내가 뭐라고 외쳤는지는 모르겠다. 도리이 역시 팔을 휘저으며 소리쳤다. "좋아!"도, "해냈어!"도 영어의 "와셔washer!"도 아니었지만 아무튼 우렁찬 포효였다.

미나미는 두 손으로 얼굴을 감싸고 주저앉았고, 도도는 이렇다 할 동작을 하지는 않았지만, 그래도 몸을 부르르 떨며 주먹을 꽉 쥐었다.

니시지마는 가만히 쓰러진 핀의 방향을 바라보고 있었다. 우리들은 이미 호스트 레이치가 뭘 하든 관심 없었다. 도리이가 다시 한 번 뭐라고 외치고 나도 두 손을 번쩍 치켜들었다. 미나미가 자리에서 일어나 나는 얼굴을 들이대고 나직이 물어봤다. "저거 미나미 네가 한 거야? 정말 잘했어." 그랬더니 미나미가 핏기가 가신 얼굴을 흔들며 입술을 바르르 떨었다. "아, 저거, 저러면 된 거야?"

"응, 완전히, 니시지마의 승리야."

"아아, 다행이다." 미나미가 긴 숨을 내쉬었다. "나는, 저 핀들 사이로 공을 통과시키면 이기는 줄 알았어."

"뭐?" 내 목소리가 뒤집어졌다.

"나, 볼링을 어떻게 하는지 잘 몰라서. 요전에 한 볼링 대회에도 안 갔었잖아. 그래서 저 핀들 사이로 굴러가라고 주문했는데 잘 안 되더라고."

"그럼, 저건." 나는 말을 하려다가, 그렇게까지 볼링을 모를 수가 있나, 귀를 의심했다. 그러고는 볼링공이 아니라 차라리 핀을 움직이도록 주문을 외우는 게 확실했을 텐데, 하는 생각이 들었다. 좋은 아이디어는 꼭 나중에 떠오르는 법인가 보다.

"역시 무거운 것을 움직이는 건 무리인가 봐." 그러고 나서 미나미가 다시 졸도하듯 자리에 털썩 주저앉았다.

이쪽으로 돌아선 니시지마는 어색했는지 뚱한 표정으로 승리의 세리머니도 하는 둥 마는 둥 했다. 도리이가 비척거리며 니시지마에게 다가가 그를 껴안았다.

1학년 봄에 있었던 사건은, 사고라고 할 만하지만, 아무튼 그것 말고도 꽃구경에 대한 이야기도 재미있기는 한데, 뭐 대충 이런 식이다.

제2장

# 여름

1

올해 센다이의 여름은 유난히도 더울 모양인지, 7월 중순의 땡볕이 살갗을 따갑게 내리쫜다. 티셔츠 차림으로 걸어 다니기만 해도 살이 타 들어가는 느낌이다. 센다이는 시원하다고 들었는데 이래서야 요코하마랑 뭐가 다르냐며 도리이는 만날 때마다 구시렁댔다. 사흘 전에 강의가 일단락되고 이제부터 우리들 앞에는 여름방학이 펼쳐져 있다.

"여름 하면 바다지!" 도리이의 대사다.

적어도 모리오카 출신인 나는 여름 하면 이와테 고원이 최고라고 반론하고 싶었으나, 도리이에게는 바다 이외에 아무 말도 귀에 들어오지 않는 것 같았다. 그래서 우리들은 도리이의 낡은 경차를 타고 바다로 향했다.

"도리이, 면허는 언제 따고, 차까지 산 거야?" 뒷좌석 오른쪽 끄트머리에 흰 원피스를 곱게 입고 앉은 미나미가 운전석을 보며 말했다.

"아르바이트로 학원비를 벌어서 속성반을 들었지. 최단기 코스 수료."

"학생이 차를 몰고 다니다니 사치입니다, 사치." 역시 뒷자리 한가운데 끼어 앉은 니시지마가 뚱하게 한마디 했다.

"그럼, 내리든지!"

"뒷자리, 좁지 않아?" 조수석에 앉은 도도가 고개를 돌려 이쪽을 보며 물으니까, "괜찮아, 문제없어." 하고 대답한 건 도리이였다. 아니 앞에 앉은 사람이 그런 말을 하면 어떻게 해?

"이거 5인승 차 맞나?" 내가 겨우 목을 빼고 기본적인 질문을 하자 도리이는 태연하게 대답했다. "법적으로는 모르겠지만, 다섯 명이 탈 수 있다는 건 지금, 증명됐잖아."

"안전하긴 한 거야?" 미나미가 물었다.

"그건 지금 증명 중."

카스테레오에 시디가 들어 있었지만, 흐르는 것은 라디오 소리였다. 처음에는 도리이가 골라 온 팝송을 틀었는데, 니시지마가 "이런 영혼이 깃들지 않은 음악은 들으면 안 됩니다. 어떠한 울림도 없지 않습니까. 이런 곡을 듣고서 어찌 전의를 다질 수 있단 말입니까." 하고 맹렬히 항의했다. 우리 네 사람은 그런 니시지마의 주장이랄까, 철학이랄까, 집착에 이미 익숙했기 때문에, 군이 전의를 다질 필요는 없다는 둥 반론도 없이, 떼쟁이를 달래는 마음으로 순순히 시디를 꼈다.

라디오에서 퍽치기에 관한 뉴스가 흘러나온 것은 출발한 지반 시간이 더 지난 무렵이었다. 각 지방 뉴스 시간이었다. "어젯밤 0시가 지난 시간에 센다이 역 지하도 입구 부근에서 회사원 세 명이 잇달아 퍽치기를 당했습니다."라는 것이었다.

"프레지던트맨입니다." 니시지마는 운전석과 조수석 사이로 몸을 들이밀며 흥분했다. "우리들의 프레지던트맨."

뉴스는 이어서 그 범인이 피해자의 멱살을 잡고 "대통령인가, 당신은 대통령인가." 하며 추궁했다고도 밝혔다. "건장한 체격의 모자를 깊이 눌러쓴 사십 대에서 오십 대의 중년 남성으로, 현재 수사 중"이란다.

"아직도 못 잡았어?" 도리이가 불만스럽게 말했다. 그러게 말이야, 하며 나도 동조했다. 이렇게나 오랫동안 무고한 사람들을 덮치는 범인이 체포되지 않고 센다이 시내를 활보한다는 사실이 두렵다. 이러다 우리가 졸업할 때까지 범행이 계속되는 건 아닐까.

"아니, 잡히면 어떻게 합니까? 우리의 프레지던트맨은 아직도 할 일이 남은 겁니다."

"아무리 그래도 이미 미국 군대는 파견이 됐는데, 뭐." 미나미가 나직이, 건조한 목소리로 말했다.

그 말 그대로다. 이미 미국은 자랑해 마지않는 군대를 중동으로 파견하고, '묻지마식 전투'를 감행해 그들만의 잔치, '남의 집 초토화'를 이루어 냈다.

"바로 그렇기 때문에 프레지던트맨은 쉴 수가 없는 겁니다. 대통령을 찾아내 응징하려고 활동하고 있는 거 아닙니까."

"제발 누가 좀, 센다이에는 대통령이 없다고 말해 줘라." 도리이가 깜빡이를 켠다.

"그렇게 무슨 일이든 남의 일 보듯 하는 젊은이들이 이 세상을 병들게 하는 겁니다."

"그러는 너는 젊은이 아니냐?" 내가 딴죽을 걸어도 니시지마는 귓등으로도 듣지 않았다.

"미국은 중동으로, 우리는 바다로!" 도리이가 명랑하게 소리 높였다.

해수욕하기 딱 좋은 날씨였는데, 평일이라 그런지 바닷가는 한산했다. 매점들이 몇 집 늘어서 있고, 수영복 차림의 까맣게 그을린 여자들이 야키소바를 볶고 있다. 감시용 전망대에는 '입수 가능'을 알리는 깃발이 나부끼고, 모래사장에는 파라솔이 듬성듬성 꽂혀 있다. 돗자리를 깔았다.

우리는 모두 수영복을 안에 입고 왔기 때문에 겉옷만 벗고는 물에 뛰어들 수 있었다. 모래가 맨발바닥을 달구었다. 도리이가 눈을 가늘게 뜨고 내 옆구리를 쿡쿡 찌른다. 무슨 일인가 했더니 수영복 차림의 도도와 미나미를 보고 넋을 잃고 있었다. 확실히 두 사람 다 몸매도 예쁘고 피부도 매끈해 사람을 움찔하게 만들었다. 그건 그렇고 아무튼 발바닥이 너무 뜨거워 우리들은 막 알을 깨고 나온 거북이 새끼들처럼, 필사적으로 바다를 향해 달려들었다.


2


"기타무라, 나 끝내주는 거 알아냈어요." 옆에 앉은 니시지마가 말했다.

바닷물 속에서 비치볼을 주고받기도 하고, 매점에서 빌린 보트 두 척으로 기마전도 하고, 젖 먹던 힘까지 짜내 헤엄을 친 다음에야 우리들은 모래사장으로 올라왔다. 흠뻑 젖은 우리의 피부를 태양이 덥혀 주었다. 도도와 미나미는 점심거리를 사러 가고, 도리이는 화장실을 찾아 나섰다.

"끝내주는 거?"

"전율하다, 라는 뜻의 한자, 어떻게 쓰는 줄 압니까?"

"두려워 떨다, 할 때 그 전율하다? 글쎄……." 내 대답에 니시지마는 그럴 줄 알았다며 혀를 차더니 막대기를 집어 들고 모래 위에 '慄く'라는 글자를 썼다. "혹은 말이죠." 하면서 그 아래에 '戦く'라고도 쓴다.

"그게 뭐 어쨌다고?"

"이 말은 말입니다." 니시지마가 살짝 고갯짓했다. 니시지마의

몸은 입에 발린 말로라도 탄탄한 체격이라고는 할 수 없었다. 움직일 때마다 가슴과 배의 군살들이 출렁거렸다. "戰う妹子'라고 쓰면, '오노노이모코'라고 읽을 수 있다 그겁니다." 진지한 얼굴로 말하며 '戰妹子'라고 모래 위에 쓴다.✤

"아아."

"어때요, 끝내주죠?"

"유감스럽지만, 하나도 끝내주지 않는데?"


"야, 기타무라, 너 왜 말 안 했어?" 옆에 와 앉은 도리이를 돌아보니 제일 먼저 그의 머리가 시선을 끈다. 야마세미 스타일의 머리가 바위에 붙은 물미역처럼 축 늘어져 있었다.

"뭘 말이야?"

"하토무기 씨 말이야. 둘이 사귄다며?"

나는 놀라서 잠깐 말을 못 했다. "누가 그래?"

"나는, 그런 소문에 아주 민감한 사람이야. 너 며칠 전에 마작하다가 중간에 먼저 간 것도 다 하토무기 씨 만나려고 그런 거 아냐?"

"어떻게 알았어?"

"우리 모두가 기타무라의 뒤를 밟았거든요." 모래성을 쌓고 있던 니시지마가 떨떠름한 투로 말했다.

✤ 小野妹子, 오노노이모코. 생몰년 미상. 아스카 시대의 정치가로 '戰う妹子'와 동음이의어이다.

144

"미행?"

"둘이서 한가롭게 상점가를 거닐고, 카페도 들어가고, 윈도쇼핑도 하던데. 야, 그런 건 정말 고등학생들이나 하는 데이트 아니냐?"

"고등학생들이 안 하는 데이트는 어떤 건데."

"호텔로 직행하는 거지." 도리이가 당연한 듯이 말한다.

"아니, 다짜고짜?"

"다짜고짜 들어가는 거지. 데이트란 뭐니 뭐니 해도 일단 끌어안는 데서부터 시작하는 거야."

"야, 그게 더 고등학생 같다."

"원래는 네가 호텔에 들어가는 장면을 찍어서 나중에 깜짝 놀라게 하려고 했는데……" 도리이가 카메라 셔터를 누르는 시늉을 한다.

"난 그런 데 들어가 본 적 없다." 나는 솔직히 털어놨다.

"지금 그 말은, 호텔 말고 다른 데서 한다는 뜻인가? 벌써, 그런 관계야? 와아, 이거 기타무라…… 의외로, 빠르네." 도리이가 팔짱을 끼고 과장스럽게 고개를 흔들었다.

"너는 그런 말 할 자격 없어, 난 또박또박 단계를 밟아 가고 있는 것뿐이야." 말하는 동안 내 머릿속에는 하토무기 씨의 아름다운 나신이(여기서 여자친구의 몸에 대한 나의 주관이 개입하는 것에 대해서는 너그럽게 봐주길 바란다), 아무튼 그 희디흰 피부가 아른거렸다.

"단계를 밟는다는 사람치고는 너무 빠르잖아. 서로 안 지 얼마나 됐다고."

"꽤 되지." 나는 잘라 말했다.

"아니, 옷집에서 처음 본 게 바로 얼마 전인데 뭐."

"글쎄, 절대로 얼마 전이 아니라니까." 나는 당당하게 말했다. "나는 차근차근 코스를 밟고 있어. 다른 사람이면 또 몰라, 도리이 너는 그런 말 못 하지. 입학하자마자 미팅에 정신이 팔려서는, 오죽하면 이상한 호스트한테까지 찍혀서 된서리를 맞은 사람이 그런 말을 하면 안 되지."

도리이는 보이지 않는 화살이라도 맞은 양 가슴을 꽉 움켜쥐며 신음했다. "으윽, 니시지마. 너 들었냐. 얘 말하는 것 좀 봐라, 남의 뼈아픈 과거를 이런 식으로 끄집어내다니."

"아니 뭐, 당시의 도리이는 볼썽사나웠던 게 사실이니까요. 그런 말 들어도 싸다고 봅니다." 니시지마가 매정하게 말했다.

"근데 이제 마침내 활동을 재개해 볼까 생각 중이야. 자숙 기간도 끝났겠다, 이제 슬슬 미팅 활동을 시작해 볼까 해. 그만하면 충분히 자숙한 셈이잖아."

"자숙." 나는 그의 말을 따라 하고는 니시지마와 서로 마주 보았다.

"왜, 못 믿겠어? 나는 그 볼링 사건이 있은 다음부터이긴 하지만, 여자들과 거리를 두고 지냈거든."

"거리를 두었다고?"

안된 말이지만, 나와 니시지마는 그게 거짓말이라는 걸 안다. 길거리에서 도리이가 여자와 노는 모습을 몇 차례나 목격한 적이 있다. 술집에서 나오는 모습뿐만 아니라 극장으로 들어가는 모습도.

"아무리 그래도 그렇지, 어떻게 나한테 말도 안 하냐?"

"아 참, 그러고 보니." 나는 화제를 돌렸다. "네 옆집의 그 시끄럽던 부부, 요즘에도 그러냐?"

"언제 적 얘기를 하는 거야. 이사 간 지 한참 됐어." 도리이가 웃었다. "지금은 숨은 제대로 쉬는지 걱정될 정도로 조용한 할아버지가 사셔."

"무슨 얘기들을 하고 있어?" 뒤에서 소리가 났다. 돌아보니 야키소바 상자를 겹겹이 든 도도와 주스 캔을 끌어안은 미나미가 돗자리에 앉으려는 참이었다. 둘 다 수수한 수영복을 입고 있었지만, 그럼에도, 평소 옷차림보다는 노출 부위가 많아 눈이 부셨다. 도리이도 표정을 봐서 꽤 움찔거리는 것 같았다. 괜히 쑥스러웠다. 그런데 니시지마가, 평소와 다름없이 뚱한 표정을 짓고 있다가 너무도 태연하게 말했다. "도도, 가슴이 꽤 크군요." 괜히 옆에 있던 나와 도리이만 얼굴이 허예졌다, 벌게졌다 했다.

"그런 말을 아무렇지도 않게 하다니 니시지마는 정말 대단해." 미나미가 말했다. 나는 고개를 끄덕이면서 도도의 반응을 살폈지만, 이쪽도 만만치 않았다. 무표정하게 자기 가슴을 내려다보다가 한마디 했다.

"이게, 큰 거야?"

과연 도도는 아직도 니시지마에게 호감을 갖고 있을까, 나는 궁금했다. 사실 라몬스의 시디를 산 이후로 도도의 생각을 들은 적이 없는데, 중간에 그녀가 마음을 바꾸었을, 그러니까 정신을 차렸을 가능성은 얼마든지 있다. 다만 도도에게 사귀자고 했다가 딱지를 맞은 패잔병들의 수가 수두룩한 것도 사실이고, 그 애가 지금껏 혼자인 것도 사실이었다.

"도리이가 활동을 재개할 모양입니다." 니시지마가 이야기를 다시 원점으로 돌렸다. "활동을 중지했던 적도 없으면서, 재개한답니다."

"그 말은 꼭 내가 자숙하지 않았다는 듯이 들리는데?"

"그 말은 네가 꼭 자숙하고 있었다는 듯이 들리는데?" 내가 곧장 받아쳤다.

"아 참, 미팅 얘기가 나왔으니 말인데." 도도가 끼어들었다. "좀 전에 나 봤어."

미나미도 맞아, 맞아, 하며 들뜬 목소리로 동의했다. "지금 매점에서, 봤어. 그쪽 애들은 우리를 알아보지 못한 것 같지만."

"누굴 봤는데?" 나와 도리이가 동시에 물었다.

"그때 미팅 했던 여자." 미나미가 대답했다.

"하세가와?" 나는 고개를 갸웃하며 도리이를 보았다.

"아아." 도리이가 힘 빠진 목소리로 대답한다.

"최고의 유격수 하세가와 선수." 예전에 도리이에게 전해 들은 말이 생각났다. 하지만 도리이가 곧 "틀렸어, 하세가와는 골든글러브상도 못 탔으니 이젠 안 팔릴 거야." 하고 냉정한 말을 해, 나는 프로야구 선수의 수명이 그것밖에 안 되나 하고 놀랐다. 바로 얼마 전까지 최고의 유격수라 불리던 하세가와 선수를 동정할 수밖에 없었다.

"그 여자, 다른 여자들 몇 명이랑 같이 있더라. 이런 수영복 입고." 미나미가 자기 수영복의 배 부분을 가위질하는 시늉을 했다.

"도리이, 인사라도 하고 오는 게 어때?" 나는 농담 삼아 넌지시 떠봤다. "그 볼링 사건 이후로 만난 적 없지?"

"그럴까. 덕분에 이제야 겨우 활동을 재개하니 한 번 더 미팅을 주선해 보지 않겠느냐고 가서 말해 볼까?"

"진심이야?" 미나미가 정색을 하고 쳐다보았다.

"아니야, 무슨." 도리이가 손을 내젓는다. "나 아직도 가위에 눌려." 도리이가 얼굴을 찌푸린다. "볼링장에서 팔 한쪽을 걸고 시합하는 꿈을 꾸는데, 완전히 궁지에 몰린 나를 하세가와랑 그 호스트가 막 들들 볶는 거야. 빨리 돈 내놔, 어서 팔을 내놔! 하면서 말이야."


3


돗자리에 앉아 있는데 길고 탱탱한 갈색의 다리와 샌들이 지

나갔다. 샌들이 튀긴 모래가 돗자리로 날아드는 것을 보고 퍼뜩
얼굴을 들었더니 지나가는 세 여자 중에 하세가와가 있었다. 무
시해야 하나 어쩌나 하고 있는데, 그냥 지나친 줄 알았던 하세가
와가 되돌아왔다.

"어머나, 도리이 아니야?" 우리 앞에 선다.

"오랜만이네." 도리이도 고개를 들어 하세가와를 올려다본다.

"아." 니시지마가 그제야 알아차리고 삿대질이다. "이런 데서 뭐
하는 겁니까? 우리한테 무슨 용건입니까? 따라온 겁니까? 그 이
상한 남자들은 어디 있는 겁니까? 볼링으로 한 건 올리겠다는
그 남자들은 어디다 숨겨 놨습니까."

이 허접한 애들은 뭐니? 하세가와의 친구들이 노골적으로 그
런 표정을 지어 보였다. 하세가와가 친구들을 먼저 보냈다. 그러
고는 뒤돌아 "호스트하고는 이제 아무 관계도 아니야." 하고 변명
하는 듯한 투로 딱딱하게 말했다. 그때보다 머리가 많이 자란 것
같다.

하세가와의 긴 다리가 대나무처럼 버티고 있어 돗자리에 앉
아 있던 우리는 눈 둘 곳이 마땅치 않았다. 입고 있는 수영복도
대담한 디자인이라, 확실히 나도 젊은 여자의 살아 있는 싱그러
움에, 몸속 깊은 곳에서부터 불끈불끈 뭔가가 꿈틀대는 것을 느
꼈다. 워, 워, 나는 애써 짐승을 어르듯 그것을 달랬다.

"저기." 뒤에 앉아 있던 미나미가 앞으로 몸을 내밀었다. "더 이
상 도리이는 끌어들이지 마세요."

"아, 그때는 미안했어." 하세가와는 고개를 숙였다. 깍듯이 사과하는 그녀가 쿨하다는 느낌마저 들었다. "뻔뻔하긴." 니시지마는 혼잣말로 뇌까렸다.

"그때는 호스트 클럽에 정신이 팔려서 내가 잠시 이성을 잃었던 것 같아."

"그때 볼링장에서의 승부는 도리이를 겨냥했던 거 맞냐?" 내가 물었다.

"응." 하세가와가 미안한 표정으로 고개를 끄덕였다. "도리이, 이 여자 저 여자를 꾀고 다닌다고, 그때 유명했거든. 신입생 애송이가 시건방지다고 그 레이치랑 준이 못마땅해했어. 단단히 굴욕감을 안겨 주고 돈도 빼앗자고 벼른 모양이야." 굴욕감을 안겨 준다, 는 말이 유치한 한편 섬뜩했다. 아무튼 그 호스트들의 울분 해소책에 협력해 하세가와가 도리이에게 접근한 것 같다. "하지만 나도 덕분에 정신 차렸어. 그 두 사람 올바른 사람들이 아니었거든."

'올바른 사람들이 아니다.'라는 일본어가 신선하게 들렸다.

"지금은 레이치도 호스트를 관두고 본격적으로 위험한 일에 발을 담근 것 같아."

"위험한 일?" 도리이가 되묻자 하세가와는 괜한 말을 흘렸다 싶었는지 그만 입을 다물었다.

"어떻게, 위험한 일인데?" 내가 캐물었다.

"돈이 필요해서 무슨 이상한 조직에 끼어든 모양이야." 아무 관계도 아니라고 한 데 비해 대답하는 걸 보니 꽤 깊이 관계하고 있는 것 같았다.

"아무튼 나 꼭 한 번은 도리이를 만나 사과하고 싶었어." 하세가와는 한 번 더 고개를 숙이더니 발길을 돌렸다. 그러다 문득 니시지마를 돌아보고 한마디 던졌다. "그렇지만 그때 너 멋지더라."

"뭐요?" 니시지마가 눈썹에 힘을 준다.

"그때 그, 스페어 처리 멋졌다고."

하세가와는 그런 다음 요란하게 모래를 튀기며 총총히 사라졌다.

"들었어요?" 그다음 이어진 니시지마의 호들갑이라니, 시끄럽기 짝이 없었다. "지금 나를 보고 멋졌다고 했어요. 그랬죠? 들었습니까? 들었죠, 다들?"

"못 들었네." 도리이가 싸늘한 눈빛으로 고개를 돌렸다.

"무슨 말 했어?" 미나미가 시치미를 뗐다.

"파도 소리 때문에 잘 못 들었는데." 나도 말했다.

니시지마는 사뭇 삐친 얼굴이 돼서는 "도도는 들었지요? 지금, 나한테 한 소리 들었죠?" 하고 절실하게 매달렸지만, 무표정의 여신 도도 역시 딱 잘라 말했다. "글쎄." 태양 아래 도도의 흰 살결은 눈부시게 아름다웠다.

아니 도대체 뭡니까, 당신들! 니시지마는 혼자 입술을 삐죽대더니 앞에 있는 모래를 발로 마구 휘저으며 화풀이했다. 그러고는 또 곧바로 죽는소리를 했다. "아아, 나의 대발견, 오노노이모 코가 사라졌다." 아무도 신경 쓰지 않는 일에 혼자 그랬다.

4

"설마 그런 데서 만날 줄은 꿈에도 몰랐어." 바다에 다녀온 지이틀 후 일요일, 나는 하토무기 씨와 '켄켄켄'에서 마주 앉아 있었다.

저녁 6시가 지나 가게 안 텔레비전에서는 일요일 저녁의 가족 대상 프로그램이 방송되고 있었다. 우리 외에도 학생으로 보이는 사람들 셋이 다른 테이블에 앉아 있었다.

하토무기 씨가 새콤달콤한 드레싱을 얹은 양상추를 입에 넣고는 아삭아삭 씹었다.

"맛있다. 이제야 겨우 이 식당에 와 보네."

"어차피 다들 알고 있는 거, 진작 올 걸 그랬지." '켄켄켄'은 도리이의 단골이기도 하기 때문에 아무 생각 없이 들락거리다가 들킬지도 모른다 싶어 지금까지 하토무기 씨를 데리고 오지 않았다.

"근데 왜 친구들한테 나랑 사귄다고 이야기하지 않은 거야?"

"말들이 많거든." 정말이다. "쑥스럽기도 하고."

"호오, 그래?" 하토무기 씨가 어린애 놀리듯 말했다.

여기서 한마디 밝혀 두자면, 나는 자잘하고 시시한 연애사에 대해서는 설명하지 않을 생각이다. 내가 하토무기 씨와 어떻게 친밀한 관계가 됐는지, 먼저 데이트 신청을 한 것은 어느 쪽이었는지, 사카구치 안고의 소설이 공통의 화젯거리로 적절했는지, 하토무기 씨가 우리 집에 처음 온 것은 언제였는지, 하토무기 씨의 알몸을 본 것은 어떠한 계기에서였는지, 그때 나는 무슨 생각을 했으며 무슨 짓을 했는지, 그 일은 성공적으로 치렀는지, 만남에서 사귀기까지의 기간은 충분했는지, 그런 얘기는 일절 하지 않겠다는 뜻이다. 불필요한 이야기는 뛰어넘을 생각이니 7월 다음에 곧 9월의 이야기가 나올 가능성도 있다. 금년에 벌어진 일들을 말하다가 곧바로 내년의 일이 나오는 경우도 생길 수 있다.

나의 연애사는 내게는 특별하지만, 일반적인 잣대로 봤을 땐, 연애의 정석 같은 내용일 것이기 때문에 굳이 열거할 필요는 없다고 생각하는 데다, 아무리 생각해도 사적인 일을 만방에 알리는 것은 품위 없는 짓, 아니, 공개하기 아까운 일이다. 그러니 하토무기 씨와 살을 맞대는 장면은, 목욕물에 몸을 담그는 장면이나 머리를 자르러 가는 장면과 한 묶음으로 쳐 생략하고자 한다.

텔레비전 화면이 어느 틈에 야구 중계로 바뀌었다. 홀쭉한 체격의 투수가 덩치 큰 외국인 타자에게 헛스윙을 잡아냈다. 하토무기 씨는 아르바이트를 하는 곳의 이야기를 꺼냈다. 그녀는 지금 다른 여성 브랜드로 일자리를 옮겼는데, 탈의실에 들어가 두 시간이나 나오지 않는 여자에, 가격표를 보고 울음을 터뜨린 여자, 가게 앞에서 애인과 한바탕 싸움을 벌이고 쇼윈도에 있는 옷을 다 집어 던진 여자들 이야기를 하며 분개했다. 그러고는 곧 말을 이었다. "그리고, 볼 때마다 웃음이 나는데, 여자친구를 따라온 남자들 말이야, 다들 아주 따분한 얼굴을 하고 있어."

"그래?"

"아주 절망적인 표정들이라니까. 정말이지 아무 생각도, 관심도 없는 표정으로 따라 들어와서는, 여자가 이거 어때? 하면 좋은데, 하고 생기를 잃은 표정으로 대답해. 그리고 그런 남자들이 제일 겁내는 게 뭔 줄 알아?"

"뭔데?"

"여자친구가 고민 고민한 끝에, 입어 본 옷을 얌전히 두고는 '좀 더 둘러보고 결정해야겠어.'라고 할 때야."

"알 것도 같아."

"왜, 세일 기간 때는 가게가 사람들로 꽉 차잖아. 그러니 여자들이 옷을 고르고 있는 동안 남자들은 좀 떨어진 자리에서 기다린다고. 그런데 그, 안절부절못하고 서 있는 모습이 꼭 주인을 기다리는 개랑 닮은 게 어찌나 가여운지."

"가여운 게 아니라 재밌어하는 거 같은데."


'켄켄켄'을 나온 하토무기 씨와 나는 어두운 느티나무 길을 걸어 우리 집으로 향했다. 평년 기온을 웃도는 한여름 날씨가 연일 계속된다며 텔레비전에서 법석이었지만, 센다이는 다른 지방에 비하면 그나마 양반인지 밤길을 걷고 있으면 이따금 시원한 바람이 스쳤다.

"칠석제 불꽃놀이, 이제 곧 시작하겠네." 공원 옆을 가로지르는 육교 계단 위에서 하토무기 씨가 간판을 가리켰다. 센다이의 칠석제는 8월 6일부터 사흘 동안 열린다. 전야제인 5일 밤에 불꽃놀이가 열리는데, 그날 교통 규제를 알리는 간판이 서 있었다.

"나는 아직 한 번도 센다이 불꽃놀이를 본 적이 없어. 작년까진 모리오카에 있었으니까."

"이번에 친구들도 다 같이 불러서 구경하는 건 어떨까? 나 여태 친구들과 제대로 만나 본 적 없잖아."

"아아, 그거 좋지." 나와 하토무기 씨의 관계를 알고 있는 이상, 모두들 같이 즐겨야 한다고 나 또한 생각했다.

둘이서 아파트 문을 열고 들어서는데, 기다렸다는 듯이 전화벨이 울렸다. 구두를 벗고 있는 하토무기 씨를 두고 재빨리 들어가 수화기를 집어 들었다. 저편에서 들려온 것은 니시지마의 목소리였다.

"아하, 기타무라 아닙니까." 먼저 건 사람이 누군데 그런 말을. "기타무라, 도와줬으면 합니다."

"엉?"

"미나미를 데리고 좀 와 줘요. 지금 당장. 나 지금 아르바이트 하고 있거든요."

156

니시지마가 말하는 아르바이트는 다름 아닌 빌딩 경비직. 센다이 시내의 북서쪽, 도리이의 맨션에서도 보이는 8층짜리 빌딩으로 이름이, "라이징 빌딩이었나?"

"로버트 드니로가 나오는 영화는 〈레이징 블루〉였지요." 하면서 혼자 웃는 니시지마의 목소리를 들으니 그다지 심각한 일은 아닌 듯했다.

"그 빌딩으로 미나미를 데리고만 가면 되는 거냐?"

"시간이 없습니다, 꼭 부탁합니다 기타무라." 하고 니시지마는 전화를 끊었다. 나는 하토무기 씨를 마주 보고 통화 내용을 설명했다.

"가자, 가. 레이징 블루에."

"그 소린 니시지마도 했는데."

하토무기 씨는 그 얘길 듣고 실망해야 할지 좋아해야 할지를 생각하다가, 결국 실망했다. 나는 얼른 미나미의 집에 전화를 걸었지만 부재중 메시지가 나왔다.

"전부터 궁금했는데, 자기 친구들은 왜 다들 휴대전화를 안 갖고 다녀?"

"도리이는 있어."

"다른 사람들은 없잖아."

"이렇게 말하면 좀 재미없지만, 그냥 필요가 없으니까."

나는 간단히 '휴대전화를 휴대하지 않는 이유'를 설명했다. 일단, 자주 어울리는 친구들이 몇 되지 않아 급하게 누군가와 연락할 일이 없다. 그리고 그 얼마 안 되는 친구 가운데 가장 소재 파악이 어려운 니시지마 자신이 전자파도 무섭고 돈도 아깝다는 이유로 휴대전화를 쓰지 않기 때문에 더 이상 의미가 없다. 도도의 경우, 휴대전화를 소유하지 않는 것과 식구들과 함께 사는 것이 남자들의 끈질긴 데이트 신청을 막는 역할을 해 주고 있으며, 미나미는 사람들 앞에서 전화를 할 용기가 없다고 말한 적이 있다.

"나름 다양한 이유로 휴대전화를 안 가지고 다니지."

"편리한데."

"일단 유일한 휴대전화 소유자인 도리이한테 전화해 볼게. 미나미가 있는 곳을 알고 있을지도 몰라." 나는 수화기를 다시 들었다. 다행히도 곧 전화가 연결됐고, 덤으로 이런 정보까지 들었다. "학교 앞 라면집에서 라면을 먹고 있는데 우연히 미나미를 만나 지금 같이 있어."

"미나미 좀 바꿔 줘."

"나한테 이야기해도 되잖아."

"싫어."

전화를 받은 미나미는 내 말을 듣더니, 니시지마가 무슨 일로? 내가 가면 무슨 도움이 되나? 하면서 당황했다.

"나도 무슨 일인지는 잘 모르겠지만 니시지마가 하는 말이니까 별건 아닐 거야."

"그럼 지금 갈게." 미나미가 말하고 나서, 도리이에게 전화를 건넸다.

"야, 뭐야 대체."

"니시지마의 호출이야. 너도 올래?"

"됐어. 나는 이제부터 볼일이 있거든."

"자숙 기간 종료에 맞춰 미팅 재개냐?"

"혼자 단정 짓지 마셔. 그것보다, 야 근데, 라이징 빌딩이란 이름 그 영화랑 비슷하지 않냐?"

같은 말을 세 번이나 연속해서 듣고 싶지는 않아 나는 전화를 끊었다.


라이징 빌딩에 도착해서 잠깐 있었더니 미나미가 뛰어왔다. 내 옆에 있는 하토무기 씨를 보고는 "아, 기타무라의 여자친구 분!" 하고 속닥였다. "기타무라는 좋겠네."라고도 말했다.

"좋긴 뭐가?"

"연인 사이." 하면서 미나미는 나와 하토무기 씨를 가리켰다.

하토무기 씨가 내 귀에 입을 대고 살짝 말했다. "정말로, 환한 볕이 어울리는 분위기야."

경비실 창문을 노크하자 곧바로 문이 열리고 니시지마가 나왔다. 안을 들여다보니 4평 반 정도 되는 다다미 방이 보였다. 방 안에 테이블을 가운데 두고 남자들이 빙 둘러 앉아 마작 패를 만지고 있었다.

"다행이다, 때맞춰 왔네요. 자, 어서 미나미, 마작 패 받아요."

니시지마가 안경테를 끌어 올리며 무표정하게 말했다.

"아이고, 아주 예쁘장한 사람을 불러왔네." 창문을 등지고 앉은 남자가 누런 이를 드러내며 말했다. 눈가 주름이 자글자글하고, 머리는 반백에다 체구는 왜소했다. 어울리지 않게 입이 큰 게 특이했다. 니시지마와 똑같은 파란 유니폼을 입고 있는 것으로 보아 그 사람도 경비를 보는 모양이다.

"그렇게 여유를 부리는 것도 이제 끝입니다, 고가 씨." 니시지마는 우리를 방으로 데리고 들어가더니, 있는 대로 폼을 잡으며, 꼭 적을 궁지에 몰아넣을 묘수라도 있는 양 의기양양해했다.

"1천 점밖에 없잖아. 앞으로 2국밖에 안 남았다고. 지금 대타를 기용해서 뭘 어쩌겠다고. 난 이제 그만 가 봐야 되는데." 하고 말한 사람은 짧은 머리에 풍채가 좋은 남자였다. 각진 얼굴에 예순 살 가까이 되어 보이지만 피부는 반짝반짝 윤이 났다. 입 주변에 난 수염에서 관록이 느껴졌다. "지금 몇 시야, 슬슬 가 봐야되지?" 남자는 자기 왼쪽에 앉아 있는 남자에게 물었다. "슬슬 가는 게 아니라, 진작 갔어야죠. 사장님." 안경을 낀 중년 남성이 히죽거리며 말했다.

"도대체 어떻게 된 건지 모르겠네. 너, 아르바이트는?" 나는 니시지마를 쳐다보며 물었다.

"내 아르바이트는 경비 보는 일입니다. 지금부터 아침까지, 여기 머무르면서 순찰을 도는 거지요."

"내가 잘못 보는 게 아니라면, 이건 경비가 아니라 마작인데." 나는 패가 떨어져 있는 테이블을 가리켰다.

그랬더니 니시지마 외에 세 사람이 웃으며 설명해 줬다. 빌딩 경비는 밤이 돼서야 시작하는데, 그 전에 잠깐 마작을 하는 경우가 있단다. 사장이라는 남자는, 실제로 이 빌딩의 본사 사장으로, 빌딩의 소유주이기도 한 모양이다.

니시지마와는 빌딩 안에서 몇 번 마주친 적이 있는데 그때 마작 얘기가 나왔고, 언제 한번 같이 치자고 했던 것이, 마침내 오늘 실현된 것이란다. 사장은 도쿄행 신칸센을 몇 차례 놓치면서까지 이러고 있는 중이란다.

그렇구나, 하고 나는 납득했다. "그러니까, 이 판에서 패색이 짙어지니 큰일이다 싶어 미나미에게 구원을 요청한 거군."

"뭐, 대충 말하자면 그렇습니다." 니시지마는 짐짓 점잔을 떨었다.

"니시지마 군은 재밌는 사람이야." 고가 씨라고 불린 아저씨의 그 말은 그냥 허투루 던지는 말 같지는 않았다. "마작은 약하지만 말이야." 사장이 호쾌하게 웃으며 "요즘 젊은이들은 모두 이렇게들 별나나?" 하고 우리 쪽을 보았다.

나는 재빨리 부인했다. "니시지마가 별종인 거죠."

거봐, 내 뭐랬어. 사장이 대답하니 직원으로 보이는, 안경남도 따라 웃었다. 아무리 그래도 난 니시지마가 어른들과 이렇게 스스럼없이 어울리는 데 놀랐다. 아주 한통속으로 어우러졌다고 할까, 이 무리 안에서 나름의 위치를 점하고 있었다.

"아까 말한 대로 여기 이 미나미에게 바통을 넘기겠습니다. 괜찮겠죠? 미나미 양이 저 대신 싸울 겁니다." 니시지마는 미나미의 어깨에 손을 얹고 테이블 앞에 있는 사람들에게 말했다.

"이렇게 예쁜 언니가 패를 만진다고? 저기, 저 사람은 어때? 저 사람은 안 하나?" 고가 씨가 나를 가리켰다. 그런데 내가 대답하기도 전에 니시지마가, 안 됩니다, 안 돼, 하고 단호히 거부했다. "여기 있는 기타무라라는 사람은 말입니다, 머리는 좋지만 마작의 '마' 자도 모릅니다."

"왜, 잘 못해?" 사장 어른이 질문을 반복했다.

"아뇨, 그게 아니라. 이 남자는, 그러니까 기타무라는 말입니다. 마작이란 것 자체를 모른다고요. 예를 들면 말입니다, 누군가가 ▢과 ▣을 '퐁'* 한 다음에, 보통은 ▣을 버리면 안 되지 않습니까. 그게 매너 아닙니까. 대삼원**의 가능성이 있으니까요. 그런데 여기 있는 기타무라는 그런 상황에서 곧바로 ▣을 버린단 말입니. 그것도 아주 아무렇지 않게요."

"그게 현명하지 않나요?" 나는 설명했다. "확률상, ▢과 ▣을 '퐁' 한 사람이 또 ▣을 두 장 갖고 있는 경우는 거의 없습니다. 그렇지 않은가요? 그렇다면 곧바로 ▣을 처리하는 게 좋죠. 뒤로 갈수록 상대가 ▣을 두 장 쥐고 있을 가능성도 있고, 또 다른 사

---

\* 자기가 들고 있는 같은 패 두 개와 똑같은 패를 다른 사람이 버렸을 때 외치는 말.
\** 삼원패 세 종류를 모두 고쓰로 만드는 것.

람도 牌을 버리지 못하니까 거기서 막히잖아요. 牌을 쥐고 있으면 있을수록 위험은 커집니다. 그 상황에서 牌을 갖고 있는 사람이 취해야 할 최선책은, 그 자리에서 牌을 버리는 겁니다. 확률적으로 보나 논리적으로 보나 그게 맞습니다. 전에도 내가 말했잖아."

"그러다 누가 부르면 어떡합니까?"

니시지마는 도무지 이해를 못하고 있다. "그럴 확률은 낮아. 거꾸로 말해서 牌을 곧장 버림으로써 안게 되는 위험은 그때 누군가가 부르는 경우 하나뿐이야. 확률과 리스크 면에서 보면 말이야."

알았어, 알았다고요. 니시지마는 인상을 구기며 또 못 듣는 척을 하려고 귀를 막았다.

"그렇군." 하고 말한 사람은 사장 어른이다. "확실히 일리 있는 말이야. 그런 상황에서 牌을 버리면 초짜 취급을 받을 수도 있지만, 듣고 보니 리스크는 작아지는군."

"아닙니다." 니시지마는 화가 나 특유의 그 절실함과 열의에 찬 목소리로 말했다.

"썩어도 좋으니 牌을 계속 갖고 있다가, 그 국이 끝난 후에 '牌만 누가 버렸으면 좋았을걸, 이게 뭐야, 냈어도 괜찮을 뻔했잖아. 큰 놈을 잡혔잖아, 아이고.' 하며 몸부림치는 거, 그게 마작입니다. 가능성과 리스크를 생각해서, 네, 네, 버리겠습니다, 하고 홀랑 내치는 것은 마작이 아닙니다. 그것은 마작이 아니라, 그냥 계산이지요, 계산."

"음, 니시지마 군의 마음은 알겠네. 그래, 그것도 중요하지, 중요해. 그런 생각도 중요한 거야." 고가 씨가 너그러운 표정으로 손을 내저었다. 한동안 일을 같이 해서인지 그도 니시지마의 집착하는 버릇을 이해하고 있는 눈치다.

"사장님, 서두르셔야겠습니다." 안경남이 작은 목소리로 말했다. 그 말을 듣고 미나미가 센스 있게 "그럼 거기 한 자리 비네요." 하고는 방석에 날름 앉았다.

그 후 벌어진 2국에 대해서는 짧게 설명하고자 한다. 우선 남 3국은 미나미가 리치 핀후 삼색 쓰모 도라 2를 올려 하네만 2만 2천 점을 땄다. 다른 세 사람은 머리를 긁적이며 뭐 씹은 표정을 지으면서도 대단한 솜씨라며 박수를 보내는 여유를 보였다.

남 4국에서는 초판부터 사장 어른이 리치를 불렀다. 패를 옆으로 누이고 "이것으로 끝!"이라고 선언했다. '선'인 고가 씨가 망했다고 눈초리를 내리깔았다. 사장 어른은 상당히 높은 점수를 덴파이* 했는지, 살짝 들뜬 표정에 홍조까지 띠었다. "그러고 보니 요즘 빈집털이가 많은가 봐. 부자들이 표적이 되고 있다지?" 사장 어른이 뜬금없이 요즘 뉴스거리를 화제로 삼았다. 한껏 들뜬 감정을 속이려는 의도인 것 같은데, 부자연스러운 게 티가 나

---

* 마지막 한 장만 들어오면 나는 상태.

164

도 너무 났다. "빈집털이요?" 내가 물었다.

"거 왜, 강도 있잖나. 큰 집에 들어가서 돈을 훔쳐 가는 놈들 말이야. 내가 아는 사람 집도 당했어. 그 사람 부인이 집에 있다가 손도 결박당하고 앞도 못 보게 눈도 가려지고, 어찌나 무서웠던지 지금도 혼자서 집에 있지를 못 한다잖아."

"사장님 댁도 위험하지 않습니까?" 고가 씨가 패를 집으면서 맞장구쳤다.

"우리 집에는 도베르만을 풀어 두고 있거든." 사장 어른이 대답했다.

"도베르만이 뭐 안전장치인가요?" 미나미가 웃는다. 그런 다음 자기 패를 가만히 내려다보고 말했다. "저, 리치 하겠습니다." 오호 이거 무섭군, 바짝 따라붙었네. 사장 어른의 목소리가 어렴풋이 떨렸지만 그럼에도 자신의 승리를 확신했는지 말투가 꼭 손자를 어르는 듯했다.

그 네모난 얼굴이 뻣뻣이 굳어진 것은 몇 차례가 돈 다음, 미나미가 참한 얼굴로 '쓰모!'를 외치고 자기 앞에 패를 누였을 때였다. 밤새 안녕히 주무셨어요, 할 때처럼 얌전한 목소리여서, 나를 포함한 그 자리에 있는 어느 누구도 즉각 반응을 보이지 못했다. 리치 쓰모 산안코* 남 도라 3, 하며 미나미는 손가락을 꼽아 셈했다. "바이만, 1만 6천 점입니다." 하며 세 사람을 쳐다보았다.

---

＊ 안코가 세 개이면서 조패가 완료된 상태.

사장 어른은 사각 얼음 같은 얼굴로 겨우 한마디 했다. "졌다."

고가 씨도 신음 비슷한 소리를 흘렸다. 안경남은 승부야 어찌 됐든 게임이 끝난 것에 안도하는 눈치였다.

"자 자, 어떻습니까, 제 능력을 어찌 보십니까들?" 니시지마가 박수를 치며 세 사람에게서 점봉을 회수했다.

"어쩌다 잘된 거야." 미나미는 싱긋 웃으며 니시지마에게 말했다. "이것으로 플러스마이너스 3만 점 정도네."

"어쩌다 잘된 것 같기도 하고, 아닌 것 같기도 한데." 사장 어른이 팔짱을 끼고 미나미의 패를 내려다보며 말했다. 나이가 어리다고 무조건 '선무당이 사람 잡는다.'는 식으로 치부하지 않는 점은 높이 살 만했다. 자리를 털고 일어서며 넥타이를 고쳐 맨다.

"미나미, 좀 더 높은 점수로 났어도 좋을 뻔했어요." 니시지마는 불만이라는 듯 점봉을 세면서 말했는데, 정작 미나미는 미소를 지으며 대꾸했다. "모두가 플러스마이너스 제로인 것이 제일 좋아. 엎치락뒤치락했지만 결국엔 '모두 거기서 거기네요.' 하고 끝나는 것이 제일 좋다고 난 생각해."

나는 그런 미나미를 바라보며 예전에 도리이의 집에서 읽은 마작 교본을 떠올렸다. 그 책에는 지금까지 마작 게임에서 져 본 적이 없다는 전설적인 남자의 말이 언급되어 있었다. "오라스*를 앞두고도 1천 점 정도밖에 차이가 나지 않아 참가자들이 모두

---

＊ all last, 한 게임의 마지막 국.

166

첫판을 시작하는 기분으로 목표를 향해 뛰어드는 게 가장 좋은 마작이라고 생각한다."

그것이 진리인지 어떤지는 모르겠고, '무패 기록의 마작 고수'라는 닉네임도 어디까지 믿어야 할지도 모르겠다. 나 스스로는 승부사와 게임은 일단 이기는 것이 목적이니 가능한 한 점수를 많이 따야 한다 주의지만, 고수의 말에서는 거만함이나 자만심은 전혀 느껴지지 않고, 오히려 온화하면서도 잔잔한 부드러움마저 풍겨 기억에 남았다. 그리고 '다들 거기서 거기로 끝나는 게 좋다.'는 미나미의 말도 비슷한 맥락이니, 어쩌면 강인함이란 자신감, 힘, 기술보다 온화함 속에 깃들어 있는 게 아닌가 하는 생각이 들었다.

"그럼 니시지마 군, 또 보세. 아가씨도 또 만나자고. 다음번엔 본격적으로 한판 하지. 자네도." 사장 어른은 니시지마, 미나미, 나에게 차례로 말을 걸고 급하다고 채근하는 안경남과 함께 경비실을 나섰다.

갑자기 실내가 조용해졌다. "미나미 씨, 대단하네요. 고수예요." 하토무기 씨가 미나미의 어깨에 살짝 손을 얹었다.

"어쩌다 잘된 거예요." 미나미의 얼굴이 붉어졌다.

"아 참, 그런데 도리이는 어떻게 된 겁니까? 나의 역전극을 보러 오지 않다니요."

"도리이는 누구랑 만날 일이 있나 봐, 술집으로 가던데." 미나미가 말했다.

"여자다, 여자를 만나는 겁니다. 이번에도 헌팅 아니면 미팅을 하는 겁니다." 니시지마가 심각한 얼굴로 흥분했다.


5


월요일 아침 9시. 눈을 뜨자마자 전화가 왔다. 앉아서 수화기를 집어 들었더니 도리이의 목소리가 날아들었다. "기타무라, 집합이다 집합!"

"마작?"

"그게 아니라, 아니, 기왕 모이는 거 마작도 한판 할까? 아무튼 우리 집으로 와. 우리가 출동할 차례야."

"출동할 차례라니, 무슨 소리야?"

"어젯밤에 하세가와랑 한잔했거든." 도리이가 말했다.


"왜 또 그 여자를 만났어?" 나는 주사위를 흔들기 전에 도리이에게 물었다. "넌 질리지도 않냐?"

오후 2시, 우리들은 도리이의 맨션 거실 고타쓰* 주위에 둘러앉았다. 마작 패로 이미 산을 쌓고 이제부터 '선'인 내가 주사위를 흔들 참이다.

"그래, 맞아. 그 사람과는 다시 만나지 않는 게 좋아." 그러는

---

* 일본식 좌식 난방 기구.

미나미가 내게는 성에 안 찼다. 만나지 말라고 따끔하게 말해도 되는데, 분명 자기는 그럴 입장이 안 된다고 생각하는 것일 테다. 입장이고 뭐고 따질 문제가 아닌데 말이야.

"엄청 얌전하게 나한테 할 말이 있다고 전화를 하는데, 그냥 만나서 이야기나 들어 줄까 한 거지."

"악덕 부동산업자나 결혼 사기꾼들이나, 전쟁을 획책하는 대통령도 다 처음에는 '할 말이 있는데.'로 시작해." 도도가 인형 같은 얼굴로 가시 돋은 말을 하자 도리이는 머쓱해했다.

"아무튼 어제 하세가와 짱하고 술집에서 만났어."

"아직도 정신 못 차리고 말이지." 내가 한마디 끼어들었다.

"저러다 또 속아 넘어가지." 도도가 냉정하게 말했다.

"결단코 좋은 일이 아니야." 미나미가 나직이 말했다.

"자숙 기간은 끝났습니까?" 니시지마가 언제 적 단어를 또 꺼냈다.

"그래, 그래, 알았어." 도리이가 청중의 입을 막고 제 페이스를 되찾으려 서둘러 이야기를 시작했다. "다들 내 생각 해서 한마디 씩 하는 건 알겠어. 근데 이제 됐어. 걱정할 필요 없다고. 내가 언제 니들한테 조언해 달라고 했냐? 내가 지금부터 하는 얘기 잘 듣고 조언은 그다음에 해. 하세가와가 말이야, 나한테 조사를 좀 해 달라고 부탁하더라."

"조사?" 내가 되물었다.

"아오바 구에 와카나 가라고 있잖아. 시청인가 현청에서 북쪽으로 더 간 곳에 말이야. 근데 그 뒤쪽이 고급 주택가거든. 오래된 동네이긴 하지만."

"그래, 있었던 거 같다." 자전거로 몇 번인가 지나간 적이 있다.

"그 동네의 어떤 집을 좀 조사해 달래." 도리이가 눈짓을 보내기에 나는 들고 있던 주사위를 던졌다. 또르륵 굴러가다 6이 나왔다. 시모차 위치에 있는 도도의 패 중에서 하나를 가져온다. 나머지 사람들이 순서대로 패를 집었다.

"조사라니 뭘?" 미나미가 궁금해했다.

"어디부터 이야기를 해야 좋을까." 도리이는 잔뜩 점잔을 빼며 거들먹거렸다. "하세가와는 그 집을 감시하고 싶은가 봐."

"감시해?" 나는 다시 앵무새처럼 따라 하며, 들고 있던 패 중에서 필요 없는 패를 버렸다.

"이번 주 목요일 밤, 그 집 주인의 행동을 감시한다."

"좀 더 단도직입적으로 말하는 게 좋지 않겠습니까?" 니시지마가 또 불만스레 말했다. "아하, 니시지마." 도리이는 킥킥 터지는 웃음을 참는다. "그 집에 프레지던트맨이 산다면 어떻게 할래? 놀라겠지?"

아닌 게 아니라 니시지마는 얼마나 놀랐는지 잡고 있던 패를 다 놓쳤다. 그런데 또 이게 웬일? 그 쓰러진 패는, 다름 아닌 🀙* 다. 🀙라니, 뭐야 지금 한 말 그거 말짱 거짓말 아냐?

✚ 이 패를 '우소'라고 부르는데, 일본어로 거짓말이라는 의미의 한자 '嘘'와 발음이 같다.

## 6

"하세가와의 친구가 지난주 목요일 밤 프레지던트맨에게 당했대."

"그게 무슨 말입니까?" 니시지마의 입이 헤벌어졌다.

"밤늦게 술자리를 접고 집에 가는 길에 갑자기 웬 중년 남자가 나타나더니 뒷골목으로 끌고 가더래." 도리이는 떠들고 싶어 안달이 났던지 일사천리로 말을 쏟아 냈다. "그때는 정말 필사적으로 뿌리치고 일단 도망쳤는데."

"설마 다시 뒤를 밟은 건 아니겠지?" 나는 패를 내려다본다.

"맞아, 어떻게 그리 잘 아나?"

"정말?" 미나미가 놀라 말했다.

"그런 무모한 짓을 하다니." 도도도 말했다.

"무모한 짓도 정도껏이지."

"그런데 그 남자가 와카나 가를 지나 그 고급 저택으로 들어갔다는 거야."

"말도 안 됩니다." 니시지마가 버릴 패를 테이블에 내던지며 잘라 말했다. "그건요, 있을 리 만무한 일입니다."

"만무하긴 뭐가 만무하단 말이야?"

"프레지던트맨이 젊은 여자를 공격할 리 만무하단 말입니다. 대통령을 퇴치하기 위해 애쓰는 사람이니까요. 미국의 대통령은 앞으로 보나 뒤로 보나 완전히 아저씨 아닙니까."

"당연하지!" 나와 도도, 미나미가 동시에 대답했다. "역시 프레지던트맨의 전문가야. 음, 일리가 있어."

뉴스에 따르면 지금까지 모두 중년 남성들만 표적이 되었다.

"그렇지만, 본인이 직접 당했다는데 뭐. 뉴스라고 다 정확한 게 아니야. 이야기를 흥미 있게 추려서 내보내는 거지."

"근데 왜, 이번 주 목요일이야?" 내가 물었다.

"그게 말이야." 도도가 버린 패로 도리이가 '치'*를 불렀다. "프레지던트맨 사건은 목요일 심야에 일어나는 경우가 많았대. 잠깐, 근데 이거 사실이냐?" 말꼬리를 바짝 올리며 옆에 앉은 니시지마에게 확인한다.

우리도 프레지던트맨 전문가에게 확인을 받기 위해 니시지마를 쳐다봤다. 잠깐만, 가만히 생각해 보니, 전문가고 나발이고 프레지던트맨 자체가 니시지마의 창조물이고, 그는 있지도 않은 프레지던트맨 연구소를 날조하여 그곳 소장임을 자처하는 것이나 다름없잖아. 그런데도 니시지마는 장고長考를 거듭한 끝에 패를 놓고 인정했다. "아아, 그건 맞습니다. 분명 목요일입니다."

"아하, 역시!" 나와 도도, 미나미가 이번에도 한목소리를 냈다.

도리이는 고개를 끄덕였다. "거봐, 신빙성 있지?"

"없습니다. 그거야 신문만 들춰 보면 목요일에 사건이 일어났다는 것쯤은 얼마든지 알 수 있는데요 뭐. 그건 그렇고, 우리한

---

* 슌쓰를 만드는 데 필요한 패를 왼편에 앉은 사람이 버렸을 때 부르는 말.

테 왜 그런 일을 부탁하는 겁니까? 경찰한테 알리면 되잖습니까."

"그러니까 내 말 좀 들어 봐." 도리이는 약간 귀찮다는 표정을 지었다. 정곡을 찔려서 그런 것처럼도 보였다. "경찰한테 알리기에는 딱히 증거도 없고, 뭐 알려 봤자 제대로 조사해 주지도 않잖아."

"거봐, 증거도 없네 뭐."

"아니, '물증'이 없다 그거지. 그러니까 우리들이 그 집을 관찰해서 확실한 물증을 잡으면 되는 거야."

"잠깐만." 도도가 도리이를 빤히 쳐다보다 나직이 물었다. "도리이 너, 그 애한테 잘 보이고 싶어? 그런 부탁을 다 들어주니 말이야."

미나미도 같은 생각이었는지 위아래로 크게 고갯짓을 했다. 나도 기가 막혔다. 볼링 사건으로 된통 당했으면 됐지, 또 그 여자가 한 말을 곧이듣고 뜬금없이 남의 집을 감시하겠다고? 떨어질 고물 하나 없는 부탁을 들어주겠다니 객쩍기가 한이 없다. 그러면서도 뚫린 입이라고, "하세가와하고 사이좋게 지내고 싶어서 그래."라든가 "그 애도 반성했으니 믿어 줘야지."라는 말이 튀어나오면, 더 이상 볼 것도 없이 도리이란 놈이 뭘 하든 말든 관심 끄고 한동안 아는 척도 말아야겠다고 생각했다.

그러나 도리이의 대답은 달랐다.

"아니야. 솔직히 하세가와 걔가 이제 뭘 하든 상관 안 해. 그냥 재밌을 거 같지 않냐? 어쩌면 펴치기의 정체를 밝혀낼 수 있을지 누가 알아? 만날 그날이 그날 같은 학교 생활에 이런 이벤트 정도는 있어야지."

나는 더 이상 대꾸할 말이 없었다. 다른 세 사람의 얼굴을 보니 그들도 대충 비슷한 것 같았다.

"어차피 떨어진 장소에서 보는 거니까, 우리한테 큰일 날 건 없어. 그냥 구경하는 건데 뭐." 도리이의 말에 우리들도 그럴지도 모른다며 절반쯤 넘어갔다. 재밌을 것 같다는 말에 동의하며 고개를 얼핏 끄덕이려고 한 것 또한 사실이다. 하나 그건 착각이었다.


7


"고급 주택가는 밤에도 으리으리한 느낌이 드네요." 옆에 있던 니시지마가 말했다. "여기 보세요, 가로등마저 호화롭지 않습니까? 바닥에도 타일이 쫙 깔렸네요."

완전히 해가 져 컴컴했지만 몇 미터쯤 뒤쪽에 외등이 있어 침침하게나마 주변 모습이 보였다. 니시지마의 말대로 차도에는 고급스러워 보이는 돌이 깔려 있어 텔레비전에서 취재라도 나온다면 리포터가 그냥 '도로'가 아니라 '프롬나드'*라는 거창한 단어

---

\* 산책로라는 의미의 프랑스 어.

를 들먹일 법한 분위기였다. 계기판 위의 디지털시계를 본다. 11시가 넘었다. "우리 벌써 한 시간이나 이러고 있다."

달의 위치를 찾아 창에서 얼굴을 빼고 상하좌우를 둘러보았다. 달무리처럼 보이는 것은 있었지만, 달은 보이지 않았다.

"틀림없이 저 집이 맞는 거죠?" 니시지마가 운전석 등받이를 툭툭 건드렸다.

"좀 전에도 지도 봤잖아. 저 집이 맞는다니까." 도리이는 빈 조수석 위에 놔둔 주택 지도를 들고 흔들었다. 시부사와 동네의 지도였다.

지도의 왼편, 그 동네에서도 큰 집에 도장이 찍혀 있는데, 우리는 현재 그 집에서 오른편으로 20미터 떨어진 곳에 차를 세워뒀다. 그 집에는 높은 담이 둘러쳐져 있었다. 지도에 나와 있는 세대주의 이름은 '다케우치 젠지獄內善二'였다.

"이 사람이 프레지던트맨인가?" 도리이가 말하자 니시지마가 그럴 리가 없다며 강하게 부정했다.

"우리의 프레지던트맨은, 이런 동네에 살 리가 없습니다."

"이런 동네라니, 어떤 동네?"

"이렇게 으리으리한 집에 살면서, 이름에 지옥 속에 있다는 한 자를 쓸 리 만무하다고요." 내 상식으로는 니시지마가 프레지던트맨의 이름에 어떤 환상을 품고 있는지 짐작하기 어려웠다.

"근데 그거 어떻게 카피한 거냐?" 나는 도리이가 놔둔 지도를 턱으로 가리켰다. 주택 지도의 도장은 직접 찍은 게 아니라 원형

도장이 찍힌 것을 복사한 것이었다.

"주택 지도를 전부 건네기 어려우니까 카피해 준 거겠지."

"보통, 카피한 다음에 도장을 찍어 주는 것은 알겠는데 도장도 카피되어 있는 거니까 그렇지."

"거참 되게 카피, 카피 하네. 그렇게 카피가 좋으면 커피라도 마시든지." 도리이가 썰렁한 말을 하고는 혼자 웃었다.

"다른 데도 도장이 찍혀 있어." 나는 지적했다.

지도에는 다른 위치에도 무슨 표시처럼 도장이 찍혀 있었다. 시부사와의 북동쪽, 그 옆에는 숫자도 적혀 있었다.

"상관없지 뭐."

우리들이 잠깐 말을 멈추자 그때부터 온 마을의 사람들이 호흡을 멈춘 것 같았다. 지나다니는 사람도 없다. 택시 몇 대가 지나가기는 했지만 그 외에는 산책하는 개도, 오토바이를 탄 피자 배달부도 하나 얼쩡거리지 않았다.

"저런 저택에 사는 남자가 픽치기라고 누가 생각하겠어?"

"그러게 내 뭐랍니까." 니시지마가 마뜩잖은 표정으로 말한다. "잘못 안 겁니다. 프레지던트맨이 저런 집에 살 리가 없어요."

"그럼 프레지던트맨은 어디에 사는데?" 도리이도 못마땅한 말투였다.

"프레지던트맨도 사람인데 집은 있을 거 아냐."

"일단은, 이 집과 백악관에는 없는 게 확실합니다."

그로부터 40여 분 뒤, 이거 너무 덥습니다, 너무 더워요, 하고 니시지마가 투덜거렸다. 창밖으로 팔을 뻗어 바람을 일으켜 본다.

"네가 아까 시동을 끄라고 해서 그렇잖아." 백미러를 통해 도리이의 뾰로통한 표정이 보였다.

"당연하지요. 배기가스라든가 에어컨이 지구온난화에 얼마나 심각한 영향을 끼치는지 아십니까?" 니시지마가 평소의 그 톤으로 말문을 열었다. "지구가 점점 더워져, 앞으로는 아예 생물이 살 수 없게 된다는 걸 다들 알고 있으면서도 대수롭지 않게 여깁니다. 에어컨을 끄기는커녕 한여름에 온 집 안을 이글루로 만들 정도입니다. 북극에 얼음이 없어진들 나와는 상관없다, 내 탓이 아니다, 하고 시치미를 뚝 떼고 말이죠."

"그래 알아." 나는 선뜻 동의했다. 니시지마가 길게 떠들면 그것만으로도 덥다. 하지만 "하지만 지구는 온난화 상태가 아니라는 설도 있고, 환경문제를 히스테릭하게 떠드는 것을 비판하는 사람들도 있어."라는 말도 덧붙였다. 지금 말하는 게 적당한가 싶긴 했지만 지적해 두고 싶었다.

니시지마가 잠깐 멍하니 쳐다보더니 "아, 그래요?" 하고 물었다.

"그럼 그 사람은 어떻게 살고 있답니까?"

"뭐?"

"온난화 상태가 아니라고 비아냥거리는 사람 말입니다. 그런 사람들은 대개 자기 문제밖에 생각하지 않는 인간들이라고요."

니시지마는 또 발동을 걸었다.

"기타무라 네가 이상한 소리를 해서 괜히 니시지마가 열 받았잖아." 도리이가 말했다.

"아무튼 온난화 문제를 외면해선 안 됩니다." 니시지마는 창밖을 향해 큰 소리로 외쳤다. 나는 심장이 덜컥했다. 누가 우릴 알아차리기라도 하면 어떻게 하려고.

"니시지마, 괜찮으면, 이 차 안의 온난화도 외면하지 말아 주라." 도리이는 부탁 조로 말하고 더위 먹은 개 흉내를 내며 헐떡거렸다. 야마세미 머리도 여지없이 축 처졌다. "그런데 네가 하는 아르바이트는 돈도 벌고 마작도 할 수 있고, 거참 괜찮다." 도리이가 화제를 돌려 니시지마의 아르바이트 이야기를 꺼냈다.

"돈은 얼마나 걸고 하나?" 내가 물었다. 그러자 니시지마가 잠깐 멈칫하더니 고백했다. "그날 미나미가 오지 않았더라면 10만 엔 정도 날아갔을 겁니다."

"뭐, 10만!" 나와 도리이가 비명을 질렀다. "그게 뭐야, 아르바이트하러 가서 돈을 날리면 어쩌자는 거냐?"

"마작을 하다 보면 그럴 수도 있지 않습니까. 그거보다 말이죠." 니시지마가 콧잔등을 문지르며 힘주어 말했다. "미나미는 어떻게 그렇게 마작을 잘하는 겁니까, 신기해요."

"글쎄 말이야." 도리이가 머리를 긁적였다.

"나한테 그런 힘이 있었으면 좋을 텐데."

"니시지마한테 그런 힘이 있으면 뭘 할 건데?" 도리이의 말투는 약간 도발하는 투였다.

"지구온난화를 멈추는 데 쓰겠습니다."

무리야, 그건 무리라고, 하고 내가 곧바로 응수했다.

"온난화는 막을 수 없다는 말입니까?"

"그게 아니라, 너는 결국 그런 힘이 있으면 마작에나 다 써 버릴 거라고."


조금 있다가 도리이가 퍼뜩 몸을 앞으로 내밀며 속삭였다. "누가 온다!"

니시지마가 창가에 있는 내게 몸을 가까이 붙였다. 답답하니까 그렇게 다가서지 말라고 하고 싶었으나 "프레지던트맨입니까?" 하고 온몸으로 몰두하는 그를 보니 매정하게 그럴 수도 없었다.

우리들은 숨을 죽이고 가까이 다가오는 남자의 모습을 지켜보았다. 남자가 앞을 지나가는 순간, 모두 "뭐야, 저거." 하며 크게 실망했다. 티셔츠에 반바지를 입고 땀을 흘리며 뛰어가는 남자는 다름 아닌 격투기 선수 아베 가오루였다.

"괜히 쫄았잖아." 도리이가 숨을 내쉬었다. "근데 아베 가오루, 아직도 하고 있었어?"

"챔피언 아니었나?" 전에 도리이가 방어전을 할 때가 됐다고 말했던 것이 기억났다.

"방어전에서 졌어. 2라운드 만에 아주 싱겁게 케이오패 했지.

하이킥을 머리에 정통으로 맞았거든."

"저 사람이 졌다고?" 전에 본, 그 긴장감 서린 연습 광경이 떠올랐다. 기름기라고는 없는 완벽한 근육질의 몸과 다른 사람들을 압도하는 위압적인 몸동작, 그리고 연습하는 모습을 봐서는 그가 누군가에게 지는 건 상상이 되지 않았다. 아무리 내리쳐도 꿈쩍 않는 암벽 같았는데. 뛰는 놈 위에 나는 놈이 있단 말인가.

"본인 말로는 방광염으로 인한 통증으로 경기가 힘들었다고 하더라."

"방광염?" 불쑥 튀어나온 병명에 그건 또 무슨 소린가 했다. 아니 그럼, 뛰는 놈 위에 나는 놈이 아니라 뛰는 놈 위에 방광염이었던 거야?

"패자의 변명 아니겠어? 잡지에 인터뷰 기사가 났더라. 잘못된 성행위로 방광염에 걸렸다고 아베 가오루가 스스로 밝혔어. 그건 또 그거대로 웃기지 않냐?" 도리이가 웃었다.

"어이없는 격투기 선수로군."

"그래서 그 이후론 관심에서 멀어졌는데, 아직도 연습을 하고 있었네." 도리이가 고개를 돌려 달려가는 아베 가오루의 뒷모습을, 조금 전과는 다른 시선으로 바라보았다.

설마 저 아베 가오루가 프레지던트맨은 아니겠지? 사이드미러에 비친, 멀어져 가는 아베 가오루의 모습을 보면서 머릿속에 그런 생각이 스쳤다. 니시지마에게 말해 볼까 하다가 이내 생각을 접었다. 밤거리에서 행인을 덮치는 불의不義는 아베 가오루와 전혀 어울리지 않는다. 그런 일은 있어서는 안 된다.

　도리이가 작은 소리를 낸 것은 그로부터 20여 분이 지나, 니시지마도 너무 더워 신음을 토해 내던 무렵이었다. 도리이가 나직이 말했다. "차가 온다."

　"차?"

　"이쪽으로 오는데, 수상하네. 왜 저렇게 천천히 오지?"

　정면으로 비추는 자동차의 불빛이 시야에 들어온다. 20~30미터 정도 되나? 대형차인지 어두운 길을 훤히 비춰 한쪽 구석에 숨어 있는 우리들까지 비출 것 같다. 타이어가 커서 그런지 차체 높이가 다른 차보다 월등히 높다. RV차다. 섰다! 도리이가 속삭였다. 우리들 세 명은 몸을 웅크리고 앞을 지켜보았다.

　차는 다케우치 씨 저택 담 근처에서 멈췄다. 차 문 세 개가 열리면서 사람들이 내렸다. 차체에서 지면까지 거리가 있기 때문에 거의 뛰어내리다시피 한다.

　그림자들이 차례로 조수석 쪽으로 모인다. 그러더니 곧바로 한 사람이 앞바퀴에 발을 얹고 울타리에 손을 짚었다. 그러고는 단번에 뛰어올라 담장 너머로 사라졌다. 타이어를 발판 삼아 울타리를 넘어 들어간 것이다. 나머지 두 사람도 같은 동작으로 가볍게 담을 넘었다. "뭣들 하는 거야, 저거 지금." 도리이가 말했다. "이 집 프레지던트맨네 아니었어?"

　차가 다시 시동을 걸고 우리가 있는 쪽으로 다가왔다. 스쳐 지나가기 직전 나는 마주 오는 차의 운전석을 보았다. 가로등 불빛에 비친 운전자의 얼굴을 보고 너무 놀라 비명도 나오지 않았다. 앞에 앉은 도리이도, 옆에서 창문에 얼굴을 대고 있던 니시지마도, 멍하니 아무 말도 하지 못했다.

"저 사람, 그 사람 아닙니까?" 조금 있다가 겨우 니시지마가 말했다. 그 남자잖아요, 이게 대체 어떻게 된 겁니까? 지나간 검은 차의 운전석에 앉은 사람은, 예전에 우리와 볼링 대결을 한 호스트, 레이치였다.


8


도리이가 우선 자동차 창문을 닫았다. 유리문이 올라가는 그 순간이 꽤나 길게 느껴졌다. 바깥과 실내가 완전히 차단되자 도리이가 침묵을 깼다. "어떻게 된 거지? 저거 그 자식 아니야, 그때 나랑 볼링 쳤던······."

창을 닫아서 그런지 실내에 뜨거운 공기가 꽉 뭉친 느낌이었다.

"당한 거야." 혼자 넘겨짚으며 나는 불쾌한 기분으로 말했다.

"당하다니?" 그렇게 묻는 도리이도 대강 짐작은 하고 있을 것이다. 인정하고 싶지 않은 것뿐.

"하세가와한테 또 속은 거야. 지금 여기, 호스트 레이치가 나타났어. 이게 그냥 우연일 거 같냐? 분명히 이번에도 꿍꿍이가 있는 거야. 상황은 잘 모르겠지만 뻔해."

"우연이 아니라고? 하세가와는 호스트하고 완전히 관계를 끊었다고, 연락 안 한다고 그랬는데."

"거짓말이겠죠." 니시지마는 왼편 문손잡이를 잡고 달그락거리며 열려고 했다. 잠금장치를 해제할 줄 모르는지 꾸물거리기만 하고 좀처럼 열지 못한다. "프레지던트맨이 누굴 덮쳤다는 둥, 그런 건 다 지어낸 이야깁니다. 괜히 애먼 사람 잡는 얘기라고요."

"니시지마, 어딜 가려고 그래?" 나는 등을 돌린 니시지마에게 물었다.

"무슨 일이 일어나고 있는지 보러 가는 겁니다. 남의 집 담을 뛰어넘은 놈들을, 두고 볼 순 없잖습니까."

그제야 나도 생각났다. 호스트 레이치가 나타나는 바람에 머릿속이 그 생각으로 꽉 찼었는데, 그 전에 차에서 내린 세 사람이 다케우치 씨 저택의 담을 넘어 들어간 것을 잊고 있었다. "저 사람들은 도대체 뭘까."

그러다가 바로 얼마 전 빌딩 경비실에서 만난, 마작 애호가인 사장 어른의 말이 생각났다. 그는 "강도들이 요즘 많아졌다."고 했다.

그래서 니시지마가 "저 사람들은 도둑인 게 뻔합니다."라고 했을 때 나도 고개를 끄덕였다.

"도둑? 말도 안 돼." 도리이가 멍하니 말했다.

"저런 식으로 무식하게 담을 넘어 들어가는 사람이 도둑이 아니면 뭐란 말입니까?"

"근데 왜 프레지던트맨의 집에 도둑이 들어가?"

"그러니까 저 집은 프레지던트맨과는 상관이 없다고요."

"상황 파악이 안 된단 말씀이야." 하며 도리이는 야마세미 스타일의 머리를 북북 긁었다.

"경찰에 알리자." 내가 제안했다. "수상한 침입자들을 목격했다고만 하면 되잖아." 그리고 휴대전화를 갖고 있는 도리이를 쳐다봤지만, 그는 그러고 싶지 않은지, 갈피를 못 잡아서 그런지 선뜻 움직이지 않았다. "아직 완전히 침입자라고 결정 난 것도 아니잖아. 이게 경찰을 부를 만한 일인지 난 모르겠어."

"이런 일은 행동하지 않으면 의미가 없습니다." 니시지마가 강하게 주장했다. 전에 미팅을 할 때, 역사는 무슨 얼어 죽을 역사입니까, 눈앞의 위기를 구하면 되는 것 아닙니까? 항생제가 있으면 주면 됩니다, 하고 열변을 토하던 바로 그때의 말투였다. "내가 직접 다녀오겠습니다." 하더니 차문을 열어젖히고 밖으로 나갔다. 나도 따라 내렸다.

좁은 차 안에서 갑자기 밖으로 나와 그런지, 하늘이 생각보다 더 어두워서 그런지, 차도에 내려서자마자 검은 바다에 내던져진 것 같은 불안감이 훅 덮쳤다. 하늘에는 별들이 듬성듬성 박혀 있었다. 길바닥도 하늘도 주변의 집들도 모두 어둠에 잠겨 다케우치 씨 저택이 더 멀게만 보였다. 외등에 비친 그 모습이 뜨거운 물속에 잠긴 용궁 같았다.

"시끌벅적한 소리가 들리면 분명 도둑들도 밖으로 나올 겁니다." 니시지마는 뒤로 천군만마라도 거느린 양, 당당하기 그지없는 발걸음으로 울타리에 접근했다. 볼링공을 던졌을 때와 똑같이 전진, 또 전진하는 파이팅 정신이다. 나도 서둘러 니시지마 근처로 바짝 붙었다. 시야 끝으로 가로등이 들어왔다. 모기와 날벌레들이 웅웅대는 것이 왠지 불길한 예감이 들었다. 이런 걸 두고, 벌레의 알림*이라는 걸까.

먼저 니시지마는 대문을 열려고 했다. 하지만 안에서 빗장을 걸었는지 꿈쩍도 하지 않았다. 니시지마는 문손잡이를 붙잡고, 힘껏 흔들며, 천천히, 여보세요!, 여보세요! 하고 큰 소리로 외치기 시작했다. 다케우치 씨, 도둑입니다, 하고 반복해 외쳤다.

"기타무라, 초인종을 누르세요."

나는 초인종을 계속 눌렀다. 초인종 소리가 집 안에 울리는 것이 손가락을 타고 전해졌다.

"도둑! 도둑이라고요!" 니시지마는 계속해서 소리를 높였다. 그러는 동안, 왼편 옆집에서 덧창문을 여는 소리가 났다. 아무렴 이만한 소란에 무슨 일인가 궁금하기도 했을 것이다.

"어쩌면 다케우치 씨는 집에 없을지도 몰라." 내가 말했다. 완전히 집이 빈 것을 알고 들어간 것 아니냐고 했더니, 니시지마는 알고 있다고 했다.

* 이렇다 할 근거는 없지만 뭔가 나쁜 일이 일어날 것 같은 불안을 느낄 때 쓰이는 비유이다.

"집 안으로 들어간 도둑들이 이 소리를 듣기만 하면 됩니다." 여유 있는 얼굴로 고개를 끄덕였다. "이렇게 시끄럽게 구는데, 도둑질인들 제대로 하겠습니까? 그냥 나올 겁니다. 털면 먼지가 나게 되어 있다고요."

그건 그럴 때 쓰는 말이 아니라고 지적하고 나는 다시 초인종을 눌렀다. 그런데 과연 이런 게 효과가 있을까 몹시 의심스러웠다.

효과는, 있었다. 그 바로 직후, 니시지마의 말대로 다케우치 씨 저택에서 남자들이 나왔다.

문을 향해 툭탁툭탁 뛰어나오는 발소리가 나더니 니시지마와 내가 얼굴을 마주 보는데 대문이 왈칵 열렸다. 나와 니시지마는 길바닥에 엉덩방아를 찧고 넘어졌다. 무슨 일이 일어난 건지 처음에는 정신을 차릴 수가 없었다.

안에서 남자들이 튀어나왔다.

"뭐야, 이것들." 낯선 남자의 목소리, 라고 의식되는 순간 발길질이 날아들었다. 딱히 아프지는 않았지만 발길질 덕에 다시 바닥에 굴렀다. 본능적으로 얼굴과 배를 감싸고 웅크렸다. 니시지마도 나와 마찬가지로 채였는지, "까불—" 하고 외치는 소리가 나는가 싶더니 잇달아 신음 소리가 들렸다. "까불지들 마."라고 외치고 싶었던 걸까? 뭔가 물건이 땅에 떨어지면서 미끄러지는 소리도 났다. 니시지마의 안경이 떨어진 것 같았다.

차 소리가 이어진다. 커브를 도는지 바퀴의 마찰음이 비명처럼 들리고 이쪽으로 돌진했다. 그 차다, 나는 퍼뜩 알아보았다. 아까 본 그 RV차가 연락을 받고 달려온 것이다. 운전자는 바로 그 호스트, 레이치였다.

"도망치는 건가!" 니시지마가 외쳤지만 곧 우욱, 하는 신음으로 바뀌었다. 또 한 번 발길질을 당한 모양이다.

나도 일어났다. 얻어맞을 것을 각오하고 있었기 때문에 자세는 엉성했지만, 구둣발이 날아들지는 않았다. 바로 앞에 RV차가 섰다. 운전석은 어두워서 보이지 않았다. 세 남자는 모두 우리 쪽으로 등을 돌리고 차에 올라타려고 했다.

나는 순간 어떻게 해야 좋을지 판단이 서지 않아 버둥거렸지만, 니시지마의 반응은 빨랐다. 기다리라고 했잖아, 소리를 지르는가 싶더니 어느새 바로 앞에 있던 남자에게 덤벼들었다. 그제야 나는 그들의 모습을 볼 수 있었다. 키 큰 남자와 짧은 머리 남자 등 세 사람이었는데, 모두 삼십 대 중후반으로 보였다. 검은 옷에 니트 모자를 썼다. 니시지마가 달려든 남자는 눈이 도마뱀처럼 가늘게 찢어졌다.

그 남자가 몸을 좌우로 세차게 흔들며 니시지마의 멱살을 잡고 오른팔을 사정없이 휘둘렀다. 니시지마는 턱을 가격당해 다시 땅바닥에 나자빠졌다. 자기가 얻어맞은 게 납득이 가지 않았는지 니시지마는 잠깐 멍하게 있다가 곧 턱을 슥슥 문지르고는, 상대에게 얕보인 데 대한 분노와 맥없이 나자빠진 데서 오는 굴욕감이 뒤범벅된 얼굴로 "천지무용天地無用입니다, 천지무용!" 하고 영문 모를 소리를 했다. 다시 일어나려고 한다.

'천지무용'이란 건 택배용 상자에 가끔 붙어 있는 '상자를 뒤집지 마시오.'라는 뜻의 주의 표시 아닌가. 지금 왜 그런 말을 하는지 도무지 알 수 없었다.

"기타무라, 놓치면 안 됩니다."

천지무용은 일단 뒤로 제쳐 두자. 나는 정신을 차리고 당장이라도 차에 올라타려는 남자들을 보며 벌떡 일어섰다.

다만 마음 한편으로는 도망치면 도망치는 거지, 내가 왜 이렇게까지 해야 되느냐는 생각이 든 것도 사실이다. 그들이 확실히 도둑인지 뭔지도 아직 모르고, 아니 이 생난리를 치며 도망치는 것을 보면 도둑인 것 같기는 하지만, 아무튼 도둑이라 하더라도 저 호화 주택은 우리와 하등의 상관없는 집인 데다, 짐작건대 프레지던트맨과도 관계없을뿐더러, 아니 프레지던트맨 자체가 우리와는 무관한 인물이니 이래저래 문제 될 것이 없다. 근본적으로 우리가 여기 이렇게 온 것은 질서 유지를 위한 것도, 동네 정의를 위한 것도, 세계 평화를 위한 것도 아닌 그저, 재밌을 것 같다는 그 하나의 이유에서 온 것이니 이 집에 무슨 일이 일어났든 그들을 꼭 붙잡아야 할 이유 또한 없다.

그래서 난 RV차 문이 닫히고 급발진을 했을 때도 낙담이나 패배감을 느끼지는 않았다. 아아, 가 버렸구나, 이제 끝났구나, 하는 정도?

안경을 주워 들고 일어난 니시지마도 내 옆에서 멍하니 차의 뒷모습을 좇고 있다가 느닷없이 "도리이!" 하고 소리를 질렀다. 깜짝 놀라서 퍼뜩 얼굴을 쳐들고 보니 RV차가 우리에게 뒷모습을 보이고 달려 나가는 길 앞에 도리이가 서 있었다. 우리가 타고 온 차에 남아 있어야 할 도리이가 왜 저기 있는 걸까. 어쩌면 우리의 상황이 궁금해서 나왔는지도 모른다. 한데 지금 그쪽으로 RV차가 돌진하고 있는 것이다.

내 눈에 그 광경이 천천히 슬라이드처럼 지나갔다.

도리이가 자기 쪽으로 질주해 오는 RV차를 향해 눈을 부릅떴다. 무슨 일인가 잠깐 멍한 표정을 지은 뒤에 몸이 바짝 긴장을 하더니, 눈 깜짝할 사이에, 피했다. 그런데 거의 때를 같이하여 RV차의 조수석 문이 열렸다. 의도적으로 그런 건지, 잠금장치가 풀린 건지는 모르겠다. 다만 조수석 문이 도리이가 빠져나갈 틈을 가로막은 것만은 분명하다.

도리이가 문에 부딪치는 것은 보지 못했다. 문과 도리이가 부딪는 소리만 들렸다.

다음 순간에 땅에 쓰러지는 도리이와 달려 나가는 RV차의 뒷모습이 눈에 들어왔다. 도리이! 마음과 달리 소리가 나오지 않는다. 다리가 후들거렸다.

브레이크 등이 깜박이는 것을 보고 RV차가 멈춰 선 것을 알았다. 20미터 정도 지나친 지점에 차가 섰다. 도리이를 친 것에 저들도 당황했나 싶었다.

도리이는 두 팔을 힘없이 벌리고 대大 자로 뻗었다. 자동차 문에 부딪친 충격으로 땅바닥에 쓰러진 채 움직이지 않았다. 나는 가까이 달려가려고 했다.

그런데, 예상치 못한 일이 일어났다.

우리에겐 뒷모습을 보이고 있어야 할 RV차가 어느 틈에 우리 쪽으로 돌아서서 맹렬한 기세로 달려든 것이다.

이게 도대체 어떻게 된 일이지! 저기가 막다른 골목인가? 아니면 무조건 이쪽으로 도망치고 싶었던 걸까? 이유는 모르겠지만 아무튼 되돌아오고 있었다. 위험하다, 이러다 사람을 칠지도 모르겠다, 는 생각이 든 것은 번호판을 식별할 수 있을 만한 거리까지 차가 다가선 다음이었다.

"도리이!" 니시지마가 소리쳤다. 도리이는 그때까지도 일어나지 못하고 있었다.

코앞으로 돌진해 오는 자동차의, 그 인정사정없는 형상은 무자비하게 살육을 벌이는 괴물로 보여 온몸의 털이 곤두서는 느낌이 들었다. 머릿속에서 공포와 초조가 팽창하다 못해 폭발했다. 나는 달려오는 RV차를 피하기 위해 무의식중에 왼쪽으로 몸을 날렸다. 니시지마도 그랬다.

RV차가 달려 나가는 굉음이 귓가를 스치고, 바람이 휘이익 온몸을 흔들고 지나갔다. 무거우면서도 기분 나쁜 울림을, 그때는 미처 깨닫지 못했다. 나는 그 자리에 주저앉았다.

차가 사라졌다.

밤의 고요만이 주위에 내려앉았다. 심장 고동이 아플 정도로 격하게 울려 나는 이러고도 내가 아직 살아 있다는 게 좀처럼 믿기지 않았다. 입가가 축축했다. 침이 흘러나왔나? 니시지마는 무릎을 꿇은 자세로 움직이지 않았다. 몸 안의 혈액이 출구를 찾아 한 방향으로 쏠리는 듯한 느낌에 경련이 일었다. 시야도 한 동안 좁아져 주위가 새까맣게만 보였다. 불빛은 아무 데도 없다. 살았다, 차에 치이지는 않았다, 그 두 가지만 텅 빈 머릿속에 오락가락했다.

도리이의 왼쪽 팔을 차가 치고 지나갔다는 걸 알았을 때 나는 그나마 이 정도로 끝난 게 다행이라고 생각했다. 도리이가 죽지 않아 정말 다행이라고.

내 머리에는 웬지 며칠 전 '켄켄켄'에서 본 프로야구 해설자의 말이 되살아났다. 직선으로 보이지만 중간에 커브를 틀거든요. 휘어지듯 떨어진다고 할까.

일직선으로 곧장 진행될 거라 생각했던, 우리의 학창 생활이 예상치 못한 방향으로 커브를 틀 거라는 꺼림칙한 예감이 들었던 것이다.

주변의 집들 쪽에서 사람들이 웅성대는 기척이 났다. 창문이 열리고, 현관문으로 사람들이 나왔다.

"나는 말이야, 졸업 후엔 슈퍼 샐러리맨이 될 생각이거든." 예전에 도리이가 의기양양하게 한 말이, 헛헛함과 쓰라림을 동반하며 메아리쳤다.

9

"야, 도리이 걔, 위험하다며?"

2주 정도 지났을 즈음, 강의실에서 무체재산법無體財産法 책을 가방에서 꺼내는데 간지가 옆에 와 앉으며 말했다. 입학 초기에 눈에 띄었던 장발을 어느새 자르고 엷은 녹색이 들어간 안경을 꼈다. 약간 살이 붙어 턱 선이 무뎌진 것 같긴 한데 겉멋이 들어 촐싹대는 분위기는 여전했다. 화려한 줄무늬 티셔츠를 입고 있었다.

방학이기는 하지만 난 특강을 들으러 왔다.

"위험한 것까진 아니고 그냥 입원한 거야." 대충 대꾸했다. 간지가 무슨 말을 하려고 그러는지 안다.

우리가 시부사와에서 휘말린 사건은 그 일대에서는 나름 큰 뉴스가 되었다. 다음 날 아침 지역신문에 '심야의 강도? 대학생을 치고 도주'라는 표제로 크게 실렸다. 물음표가 붙은 것은 다케우치 씨 저택에 침입한 자들이 정말 있었는지, 아니 우리한테 물어봤으면, 물음표가 아니라 느낌표로 바뀌었겠지만, 물증이 없어서 경찰도 우리의 증언을 반신반의했기 때문일 것이다.

"근데 너희들 오밤중에 그런 데서 뭐 했냐?"

"도리이의 차를 타고 드라이브하다 우연히 지나갔던 것뿐이야.

그런데 그 집에 수상한 RV차가 한 대 다가와서는." 나는 경찰서에서 한 진술과 같은 말을 반복했다. 현시점에서 나와 니시지마는 그날의 현장을 설명하는 데는 이미 도가 터 있었다. 입에서 단내가 날 만큼 떠들었다. 아니, 단내가 쏙 빠지도록 떠벌렸다.

돌아보니 강의실 입구 쪽에 피부가 하얗고 키가 큰 여자가 서 있었다. 민소매를 입고 있는 그녀는 팔이 가늘고 길었다. 간지를 기다리는 것 같았다.

"저 여자, 네 여자친구? 우리 학교 학생이야?"

"미인이지? 쇠고기덮밥 집에서 일해." 간지가 흐뭇해하며 대답했다. 그러다가 내가 묻지도 않았는데 "야, 그렇잖냐, 도도는 아무리 들이대도 꿈쩍하질 않으니까. 그래서 이젠 포기하고 다른 여자를 알아봐야겠다 싶어 미팅을 했지. 학교 생활도 다 한계가 있는데 언제까지 도도만 바라보고 있을 순 없잖아. 역시 대학 생활이란 건 여자가 있어야, 또 그렇고 그런 추억이 있어야 제맛 아니냐."

"뭐 그럴지도 모르지." 나는 표면상 동의해 주었다.

"그건 그렇고 도리이 상태는 좀 어떠냐?" 이야기가 원점으로 돌아왔다.

"그냥 병원에 있어. 생명에는 지장 없대."

"거 참 다행이네. 근데 어제 한잔하고 있는데 이런저런 소문이 들리더라."

"으응? 무슨?"

"도리이, 여기저기서 여자들을 울리고 다녔잖아. 그래서, 한을 품은 여자의 차에 치인 거라는 설이 압도적이더라. 다들 볼 것도 없이 그게 맞는 말이라고 그러더라니까."

"근데 도리이는 요즘 들어 거의 여자들을 찝쩍거리고 다니지 않았던 거 같던데?"

"그래?"

"본인 말로는."

"야, 내 말 들어 봐. 정치가들이, 나는 그러지 않았소, 할 때는 말이야, 대부분 그랬다는 게 사실이라더라. 뇌물 수수든, 혼외정사든, 리베이트든. 그리고 국민을 위해서 그랬다고 할 때는 또 대개가 그렇지 않다는 게 정설이고 말이야."

아무튼 도리이를 차로 친 사람은 여자가 아니라 남자였고, 범인은 빈집털이범으로, 도리이의 평소 행실과는 무관하다고 난 주장했다. 벽시계를 보니 이제 슬슬 강의가 시작될 시간이었다. 학생들이 드문드문 앉아 있어, 강의할 교수의 기분을 생각하니, 마냥 연민이 들었다.

"빈집털이범 말이야, 그거 진짜냐?"

"경찰도 결국엔 인정했어."

경찰도 처음에는 빈집털이범의 존재를 믿으려 하지 않았다. 우리가 다른 젊은이들과 시비가 붙어 싸우던 끝에 상대가 치고 달아난 것은 아닌가, 하는 말도 있었다. 하지만 다케우치 씨 저택 안이 어지럽혀져 있던 점과 우리들과 빈집털이범 간에 옥신각신하던 장면을 목격한 이웃 주민들도 있어 조금씩 받아들이기 시작했다.

바로 이틀 전에는 니시지마와 먼저 합의를 본 후 경찰에게 밝혔다. "지금 생각해 보니 차에 타고 있던 남자 중 한 명은 레이치라는 이름의 전직 호스트였던 것 같습니다." 물론 경찰은, 개중에서도 담당 형사 나카무라는, 왜 지금까지 그렇게 중요한 사항을 감추고 있었느냐고 우리를 몰아붙였다. 그러면서 몹시 수상한 눈초리로 쳐다보았다. 하지만 우리들이 호스트 레이치와는 딱 한 번 만난 적이 있을 뿐, 본명이 뭔지도 모를뿐더러, 실제로 어떤 사람인지도 모른다고 설명하고, "우리는 이 사건의 피해자이며 지금 친구가 입원한 상태에서 너무 놀라 울고 싶은 것을 꾹 참고 수사에 어떠한 실마리라도 되지 않을까 싶어 마음먹고 이야기를 하고 있는데 그렇게 나오면 어떻게 하느냐."고 호소했더니 그제야 고개를 끄덕거렸다.

삐친 머리 하나 없이 정확히 7대 3 가르마를 탄 나카무라 형사는 생긴 대로 성격 또한 빈틈없어 보이는 것이, 아직도 우리를 의심하고 있는지도 모른다. 하지만 말로는 "의심해서 미안하다."고 했다.

간지가 일어났다. 그러면서 "도리이 문병 갈 때, 나한테도 좀 알려 줘라."라고 한마디 했다. 사실 그날 수업이 끝나고 문병을 갈 예정이었지만, 나는 잠자코 있었다.

"도리이는 어떤 상태일까요." 손잡이를 잡은 니시지마가 우리를 보며 물었다. 오후 5시가 넘어 시내에서 조금 떨어진 종합병원으로 가기 위해 우리는 버스를 탔다. 나와 미나미는 2인용 의자에 앉고, 니시지마와 도도가 옆에 나란히 섰다.

니시지마가 입은 헐렁한 회색 티셔츠에는 크게 '라몬스 RAMONES'라는 로고와 밴드 멤버의 일러스트가 그려져 있었다. 도도는 짙은 청색 원피스에 흰 셔츠를 걸쳐 상큼해 보였다.

"미나미는 그 후에도 문병하러 갔었니?" 그 후란 우리 넷이 병원에 찾아갔던 그날 이후를 말한다. 사건 이틀 후 도리이가 수술을 했다는 말을 듣고 우리들은 걱정이 돼 병원을 찾았다. 그날은 병실 문 앞에 '면회 사절' 푯말이 붙어 있어 어쩔 수 없이 만나지 못하고 돌아왔다.

"도리이, 내가 왔습니다." 니시지마가 크게 소리쳤지만, 병원 직원이 무서운 눈초리로 쏘아보기만 했지, 정작 당사자인 도리이는 병실에서 얼굴도 내밀지 않았다.

"미나미는 병원에 매일 가지?" 도도가 말했다.

"만났냐?" 나는 이렇게 묻고 나서 곧, 만나지 못했으니 매일 찾아간 거겠지 싶었다.

"아직 만날 기분이 아니래." 미나미의 시선이 점점 밑으로 떨어졌다. "갈 때마다 도리이의 어머니가 병실 앞에서 미안하다고 대신……"

196

복도에는 병원 특유의 암울한 분위기가 감돌았다. 사람들에게서 느낄 수 있는 온기가 인공적인 약품 처리에 사라져 버린 듯한, 삭막함만이 우리를 맞이했다. 이미 진료 시간이 지나서 그런지 수납처 근처에는 사람들도 없고, 의자도 텅 비어 있었다. 미나미를 따라 어두운 복도를 넷이서 걸어갔다. 엷은 갈색 벽과 바닥은 차가운 타일 같았다. 이따금 링거 병을 매단 입원 환자가 곁을 지나갔다. 실내인데도 냉랭한 바람이 발치에서부터 올라오는 느낌이었다. 엘리베이터를 타고 외과 병동으로 향했다.

거기서 니시지마가 갑자기 생각난 듯 말했다. "근데 가만히 생각해 보면 도리이가, 먼저 그 집을 감시하러 가자고 한 것이 원인이니 자업자득이라면 자업자득인 셈이죠." 그건 그렇다고 나도 생각했다. 틀린 말은 아니다. 하세가와의 말을 믿고 그곳에 찾아간 것은 도리이의 판단이었으며 제일 들떠 있던 사람도 도리이였다. 하지만 나는 "그런 말은 도리이 앞에서 하지 않는 게 좋겠다." 하고 니시지마에게 일렀다.

"왜요?"

"상황과 장소를 가릴 줄 알아야지."

"나는 말입니다, 상황과 장소를 잘 못 가립니다."

"그건 자랑이 아니야." 내가 히죽 웃었다.

"아무튼 그 하세가와라는 여자의 연락처를 받아 놔야겠습니다." 니시지마가 비장하게 말했다. "그 여자가 사달이잖습니까."

사실 우리는 그때까지 하세가와에 대해서는 경찰에게 말하지 않았다. 아까워서 안 한 게 아니라 하세가와의 이야기가 나오면 경찰에게 또 불필요한 의심을 받을 것 같았기 때문이다. 게다가 경찰이라면 호스트 레이치와 하세가와 사이의 연결 고리 정도는 이미 조사를 끝냈을 것인데, 우리가 굳이 보고할 이유는 없다고 생각했다.

하지만 니시지마의 말마따나 근본적으로 따지자면 이 소동은 도리이가 하세가와의 부탁을 곧이들은 것이 발단이고, 현장에 호스트 레이치가 나타난 이상 그 여자도 모종의 연관이 있을 것이라고 추측할 수 있었다. 그래서 그 여자를 만나고 싶은 것이다. 하지만 하세가와의 주소지와 연락처를 아는 사람은 도리이뿐이었다.


"도리이 씨를 만나러 왔어요?" 우리가 도리이의 병실 앞에 도착했을 때 마침 안에서 흰옷을 입은 여성이 나왔다. 병실 청소를 했는지 쓰레기봉투를 들고 있었다. 미나미가 얼른 시계를 내려다본다. "면회 시간이, 혹시, 지났나요?"

"아아, 매일 오는 그분이군요."

이십 대 후반 정도로 보이는, 체격이 좋은 여성은 미나미를 본 적이 있는 듯했다. "시간은 괜찮아요, 그런데 지금 검사를 받으러 가서 조금 걸릴 거예요."

"검사라니, 어디가 안 좋은가요?" 미나미의 목소리가 달라졌다.

"아뇨, 왼팔을 절단했잖아요. 수술 부위에 문제는 없는지 확인하러 간 거예요. 어디가 잘못돼서 그런 건 아니니 안심해요."

흰옷의 여성은 웃으며 우리들을 안심시키려는 듯 푸근한 목소리로 말했다. 우리 네 사람의 호흡이 거기서, 딱 멈췄다. 하지만 모두들 다른 사람이 눈치채지 않게끔 얼른 한마디씩 했다.

"검사, 얼마나 걸릴까요?" 미나미가 먼저 말했다.

"한 시간 정도는 걸리지 않을까요?"

"도리이는 사람들이 문병 오는 걸 싫어하나요?"

"정신적으로 아직 좀 불안한 걸지도 모르죠." 흰옷의 여자가 말했다.

"언제쯤 퇴원할지 아십니까?"

나도 가만히 있을 수는 없었다. 여자는 절단 부위가 아물 때까지는 퇴원할 수 없지만 아직 젊어 회복이 빠르니 이르면 9월 하순에는 퇴원할 수 있을지도 모른다고 했다. 통원 치료가 가능하면 더 일찍 퇴원할 수도 있을 것이라고. 그래요? 다행이네요. 겉으로는 일단 그렇게 말했지만, 다들 나와 마찬가지로 머릿속에 의문이 꼬리를 물어 당혹감을 감추기 어려웠을 것이다. 정신은 딴 데 팔고 있으면서도 아닌 척하려니 표정도 이상했을 것이다.

"갔다가 다시 올까?" 도도가 그렇게 말한 것도 일단 우리가 기분을 좀 추스를 필요가 있다고 판단했기 때문일 것이다.

"여러 가지 힘든 일이 많을 테니 모두들 도와줘야 해요." 흰옷의 여성이 돌아가려는 우리에게 한마디 했다.

엘리베이터에 오를 때까지 아무도 입을 떼지 않았다. 엘리베이터 안에는 머리에 붕대를 감은 잠옷 차림의 아저씨와 담뱃갑을 든 젊은 여자가 타고 있었다. 여자에게서 담배 냄새가 났다. 우리는 그들 앞에 넷이 나란히 섰다. 천천히 내려가는 엘리베이터의 진동을 느끼며 머리 위의 디스플레이를 보고 있는데, 2층을 지날 때쯤 니시지마가 마침내 입을 뗐다. "왼팔 절단이라니 무슨 말입니까?"

도도는 인형 같은 얼굴로 가만히 앞만 보고 있었고, 미나미는 오른손으로 자기 왼팔을 잡고 읊조렸다. "그런 줄 몰랐어."

"왼팔 절단이라니 그게 무슨 말이냐고요." 니시지마가 한 번 더 말했다.

"왼팔을 잘랐다, 는 말이잖아." 나는 최대한 태연하게 말하려고 애썼다.

"그러니까, 그게, 대체 무슨 말이냐고요."

"왼팔을 잘라 냈다고."


10


팔꿈치 관절의 신경이 완전히 손상되어, 절단했다. 그게 우리가 들은 도리이의 상태였다. 며칠 후 미나미가 전화로 도리이가 왼팔을 절단한 게 사실이라고 알려 주었다. 팔꿈치부터 그 아랫부분을 잘라 낸 모양이다. 그날 밤 돌진해 온 RV차는 도리이의 팔을 으스러뜨릴 의도까지는 없었을지 모른다. 하지만 의도가 어쨌건 도로와 타이어 사이에 끼인 도리이의 왼팔은 완전히 비틀려 뼈가 으스러지고 신경이 끊어졌다. 병원에서는 물론 고쳐 보려고 최선을 다했겠지만 결국 신경을 이을 수는 없었다고 한다. 최근에는 절단하기보다 가능한 한 형태를 남기는 쪽을 택한다는 것을 텔레비전에서 본 기억이 나지만, 의사의 결정에도 이유가 있었을 것이다.

"도리이는 못 만났지만 어머니께서 설명해 주시더라." 미나미의 목소리는 당장이라도 눈물을 쏟을 듯 떨렸지만, 그래도 끝까지 울지는 않았다. "어떻게 하면 좋을지 모르겠어."

"내일, 다 같이 병원에 다시 가 보자." 내가 제안했다. 미나미도 곧 그러자고 해 무체재산법 강의가 끝난 후 학생식당에서 만나기로 했다.

"니시지마한테도 전화했어?"

"아까 했어. 도리이 상태를 말해 줬어."

"뭐래?"

"음, 그래? 그러더라." 딱히 니시지마를 책망하는 말투는 아니었다.

"나쁜 마음이 있어서 그런 건 아닐 거야."

"그래, 알아."

"상황과 장소를 잘 가릴 줄 몰라서 그렇지……."

다음 날 오후 4시 반, 식당 앞에 모인 사람은 미나미와 도도,

그리고 나 셋이었다. 결국 니시지마는 나타나지 않았다.

"아르바이트 때문에 그러나?"

"요즘엔 다른 일로 바쁘대. 오늘도 점심때쯤 전화해 봤는데, 지금 그럴 경황이 없다면서 자긴 못 간대." 미나미가 대답했다.

도리이를 보러 갈 경황도 없다니 도대체 무슨 일일까 신경이 쓰였다. 무슨 일이 있나, 하며 슬쩍 옆에 있는 도도를 보았지만 도도는 내가 알 리 있느냐는 뚱한 표정으로 마주 보았다.

우리를 병원에서 기다리고 있던 사람은, 초췌한 얼굴의 도리이 어머니였다. 그녀는 우리를 정중히 맞아 주었다. 병실 앞에서 노크를 하니 곧 문이 열리고 자그마한 체구의 도리이 어머니가 나왔다. 열린 문 틈으로 병실 안이 들여다보이지 않을까 고갯짓을 해 보았지만, 도리이가 부탁했는지 어머니는 아주 살짝만 문을 열고 나와서는 곧바로 닫았다. 눈매가 도리이와 닮았다. 어머니는 아래층 카페에서 기다려 달라고 했다. 도리이는 만날 수 없다는 뜻인 것 같았다.

카페에 자리를 잡고 앉은 후 도리이 어머니가 나직이 말했다. "저 아이, 팔이 저 지경이 되는 바람에 심경이 아주 복잡한 것 같아." 하나로 질끈 묶은 머리카락은 윤기라고는 없고, 얼굴에 바른 파운데이션도 얼룩덜룩하게 들떠 있었다.

"다른 데는 괜찮은가요?" 내가 묻자 어머니는 고개를 끄덕였다. "수술도 잘 끝난 거 같아. 통증은 여전하고 아직 많이 힘들겠지만, 그래도 회복만 잘하면 돼."

"근데 도리이는 뭘 그렇게 낙담하고 있는 거래요?" 그렇게 물은 도도를 옆에 있던 어머니는 몇 차례 멍한 눈으로 바라보았다. 너무 뚝뚝한 말투 때문에 당황한 건지, 아니면 무심하게 들리는 목소리에 의아해서 그런 건지는 알 수 없었다. "우리랑 만나기도 싫대요?" 도도가 개의치 않고 거푸 물었다.

여기서 어머니가 "팔이 저렇게 돼서."라고 대꾸하기는 실로 간단한 것이었고, 그에 대해 우리가 "팔이 뭐가 어때서요?" 하며 아무렇지 않게 말하기도 그리 어려운 일은 아니었을 것이다. 그러나 어머니는 고개를 숙이고 앞에 있는 커피 잔을 내려다보며 잠시 잠자코 있었다. 그러다 조금 후에 나지막이 대답했다. "잘 모르겠지만, 자기도 피로워서 그러겠지."

말이 끝나기가 무섭게 그녀의 탄식이 컵 속으로 떨어지고, 뿌연 김이 다시 그녀의 얼굴을 뒤덮는 듯했다.

"네, 알겠어요." 미나미가 그쯤에서 대답했다. "제가 도리이였어도 분명 만나고 싶지 않을 거예요." 여느 때와 마찬가지로 따뜻함이 밴 말씨였다. 헤어지기 전, 도리이 집에 있던 문조는 당신이 데려가기로 했다고 도리이 어머니는 쓸쓸하게 말했다.


11


그날 이후 나는 한동안 도리이를 만나지 못했다. 그렇다고 혼자 고민 고민한 것은 아니고 그냥 평범한 일상을 보냈다. 하토무기 씨가 일하는 곳에 찾아가기도 하고, 둘이서 바닷가에 놀러가기도 했다가, 혼자 영화를 보러 가기도 하고, 시디숍에도 갔다가, 비디오 대여점을 기웃거리기도 하고, 신문 보급소의 영업 사원과 한판 설전을 벌이다 타협하고 계약을 연장하기로 합의를 보기도 하고, 하토무기 씨와 티격태격하기도 하고, 물론 특강에는 빠짐없이 참석하고, 그리고 딱 한 번 집으로 찾아온 경찰을 만나기도 했다.

유난했던 더위도 한풀 꺾였다. 한데 하토무기 씨와 시내에 있는 극장에 갔다가 냉방을 너무 틀어 대서 서로 끌어안다시피 하고서도 덜덜 떨었다. 영화 속에서는 에스키모들이 알몸으로 빙하 위를 돌아다녔는데 그걸 보니 더 괴로워졌다.

"불꽃 축제도, 결국 비가 와서, 잘됐네." 영화가 끝난 후 카페에 앉아 하토무기 씨가 말했다.

비가 와서 잘됐다, 고 하면 얼핏 듣기에 좀 이상하겠지만 사실 맞는 말이었다. 열흘 전, 하토무기 씨와 불꽃 축제를 보러 갈지 말지로 언쟁을 벌였던 적이 있다.

어떻게 된 얘기냐 하면, 내가 먼저 불꽃 축제를 보러 가겠냐고 말을 꺼냈다. 그랬더니 하토무기 씨가 나를 빤히 쳐다보며 되물었다. "도리이 씨가 저런 상태인데? 친구가 병원에서 저러고 있는데 축제에 갈 생각이 들어?" 나를 영 무신경한 사람으로 보는 것 같아 약간 기분이 상했다. "내가 불꽃 축제를 보러 가든 안 가든 병원에 누워 있는 도리이의 상태는 아무것도 달라질 게 없어." 하고 설명하자, 하토무기 씨는 또 "친구가 팔을 잃고 실의에 빠져 있는데 공중으로 쏘아 올린 불꽃을 보고, 아아, 아름답다, 어쩌고 할 수 있는 그 감각을 난 이해할 수가 없어." 하며 꼬집어 말했다.

나는, 그렇다면 예를 들어서 북극의 에스키모들이 지구온난화 때문에 녹아 버린 빙하 속에 빠져 죽거나 얼음 속 유해 물질로 인해 고통 받을 가능성이 있다고 하면 그동안은 계속 그에 대해 고민하며 머리를 쥐어짜고 있어야 되느냐고 돌려서 물었지만, 생각해서 말한 나의 말투가 비꼬는 투로 들렸는지 하토무기 씨는 전에 없이 날이 선 목소리로 반박했다. "도리이 씨는 친구잖아. 가만히 보면 자기는 사람이 너무 차가워. 나에 대해서도 그렇게 생각하고 있겠지? 에스키모 문제도 큰일이긴 하지만 친구는 더 가까운 존재잖아."

말의 내용과 목소리를 들어 보니 절대 물러서지 않을 태세인 것 같았다. 그래서 나는 더 이상 말대꾸하지 않기로 했다. 그랬더니 이번에는 "뭐야, 왜 잠자코 있어. 말 같지 않다는 거야 뭐야!" 하며 쏘아붙였다. 그러고 나서도 성에 차지 않았는지 한 마디 더 했다. "냉혈한 같으니라고."

"아아, 그래 난 냉혈한이다, 냉혈한이야."

싱겁다면 싱거운 옥신각신이었지만, 아무튼 그런 까닭에 하토무기 씨와 나 사이에는 찜찜하고, 개운치 않은 앙금이 고여 있었다. 그러던 차에 센다이 시의 연중행사, 칠석제 불꽃놀이가 때아닌 큰비로 취소되고 결국 우리는 싱겁게 화해한 것이다.

"내가 분명히 말해 두겠는데, 난 그렇게 도리이한테 무관심하지 않아." 몇 번쯤 말을 할까 망설이다가, 겨우 가라앉은 불씨를 다시 지필 필요는 없지 싶어 그만두었다.


"어제 경찰 왔었다며? 어땠어?" 하토무기 씨가 물었다.

"이번에도 같은 대답을 했지 뭐. 근데 마지막엔 하세가와에 대해서도 묻긴 하더라."

"어떤 식으로?"

하루 전날 만난 나카무라 형사의 모습이 떠올랐다. 7대 3 가르마의 나카무라 형사는 눈매는 아주 기분 나빴지만 찔러도 피한 방울 나오지 않을 것 같은 공무원의 분위기였다.

"사토 이치로 씨의 지인으로, 전문대에 다니는 하세가와라는 여자가 있는데, 아느냐고."

"사토 이치로가 누군데?"

"호스트 레이치의 본명."

"정말?" 하토무기 씨가 놀랄 만도 하다. "너무 평범하다고 해야 할까, 아니 너무 흔한 이름이잖아."

"일단 하세가와에 대해서는 모르는 척했어. 괜히 아는 척을 했다간 나중에 더 귀찮아질 것도 같고, 지금 이대로, 어쩌다 그 동네에서 빈집털이범들과 마주쳤는데 그 범인 중에 예전에 본 적이 있는 호스트가 있었다, 로 끌고 가는 쪽이 나을 것 같아서."

경찰의 말을 들어 보니 다케우치 씨 저택의 빈집털이는 계획적으로 이루어진 것 같았다. 집주인 다케우치 젠지는 때마침 가족들과 해외여행 중이었고, 범인들은 그 시기를 노린 것이다. 얼마 전 경찰서에 갔다가 경찰과 이야기를 하고 있는 다케우치 젠지를 보았는데 "아니, 당신이 주인이라고? 범인 아니고?" 하고 묻고 싶을 정도로 인상이 좋지 않았다. 사십 대 초반의 나이치고는 늙은 구렁이 같은 분위기가 온몸에서 풍겼다. 같이 있던 니시지마도 내 귀에다 대고 속삭였다. "저 사람이 범인이에요, 피해자를 가장한 범인입니다."

"저 사람은 집주인이야."

"자기가 집을 비운 사이에 도둑이 들었다며 보험사든 어디든 그런 데다 연락해서 한몫 챙기려는 겁니다." 니시지마는 또 한발 앞서 나갔다. "보험사든 어디든 그런 데다 연락해서 한몫 챙기려는 것"이라는 말의 구체적인 의미는 잘 모르겠지만, 아무튼 그가 범인들과 뒤에서 내통하고 있다고 해도, 아하, 네, 하며 고개를 끄덕일 만한 외모인 건 사실이었다.


"호스트 일을 그만두었는데도 돈은 있는 것 같았고, 그러면서도 또 어딘가 불안해 보였다."

"그게 무슨 말이야?" 하토무기 씨가 물었다.

"호스트 레이치에 대한 주변 사람들의 증언. 그를 아는 사람들이 그런 식으로 말한 모양이야. 어쨌거나 호스트 레이치가 수 상한 일을 하고 있는 것은, 알게 모르게 다들 눈치채고 있었던 거 같아."

"수상한 일?"

"도호쿠 지방에서 빈집털이 사건이 정기적으로 일어나고 있대. 아예 그 짓만 하는 전문 조직이 있는 것 같아. 레이치도 그 조직 의 일원일 가능성이 커."

"혹시, 운전사로?"

"연락병 내지 심부름꾼일 수도 있지. 호스트 중에도 요즘 여러 종류의 사람들이 있다나 봐."

"어떤 직업이든 좋은 사람도 있고 나쁜 사람도 있지."

"그 나쁜 사람들 중에는 단골에게 억지로 빚을 지게 하고, 사 채업자와 결탁해 돈을 뜯어내는 호스트도 있대. 그래서 그런 불 법 사채업자 중에는 금방 돈을 버는 사람도 있대."

"강도짓이나 빈집털이로?"

볼링 대결을 할 때 레이치는 꽤나 거들먹거렸고, 행동에 거침 이 없었으며, 자신감이 넘쳤다. 그런 레이치가 빈집털이 조직에 들어가 말단 조직원 노릇을 한다고 생각하니, 정말이지 뛰는 놈 위에 나는 놈이 있구나, 하는 생각이 들었다. 문득 '닭 볏이 될지 언정 소의 꼬리는 되지 마라.'는 속담이 떠오르는 건 왜일까.

"이젠 경찰이 범인을 붙잡기를 기다리는 수밖에. 하세가와에 게 사정 얘기를 듣고 싶지만 그 여자 연락처는 내가 모르고." 도리이에게 물어봐야 하는데 당장은 그럴 만한 상황이 아니다.

미나미에게 전화가 온 것은 그로부터 보름이 지난, 9월 중순이 지나서였다. 하토무기 씨가 놀러 와서 괴상한 서부극과 그로테스크한 종교 이야기가 섞인 옛날 영화를 같이 보고 있던 참이었다. 오후 4시가 지났을 무렵이었다.

"지금 도리이네 가 보지 않을래?" 미나미가 말했다.

"도리이, 퇴원했어?" 나는 먼저 그 사실에 놀라 수화기를 든 채 벌떡 일어났다. "언제?"

"사흘 전에."

"도리이는." 나는 거기서 어떻게 물어봐야 할지 고민하다가 "상태는 좀 어때?" 하고 애매하게 물었다.

"좀 괜찮아졌어?"

"으음." 미나미는 확실히 대답하지 못했다. "팔 부위는 많이 안정된 거 같아. 그래서 일단 집으로 돌아와 생활해 보겠다는 거 같긴 한데……."

"어떻게 알았어?"

"조금씩, 말은 하긴 하는데."

"하는데?"

"웃질 않아." 미나미의 어깨가 축 처지는 것이 보였다. "저러다 죽을 때까지 웃지 않을 거 같아." 단순히 비유만은 아닐지도 모른다. "그래서."

"그래서?"

"너랑 니시지마도 다 같이 가면 조금은 달라지지 않을까 해서. 응, 그래서 전화한 거야."

"혹시, 도리이가 화를 내진 않을까?" 나는 은근히 걱정이 됐다. 나도 모르게 내 시선은 나의 왼팔에 가 있었다. 만약 내가 도리이라면 어떤 심정일까. 팔 한쪽 없어졌다고 그게 뭐 대수냐, 하며 대범하게 대처할까? 아니면 주변 사람 모두가 원망스럽고 증오스러울까.

전화를 끊기 전에 미나미는, 니시지마와 통화를 못 했으니 네가 직접 부르러 가 주지 않겠느냐고 부탁했다. 난 그렇게 하겠다고 말하고 전화를 끊었다.

하토무기 씨에게 설명을 하고 "냉혈한이 친구 집에 갈 건데 같이 갈래?" 했더니, 그녀는 자기는 됐다며 부드럽게 거절했다. "지금은 친한 친구들끼리만 가는 게 더 좋을 거야." 내 여자친구는 언제나 현명한 판단을 한다.


12


니시지마가 바쁜 이유는 보나 마나 시시한 일일 거라 상상했는데, 상상 이상으로, 별 볼일이 없었다. 아파트 앞에서 2층을 올려다보니 맨 끄트머리에 있는 니시지마의 집 안에 형광등이 켜져 있었다. 집 안에 들어가 본 적은 입학 이래 손가락으로 꼽을 정도밖에 되지 않는다. 아니 그건, 니시지마가 완강히 거부했기 때문이고, 따라서 집 꼴이 어떤지는 잘 모르겠지만, 불이 켜져 있는 것으로 보아 일단 집 안에 있는 건 확실했다.

도대체 무슨 일 때문에 바쁘다는 건지 나는 초인종을 누르며 생각했다. 문틈으로 얼굴을 내민 니시지마는 불쑥 찾아온 나를 보고 다짜고짜 말했다. "오, 기타무라, 나는 세계를 구해야만 합니다." 그리고 서둘러 집 안으로 들어갔다. 나도 신발을 벗고 따라 들어갔다. 니시지마는 창가에 있는 텔레비전 앞에 앉아 구시렁댔다. "기타무라, 나는 모든 이를 위해 모험을 하고 있는데 왜 이들은 무기를 거저 주지 않는 겁니까? 거 이상하지 않습니까, 식료품도 유료예요! 도대체 내가 누굴 위해 싸우는지 알고나 이러는 겁니까?"

"그래, 네 말이 맞다." 컴퓨터 게임 얘기다. 최근 발매된 롤플레잉 게임. 적을 무찌르고 동굴을 지나 다양한 도구와 마법을 손에 익혀 잇달아 적을 쓰러뜨려 나가는, 소프트웨어다. "바쁘다는 게, 이거였냐?"

착잡한 기분이 들었다. 게임에 정신이 팔려 친구 문병도 따라나서지 않은 그에게, 화가 났다.

"저기요, 이 세계는 지금 어두운 공기로 뒤덮여 있습니다. 숨을요, 숨을 쉴 수가 없다고요. 그래서 주민들은 모두 가스 마스크를 하고 있잖아요, 멀쩡한 건 나 하나예요. 내가 이 공기의 정체를 밝혀서." 컨트롤러를 쥐고 주절거리는 니시지마는 충혈된 눈과 까칠한 피부, 덥수룩한 수염으로 짐작건대 한숨도 안 자고 계속 이러고 있었던 것 같다.

"니시지마, 저기 말이야, 이제부터 도리이 집에 갈 건데, 같이 가자."

대답은 곧바로 나오지 않았다. 니시지마는 갑자기 튀어나온 적에게, 날랜 손놀림으로 공격을 가했다. 나는 조용히 앉아 니시지마의 전투가 끝나기를 기다렸다. 친구와 게임 중 어느 쪽이 더 중요하냐, 며 불같이 화를 내고 돌아서지 않은 데는 이유가 있다.

눈앞에 벌어진 상황에 대해 웬만해서는 열을 받지 않는 조감형이기 때문이기도 하고, 하토무기 씨에게 '냉혈한'이라는 말까지 들은 이상 남을 비난할 입장은 아니라는 생각도 있었다. 하지만 그보다 더 큰 이유는, 니시지마의 침대 옆에 두터운 의학 전문 서적들이 몇 권 쌓여 있는 것을 보았기 때문이다.

도서관에서 빌린 책 같았다. 주로 외과 수술과 회복에 관한 것들이었는데, 맨 위에 『마음의 문을 닫은 상대와 마주 서는 방법 10가지』라는 제목의 책이 있었다. 그것만 보고 판단하기는 좀 이를지 모르지만 니시지마는 제 나름대로 도리이에게 마음을 쓰고 있다는 걸 알았다.

이렇게 게임 삼매경에 빠져 있는 것은 친구를 위해 아무 힘도 되어 줄 수 없는 자신의 무력함에서 눈을 돌리고 싶었기 때문일지도 모른다.

나는 니시지마가 게임의 데이터를 저장할 때까지 가만히 기다렸다. "퇴원했습니까?" 니시지마가 텔레비전 화면을 보면서 조용히 물었다.

"얼마 전에, 한 모양이야. 미나미는 벌써 여러 번 도리이를 만난 모양이더라. 근데 아직도 기분은 저조한 상태인가 봐. 그래서."

"이제는 우리가 기운을 북돋아 주는 겁니까?" 알았습니다, 그럽시다, 하면서 니시지마가 게임기의 전원을 껐다. "그럼 갈까요?"

"수염, 그거 안 깎아도 되겠어?" 내가 물었다.

"아아, 됐어요, 됐어. 자연 그대로가 더 좋지 않습니까?" 니시지마는 귀찮아서 그냥 넘어가려는 것 같았지만 사실, 부스스한 모습이 좋을 리 없다.

현관에서 신발을 신을 때 "저 책, 참고가 좀 돼?" 하고 슬쩍 물어봤다. "마음의 문을 닫은 상대와 어쩌고 하는 책 말이야."

"아아." 니시지마는 뒤를 돌아보고 말했다. "저거, 미국 대통령이 쓴 책입니다. 딱히 약도 독도 될 게 없는, 시시한 내용입디다." 마음의 문을 닫은 상대만 상대한 미국 대통령을 생각하고는, 그 일도 보통 일이 아니겠다, 고 동정했다.

뭐 그리 대단한 건 아니고.

## 13

"페소콘이에요, 페소콘." 니시지마의 목소리가 온 집 안에 울려 퍼졌다. 그 외침이 공허하게 느껴진 건 침대에 누워 있는 도리이의 침묵과 무반응 때문일 것이다.

우리가 찾아가도 도리이의 기분은 전혀, 나아지지 않았다. 그는 침대 위에서 천장만 올려다볼 뿐, 옆에 우루루 앉은 나나 니시지마, 도도와 미나미의 존재를 공기인 양 무시하고 있었다. 미나미는 전화에서 도리이가 말은 한다고 했지만, 택도 없는 소리! 그는 입 한 번 뻥끗하지 않았다.

쳐다보면 안 된다는 건 안다. 하지만 잠깐 정신을 딴 데 팔면 어느새 도리이의 왼팔로 시선이 갔다. 붕대를 감은 팔은, 감지 않은 오른팔보다 눈에 띄게 짧았다. 도리이는 다리를 꼬고 베개에 기댄 채 위를 쳐다보고 있다.

방에 있는 사람들 중에서 니시지마 혼자만 지껄였다. 그게 자기 역할이라고 생각하는지 아니면 그냥 지껄이고 싶어서 그런 건지는 모르겠지만 "그때 그 킥복싱 체육관 앞을 걸어가는데요, 새 학원이 생겼더라고요. 근데 창문에 써 붙이길 '파소콘* 학원'이라고 쓰여 있지 뭡니까. 근데 그 '파ノ´' 자의 꼭대기가 서로 붙어서 꼭 '페〈' 자로 보이는 거예요. 그래서 '페소콘' 학원이 된 거

* 퍼스널 컴퓨터를 줄여서 일컫는 말.

죠. 거 웃기지 않습니까." 별 시시한 이야기를 해서 가뜩이나 썰렁한 방 안에 서릿발이 내리게 만들었다.

"근데, 페소콘이라는 게 정말로 있긴 있나 봐." 미나미가 무의미한 장단을 맞췄다. 나는 그런 분위기 속에 앉아 있는 데 한계를 느꼈다. 도도도 묵묵히 듣고만 있다.

"저기요, 도리이. 어떻게 생각합니까? 페소콘이라는 게 정말로 있다고 봅니까?" 니시지마가 침대 위의 도리이에게 말을 걸었다.

"페소콘이 뭐냐, 그런 거 없어. 페소날 컴퓨터라는 말은 못 들어 봤다고, 안 그래, 도리이? 넌 어떻게 생각하나?"

침대 위의 도리이에게서는 아무런 반응이 없었다. 차라리 화를 내기라도 하면 속이 후련할 것 같다. "내가 지금 시답잖은 농담에 대답할 기분이겠냐!" 하며 우리를 쫓아내면 이해하겠다. 하지만 그는 아무런 표정 없이, 천장만 보고 있었다.

"저기요, 미나미, 굉장한 거 하나 보여 주십쇼." 니시지마 역시 기다리다 지쳤는지 미나미를 돌아보며 말했다.

"굉장한 거라니, 어떤 거?"

"예를 들면 이 찻잔을 움직인다든가, 할 수 있잖아요. 자, 찻잔, 찻잔."

"응."

테이블 위에서 찻잔이 이동하기 시작했다. 미끄러지듯 천천히 움직였다. 물론 우리들에게는 더 이상 낯선 광경은 아니지만, 우리는 한목소리로 "우와." 하고 탄성을 질렀다. 도리이의 흥미를 끌려고 그랬다기보다, 솔직히 몇 번을 봐도 놀라웠다.

그다음은 아무도 입을 떼지 않아 다시 집 안은 숨이 막힐 정도로 고요했다. 창가를 건너다보았지만 문조는 벌써 요코하마에 계신 부모님이 데려갔는지 새집도 없어졌다. 처음 이 집에 왔을 때 "도리이는 부르주아."라고 말했던 것이나, 문조를 보고 놀랐던 모습들이 생각나서 마음이 한층 쓸쓸했다.

도리이는 숨소리도 참고 있는 것 같았다. 우리는 서로 얼굴을 마주 보다가 그만 고개를 떨구었다.

내 머릿속에 광대한, 붉은색인지 흰색인지 구별되지 않는 광활한 땅이 끝없이 펼쳐진 사막의 풍경이 떠올랐다. 도리이의 지금 심경은 바싹 말라 거북이 등껍질처럼 쩍쩍 갈라진 사막 그 자체가 아닐까. 끝도 없이, 정신은 고갈되고, 방향감각도 잃은 채. 사막에는 슈퍼 샐러리맨行이라고 쓴 표지판 따위도 없고, 물이 있는 자리가 어디인지, 밤이슬을 피할 곳이 어디인지도 알 수 없다. 도리이는 침대 위에서, 무표정하게, 천장만 응시하고 있었지만 분명 그와 동시에 사막 한가운데 주저앉아 혼이 나간 얼굴로 어깨를 떨구고 있는 건지도 모른다. 이제부터 어디로 어떻게 걸어 나가야 할까, 답을 찾지 못하고 있는 것이다.

나는 생각하지 않을 수 없었다. 과연, 과연 우리들은 도리이가 처한 이 사막을 적실 수 있을까.

니시지마를 쳐다보았다. 그는 사명감과 의지는 충만하지만 방법을 모르는 것 같았다. '페소콘' 정도로는 사막에 눈을 내릴 수

216

없다.

우리 네 사람은 마치 누가 더 오래 버티나 겨루기라도 하듯 반 시간이나 아무 말 없이 앉아 있었다. 도리이는 단 한 번도 이쪽을 보지 않았다. 아파서 그런지 붕대를 감은 왼팔을 몇 번 만지기만 했다.

도리이의 맨션을 나서자 이지러진 달이 떠 있었다.

"야, 니시지마. 중동에선 전쟁이 일어나고, 지구는 온난화로 위기를 맞고 있는데 우리는 눈앞의 위기조차 해결하지 못하는구나." 하고 어깨를 으쓱했다.

그랬더니 니시지마는, 웬일로 얘가 이런 말을 하나, 하는 표정을 짓다가 "이런 건 위기도 아닙니다." 하고 툭 던지고는 "허투루 그런 말 했다간 욕 먹습니다." 했다.

누구한테 욕을 먹는 거냐고는, 묻지 않았다.


14


"그래서, 남자 중의 남자, 냉혈한 중의 냉혈한인 기타무라 군은 어떻게 할 셈이야?"

이틀 후 나는 센다이 시내에 있는 하토무기 씨의 직장 앞에서 그녀와 이야기를 나누었다.

"어떡하긴 뭘 어떡해." 나는 얼버무리면서 하토무기 씨의 어깨 너머로 가게 안을 바라보았다. 푸른색 티셔츠를 펼쳐 든 여성이 있었다. "손님, 괜찮아?" 작은 소리로 묻자 "지금 그게 문제야?" 하고 내 이야기에 집중했다.

나는 내가 친구를 위한 어떠한 해결책도 갖고 있지 않음을 고백했다.

"어떻게 하면 눈을 내릴 수 있을지 모르겠어."

"눈?"

"사막에 눈을 내리게 하고 싶어."

이럴 때, 그게 무슨 뚱딴지같은 소리냐고 하지 않는 점이 하토무기 씨의 장점이다. 하나 자기 혼자 엇나간 방향으로 망상의 나래를 펴 나가는 단점도 있다. 하토무기 씨는 잠깐 말없이 이쪽을 보다가 입을 뗐다. "자기를 비롯한 네 친구들, 그러니까 학생들은, 작은 마을 안에서 보호받고 있는 거야. 마을 밖에는 황량한 사막이 펼쳐져 있는데, 자기들은 안전한 마을에서 보호받으며 살고 있다고."

"하토무기 씨가 말하는 그, 사막이라는 것은, 다시 말해서, 사회라는 말이야?"

"사회, 라고 대놓고 말하면 폼이 안 나잖아." 하토무기 씨가 웃었다. "마을 저편에 펼쳐진, 사막이란 이미지가 더 그럴듯해."

나는 그 말을 듣고 상상해 보았다. 견고한 외벽에 둘러싸인 마을의 모습을. 집들은 나름대로 모양을 내고 겉을 치장했지만 어느 집이나 큰 차이 없이 고만고만하다. 무균 상태로 보존된, 무기질적인 마을. 그 안에 사는 학생들은 뭐든 아는 척 떠벌린다.

"마을 밖은 이런 느낌이지." "어차피 사막이란 건 말이야." 하고.

사막에 발 디딘 적 없을뿐더러, 사막의 혹독함을 맛본 적도 없으면서.

"마을 안에 살면서, 밤이나 낮이나 열심히 사막에 대해 생각하는 것이 자기들의 일인지도 몰라. 내가 한마디 하겠는데, 사막은 상상만으로는 모자랄 만큼 혹독한 곳입니다!"

아, 그렇지. 하토무기 씨는 이미 사막에 발을 디디고 서 있는 사람이니까.


그날 저녁 집 안의 후텁지근한 공기를 어떻게든 바꿔 보려고 창문을 열고 혼자서 텔레비전을 보는데 전화가 왔다. 누군가 했더니 고가 씨였다. "전에 경비실에서 같이 마작 했던 사람이오." 그가 어색하게 설명을 덧붙였다.

"니시지마 군 때문에 전화했는데, 요즘 무슨 일 있나? 아니, 전에 일어난 교통사고 건이라면 내가 얘기도 들었고 뉴스도 봤지만, 그거 말고 또 무슨 일이 있나 해서."

도리이의 한쪽 팔뿐만 아니라 인생 전체를 뒤흔들고 있는 그 사건은, 남들이 보기에는 한낱 '전에 일어난 교통사고'에 불과하구나, 생각하며 나는 되물었다. "그거 말고 다른 일이요? 혹시 니시지마가 일하러 안 갔나요? 그렇다면 그건 아마 모험을 하러 갔기 때문일 거예요. 세계를 구하는 모험요."

"모험이라니, 그건 또 무슨 소린가?" 고가 씨가 얼빠진 소리를 냈다. "아니, 일하러는 꼬박꼬박 나오긴 하는데. 실은 어제부터 이 빌딩 안을 아래위로 돌아다니면서 전에 없이 각 사무실 사람들하고 어쩌고저쩌고 무슨 얘길 하는 게, 아무래도 이상해서 그러네."

"다른 사람들과 얘기를요?" 곧바로 머릿속에 니고시에이션! 이라는 영어 단어가 떠올랐다. 대학 입시를 치른 지도 한참인데 아직 그 정도는 유지하고 있었다.

"그리고 내일, 건물 내에 방역 작업이 있어서 할 일이 많은데 일을 쉬겠다고 해서 말이야."

"모르긴 해도 모험하러 가는 겁니다." 나는 농담이 아니라 사실을 말하고 있는 것이다. 그때 막 경비실에 니시지마가 나타난 모양인지 수화기 저편에서 "아아, 니시지마 군이 왔네." 하는 고가 씨의 목소리가 들렸다.

어어, 참 그래, 지금 잠깐 기타무라 군에게 전화를 하고 있던 참인데, 고가 씨의 목소리가 작게 들렸다. 내일 자네가 왜 일을 쉬려고 하는지 궁금해서 말이야. 고가 씨는 계속 말하는데 니시지마의 대답 소리는 들리지 않았다. 그러더니 곧 고가 씨가 수화기를 통해 내게 말했다. "기타무라 군, 미안하네. 지금 니시지마 군이 와서 사정은 들었네. 응, 그래, 알았어."

"알았다고요?" 내가 되물었다. 알다니 뭘? 지금 나랑 퀴즈 하자는 거야, 뭐야.

"니시지마 군, 참 재밌는 친구야." 고가 씨는 내가 알아듣거나 말거나 혼자 다 납득했다는 투로 말했다. 결국 전화가 끊기기 전에 나는 이거 하나는 물어봐야겠다 싶어 말했다. "저기 근데 제 전화번호는 어떻게 아셨어요? 니시지마한테 물어보셨나요?"

그러자 고가 씨는 이번만큼은 또 유들유들하게 대답해 주었다. "나는 말이야, 그런 걸 알아내는 비상한 재주가 있거든."

"뒷조사하는 재주가 있으세요?"

"옛날에, 내가 기관에서 일한 적이 있거든." 하며 웃는 고가 씨가 갑자기 꺼림칙하게 느껴졌다. 이거 뭐야, 도대체. 나는 수화기를 귀에서 떼고 한참을 내려다보았다. 기, 관⋯⋯?

밤에 니시지마에게서 걸려 온 전화는 평소와 다름없이, 일방적이었다. "오, 기타무라 아닙니까?" 일단 그러고 나서 "내일 저녁 마작이 있습니다. 마작요." 했다.

"마작? 그래, 알았어. 어디서 하는데?"

"그야 당연히 도리이 집 아니겠습니까?" 너무도 당연하다는 듯이 대답한다. "오른손은 멀쩡하니까 패는 잡을 수 있잖습니까."

"아니, 그 말이 아니고." 일단 집주인 도리이가 우리를 집 안에 들일지 말지 그것부터가 의문이구만, 지금 마작이 문제냐, 했더니 니시지마는 괜찮다고 장담했다. 나 혼자 걱정해 봤자 소용없는 일. 어차피 니시지마의 말은 어떠한 근거도, 계산도 없다. 이번에도 그는 밑도 끝도 없이 "미나미와 도도에게도 연락을 해 두었습니다." 하고는 뚝 끊었다.

나는 전화기 앞에서 한동안 수화기를 잡고 멍하니 있었다. 집 근처에서 누군가 쏘아 올린 불꽃 소리가 연신 울려 퍼졌다. 피슈욱, 공중으로 날아올라 순간적으로 파열하는 짧은 소리와 아련히 흩어지는 소리가 연속적으로 났다.

한 시간 후쯤 몇 분 차이 없이 미나미와 도도에게서도 전화가 왔다. 둘 다 내용은 '어떻게 된 거냐'는 거였다. 니시지마는 도대체 무슨 생각으로 그러느냐고.

"글쎄다, 그 속을 누가 아냐." 했더니 그녀들도 수긍했다.

도도와 통화를 할 때는 끊기 전에 마음먹고 물어봤다. "이거 꼭 네가 전화를 했다고 해서 하는 소리는 아닌데, 도도 너는 아직도 니시지마가 좋냐?" 그 점이 전부터 마음에 걸렸다.

"아, 내가 전에 그랬었지." 도도는 애교라고는 전혀 없는 푸석한 목소리로 대답했다.

"그래, 좀 오래됐지. 근데 뭐 사람 마음이야 바뀌는 거 아냐?"

"아니."

도도의 흔들림 없는 대답에 나는 기가 꺾여 "아아…… 그렇구나." 대답하고는 전화를 끊었다.

다음 날 강의를 다 듣고 나는 자전거로 시내를 돌았다. 니시지마가 말한 집합 시간은 저녁 7시였기 때문에 오후부터 그때까지는 시간이 비었다. 자전거를 타고 센다이 역 쪽으로 가다가 좁은 뒷길 신호등 앞에서, 정말 생각지도 못하게, 도리이를 봤다. "도리이!" 하고 부를 뻔했다.

도리이는 신호 대기 중이던 택시 안에 있었다. 뒷좌석에 앉아 유리창에 얼굴을 가까이 대고 바깥 풍경을 보는 듯했는데, 나를 보지는 못했다. 도리이는 이제 자기 차도 운전할 수 없게 됐구나, 측은한 마음이 들었다.

창문 너머로 보이는 도리이는 창백한 얼굴에, 꿈을 꾸는 것 같기도 하고, 세상사 모든 일을 체념한 것 같기도 한 눈을 하고 창밖을 응시했다. 나는 그의 시선이 어디를 향하고 있는지, 곧 좇을 수 있었다.

체육관이었다. 도리이의 눈길 끝에는 아베 가오루가 속해 있는 그 킥복싱 체육관이 있었다.

오래전, 도리이와 니시지마, 그리고 내가 연습 광경을 구경하던 기억이 새록새록 떠올랐다. 지는 해를 받아 붉게 빛나는 체육관 안에서 근육을 단련하고, 주먹을 휘두르고, 샌드백을 차는 사내들의 모습을 우리는 넋을 놓고 바라보았다. 아직 이른 시간이기는 했지만 체육관 안에는 연습생이 두 사람 보였다. 한 명은 줄넘기를 하고, 또 한 명은 트레이너가 잡고 있는 미트에 연신 킥을 날렸다.

도리이는 저 모습을 보면서 무슨 생각을 하고 있을까. 한쪽 팔이 없는 자신에게 이제 격투기는 딴 세상 이야기라고, 체념하고 있을까, 아니면 외팔이인 자신을 그런 식으로 비웃는 거냐며 분풀이를 하고 싶은 마음일까.

신호가 청색으로 바뀌었다. 택시가 출발하고 도리이의 모습도 시야에서 사라졌다. 나는 페달에 얹은 발에 힘을 주었다.


15


놀랍게도 니시지마는 도리이의 집에서 마작 모임을 실현했다. "처음엔 전화도 받지 않았는데요, 바로 방금 전입니다. 웬일로 전화를 받는다 싶더니 하자고 그러더라고요." 맨션 입구에 다 모이자 니시지마가 말했다. "나도 솔직히 할 수 있을 거라고는 생각 못 했습니다."

"나한테 전화했을 땐 괜찮다고 큰소리쳤잖아."

"아, 결과적으로는 그렇게 됐잖습니까."

저녁 7시, 이미 해는 저물었고 고개를 들어 보니 엷은 남색이 하늘을 덮고 있었다. 일체의 감정도 없는 그 무기질적인 모습에, 얼마 전에 본 도리이의 얼굴이 겹쳐졌다. 불길한 암시처럼 생각되었다.

"정말로 도리이가 자기 집에서 마작 해도 된대?" 입구에 들어선 다음 미나미가 말했다.

"그거야 당연한 거 아닙니까. 그런 거짓말을 해서 뭐합니까." 엘리베이터의 문이 열린다. 5층 버튼을 누르고 나서 니시지마를 흘낏 쳐다보았다. "마작을 하면 도리이가 기운을 좀 차릴까."

"나한테 다 생각이 있습니다." 니시지마가 심각한 표정 그대로 말했다.

"좋아, 기대할게." 도도의 침착한 말은 결코 니시지마를 비꼬는 게 아니었다. "니시지마의 생각에, 나 기대하고 있어."

"나도." 미나미가 고개를 끄덕인다.

"나도."

사실 나는 이번에 도리이가 환한 미소로 문을 열어 주며 "잘 왔어. 어서 마작 하자. 아닌 게 아니라 그동안 좀 내가 우울했었는데 이제는 좀 정리가 됐어." 하고 새사람이 된 듯 쾌활하게 말하지는 않을까, "자, 심기일전해서 전처럼 즐겁게 해 보자."고 하지는 않을까, 우리만 좋은 쪽으로 기대하기도 했다.


문을 연 도리이는 2분 전까지의 내 기대가 무색하게, 표정이 아예 없어 보이는 얼굴이었다. 그게 정상이지. 인사랍시고 입에 올리기는 한 것 같은데 시선은 발치에 가 있었다. 그러고는 들어오라는 소리도 없이 저 혼자 집 안으로 다시 들어간다. 나는, 도로 닫힐 것 같은 문을 얼른 손으로 잡고 현관으로 들어섰다. 나머지 세 사람도 따라 들어왔다. 집 안으로 들어서니 양말 밑으로 싸늘한 냉기가 느껴졌다.

그나마 조금 마음을 놓은 것은 고타쓰 테이블 위에 마작 패 상자가 놓여 있었기 때문이다. 도리이도, 할 마음은 있다는 뜻이었다.

"자 그럼, 곧바로 시작합시다." 니시지마가 입을 열었다. 우리들은 니시지마에게 도무지 어떤 아이디어가 있는지 미리 들은 게 없었기 때문에 일단 그의 말대로, 그래, 하자 하자, 동의했다. 오늘의 선장은, 니시지마다.

우선 🀄🀆🀅🀀🀊 다섯 장을 뒤집어 놓고 각자 한 장씩 집었다. 전부 다섯 명이니 ▯을 집은 사람은 한 판 쉬게 된다. 그리고 🀄을 집은 사람이 창문을 등진 동쪽 자리에 앉고, 각자 순서대로 위치를 정했다. 그것이 우리의 마작, 다시 말해서 도리이 집에서 하는, '도리이네 룰'이었다.

신중하게 한 명씩 패를 집어 가는 순간, 만약 도리이가 ▯을 집어 첫판부터 쉬게 되면 어떻게 하지, 하는 불안이 스쳤다. 그랬더니 아니나 다를까, 도리이가 집은 패가 ▯이 아닌가. 벌어진 입을 다물 수가 없었다. 나는 이 잔인한 우연을 저주하고 싶었지만, 딱히 분풀이할 대상을 찾을 길이 없어 하는 수 없이 니시지마를 노려보았다. 미나미와 도도도 거의 동시에 무시무시한 눈초리를 보냈다.

도리이는 아무 말도 하지 않았다. 흠, 하고 코로 숨을 한 번 내쉬더니 자기 패를 테이블 위에 놓고 침대로 돌아가 앉았다.

야, 니시지마, 어떡해? 내가 귀엣말했다. 뭘 어떡합니까. 그는 대답 같지도 않은 대답을 했다. 우리들은 모두 자기 자리를 잡고 앉아 마작을 시작했다. 상황이 이렇게 됐으니, 그 밖에 다른 수가 없었다.

위장이 다 오그라드는 것 같은 고통을 동반한, 괴로운 마작이

226

었다. 도리이를 위한 자리인데 주인공이 쏙 빠진 채 넷이 앉아 마작을 하고 있다. 그것도, 다들 지금까지 하던 대로 자연스럽게 해야 한다는 강박을 갖고 하다 보니, 실제로는 자연스럽게 될 리 없었다. 어색한 발음과 외침, 안타까운 척하는 탄식이 이어졌다. 도리이는 지금 무슨 생각을 하고 있을까. 나는 한시라도 빨리 아무 득도 없는 이 한판을 끝내야 한다는 마음에 조바심이 났다.

"아아, 연장입니다, 연장!" 도대체 무슨 생각을 하고 있는지 니시지마는 저 혼자 열과 성을 다해 마작에 몰두했다. 우리들이 되도록 빨리 이 판을 끝내려고 애쓰는 데 반해, 니시지마는 '선'이 되어서 승승장구했다.

결국 그 한판을 끝내는 데 90분 가까이 걸렸다. 침묵하는 도리이 옆에서 죄책감과 초조함에 짓눌린 그 90분은, 내게는 너무도 길었다. 판이 끝남과 동시에 긴 한숨이 터져 나왔다. 곁눈질해 보니 미나미와 도도도 마찬가지였다.

"어이, 도리이, 출전할 시간입니다." 니시지마가 침대 쪽을 보며 말했다. 이 무의미한 한판이 진행되는 동안 뒤로 빠진 도리이가 어디 다른 곳으로 행방을 감춘 것은 아닐까 순간 공포가 밀려들었지만, 돌아보니 그는 90분 전과 같은 자세로 앉아 있었다. 니시지마의 말에 아무런 대꾸도 없이 테이블 쪽으로 다가섰다.

나는 붕대가 감긴 왼팔로 시선이 가 반사적으로 고개를 돌렸다. 그러다 그것 또한 예의가 아니지 싶어 다시 찬찬히 그의 왼팔을 쳐다보았다. 역시 보지 않는 게 좋겠다 싶어 시선을 피해

보지만 곧 실이라도 달린 양 눈이 돌아갔다. '하던 대로 하기' 정
말, 어려웠다.

도리이 대신 쉴 사람은 '도리이네 룰'에 따르면 성적 2위, 미나
미였다. 평소 부동의 1위였던 미나미도 날이 날이니만큼 오늘의
마작은 이기고 지고, 성적을 따질 상황이 아니었을 것이다. 우리
는 다시 자리를 바꾸고 패를 섞었다. 도리이의 오른손이 테이블
위를 움직이고 나는 또 눈길을 돌렸다.

도리이는 내 왼편, 가미차*에 앉았다. 오른팔로 천천히 패를
쌓고 있다. 한 번에 많은 패를 늘어놓을 수 없으니 한 손으로 쥘
수 있는 만큼의 패를 차근차근 늘어놓았다. 우리는 그때도 아무
렇지 않은 척하려고 애는 썼다. 적당히 도리이의 팔 동작을 쳐다
보고, 부러 더 자기 패 쌓아 놓은 것을 만지고 또 만지고, "누가
'선'이야?" 알면서도 물었다.

도리이는 뚱하게 앉아 있었다. 각자 패를 다 쌓자 '선'인 니시
지마가 주사위를 흔들고, 다시 새로운 한찬이 시작됐다. 도리이
가 침대에 있을 때보다는 낫지만, 이 판은 또 이 판대로 어색한
공기가 감돌았다. 물론 나는 내 패에 집중하려 했고 실제로도
점수가 높은 조합이 완성되면 흥분하기도 하면서 들락거리는 패
에 일희일비했지만, 그래도 도리이의 왼팔이 언뜻 보이거나, 그가

---

＊ 자기 왼편에 앉은 사람.

쥐고 있던 패를 실수로 떨어뜨리거나 할 때마다 퍼뜩 현실로 되돌아왔다.

묵묵히, 시무룩한 표정으로 마작을 하는 도리이는 "그렇게 니들이 하자 하자 해서 내가 이러고 있다, 이제 속이 시원하냐?" 하며 우리들을 책망하는 것처럼도 보였다.

하지만 미나미는 달랐다. 도리이의 뒤에 앉아 아무 대꾸가 없어도 뭔가가 생각날 때마다 꾸준히 도리이에게 말을 걸었다. 도리이가 실수로 패를 쓰러뜨리면 그 모습을 무마하려고 그러는지 "와, 벌써 밖이 컴컴해졌네." 하며 창밖으로 시선을 돌리고, 도리이가 왼팔을 문지를 때마다 "맞아, 도리이. 지금은 기다릴 타이밍이야." 하며 훈수를 두었다.

물론 미나미에게만 그런 어려운 역할을 하게 하고 나 몰라라 할 수는 없어 나와 도도도 기회를 엿보다가 대화에 참가했다. 죽이 되든 밥이 되든 일단 해 보자는 심정으로 도리이에게 직접 말을 걸어 보기도 했지만, 대답은 없었다. 자꾸 가라앉는 이 분위기를 어떻게든 추스르고자 우리는 나름 열심이었다. 도리이는 물론 "퐁"이라든가 "론"이라든가 필요할 때는 소리를 냈지만, 그의 입에서 나온 말이라고는 그게 다였다.

이런 상황에서도 니시지마만은 한결같았다. 사실 그게 자연스러웠고, 니시지마의 행동이 옳았는지도 모르지만, 도리이를 위해 마작을 하자더니 처음부터 끝까지 자기 페이스대로만 하는 그가 예뻐 보이지는 않았다.

결국 그 한찬도 그대로 끝났다. 1위가 도도, 2위가 나, 3위가 도리이, 그리고 니시지마가 비리다. "어떻게 된 거냐, 니시지마. 평소 실력으로 돌아갔냐?" 내가 놀렸지만 니시지마는 마뜩잖은 표정으로 콧바람만 내쉬었다. 썰렁한 분위기를 좀 띄워 보려고 했더니 반응이 시원찮아 나는 절로 한숨이 나왔다.

이 이상 마작을 계속할 필요가 있을까, 나는 회의가 들어 니시지마에게 어떻게 할 거냐고 슬쩍 물었다. 즉석에서 대답이 날아왔다. "어떡하긴요, 계속하는 겁니다. 당연한 거 아닙니까. 나도 내 생각대로 패가 들어오지 않아서 그렇지, 느낌은 좋아요. 지금, 징조가 보인다고요."

니시지마가 이렇게까지 말하는데 뿌리칠 재간이 없었다. 오늘의 선장은 니시지마다. 도리이는 여전히 아무 말이 없었다.

"좋아, 그럼 나도 이번엔 분발해야지." 미나미가 쾌활하게 말했다. 2위가 된 나는, 이번에 쉬는 차례다. 고타쓰 테이블에서 뒤로 물러나 관전하기로 했다.

세 번째 한찬이 시작되었지만 앞에 치른 두 판과 크게 다르지 않았다. 도리이는 여전히 무표정하게 로봇 같은 동작을 반복했고, 반면 니시지마는 두 눈을 부릅뜨고 자기 패를 노려보았으며, 나머지 둘은 어색한 공기와 사투를 벌이며 하던 대로 노는 '척'을 했다.

비교적 빠른 전개로 마작이 진행됐다. 처음 동 1국은 미나미가 '단야오* 핀후 도라 1'을 니시지마의 패로 나고, 다음 2국에서는 도리이가 '단야오 도라 2'를 쓰무로 났다. 그는 '쓰무'라고 부르지도 않고 그냥 패를 쓰러뜨리기만 했다. "당했다, 추월당했어." 미나미가 호들갑을 떨며 안타까워했다. 3국째는 니시지마가 버린 패에 도도가 '론'을 하면서, 끝났다.

니시지마는 여기서 또 '핀후(평화)'를 쌓으려고 그러나, 하는 생각이 문득 들었다. 예전에 미국의 파병을 저지하고 세계 평화를 기원하는 '핀후' 조합을 만들기 위해 애썼던 것처럼 이번에는 도리이의 평화를 실현하기 위해 핀후 조합을 완성시키려고 하는 게 아닐까? 그것이 오늘의 마작을 기어이 실현시킨 이유가 아닐까 짐작했다. 하나 지금까지 지켜본 바, 니시지마에게 그런 애착은 전혀 보이지 않았다. 아니면 '도리이鳥井'의 이름을 따서, 새가 그려진 패 🀅만 모으려는 심산인가, 하고도 생각해 봤지만 꼭 그런 것 같지도 않았다.

더 이상은 헤아리지 못하고 직접 물으려는데, 바로 그때 니시지마가 벌떡 일어났다. "잠깐 휴식! 도리이, 화장실 좀 쓸게요."

도리이의 대답이 나오기도 전에 방을 나갔다. 조금 있다가 돌아온 니시지마는 창가로 다가가서 두 손을 들고 기지개를 켰다. 그는 "이제 슬슬 내가 반격할 차례입니다." 하고 의욕을 보이며 창밖을 보다가 느닷없이 억, 하고 소리를 질렀다. 모두 깜짝 놀랐

✛ 1과 9, 자패 없이 만든 조합.

다. 내 옆에 있던 미나미가 앉은 채로 몸을 움찔했다. "왜, 무슨 일이야?"

"이상한데. 나 좀 밖에 나갔다 오겠습니다."

"이상해?" 미나미가 고개를 갸웃했다.

"밖으로 나간다고?" 도도가 눈썹을 찌푸렸다.

"아니, 이거 잘못됐습니다." 니시지마는 나직이 말하더니 나를 보고 "기타무라, 대신 좀 해 주세요. 나 대신 다음 국을 좀 해 주세요. 금방 돌아오겠습니다."라는 말을 남기고 서둘러 문 쪽으로 갔다. 무조건 밀어붙이는 통에 나는 아무 말도 못 했다.

'도망치는 거 아냐?' 다들 말은 안 했지만 모두 그렇게 생각했을 것이다.


## 16


나는 니시지마 대신 앉아 마작을 시작했다. 패 섞는 소리가 왠지 맥이 빠지게 들렸다. "니시지마, 어디 간 걸까?" 미나미가 자기도 거북하긴 마찬가지겠지만 분위기를 띄워 볼 요량인지 밝은 목소리로 말했다. "아르바이트하는 데서 무슨 할 일이 생각났는지도 모르지." 나는 고가 씨의 말이 생각나서 말해 봤다. 오늘은 빌딩 방역 작업이 있는 날이라고 했다. 니시지마도 긴급 출근하게 된 건 아닐까?

동장의 4국이 끝나고 남장이 시작됐다. 우리들은 이미 선장을

잃은 배였기 때문에, 어딘가에 안착하기까지 마작을 계속할 수
밖에 없었다. 1국째는 미나미가 낮은 점수의 단야오를 쓰무해서
끝냈다.

요란한 소리가 나면서 현관문이 열렸다.

"오래 기다리셨습니다, 제가 돌아왔습니다." 하며 니시지마가
들어왔다.

"도대체 어떻게 된 거야?"

"착오가 있었습니다." 니시지마가 안경을 만지작거리며 말했다.
"봉이 삐져나오지 않았어요, 봉 말이에요."

"봉이?" 나는 인상을 쓰며 되물었다.

"삐져나오지 않았다니?" 미나미가 물었다.

"무슨 봉?" 도도도 말한다.

자, 됐습니다, 그거야 뭐 됐어요. 그래, 지금은 남장의 2국째입
니까? 좋아, 마침 딱 좋군요. 자, 시작합시다. 니시지마는 평소처
럼 멋대로 지절대며 끼어 앉았다. 나는 니시지마에게 자리를 내
주고 다시 관전 상태로 돌아갔다.

그 이상 묻지도, 구시렁대지도 않았다. 심신이 다 지쳤기 때문
이기도 하지만, 한동안 정세를 관망하고 싶었기 때문이기도 했
다. 다만 중간에, 이게 아닌데, 싶었다. 니시지마의 수법이 묘했기
때문이다. 이번에 니시지마가 쥔 패들은 상당히 좋았다. 패를 돌
릴 때부터 썩 좋은 형태로 들어온 데다 그 후에도 순조롭게 패
가 풀려 어느 틈에 과 같은 형태까지

짜였다. 게다가 또 니시지마가 ▦를 쓰무 해 와서 나도 모르게 그의 등 뒤에서 "잘나가네." 하고 감탄할 정도였다. 이때 ▦을 버리면 일단 ▦▦ 대기 형태가 되고 그리고도 산쇼쿠를 노릴 수도 있다고 생각했는데, 무슨 까닭인지 니시지마가 ▦을 버렸다.

"뭐 하는 거야?" 그러면 패는 ▦만 남게 되고, 아무런 조합도 안 된다. 게다가 그는 뜬금없이 거기서 리치를 부를 생각인지 천 점봉을 잡고 테이블로 들이밀려고 했다. 그런데 거기서 도도가 '론'을 불렀다. ▦이 바로 도도가 기다리던 패였던 것이다.

"이런 제길." 그제야 제정신으로 돌아왔는지 니시지마가 안타까워한다. "에이, 아깝네."

"니시지마, 대체 왜 ▦을 버린 거냐?" 내가 물었다. 묻지 않고는 못 배길 지경이었다. 나중에 아깝다 한들, 이건 제 손으로 무덤을 판 격 아니냐, 이 말이다.

"필요 없으니까 버린 겁니다, 필요 없으니까."

니시지마는 마뜩잖은 표정으로 입을 삐죽이고 도도에게 점봉을 건넸다. 니시지마는 마작을 별로 잘하지 못한다. 아니, 그렇다기보다 기본적으로 이기는 경우를 별로 본 적이 없다. 하지만 내가 보기에 그는 마작을 못하지 않는다. 그래서 지금 ▦을 버린 것을 보고 놀란 것이다. 단순히 생각하면 ▦▦ 두 개를 쥐고 있는 편이 가능성이 높고 점수 또한 많이 딸 수 있다. 이건 상식이다.

내가 이걸 고민하고 있는 동안에도 마작은 속행되어 눈앞에서는 이미 남장의 3국째가 돌았다. 그리고 또 한 번 니시지마의 불가사의한 '수'를 목격하게 됐다.

🀇🀈🀉🀊🀋🀌🀍🀎🀏🀙🀐🀐🀐로, 니시지마의 패는 이번에도 꽤 손쉽게 완성할 수 있게끔 맞춰져 있었다. 도라는 🀐이었기 때문에 만간 급이다. 리치를 불러도 되지 싶었다. 그러나 니시지마에게는 그럴 움직임이 전혀 보이지 않았다. 그러는 동안에 🀐을 쓰무해 왔다. 물론 그런 패는 곧바로 버리겠지, 하고 나는 관심도 두지 않았다. 그런데, 니시지마는 망설임 없이 🀋을 버리고 "리치."를 선언했다.

"뭐?" 나는 얼떨결에 소리를 지르고 말았다. 지금까지 🀋🀌🀋 세 패를 나란히 갖고 있었음에도 그걸 깨 버리고 왜 🀐을 두기로 한 건지 도무지 이해할 수 없었다. 하지만 니시지마에게서는 실수했다고 후회하는 기색은 눈곱만큼도 없었다. 실망은커녕 자신만만하게 외쳤다. "자, 나의 리치가 얼마나 근사한지 보십쇼." 설마 🀐을 들고 기다리지는 않을 거라 생각할 상대방의 심리를 역이용했을 가능성은 있지만, 그래도 지금 이런 운영은 납득이 되지 않았다.

다른 세 사람은 니시지마의 자신에 찬 태도를 경계하면서도 나름대로 안전하다고 생각되는 패를 버렸다.

그리고 니시지마의 차례, 그는 반팔 티셔츠를 입고서, 팔을 걷어붙이는 시늉을 하며 "자, 쓰무 하겠습니다." 하고 손을 뻗다가 나를 돌아보더니 "기타무라, 창 좀 열어 줘요."라고 말했다.

"창? 환기시키게?"

아무튼, 빨리요. 니시지마가 재촉하는 바람에 나는 마지못해 일어나 창가 쪽에 가서 섰다. "커튼을 젖힐까? 창문을 열까?" 니시지마에게 다시 물어보았다. 그러자 그는 전부요, 전부! 하고 거의 외치다시피 했다. 빨리요, 빨리! 확 열어젖히라고요.

이제야 겨우 에어컨이 힘을 발휘하나 싶은데, 하면서도 나는 시키는 대로 커튼을 젖히고 창을 열었다. 기다렸다는 듯이 니시지마가 소리친다. "론!"

뭐야, 하며 쳐다보니 니시지마는 이미 자기 패를 다 쓰러뜨리고 "론입니다, 론. 리치 1 바쓰✚ 도라 3입니다, 만간 만간!" 하고 떠들었다.

모두 어안이 벙벙했다. "론?" 도도가 다시 물었다. "누가?"

다음은 니시지마가 쓰무를 할 차례이니 쓰무로 날 수는 있어도 론은 무슨 얼토당토않은…… 도대체 무슨 말인가 나까지 황당했다.

"창밖을 보십쇼. ✚이에요, ✚을 기다리던 내게 ✚이 나왔어요." 니시지마가 거기서 의기양양하게 손가락을 내 쪽으로 가리켰다. 정확히 말하자면 내 뒤에 있는 창문을. "창밖을 보십쇼, 여러분!"

야경을 바라보며 도대체 뭘 보라는 거냐고 따지려던 찰나, 눈

✚ 리치를 부르고 한 바퀴를 다 돌기 전에 나는 것.

이 휘둥그레졌다. "지금 저거 말하는 거냐?"

정면에서 1시 방향. 빌딩이 있었다. 니시지마가 아르바이트를 하는, 그 라이징 빌딩이다. 세로로 긴 직사각형 건물이었는데 그 건물의 전등이 딱 '중(中)' 자를 쓴 듯 켜져 있었다. 어느새 내 옆에 미나미와 도도도 와 있었다. 둘 다 내가 가리키는 방향을 쳐다보고 나서 입을 떡 벌렸다.

"어때요, 저것이 바로 내가 기다리던 패입니다." 니시지마는 아주 자랑스럽게 말하고 테이블에 남아 있는 도리이를 향해 침을 튀기며 떠들었다. "이봐요, 도리이, 좀 보세요. 도라 3입니다."

각 층 사무실의, 그야말로 '中' 자에 해당하는 사무실 전등에만 불이 들어와 있었다. 아주 또렷이 '中' 자 모양을 나타낸 건 사실이었다. 빌딩의 모양은 직사각형이어서 전체가 거대한 마작 패로도 보였다.

그러니까, 니시지마가 하고 싶었던 일이, 바로 저거였단 말인가. 오늘 저 빌딩은 방역 작업 때문에 각 층 사무실은 모두 비었을 것이다. 그래서 니시지마는 고가 씨에게 협조를 구해, 아니면 마작 애호가인 사장 어른을 설득했을지도 모르고, 아무튼 이 시간에만 특정 사무실의 전등을 밝혀 달라고 부탁한 것이다.

"아까는 아주 황당했습니다. 만반의 준비가 다 되어 있는 줄 알고 봤더니, 글쎄 제일 위층 전기가 들어오지 않았지 뭡니까. '中'의 맨 위 봉이 없잖아요. 삐져나오질 않았더라고요. 그래서 밖으로 뛰어나가 고가 씨에게 전화를 하고 온 거죠."

니시지마는 누가 듣건 말건 내뱉고는 성취감에 도취된 표정을 지었다. 야, 니시지마. 나는 어깨가 툭 떨어졌다. 실망해서 그런 게 아니라 그쯤에서 피로가 몰려들었다.

"니시지마, 도대체 싱겁다 싱겁다 이렇게 싱거운 짓을 다 하냐. 아이고, 나 참." 표정이 구겨졌다.

"그럼 저건 누가 버린 패가 되는 건데?" 미나미가 창밖을 가리켰다.

"그리고 언제 버렸는지도 불명확하잖아." 도도가 거든다.

"거참, 말들 많습니다." 니시지마가 화를 냈다. "싱거운 게 아니라니까 그러네요." 그가 홀로 반기를 들었지만, 나는 한 번 더 싱겁다며 못을 박았다.

그때 나는 바로 뒤에 도리이가 일어나 서 있는 것을 알았다. 얼른 옆으로 비켜났다. 그는 말없이 창밖을 바라보고 있었다. 도리이를 보자마자 얼른 미나미가 설명한다. "저것 봐, 도리이. 저기 빌딩 좀 봐. '中' 자로 보이긴 하는데."

또다시 숨 막히는 침묵이 밀려들까 봐, 나는 각오를 단단히 했다. 도리이의 표정을 흘낏 살피고 가슴이 옥죄는 것을 참으려 배에 힘을 주었다.

"나." 마침내 도리이가 입을 뗐다. 우리는 그를 쳐다보았다. 내게는 육중한 성문이 마침내 천천히 아가리를 벌리는 순간 같았다. "나, 좋아한다, 저런 거." 도리이는 나직하게, 하지만 또박또박 말했다.

"저런 거라니, 어떤 거?" 나는 설렘을 주체하지 못하고, 눈을 깜빡이며 물었다.

"아무튼 다들 점봉 내세요, 빨리." 니시지마는 혼자 테이블 쪽으로 등을 돌리고 앉았다.

"너무, 어이가 없어, 기운이 난다." 그러고 나서 곧바로, 약간 힘은 들어간 듯 들렸지만, 예전의 그 웃음소리, 도리이의 전매특허 웃음소리가 터졌다. 크하하.

17

우리들은 그 자리에서 덩달아 좋아하기도 적절하지 않은 것 같아, 그러고 싶은 마음을 꾹 참고 슬금슬금 자리로 와 앉았다. 중간에 미나미가 눈가를 살짝 훔치는 게 보였다.

속에 덮여 있던 먹구름이 싹 가셨는지, 아니면 이것을 계기로 삼자고 스스로 결심했는지, 그 후로 도리이는 꽉 막혔던 수도가 뚫린 듯 떠들기 시작했다. 피도 눈물도 없이 냉정하기만 했던 의사들의 태도, 수술을 받을 때의 두려움에 대해 특유의 입담을 섞어 설명하고 장애에서 오는 불편을 토로했다. 통증은 여전한지 아파 죽겠다며 몇 번이나 붕대를 만졌다. 지금까지도 예고 없이 찾아오는 그 통증 때문에 얼굴을 찡그리며 꾹 참았을 것이다.

말하는 중간중간 도리이도 살짝 눈물을 비쳤다. 그 눈물의 의미는 무엇일까, 헤아릴 길이 없었지만 묻지는 않았다. 자기가 울고 있다는 사실을 무시하며 도리이는 이야기를 계속했다. 잠시 후 도리이는 웃음이 삐져나오는 걸 억지로 참는 표정으로 다시 말을 이어 나갔다.

"실은 오늘, 택시를 탔는데."

"응." 두 눈이 촉촉한 미나미가 뒷말을 채근했다.

"그 체육관 옆에, 진짜로, 이건 진짠데, '페소콘 학원'이라고 쓰여 있더라. 그거 진짜 맞더라. 나 그거 보고 정말 엄청 웃었어. 페소콘? 큭큭 하고." 도리이가 쉬지 않고 말했다. "엄청 웃었어."라고 말하면서 눈물을 흘렸다.

"아아, 도리이, 이제 봤군요." 니시지마가 그제야 이야기에 동참했다. 거 보십쇼, 내가 페소콘이라고 했잖습니까. 주먹까지 쥐어 보이며 큰소리다.

도리이는 웃고 있지만 그 속은, 그의 몸은, 애쓰고 있는 것이다. 나와 미나미도 애쓰고 있고, 평소처럼 차가운 표정을 하고 있는 도도도, 아무렴 애쓰고 있을 것이다.

이리하여, 사막에 눈을 내렸습니다, 라는 식의 동화 같은 마무리는 하지 않겠다. 그래도 이렇게 모두가 하나를 위해 애쓰는 상황도, 나쁘지는 않은 것 같다. 그러고 나서 나는 우리 다섯 사람의 평화를 되찾기도 이리 힘든데 마을 밖에 펼쳐진 사막은 무슨 수로 돌보나, 생각했다.

예상치 못한 사건이 일어나 정신적으로 퍽 답답한 시기를 보냈고, 그 밖에 하토무기 씨와 고이와이 농장에 가 유쾌한 추억을 만들기도 했지만, 아무튼 나의 여름 이야기는 대충 이런 조각들로 채워졌다.

제3장

가을

1

10월에 접어들자 센다이에는 찬 바람이 불기 시작했다. 학교는 이미 2학기 수업이 시작됐고, 나는 처음과 다름없이 꼬박꼬박 출석했다.

"용케 질리지도 않고 출석을 하네. 거참, 별종이야." 주변 친구들의 경탄을 가장한 비아냥에도 이제 익숙해졌지만 나의 부친까지 그와 같은 말을 했다는 데는 실망과 더불어 실소하지 않을 수 없었다. 그게 학비를 대고 있는 장본인이 할 소린가. 아르바이트는 안 하느냐는 질문도 자주 받는데, 사실 지금은 착실하게 강의를 듣는 것이 돈보다 더 중요하다고 믿는다. 물론 일은 졸업하고 나서 얼마든지 할 수 있다는 생각도 있었다.

도도는 카페 겸 술집에서, 미나미는 빵집에서 아르바이트를
시작했고, 니시지마는 단독 행동을 하는 횟수가 늘었다. 때문에
요즘 들어 다섯 명이 한데 모일 기회가 별로 없었는데, 그날은
오랜만에 얼굴을 마주했다.

"발표할 게 있으니 올래?"라는 도리이의 호출이 있었다.

불쑥 전화를 걸어 말하는 모양새가 꼭 "프레지던트맨의 집을
감시하자."고 할 때와 비슷해 조금 흠칫했다. 또 이상한 말을 꺼
내는 건 아닌가 걱정이 됐다.

도리이는 사고 이후 차츰 특유의 쾌활함을 되찾았다. 물론 한
쪽 팔이 없는 불편함과 고통, 분노와 우울은 완전히 가시지 않았
을 것이고, 툭툭 털고 일어서기가 말처럼 쉽지는 않을 것이다. 하
나 적어도 우리들 앞에서는 아무렇지 않은 척했다.

말이 났으니 말인데, 사고를 당한 후 도리이가 처음 강의실에
모습을 드러냈을 때는 상당한 주목을 받았다. 우리들이 휘말린
사건은 대학 내에서도 큰 화젯거리였고 그 바람에 도리이의 팔
이 절단되었다는 소문도 많은 사람들의 입에 오르내렸기 때문에
이목이 집중되는 것은 피할 수 없었다. 하지만 그렇다고 주변 사
람들이 도리이를 놀린다거나 동정하지는 않았다. 그저 도리이의
코트 소맷자락이 힘없이 흔들리는 것을 보고 "소문이 사실이었
네." 하며 돌아서는 정도였다.

최근 도리이는 "화장실에서 일 보고 휴지 뜯는 게 얼마나 힘
든 줄 아냐."며 투덜거리기도 하고 "용도별로 팔을 바꿔 끼우는

가면라이더 있었잖아. 전자 팔 같은 거 말이야. 나도 그랬으면 좋겠어."라는 등 영문 모를 소리를 혼자 지껄이고 웃는 일도 많아졌다. 그런 도리이의 모습에 나는 '강하다, 강해.'라고 속으로 감탄했다.

"그런데, 도리이, 무슨 일로 불렀습니까?" 니시지마는 벽 앞에 있는 시디 장식장을 보면서 왜 영혼이 깃들지 않은 노래를 듣느냐며 심각하게 개탄하던 참이었다.

나를 포함한 다른 네 명은 마룻바닥에 동그랗게 둘러앉았다.

"사실은." 도리이는 어울리지 않게 쑥스러워했다. "실은 나, 얼마 전부터 미나미랑 사귀고 있어. 그렇지?"

옆에 있던 미나미가 고개를 숙인 채 고개를 아래위로 끄덕였다.

도리이가 크하하 하고 웃었다. "놀랐지들?"

우리들은 잠시 아무런 대꾸도 하지 않았다.

"내 팔이 이 모양이라 부모님은 대학을 그만두고 요코하마로 내려오라고 난리인데 말이야."

퇴원 후 도리이는 재활센터에 계속 다녔는데 요즘은 그 횟수도 줄어든 모양이다. 내 눈에만 그런지 몰라도 홀쭉했던 몸도 살이 좀 붙고 다부져 보였다.

"의사는 또 의사대로, 혼자 생활하기 힘들 테니까 익숙해질 때까지는 부모님한테 가 있으라고 하더라. 아니면 누구 도와줄 사람과 같이 살라고. 그래서." 한 박자 쉬더니 "미나미랑 여기서 같이 살게 됐다는 말씀!" 하고 힘차게 말했다.

"오호!" 나와 도도가 동시에 대꾸했다. "그거 잘됐네."

"흐음." 니시지마는 그러면서 돌아앉았다.

도리이는 우리의 미약한 반응에 약간 의외라는 표정이었지만 곧 손가락을 세우면서 말을 이었다. "그리고, 또 하나 있는데 듣고 놀라지들 마라. 미나미는 옛날부터 나를 좋아했대."

그러면서 어울리지도 않게 귀밑까지 벌게졌다.

"흐음……." 하고 우리들이 대답했다.

"뭐야, 왜 놀라지들 않는 건데?"

"알고 있었으니까." 도도가 무표정하게 말했다.

나도 "알고 있었어." 하고 같은 대답을 했고, 니시지마는 "아하, 그래요?" 하고 고개를 갸웃했다.

"아, 진짜? 다들 알고 있었어?" 도리이는 김빠진 표정으로 미나미와 얼굴을 마주했다.


"근데 나 말이야, 팔 때문이라기보다, 학교 졸업하고 나서는 어떻게 할까 생각하게 되더라. 아무래도 요코하마로 돌아가야 하나 어쩌나……." 도리이는 빈 소매를 보고 말을 거는 것 같기도 했다. "너희들은 어때? 진로에 대해서 생각해 봤나?"

"도리이, 벌써부터 그런 생각을 합니까? 졸업하려면 아직 멀었는데요." 니시지마가 안경을 만지며 도리이를 쏘아보았다. "아직 한창 아닙니까, 우리는 한창이라고요. 이제부터 진짜예요."

"이봐, 니시지마, 졸업은 금방이야. 그렇게 한가한 소리나 하고 있다가는 요즘 같은 세상에 어디서 밥 벌어먹고 못 살아."

"아니, 저 말 사실입니까, 기타무라?" 니시지마가 평소와 달리 찔끔하는 모습에 웃음이 났다. "기타무라도 설마 졸업 후의 일을 벌써 생각하고 있는 건 아니겠죠?"

"그야 뭐 대충은 하고 있지."

"거짓말!"

"대충 그렇단 말이야." 도도도 말했다.

니시지마의 얼굴에 먹구름이 끼었다. 그러면서도 끝까지 한마디 했다. "나는 지금 사면초가라는 사자성어를 몸으로 체험하고 있습니다."

장래 설계라고 하기에는 좀 이른 감도 있고, 거창하게 들리지만, 나는 고향으로 돌아가 이와테 현청에서 일할 생각을 하고 있었다. 조금씩 경기는 나아지고 있는 것 같지만, 아무튼 그런 꾸준하고 큰 변화 없는 일이 내 적성에는 맞는 것 같다.

"설마 기타무라, 벌써 취직 시험 공부를 시작한 겁니까?"

"응, 얼마 전부터."

"아니 이런, 정말입니까? 어쩌다 이런 학생들이 된 겁니까? 저기 말입니다, 입학한 게 바로 엊그제 같은데, 벌써 졸업이란 말입니까? 죽어라 공부해서 들어왔더니 쉴 틈도 없이 졸업 후의 일을 생각해야 되다니, 이게 도대체 무슨 시스템이란 말입니까?"

"딱히 시스템이랄 건 없는데……"

"이러니, 요즘 학생들은 세계정세를 도통 생각하지 않습니다. 제 한 몸 챙기기도 벅차니까요. 회사에 들어가면 나아질 거 같습니까? 마찬가집니다. 다음 일, 또 그다음 일, 언제까지고 장래를 생각하느라 현재를 즐길 여유가 없단 말입니다. 이것 보십쇼." 하면서 니시지마는 이번에도 예외 없이 중동에서 일어나는 미국 전쟁에 대해 언급했다.

자기도 뉴스나 신문을 통해 정보를 얻고 있으면서 니시지마는 직접 그 고통의 최전선에 나가 있는 듯한 표정이었다. "어디선가 전쟁이 일어나도, 어쩔 수 없지 않느냐면서 사람들이 부상을 입든 죽어 나가든 상관들을 안 해요. 눈에 보이지 않으면 마음에서도 멀어진다, 이겁니까? 모두가 한목소리로 나랑은 상관없다고 아주 합창을 한다니까요."

미국은 구태의연하게 중동에서 전쟁을 계속하고 있다. 나는 이제 그들이 누구와, 무엇 때문에 싸우는지도 모르겠다. 이제는 나부터도 급성위염이 아예 만성화된 것처럼 그 전쟁에 대해 들어도 그러려니 한다.

"그렇지만, 니시지마." 보채는 아이를 어르듯 도리이가 말했다. "전에도 말했듯이 우리가 이러니저러니 해 봤자 아무것도 바뀌지 않아. 전쟁은 끊이지 않고, 연금은 뜯겨 나가고, 소비세는 올라간다고. 그러니 우리는 우리 앞가림이나 신중하게 고민하는 게 득이다, 그 말이지."

"아뇨, 방법은 꼭 있을 겁니다." 니시지마의 절박한 표정을 봐서는, 방법이 있을 성싶지 않았다.

"서명운동 같은 거?" 미나미가 구명보트라도 던지듯 말했다.

그랬더니 니시지마가 표정 하나 바꾸지 않고 대꾸했다. "그걸로는 택도 없습니다."

2

얼마 전에 나는 "너도 저렇게 많은 사람들 앞에서 네 뜻을 호소해 보는 게 어떻겠냐." 하며 니시지마를 부추긴 적이 있다. 거리에서 마이크와 확성기를 들고 정치에 대해 외쳐 대는 사람들을 봤을 때였다.

꼭 그 방법이 정답이라고 생각해서 한 말은 아니지만, '사막에 눈을 내리자.'는 메시지가 '자위대 해외 파병을 즉각 저지해야 한다.' '일본의 우경화를 막아야 한다.'는 외침보다 학생들에게 전달되기 쉽지 않을까, 하고 생각한 건 사실이다.

니시지마는 그때 혼잣말처럼 읊조렸다. "미시마 유키오." 그러더니 빵을 잘라 땅에 던졌다. 그렇다, 그때 우리들은 공원 벤치에 앉아 떼로 몰려드는 비둘기들에게 빵을 떼어 주고 있었다.

"미시마?"

"미시마 유키오가 죽은 것은 기타무라도 알고 있겠죠?"

"그야 알지. 자위대의 이치가야 주둔지에서 연설을 하고 할복했잖아. 맞지?"

"미시마 유키오는 말입니다, 이렇게 말했죠. '당신들은 무사 아 닙니까.' '어째서 당신들은 모르십니까.' 하고 열과 성을 다해 호 소했습니다."

"과연 그 분위기가 어땠을까."

"나는 그 영상을 본 적은 없지만, 청중들이 웅성웅성 동요했던 것은 확실합니다. 당시의 현장 기록을 읽은 적이 있는데, 조용하 시오, 가만히 들으시오, 들으시오! 라는 말까지 곳곳에 적혀 있 었습니다."

"안타깝군."

"'누구, 나와 함께 들고일어날 자 없습니까!' 하고 호소했건만 아무도 일어서지 않았습니다."

"쓸쓸하군."

"암요, 쓸쓸하지요. 고독의 극치랄까요."

내가 그 자리에 있었다 해도 먼 산 구경하듯 지켜보며 "참으 로 묘한 소리를 하는 자가 다 있군." 하고 혀를 끌끌 찼을 것이 뻔하다.

"그렇지만 그 사람도 각오는 했겠지. 아무렴 정말로 자위대원 들이 모두 자기를 따라 들고일어날 거라 생각했을까?"

"사전에 신문사로 영정 사진을 보내 놓은 것을 보면 각오를 했 었다고 말하는 사람도 있지만요, 난 미시마 유키오가 마지막까 지 믿었을 거라고 봅니다. 자기가 진심을 다해 행동하면, 어쩌면, 세상이 움직이지 않을까, 하고 기대했을 거라고요."

"그렇지만, 안 됐잖아."

"역시나 안 되는 건가, 했겠죠. 그래서 자결한 겁니다."

"그래서 넌 지금 미시마 유키오의 심정을 이해한다는 거냐?"

"그의 사상이나 주의에 공감하는 것은 아니지만, 그래도 그렇게까지 해서 무언가를 전달하려고 했다는 건 내게 충격입니다. 그럼에도 그 뜻이 전달되지 않았다는 것은 더더욱 충격이고요. 내가 뭐 그 사건에 대해 특별히 빠삭한 건 아니지만요. 한참 지나고 나서 그럴듯하게 썰 풀기 좋아하는 학자들이나 이른바 문화인들이, 그것은 연출된 자결입네, 자기애에 빠진 천재의 객기입네, 하고 평가절하 했을 게 분명합니다. 그렇지만 보다 더 놀랄만한 일은, 한 인간이 몸과 마음을 다 바쳐 전달하고자 한 것도 전달되지 않는다, 라는 사실입니다. 미시마 유키오를 바보라고 매도한 사람들도 말이죠, 마음 한구석에서는 진심을 다해 전하면 자신의 뜻이 전달될 거라고 생각하고 있을 겁니다. 그건 절대적으로 확실합니다. 인터넷에서 의견을 피력하는 누리꾼들도, 일간신문에 보란 듯이 기사를 써 대는 사람들도, 텔레비전 방송을 만드는 사람들이나 소설가들도요, 자기가 하겠다고 마음만 먹으면 본심이 가닿을 거라 과신하고 있는 겁니다. 지금은 제 역량을 다 발휘하지 않아서 그런 거고 진짜로 밀어붙이면 모두 이해해 줄 거라고 말이죠. 하지만 미시마 유키오의 힘으로도 어쩔 수 없었는데, 할복할 각오를 하고 호소했음에도 그 메시지가 전달되지 않았는데, 저런 데서 확성기로 외친들 그게 먹히겠습니까."

나는 그 말을 듣고, 미시마 유키오의 목소리가 어느 누구에게도 전달되지 않았던 것은, 유엔이 반대를 해도, 세상의 모든 여론이 비난을 보내도, 대국의 전쟁 도발이 계속되고 있는 작금의 현상과 비슷하다고 생각했다.

"그래서, 넌 핀후(평화)를 쌓는 거냐?"

"맞습니다." 니시지마는 고개를 끄덕인다. "사람들에게 호소를 해도 그 뜻이 전달되지 않으니까 이제 다른 방법으로 이해시킬 수밖에요. 핀후를 몇 번이고 쌓아 올려서 내가 얼마나 진심으로 그것을 바라는지 줄기차게 알릴 겁니다."

"하지만 니시지마, 모든 이들이 평화로운 상태가 된다는 거, 현실적이지 않다고 생각되지 않냐?"

"그게 무슨 말입니까?"

"예를 들면 어느 나라가 평화로워지기 위해서는 다른 나라가 불편한 상황과 조건을 견뎌 내야만 한다는 거지. 모두가 평화롭게 된다는 건 이상일 뿐이야."

"기타무라는 머리가 좋습니다." 니시지마가 말했다. 그는 보는 눈이 있다. "하지만 거기까지입니다."


이야기의 줄거리에서는 약간 벗어나지만, 전에 일어났던 사건, 도리이의 왼팔을 앗아 간 그 여름의 빈집털이 사건에 대해 현재 어떻게 됐는지 언급하고자 한다.

결론부터 말하면 사건은 지금껏 아무것도 해결되지 않았다.

무서운 속도로 시일은 지나가는데 경찰에서는 아무런 연락도 없고, 심지어 한 달 전에는 근처 야마가타 현의 주택가에서도 같은 사건이 발생했다. 나는 신문을 보고 알았다. 범인은 복수라는 목격자의 증언을 읽고 우리가 본 빈집털이범과 동일범이 아닐까 생각했다. 피해 주택은 이번 건도 역시 그 지역에 기반을 둔 기업의 사장, 다시 말해서 부잣집인데, 사고 발생 당시 그 집 가족들도 모두 여행 중이었다고 한다. 니시지마는 기사를 읽고는 혼잣말을 했다. "정신 못 차리고 또 저질렀군."

하세가와는 한 번 만났다. 도리이한테서 그녀의 연락처를 듣고 나와 도도가 만나러 갔었다. 역 앞 패밀리 레스토랑으로 나온 하세가와는 처음부터 줄곧 사과했다. 정말 미안하다며 고개를 숙이고 그런 일이 생길 줄은 생각도 못했다는 말을 반복했다. 경찰이 찾아와 호스트 레이치에 대해 여러 가지를 묻더라는 말도 했다. "레이치가 어디 있는지는 나도 몰라."

"그럼 호스트 준의 거처는 알아?"

하세가와는 미안해하는 표정으로 고개를 저었다. "연락이 안 돼. 그리고 원래 난 준에 대해서는 잘 모르거든. 호스트 클럽에도 물어봤는데 어디로 없어졌는지 모르겠대."

"그날 밤 다케우치 씨 저택에는 빈집털이범이 들었고, 그들 중에 호스트 레이치가 있었어. 그건 우연이라고 볼 수 없어. 넌 왜 도리이에게 그 집을 감시하라고 한 거냐?"

"그래. 그날 그곳에 레이치가 갈지도 모르겠다 싶어서, 그래서 도리이와 친구들이 어떻게든 그를 좀 말려 줬으면 해서 부탁한 거야."

"바닷가에서 만났을 때는 완전히 관계를 끊었다고 했었잖아."

"그 사람과 관계를 끊었던 건 사실이야. 그렇지만, 알던 사람인데 신경이 쓰였고, 걱정이 돼서 그만."

"걱정?" 그게 어디 관계를 끊은 거냐, 끈끈하게 연결된 거지.

"호스트 노릇을 그만둔 뒤로 이상한 조직에 끼게 된 거 같았어." 하세가와는 머뭇거리면서도 분명하게 말했다.

"이상한 조직? 무슨 조직인데?"

"잘은 모르지만."

하세가와는 그러고 나서 요즘 호스트들은 이상한 사채업자들과 손을 잡고, 거기서 또 불법적인 조직이 생긴다나 뭐라나 하고 설명했다.

"도쿄가 아니라 이 센다이에 어째서 그런 일이⋯⋯." 나는 고개를 좌우로 내저으며 혼잣말을 흘렸다.

"그런 일은 어디에나 있어." 도도가 침착하게 말했다.

"애당초 빈집털이 계획을 알았으면 도리이가 아니라 경찰에 신고를 하면 될 거 아냐. 경찰한테 미리 알렸으면 더 깨끗하게 처리되지 않았겠느냐고, 내 말 틀려?"

"확실한 증거도 없는데 어떻게 그래. 레이치가 주택가 지도를 갖고 누군가와 계획을 짜는 건 알았지만, 그 정도만 갖고 경찰이 움직이진 않잖아."

"맞아, 주택가 지도!" 말하다 보니 생각이 났다. "그 지도는 복사본이었어. 도장이 찍혀 있던데, 혹시 그건 그 사람들이 만든 거냐?"

"그 사람이 갖고 있는 걸 봤어." 하세가와는 거기서 다시 눈을 내리떴다. "그 집이 목표라는 생각이 들어서 내가 몰래 복사한 거야."

"그런데 도리이한테 도대체…… 우리들이 뭘 어떻게 해 주길 바란 거냐?"

"너희들이 현장에 있으면 분명 주변 분위기가 소란스러워질 거라고 생각했지."

"그런 건 어떻게 될지 모르는 거 아냐? 그리고 그 집이 프레지던트맨의 집이라는 거짓말은 왜 한 건데?"

"전에 미팅 할 때, 니시지마가 그 일에 꽤 흥분하며 떠들었잖아. 그래서 그 얘길 꺼내면 관심을 갖지 않을까 생각한 거야."

결국 하세가와한테서는 그 이상의 중요한 단서는 캐내지 못했다. 간단히 말해서 하세가와는 호스트 레이치가 빈집털이 계획에 합류한 건 아닐까 의심이 들어 어떻게든 위험한 짓을 막아보고자 도리이에게 거짓말을 하고 우리를 현장으로 보낸 것이다. 일은 그렇게 된 거다. 뚜렷한 뭔가가 있었던 것도 아니다. 실제로 우리들은 호스트 레이치 일행의 빈집털이를 도중에 멈추게는 했지만, 집 안으로 침입하는 것까지 막지는 않았다.

왜 네가 직접 말리지 않았느냐고, 어째서 네가 직접 그 현장에 가지는 않았느냐고 추궁하려다가, 말았다. 이유는 나도 안다. 하세가와는 호스트 레이치의 일을 방해해 그에게 밉보이기 싫었던 것이다. 그래서 다른 누군가에게 그 역할을 떠안긴 것이다. 다른 누군가, 예를 들면 그다지 친하지도 않고, 시간은 남아도는데, 세상 물정은 모르는 대학생, 야마세미 스타일의 아무개.

"하지만 그럴 거였으면 아예 처음부터 도리이에게 말해 주었으면 좋았잖아. 레이치가 빈집털이를 하려고 하니 말려 달라고 설명했으면 됐지 않느냐고."

"확신은 없었으니까. 혹시나 해서 불안했던 것뿐이야. 그래서, 안전하게 하고 싶었고, 만일의 경우를 대비해서도 도리이한테……."

"네 예감은 적중했고 실제로 그 사람은 남의 집을 털러 온 거였구나." 도도가 입을 열었다. "그리고, 네가 바란 대로 도리이와 니시지마가 소란을 떨어 빈집털이범들이 움찔한 거네."

"그들은 당황했고, 자동차로 우리에게 돌진했고, 겁먹은 레이치는 자취를 감추고, 그 바람에 도리이는 왼팔을 잃었지."

"뭐, 왼팔?" 하세가와가 반문했다. 몰랐던 모양이다. "그게 무슨 말이야? 무슨 일 있었어?"

나와 도도는 그쯤에서 입을 다물었다. 고약한 매너였지만 이 정도는 우리가 당한 일에 비하면 아무것도 아니다. 이제 두 번 다시 우리들을, 가령 볼링이라든가 남의 집 감시라든가 그런 일에 끌어들이지 말라고 한 뒤 돌아섰다.

니시지마는 물 만난 고기, 혹은 여론몰이에 성공한 시민운동가처럼 우리를 앞에 두고 '서명운동의 무력함'에 대해 역설했다. 몇만 명분의 서명을 모아 봤자 정치가가 "여러분의 뜻을 무겁게 받아들이겠습니다."라고 한마디 하는 것으로 끝이라며 개탄했다.

"기왕 마음먹고 할 거, 거대한 돌판을 준비하는 겁니다. 그 돌에다가요, 몇천 명, 몇만 명이 서명을 하는 겁니다. 아예 이름을 새겨 넣는다, 그 말입니다. 그래서 그것을 총리나 대통령 집에 떨어뜨려서는."

"떨어뜨려? 물리적으로? 공중에서?" 도도가 되물었다.

"맞습니다, 물리적으로 하는 겁니다. 그러면 그들도 조금은 '무겁게' 받아들이지 않겠습니까."

"그건 서명운동이 아니지." 내가 지적했다.

"바보가 되면 됩니다."

"바보가 되라고?" 우리는 입을 헤벌린 채 할 말을 잃었다.

"기타무라나 도리이처럼 똑똑한 사람들은, 앞으로 일어날 일에 대해 너무 생각하는 경향이 있습니다. 예를 들면."

"예를 들면?"

"눈앞에서 어린애가 울고 있습니다. 그 아이가 당장 누군가의 총부리의 표적이 됐다고 칩시다. 그 와중에 정의란 무엇이냐는 둥, 인권이 어떻다는 둥 생각해서 뭐하겠단 겁니까? 그냥 도와주면 되는 겁니다."

"그냥 도와줘?" 나는 니시지마의 기에 완전히 눌렸다.

"예를 들면 말이죠, 다친 사슴이 눈앞에 있습니다. 그 사슴은 다리가 부러졌습니다. 그런데 굶주린 치타가 저쪽에서 다가서는 겁니다. 당장이라도 덮칠 듯한 폼으로 말이죠. 실제로 며칠 전에 텔레비전에서 본 장면입니다. 그때 그 현장에 있던 여자 아나운서가 눈물을 머금고 이렇게 말하더군요. '이것이 바로 야생의 냉엄함이라는 거군요. 도와주고 싶지만 그것은 야생의 룰을 깨는 것이 되니 어쩔 수 없네요.' 하고 말이죠."

"그건 맞는 말 아니냐?" 도리이가 말했다.

"그냥 도와주면 됩니다. 아니 그게 뭐하자는 겁니까. 야생에 대해서 뭘 그렇게 잘 안다고 주절댑니까. 그냥 하는 말입니다, 하는 말. 자기가 공격을 받게 생기면 총질이든 칼질이든 해서 치타를 죽일 거면서 사슴이 죽는 건 수수방관하는 거라 그겁니다."

"그래 맞다." 그의 말을 완전히 납득한 건 아니지만 나는 그렇게 대답했다.

"그래 맞아." 다른 세 사람도 고개를 끄덕였다. 이 자리에서 반론해 봤자 의미가 없다는 것을, 우리는 이미 학습했다. 다만 도도가 토를 달았다. "그렇지만, 치타와 사슴, 둘 중에 어느 쪽을 구할지는 간단한 문제가 아니잖아?"

니시지마는 그 말에 잠시 생각하더니 대답했다. "그건 그때 더 가여워 보이는 쪽을 구하면 됩니다."

"너무 주관적인 거 아니야?"

"기타무라, 안됐지만, 나를 움직이는 것은 나의 주관입니다."

"그래, 맞다." 납득되지는 않았지만, 우리는 다시 한 번 긍정했다.

"아무튼 말입니다, 이 나라에는 만사에 도통한 식자識者들이 많아져서 말이죠, 솔직 담백한 자들이 괴로운 겁니다."

뭔 소린지 원, 나는 고개를 설레설레 내저었다.

"니시지마, 우리가 너에 비해 생각이 짧았다." 도리이가 말하고는 한마디 덧붙였다. "그래도 졸업 후의 일은 지금부터라도 생각해 두는 게 좋을 거야."

그때 옆방에서 쿵 소리가 났다. 우리가 돌아보니 도리이가 "전에 살던 그 조용한 할아버지가 이사를 가고 이번엔 젊은 부부가 그 집에 살거든." 하며 벽을 가리켰다. "근데 그게 또 노상 싸움박질이야."

"꽤나 부침이 심한 맨션이네." 내가 말하자 도리이는 아무것도 아니라는 듯이 대답했다. "보통이지 뭐."


4


"모르긴 해도, 니시지마처럼 생각하는 사람들은, 꽤 많을 거 같은데." 내 앞에 앉은 도도가 맥주를 마시며 말했다.

나와 도도는 번화가 뒷골목에 있는 작은 술집에 마주 앉아 있다. 저녁 8시가 넘어 테이블과 바는 거의 술손님들로 꽉 차 있었다. 도리이 집에서 나와 집에 가는 길에 도도가 한잔하고 가지 않겠느냐고 해서 들어오기는 했는데, 주변 사람들이 자꾸 흘끔거리는 게 여간 신경 쓰이는 게 아니다. 모두들 말은 안 했지만 '어이 이봐, 거기 그 미인이 네 애인이냐?' 하며 살피는 눈치였다.

"그렇지만 니시지마는 그중에서도 특별한 것 같아." 도도가 말했다. 나는 두부튀김을 씹으며 고개를 끄덕였다. 니시지마는 약간 맛이 간 것 같긴 하지만, 특별하다.

"아마도 니시지마는 말로 그치지 않고 스스로 노력해서 결과를 내는 사람이라 그럴 거야."

서툰 볼링을 열심히 연습해 거액이 걸린 절체절명의 순간을 타개한 장면이 떠올랐다. 핀후(평화) 족보를 필사적으로 쌓아 올리는 행위나 우울한 도리이를 위해 마작을 하면서 어쭙잖은 '중中' 자 맞추기 해프닝을 벌인 것도 같은 맥락으로 볼 수 있다.

"아마도 니시지마 스스로가 자신의 무력함을 가장 잘 깨닫고 있다는 생각도 들어." 도도가 말했다.

나는 도도의 사람 보는 눈이 참 매섭다고 생각했다. "너, 아직도 아르바이트하고 있냐?"

"응." 도도의 대답은 인형 같은 생김새 때문인지 더 차갑게 들렸다. "한 달 전부터, 월수금. 이 근처 술집인데 너도 다음에 한번 와 보는 게 어때?"

"어떤 덴데?"

"가슴팍이 살짝 벌어진 셔츠에 미니스커트를 입은 내가 옆에 앉아 물과 술을 적당히 섞어 서비스하는 데야."

"진짜? 뭣 때문에? 술집이라고 해서 그냥 이런 선술집 서빙이나 원샷바* 같은 데인 줄 알았지. 그럼 갸바쿠라**야?"

"원샷바 같은 분위기도 있는데, 이쪽이 더 보수가 좋아. 너 혹시 그런 술집에 편견 같은 거 갖고 있니?"

그러고 나서 도도는 갸바쿠라에도 차분한 분위기 속에 품위 있게 손님을 대접하는, 클래식한 술집부터 부담 없이 가볍게 분위기를 맞춰 주는 술집까지 종류가 다양하다고 설명했다.

"네가 일하는 데는 어느 쪽인데?"

"부담 없이 즐길 수 있는 술집." 도도는 똑 떨어지게 대답했다. "무엇보다, 중년 놈팡이 중에도 봐줄 만큼 찝쩍이는 아저씨가 있고, 못 봐줄 아저씨가 있다는 것 정도는 알았어. 뭐든 경험이야."

딴에는 농담으로 한 소리겠지만 도도가 워낙 또박또박한 말씨라 정식 리포트처럼도 들렸다. 그리고 이야기 내용이 그래서 그런지 뒤에 앉은 양복쟁이들이 우리 이야기를 엿듣는 것 같은 기분이 들었다. "꼭 좀 그, 봐줄 만한 조건을 가르쳐 주십쇼." 하는 느낌 말이다.

"근데, 왜 오늘 한잔하자고 그런 거냐?" 시계를 보니 자리를 잡고 앉은 지도 한 시간이 지났다.

* 한 잔마다 값을 내고 먹는 바.
** 카바레식 클럽.

"대단한 건 아니지만, 너한테는 아직 말하지 않아서."

"뭘?"

"좀 오래전 일인데, 나, 니시지마한테 차였다?"

"그게 무슨 말이야?"

"오래된 일이야." 하면서 도도는 정확한 날짜는 기억하고 싶지 않은지 얼버무렸다. "나랑 사귀지 않겠느냐고 물어봤는데." 아무렇지도 않게 생선회로 젓가락을 뻗으며 말한다.

"근데 뭐래?"

"처음엔 좀 놀라는 듯하더니, 곧바로, 그만두겠다더라."

"그만두겠다고? 진짜? 단칼에? 그래서 너는 뭐라고 그랬는데?"

"아아, 그래? 그랬지."

"서로 주거니 받거니 했네. 그런데 오늘 별로 어색하고 그런 느낌은 아니던데."

"응. 뭐 딱히 그럴 것까진 없으니까."

"그런가?"

도도와 니시지마는 둘 다 보통 요즘 젊은이들과는 약간 노선이 다르니까 그럴 수도 있을 것 같았다.

"결과야 어쨌거나, 고백하기까지 꽤 뜸 들였네?"

"글쎄."

"아니, 그렇게 한결같이 니시지마에 대해 생각해 왔다는 게 더 놀랍다."

"오랫동안 니시지마의 묘한 구석에 길이 들어서 그런 걸 수도 있지."

그것도 맞는 말이다. 니시지마의 언행이나 번잡스러움에는 나도 많이 익숙해졌다. 계속되는 장마라든가, 살인적인 더위라든가, 벚꽃 피는 겨울 날씨라든가, 그런 이상 기온에 비하면 도리어 그쪽이 익숙해지기 쉽다.

"라몬스는 여전히, 듣고 있냐?"

"응." 도도는 대답했다. "그것도, 귀에 익더라." 쉽게 싫증 내지 않는 그녀가 기특했다.

"〈폭력과 팝〉 같은 거 귀엽고 좋아."

"그래서, 어떻게 할 거야?"

나는 심각하지 않게 물었다.

"이쯤에서 니시지마는 포기하고, 심기일전해서 다른 남자와 사귄다거나 할 생각은 없어?"

"글쎄, 그럴까 생각 중이야. 다양한 남자들이랑 놀아 볼까."

이것도 아르바이트를 시작한 이유일지도 모르겠다는 생각이 들었다. 그때 지금까지 왜 이런 생각을 못 했는지 신기할 정도로, '식상한' 의문이 스쳐 갔다. 도도는 지금까지 정식으로 남자와 사귄 적이 있을까? 침대 위에서 남자와 여자가 주고받는 일련의 행위를 한 경험은 있을까? 이런, 신체 기능이 정상인 성인이라면 누구나 떠올릴 만한 의문. 이런 기회도 흔치 않은데, 큰맘먹고 조심조심 물어봤다. 그랬더니 도도는 평소와 다름없이 무표정하게 대답했다. "기타무라, 나, 의외로 잘나가." 그다음은 말

안 해도 알아들으라는 소리다.


5


"그거 좋은 얘기네." 수화기 저편에서 하토무기 씨가 웃었다.

도도의 이야기를 듣고 하는 말이다. 하토무기 씨는 이미 도리
이와 니시지마, 미나미와 도도와도 친해졌다. 생각해 보니 처음
도도를 만났을 때 하토무기 씨는 이렇게 말한 적이 있었다. "성이
도도東堂인 걸 보면, 혹시 기억력이 무지 좋은 거 아니에요?" 나
는 그게 무슨 의미인지 몰랐지만 도도는 뭔가 생각나는 게 있는
지 이렇게 대답했다. "네, '잊어버렸어요.'라는 말은 절대 안 하죠."
대충 무슨 영화나 소설에 나오는 인물이겠거니 짐작은 갔지만,
모르겠다.

"그런데 도도가 사귀자는데 그 자리에서 거절한 니시지마도
대단하지 않아?"

"응, 니시지마 씨도 멋져."

"그게 멋진 건가?"

"아, 자기 지금 질투하는 거지?"

"아니, 그건 아니야." 솔직히 그런 건 아니었다.

밤 10시가 지나 매일 이 시간이 되면 하토무기 씨가 전화를
한다. 대개는 별것 아닌 잡담을 나눈다. "잠깐만, 안타까운 이야
기 하나 듣고 싶지 않아?" 통화를 시작한 지 30분 정도 지나 하

토무기 씨가 말했다.

"응. 듣고 싶지 않아." 나는 곧바로 대답했다.

"실은 말야." 하토무기 씨는 이야기를 시작했다. 듣고 싶지 않다는 데도 막무가내다. 하토무기 씨도 누군가에게 털어놓고, 마음을 좀 덜고 싶은 모양이었다. 좀비가 된 사람이 내 편 좀 돼주쇼, 하면서 다른 인간에게 들러붙는 것과 비슷하다고 해야 할까.

"동물관리센터 홈페이지란 거 알아?"

"'동물관리센터'라는 거 자체를 처음 들어."

"보건소의 한 부서인 거 같은데, 유기견이나 고양이를 보호하는 시설."

그 말을 듣는 순간 퍼뜩 암울한 예감이 들었다. "그런데?"

"거기 홈페이지에 유기견이 소개되어 있어. 사진도 실리고 특징도 적혀 있고. 기르던 주인이 발견할 수 있도록 말이야."

"그거 좋은 아이디어네."

"응, 나도 그렇게 생각해. 아마 그 홈페이지 덕분에 잃어버린 주인이 반려견을 찾는 경우도 많을 거야. 사진에 나와 있는 개들이 너무 귀여워서 한참 보고 있는데, 딱 생각이 나더라."

"뭐가?"

"사진이 최근에 보호소로 들어온 순서로 나열되어 있거든. 그러니까 뒤로 갈수록 보호소에 들어온 지 한참 된 아이들인 거지."

"아아." 나는 대답했다. 그때까지 하토무기 씨가 무슨 말을 하고 싶어 하는지 핵심을 파악하지 못했다.

"오늘 봤더니 마지막 페이지에 나와 있는 개가 셰퍼드였어. 덩치 큰 아이."

"그런데?"

"보호 기간이 오늘까지더라."

보호 기간이 지나면 결국 어떻게 되는 거냐고는 차마 묻지 못했다.

"참 허무하지?"

"그러게 듣고 싶지 않다고 했잖아. 그래도 그 시설을 나쁘다고 할 수는 없어."

"응, 아는데, 그렇지만 가슴이 아파. 정말로 그렇다면, 사정은 어렵지만 내가 데려와 키워야 하나?"

"정말로 그렇다면, 이라니 그건 무슨 뜻이야?"

"진심으로 안타깝다면 말이야."

"아니 그렇지만, 그런 식으로 하다 보면 끝이 없지. 한 마리를 키운다고 해결되는 문제야, 그게 어디? 보호 기간이 끝나는 개들은 계속해서 나올 텐데. 그런 개들을 전부 데려올 각오라면 모를까, 어쩔 수 없잖아."

니시지마의 얼굴이 떠올랐다. 니시지마, 우리는 세상을 바꾸기는커녕 불쌍한 셰퍼드 한 마리도 구하지 못하고 있어…….

"그래? 자기도 안타까운 마음이 들어?"

## 6

다음 날 내가 강의실에서 노트 정리를 하고 있는데 누가 옆에 와 앉았다. 간지인가 했더니, 예상대로 녀석이었다. 강의가 끝나기를 기다렸다가 나타난 거겠지.

"기타무라, 이제부터 시간 좀 있냐?"

강의실 시계를 보니 오후 2시였다. "있어."

"그럼 좀 들르지 않을래?" 머리가 약간 자란 그는 입학 당시의 모습으로 되돌아간 느낌이었다. 눈 밑에 다크서클이 진하게 드리워 있었다.

"쇠고기덮밥집 여친은 잘 있냐?"

"뭐? 아아, 한참 전 얘기지. 쫑 난 지가 언젠데. 요즘은, 거의 하루치기야, 하루치기."

"하루치기?"

"밤에 돌아다니다가 괜찮은 여자가 있으면 몇 마디 날리고 같이 마시러 갔다가 집으로 데리고 가는 게 요즘 트렌드라고. 내 주위엔 그런 애들이 쎄고 쎘거든. 학교는 안 가고 아르바이트라든가 급만남으로 바쁘지들." 자랑이라고 하는 건지, 나 참. "아, 그건 그렇고. 이제부터 교내 축제 회의가 있거든."

"축제? 다음 달에 있는 거?" 대학에서는 11월 문화의 날[+]을 사

---

[+] 11월 3일.

이에 두고 대학 축제가 열린다. "너, 집행위원이냐?"

"간사 역을 맡는 사람으로서 그런 일에 빠질 수 없잖냐. 해 보면 꽤 재밌어. 대체로 3학년들이 중심이 되지만 1, 2학년들도 몇 있거든. 여름부터 조금씩 준비하고 있어."

"근데 그 회의에 내가 왜 껴?"

"제삼자의 의견이 듣고 싶어서." 간지가 자리에서 일어나고, 나도 일어났다.

"내용은 뭔데?" 나는 나름 서클에서 하는 장터의 위치 정하기라든가, 밴드의 연주 스케줄일 거라고 예상하고 물었고, 때문에 간지의 대답을 듣고는 어안이 벙벙해질 수밖에 없었다.

"초능력이야."

간지의 뒤를 따라 강의실을 이동했다. 계단을 오르고 다시 복도를 걸어가다 열람실 앞을 지났다. 신문이나 잡지를 보거나 인터넷을 이용할 수 있는 곳이다. 나는 거기서 갑자기 어젯밤 하토무기 씨와 한 이야기가 생각나 잠깐 기다려 달라며 간지를 불러 세웠다. 열람실로 들어가 운 좋게 비어 있는 컴퓨터 앞에 앉아 키보드를 쳤다. 센다이 시 동물관리센터를 검색하고 홈페이지에 접속했다.

"지금 뭐 하는 거야." 간지가 옆에서 끼어들었다. 나는 잠깐만 볼 게 있다면서 유기견 페이지를 열었다.

"어, 이거 개네."

"그래, 유기견."

사진이 실린 페이지를 하나하나 보며 뒤로 넘겼다. 마지막 페이지까지 봤는데 어제 말한 셰퍼드의 모습은 없었다. '기간 만료'가 된 것이다. 절로 한숨이 나왔다. 가슴에 무거운 돌덩이가 쿵하고 얹히는 것 같았다.

"왜 그래?"

"아니, 아무것도 아냐. 끝났어. 갈까?" 열람실을 나왔다.

"간지, 안타까운 얘기 하나 듣고 싶냐?"

"싫다, 야. 나는 그런 얘기 듣고 싶지 않아."


"대단하네, 어떻게 한 거예요?" 내 주위의 학생들이 감탄과 당혹감을 감추지 못하고 소리를 냈다.

간지를 따라간 곳은 단대 건물 맨 끄트머리에 위치한 작은 회의실이었다. 긴 책상을 몇 개 이어 붙여 놓았다. 나와 간지는 입구 근처에 앉았다.

바로 지금, 나랑 대각선 위치에 앉은 남자가 손에 쥔 스푼을 꾹 구부려 놓았다. 엷은 갈색 머리를 늘어뜨린, 여성스러운 생김새였다. 키가 크고, 코는 가늘고, 눈에는 쌍꺼풀이 또렷했다. 멀끔한 배우처럼 생겼는데, 이 회의실에 오기 전에 간지가 말하기를, 유명한 사회문화인류학자라고 했다.

"아소 고이치로라고, 이름 정도는 들은 적 있지?"

"들은 적 없는데."

사회문화인류학자라는 게 도대체 뭐 하는 사람이냐고 물었다. 사회에다, 문화에다, 인류까지…… 추상적인 단어들끼리 붙여 놓은 명칭 아닌가.

"사회의 문화라든가 정치가 어떤 식으로 인간에게 영향을 끼치는가, 그런 연구를 하는 학문이래. 나도 자세히는 모르지만 말이야. 옛날엔 어디 다른 대학의 조교수인가 뭐였는데 지금은 칼럼이나 기사를 쓰기도 하고, 방송 출연도 한대. 얼굴도 잘생기고 말도 재밌게 해서 인기 있대. 실제로는 사십 대라는데 겉모습은 이십 대로도 보이잖아. 야, 너는 텔레비전 같은 거 잘 안 보지? 그래서 모르는 거야. 보통 다른 애들은 다 알아."

"아소 선생님, 그거 어떻게 된 거예요?" 아소 씨의 정면에 앉은 안경 낀 여학생이 조심스레 물었다. "초능력 아닌가요?" 아소 씨 앞에 있는 부러진 스푼을 가리켰다.

다른 학생들도 맞는다며 고개를 연신 끄덕였다. 나도 같은 생각이었다. 그래서 옆에 앉은 간지에게 슬쩍 확인해 보았다. "이 사람 부정파 쪽 아니었나?"

올 대학 축제의 하이라이트 중 하나는 '초능력자 VS 아소 고이치로'라는 기획이라고 했다. 이른바 초능력자가 출연해서 퍼포먼스를 선보이면 그것의 진위를 아소 고이치로가 판정한다는 것이다.

"초능력자는 누군데?" 회의실로 걸어오면서 나는 간지에게 물었다. 설마 미나미는 아니겠지, 하고 생각했다.

"'와시오'라고 들어 본 적 없어? 흰머리가 성성한 아저씨인데, 옛날부터 스푼 구부리기라든가 예지능력 같은 걸로 화제가 됐었지. 요즘은 한물갔지만."

"그런 사람이 있었어?"

"있었대, 옛날부터."

"근데 그 초능력이 거짓이라는 거냐?"

"초능력이란 거 자체가 거짓 아닌가?" 간지는 당연하다는 듯이 대답했다. "그리고 아소 씨는 대표적인 초능력 부정파야. 텔레비전에서 그런 방송을 하면 꼭 진실을 파헤쳐 밝히자는 주의지."

바로 그랬던 사람이…… 바로 몇 분 전에 회의실로 당당하게 모습을 드러내더니 명함을 돌리고 상냥하게 인사를 하면서 레게 머리를 한 실행위원장에게 말했다. "여기 혹시 스푼 없습니까?" 그리고 학생이 가져다준 은색 스푼을 잡고 금세 머리 부분을 똑 하고 구부린 것이다. 우리들은 황당했다.

"이건 트릭입니다. 속임수죠." 아소 씨가 웃으며 어깨를 으쓱했다. 눈초리에 주름이 잡히는 게 선해 보였다. 여자들이 반할 만한 얼굴이라는 생각이 들었다. 유머러스하고, 거드름 피우지 않고, 지적으로 보이는 남자. 일전에 니시지마가 가르쳐 준 '팔리는 소설의 조건'과 신기하게도 일치한다. 재밌고 경쾌한 문장, 지적인 소재…… 둘 다 겉은 그럴듯한데 알맹이가 없다.

도대체 어떻게 된 일인지 몰라 멍해 있는 우리들에게 아소 씨는 구부러진 스푼을 보이며 힘을 주어 다시 원상태로 되돌린 다음 머리 부분이 변색된 것을 보여 주었다. "여기를 보세요, 맞춰진 경계 부분 같은 게 있죠?"

"아아, 자세히 보니 확실히 요철이 있네." 간지가 스푼의 구부러진 부분을 가리켰다.

"이런 기구가 있답니다." 아소 씨가 오른쪽 엄지에 끼워진 반지 같은 수수한 물건을 보여 주었다. 엄지손가락 첫째 마디의 볼록한 부분에 닿는 위치가 약간 튀어나와 완만히 둥글려 있다. "이것은 가해진 힘의 몇십 배의 압력을 더할 수 있는 링입니다. 이것으로 스푼의 목을 꽉 잡으면요," 하면서 앞에 있는 다른 스푼을 잡고 힘을 주었다. "이렇게 흠이 생깁니다. 쑥 들어가죠." 그의 말대로 큰 힘을 준 것도 아닌데 스푼에는 흠이 생겼다. "그런 다음 한 번 더 건드리면 맥없이."

"그렇지만 우리가 처음 조사했을 때는 이런 흠은 없었어요. 그냥 보통 스푼이었는데요." 누군가가 지적하자 학생들이 모두 고개를 끄덕였다.

"그건 말이죠." 아소 씨는 부드럽게 미소 지으며 소매에서 다른 스푼을 꺼냈다.

"어어!"

"아까 보신 스푼은 이겁니다." 하면서 소매에서 꺼낸 스푼을 흔들었다.

"이야."

"그리고 구부린 것은 제가 원래 준비해 온 것이죠. 슬쩍 바꿔치기한 겁니다."

"아아, 그렇구나." 축제실행위원회 위원들은 모두 감탄한다.

"그런 식으로 하는 것이었군요." 안경 낀 여학생이 실망한 표정으로 말한다.

"초능력자들은 모두 그런 기구를 사용합니까?" 나는 엄밀히 따지면 위원은 아니었지만 얼떨결에 질문을 했다.

"그분들은 다양한 기술이랄까, 작전을 씁니다. 나도 요번에 이것이 잘 안 먹히면 다른 수단을 생각해 둔 게 있죠. 방법은 여러 가지입니다." 그리고 테이블 위에 놓인 커피를 마셨다.

"그래도 그런 사람들이 모두, 그런 트릭을 사용하는 것은 아니겠죠?" 나는 미나미를 생각하면서 한 번 더 질문했다.

"아뇨. 사용합니다." 온화하던 아소 씨의 표정이 그때만큼은 얼핏 굳었다. "지금까지 제가 만난 사람들은 한 명도 예외 없이 어떠한 형태로든 트릭을 사용했습니다. 초능력이라는 불명확한 단어를 써서 사람들을 속이려 하지만, 거기엔 과학적인 설명도, 논리적인 근거도 없습니다."

뭐라고 대꾸를 해야 할지 생각나지 않았다. 과학적인 설명이나 논리적인 근거가 없어도 미나미가 신기한 힘을 발휘하는 것은 사실이었기 때문이다. 그건 대체 뭐라고, 어떻게 설명을 해야 옳을까, 생각하다 그만두기로 했다. 이 자리에서 꼭 밝힐 필요도 없었고, 이런 사례가 있다고 힘주어 바로잡을 만큼 나는 열정적인 사람도 아니다.

"그런데요." 레게 머리가 몸을 들이밀며 말했다. "이번에 축제에 오실 와시오 씨는 기억투시라는 것을 하잖아요. 거기에도 트릭이 있나요?" 샘이 나는 듯한 표정이었다. 그의 그런 경박한 표정은 이 자리에는 없는 와시오 씨를 경멸하는 듯이 보였다.

"기억투시?" 내가 끼어들었다.

"다른 사람이 어제 뭘 했는지를 맞힌대." 간지가 대답했다.

"그런 건 논외입니다." 아소 씨는 시큰둥한 표정으로 말했다. "'지금 종사하는 일에 불만을 갖고 있군요.'라든지 '연애 문제로 고민하고 있군요.'라는 식으로 말들을 하죠. 그건 누구에게나 있을 법한, 아주 일반적인 얘기를 뭉뚱그려 하는 점쟁이와 같은 겁니다. 확대해석 할 수 있는 이야기만 하는 거죠. 과거가 이미지로 떠오른다, 라는 식으로 애매하게 말하니, 얼마든지 나중에 말을 바꿀 수 있는 겁니다. 또 사전에 상대의 정보를 입수해서 넌지시 흘립니다. 아이가 있군요, 라든가 위가 나쁘군요, 라든가. 그런 일은 주변을 조사하면 어렵지 않게 알 수 있잖습니까. 아 그래요, 시험 삼아 이렇게 해 보면 어떨까요." 아소 씨가 손가락을 세웠다. "와시오 씨에게 내 일정을 슬쩍 귀뜀하는 겁니다. 축제 전날 나는 오전 중에 센다이에 도착해서 역내에 있는 규탄* 전문 식당에서

---

＊ 센다이의 명물인 소 혓바닥 요리.

식사를 하고, 아오바 성*을 구경하고 올 예정이라고요. 아마도 그 정보에 솔깃해서 그럴듯하게 말을 꾸며 댈 겁니다. '말을 탔네요, 애꾸눈 동상**이 떠오릅니다. 아하, 아오바 성의 마사무네군요.' 하는 식으로요."

"아아, 그렇구나." 몇몇이 탄성을 질렀지만, 나는 뭔가 석연치 않았다. 찜찜해하는 나를 제쳐 두고 회의는 계속됐고, 축제 당일의 배치와 진행 상황을 확인해 나갔다. 비디오카메라로 촬영하는 방법도 검토됐다. 와시오 씨에게는 비밀로 하고 스푼 구부리기 동작을 몰래 카메라로 촬영할 예정이란다. 초능력자와 학자의 대결이라기보다 일방적인 초능력자 규탄 대회 같았다.

마지막으로 아소 씨는 이렇게도 말했다. "초능력이라는 것은 이 세상에 존재하지 않습니다. 아니, 백 보 양보해서 존재한다고 칩시다. 하지만 그것을 필요 이상으로 높이 평가하는 것은 위험합니다. 스푼을 구부릴 수 있다고 해서, 그게 뭐 그리 대단한 일입니까. 스푼을 구부린다고 인생이 풍요로워지면 펜치를 갖고 다니면 그만입니다."

아소 씨의 말이 옳다고 제창이라도 하듯 맞은편 창에서 햇빛이 눈부시게 쏟아졌다.

그 말에 감화되어 크게 고개를 주억거리는 학생들을 보면서 내 가슴속에서는 가마솥에서 수증기가 피어오르듯 뭔가가 스멀

＋ 센다이 성의 별칭. 다테 마사무네가 세웠다.
＋＋ 다테 마사무네의 동상.

스멀 차오르는 것이 느껴졌다. 그래서 간지와 헤어진 뒤 니시지마의 집에 전화를 걸었다.

"니시지마, 지금 좀 만날 수 있나?"

"아아, 좋습니다, 나도 할 얘기가 있었거든요."


7


니시지마가 할 얘기란 십중팔구 도도에게 고백받았다는 것이 아닐까 짐작했는데, 정확히 빗나갔다.

니시지마의 요청대로 시내에서 약간 떨어진 히로세가와 근처 공원에서 만나기로 했다. 한데 막상 그 자리에 나온 니시지마를 보고 나는 잠시 아는 체도 못 하고 눈을 휘둥그레 뜰 수밖에 없었다.

"늦어서 미안해요." 니시지마는 뚱한 얼굴로 사과했다. 그가 약속 시간에 늦은 건 처음이 아니다. 그럼 뭘 보고 얼이 빠졌느냐 하면, 그는 혼자가 아니었다. 개를 동반하고 나타난 것이다. 그가 잡고 있는 산뜻한 빨간색 목줄 끝에 셰퍼드 한 마리가 혓바닥을 축 늘어뜨린 채 있었다. 그을린 잔디처럼 삐죽삐죽 거칠게 난 털이 야성적이라 가만히 앉아 있는 것만으로도 박력이 넘쳤다.

"이거 참, 골치 아픕니다. 내가 아파트에 살지 않습니까, 애완동물 금지거든요. 어떻게 해야 할지 고민 중입니다. 그래서 기타무라에게 말해 볼까 하던 참이었습니다."

"아니, 그보다 그 개는 어디서 난 거냐?"

"제 개예요. 오늘부터."

"혹시." 나이가 많은 그 유기견, 셰퍼드가 퍼뜩 떠올랐다. 아니, 떠오르기는 했지만, 설마 그 개는 아니겠지 싶었다. "그거 동물 관리센터에 있던 그……."

"어, 기타무라도 알고 있습니까?" 니시지마는 놀라는 기색도 없이 대답했다. "우연입니다. 어쩌다 학교에서 인터넷을 하다가 우연히 그 홈페이지를 알게 됐는데, 이 셰퍼드가 좀 위험한 상황이더라고요."

"보호 기간이 어제까지였지."

"네, 네. 맞습니다. 그래서 아침 댓바람부터 데리러 갔었죠. 장소가 생각보다 너무 멀어서 혹시나 늦을까 봐 아주 조마조마했는데, 다행히 처리되지 않고 우리 안에 있었습니다."

"아니, 데리러 가긴. 그거 원래 네 개도 아니잖아."

"말귀가 어둡군요, 지금은 내 개입니다."

"아니, 그게 아니고."

"기타무라는 모르나 본데, 그런 시설들도 여러 가지 어려움이 많아서 보호 기간이 지난 개들은 처리할 수밖에 없습니다."

"그건 나도 알아." 괜히 말투가 강해졌다. "그래서 네가 곧 처리될 위기의 그 셰퍼드를 살리기 위해 입양한 거냐?"

"웃기지 않습니까? 주인이라고 했더니 이런저런 확인도 없이 내주더라고요."

"저기 말이야, 니시지마." 왠지 내 말투가 설득 조가 됐다. "그렇게 돌발적인 일을 하고, 어떻게 납득을 하란 거냐?"

"돌발적? 납득? 아니 그렇잖습니까, 아무도 데리러 가지 않으면 이 녀석은 궁지에 몰립니다. 그것도 더 이상 뒤로 물러날 수 없는, 완벽한 궁지요." 하고 말했다. "궁지란 도움의 손길을 내리라고 있는 겁니다."

"그럼 이제부터 보호 기간이 끝나는 개들이 나타날 때마다 네가 개를 입양하러 갈 거냐?"

"그럴 리 있습니까." 니시지마는 아주 당연하다는 듯이 말했다. "왜 내가 그 개들을 전부 살려야 합니까?"

"뭐어?"

"어쩌다 그런 겁니다. 이번엔 내 눈에 띄었으니 구한 거죠. 걱정이 돼서 그랬습니다. 다음부터는 그 홈페이지에 들어가지 않을 겁니다."

니시지마의 사고방식은 이해가 되지 않는다. 하지만 '눈앞에서 곤란에 빠진 사람이 있으면 그냥 도와주면 된다.'는 주장을 스스로 실천하는 니시지마에게 솔직히 감동받았다.

"그렇지만, 지금 그 한 마리만 구하고 나머지는 보고도 못 본 척하는 것도 모순 아냐?"

"모순되면 안 된다는 법이라도 있습니까?"

"없지." 말이야 바른말로 그런 법은 없다. "근데 대체 어디서 키울 건데?"

"그래서 나오라고 한 것 아닙니까, 지금."


도도의 집에 가는 건 처음이었다. 센다이 시 동쪽에 위치한 오래된 주택가였는데, 조금 벗어나면 논밭이었다.

"참 조용하네." 니시지마가 주변을 둘러보고 한가하게 말했다. 우리는 '도도'라고 쓰인 문패 밑 초인종을 누르고 그녀가 나오기를 기다렸다.

"여기라면 셰퍼드 라몬도 살기 좋을 것 같지 않습니까?" 니시지마가 만족스러운 표정으로 고개를 끄덕였다.

나는 얼른 두 가지를 지적했다. 첫째, 아무리 도도가 단독주택에 살고 있다 해도 개를 받아들일지는 미지수며, 오히려 화를 낼 가능성이 크다는 점. 둘째, 그 셰퍼드 라몬이라는 이름은 도대체 무슨 의미인가 하는 점이다. 원래는 또 하나 짚고 넘어갈 점이 있었다. 도도가 사귀자는 걸 무 자르듯 거절한 녀석이 무슨 낯짝으로 이런 부탁을 하느냐 그 말이다. 하지만 니시지마를 보고 있자니, 일말의 망설임과 주저하는 기색이 없어서 혹시 그 말은 도도가 나를 골탕 먹이려고 만들어 낸 이야기가 아닌지 의심마저 들 정도였다.

"라몬스 멤버들의 이름에는 모두 라몬이 붙잖습니까." 니시지마는 당당히 말했다. "조이 라몬, 조니 라몬, 디 디 라몬."

"하지만 그 셰퍼드는 라몬스의 멤버가 아니잖아."

도도의 집은 겉모습이 화려한 집은 아니었지만, 깔끔하게 손질한 정원이 있는, 반듯한 집이었다. 창문마다 레이스 달린 커튼이 얌전히 걸려 있고 벽에는 타일로 악센트를 주었다. 차고는 있는데 주차된 차는 없었다. 자 자, 저기 보십쇼, 저쪽에 개집을 두면 됩니다. 니시지마가 멋대로 지껄였다.

잠시 후 도도가 현관으로 나왔다. 나는 어정쩡하게 팔을 들어 보이고, 니시지마는 "어이, 도도." 하고 뻔뻔하게 인사를 했다. "내가 이렇게 먼 길을 왔는데 너무 오래 세워 두는 거 아닙니까?"

도도는 문을 열고 나와 우리 앞에 마주 서더니 "그 개는 뭐야?" 하며 니시지마의 발치에 앉은 셰퍼드를 내려다보았다.

"어서들 와." 도도의 뒤에서 소리가 났다. "아, 엄마." 도도가 뒤를 돌아본다. 도도의 말이 아니었다면, 너 쌍둥이었냐고 했을 만큼, 뒤따라 나온 도도의 어머니는 도도와 많이 닮아 있었다. 도도보다 약간 키가 작고 입가의 주름이 짙었으며, 흰머리가 희끗거렸지만, 다시 봐도 꼭 닮았다. 성격은 딴판인지 도도의 어머니는 아주 상냥한 분이었다. 우리를 보자마자 환한 미소를 지으며 환영해 주었다. "우리 도도 친구들이 여기까지 다 찾아오다니, 오래 살고 볼 일이네."

안녕하세요, 처음 뵙겠습니다. 나와 니시지마가 인사를 했지만 도도의 어머니는 듣는 둥 마는 둥 질문을 이어 갔다. "그런데, 어느 쪽이 우리 애가 사귀자는 걸 거절했지?" 나는 말문이 막혔다.

"아, 그건 이쪽 니시지마." 철가면 같은 표정으로 도도가 니시지마를 지목하자, 천하의 니시지마도 움찔했다.

"뭐, 뭡니까. 뜬금없이." 니시지마가 한 발짝 뒤로 물러난다.

"아아, 그래?" 도도의 어머니는 흐뭇한 미소를 지었다. "우리 애 말이야, 이래 봬도 남자들한테 인기가 있어. 젊을 때 나처럼."

"그럴 겁니다." 당황하면서 나는 대답했다.

"사귀자는 걸 거절하다니, 배짱 한번 두둑하네." 짐짓 감탄한 듯 고개를 내젓는다.

"응, 그러게 말이야." 도도가 맞장구를 쳤다. 둘이서 나란히 서 있으니 꼭 닮은 자매처럼도 보였다.

니시지마는 전에 없이 갈팡질팡하며 도도와 그녀의 어머니를 번갈아 쳐다보았다. 그러다가 물러서면 안 되겠다 싶었는지, 특유의 '전진 또 전진' 정신을 발휘하여 용건을 꺼냈다. "실은 말입니다." 반쯤은 포기한 듯한 인상으로 비쳤지만, 동물관리센터의 홈페이지부터 현재에 이르게 된 경위를 설명했다. "도도네에서 키워 줄 수 없을까 해서요."

순간 도도와 어머니는 멍하니 아무 말도 하지 못했다. 꿈에도 생각지 못한 일이었을 것이다. 하지만 곧 도도의 어머니가 호탕하게 웃었다. 그 웃음소리가 한동안 주위에 울려 퍼졌다. 그리고 도도 본인은 잠자코 니시지마와 셰퍼드를 바라보았다. 그러더니 도도 모녀는 누가 한 핏줄 아니랄까 봐, 동시에 입을 맞춰 말했다. "그래, 좋아."

"괜찮은 겁니까?" 듣자마자 되물은 건 나였다.

## 8

우리는 도도의 집에서 100미터 정도 떨어진 강둑에 앉았다. 잔디가 넓게 깔려 있다. 오른쪽 조금 떨어진 곳에서 썰매 대신 골판지를 타고 아이들이 강둑을 미끄러져 내려간다. 셰퍼드 라몬은 도도 옆에 엎드려 있다.

"정말로 키울 거냐?" 나는 재차 확인했다. "옳은 말씀입니다, 나도 그게 영 께름칙합니다."라고 말은 안 했지만, 눈을 감고 있는 셰퍼드 라몬이 귀를 쫑긋 세웠다.

"우리 집은 엄마가 좋다고 하면 대체로 괜찮아." 도도가 대답하고는, 바로 뭔가가 떠올랐는지 눈을 반짝이며 말했다. "니시지마한테 차인 분풀이로 이 셰퍼드를 괴롭히는 것도 좋을 거야."

"어이 어이, 도도." 니시지마가 힘주어 불렀다. 셰퍼드 라몬도 그 말 정말이냐는 듯한 표정으로 이쪽을 돌아보았다.

"농담이야."

"그렇다면 다행이지만, 부탁입니다, 잘 봐주세요."

"그 대신."

"뭡니까?"

"그 대신, 뭡니까?"

"니시지마, 네 과거를 말해 봐."

"과거?" 그 말에는 나도 가만히 있을 수 없었다.

"그래. 니시지마가 대학에 오기까지 어떤 식으로 살았는지 궁금해."

"흠." 니시지마는 대답이 궁했는지 콧바람만 내쉬고 입을 꾹 다물고 있었다. 그대로 무시하는 건가 생각하려던 찰나 "딱히 이야기할 만한 게 없습니다." 하고 입을 열었다. "괴로운 나날이었거든요."

"괴로웠어?"

"나의 지금까지의 생은 전부 괴로웠다고 봐야 됩니다." 지금까지 봐 온 그와는 어울리지 않게, 자조적인 말이었다. "특히 중학교 때부터 고등학교 때까지는 쭉 왕따를 당했고요."

처음 듣는 얘기였기 때문에 이걸 도대체 어떻게 받아 줘야 하나 고민하고 있는데, 도도는 별 감정 없이 "으응." 하기만 했다.

"둔한 놈이란 말도 듣고, 둘러대기 잘한다고 욕먹고, 장난 아니었습니다."

"그래, 왕따란 게 원래 그렇잖아." 내가 중간에 끼어 한마디 했다. 도도도 같은 말을 했다. "그래, 왕따란 게 원래 그렇잖아."

"아이들이 때린 적은 별로 없었지만, 난 늘 혼자였습니다."

"그랬구나." 어떤 건지 상상할 수 있을 것 같았다.

"그랬구나." 도도도 마찬가지겠지.

"정신적으로 매우 불안정했고, 부모님도, 선생님도 도움이 안 됐으니, 아주 엉망이었지요. 학교는 가기 싫지, 여기저기 길거리를 배회하며 시디 같은 걸 훔치기도 했죠."

"그런 짓도 했어?" 엉뚱하고 돌발적인 언행은 니시지마에게 특

별한 건 아니지만, 좀도둑질이라는 흔해 빠진 수법을 왕따의 해
방구로 택했다는 것이 의외였다. 최고의 프로야구 선수가 고등학
교 시절에는 2루타 한 번 치지 못했다고 고백하는 것을 들으면
이런 기분이지 않을까.

옛이야기를 꺼내자마자, 당시의 기억이 봇물 터지듯 솟아나는
지, 니시지마의 목소리가 점차 열기를 띠었다. "라몬스의 시디도
더 클래시도, 그렇게 해서 모은 겁니다. 그러니까 만신창이가 된
나를 구해 준 건 조이 라몬과 조 스트러머죠."

"좀도둑질한 걸 정당화해선 안 돼."

"그거야 알고 있습니다. 그러다가 보기 좋게 잡혔거든요." 니시
지마는 과거의 아픈 기억을 곱씹는 듯이 보였다. 그는 고등학생
때 소매치기로 경찰에 잡혀 가정재판소로 송치된 경험도 있다고
했다.

"그렇지만 뭐 이렇다 할 벌도 받지 않았어요. 한마디로 김이
샜죠."

"반성은 안 했니?" 도도가 물었다.

"글쎄, 그걸 반성이라고 해도 될까요, 그때 여러 가지로 생각이
바뀐 건 사실입니다." 니시지마가 대답했다.

"가정재판소의 판사가 좀 특이한 사람이었거든요, 가르쳐 주
더라고요."

"뭘?" 곧바로 내가 물었다. 도도와 목소리가 겹쳤다. "재능 있
는 인간일수록 학대받는다."

"그럴듯한 말이네." 나는 그런 말을 한 가정재판소 판사가 어떤 사람인지 궁금했다. "예를 들면?"

"예를 들면 말이죠, 요시쓰네와 갈릴레오도 그랬대요."

"그렇구나. 그 밖에는 또 누가 있는데?" 도도가 물었다.

"요시쓰네와 갈릴레오요."

가정재판소에 있던 사람도 딱 두 사람만 언급했나 보다.

"또 이런 것도 가르쳐 주었어요. 도망치기 위한 변명을 짜내서는 안 된다."

"그래, 맞다."

"그리고, 책도 받았습니다. 조사관이 생텍쥐페리의 문고판 책을 줬어요." 그러면서 책 제목을 말했지만, 나나 도도는 읽은 적이 없는 작품이었다. "그런데?"

"그런데요? 모르는 사람은 마음 편해서 좋을 겁니다. 나는요, 그것을 읽고 깨달았습니다. '내가 우는 것은, 나를 위해서가 아니다.' 그 문장이 마음을 울렸습니다."

"그게 무슨 말인데?" 내 말에 실망하는 표정을 짓는다. 표정으로 보아 그의 입에서 더 설명이 나올 성싶지 않았다.

"아무튼 나는 먹구름이 싹 가신 기분이었습니다. 뭐, 나의 과거 이야기는 대충 이렇습니다, 더 들을래요?"

"아니, 됐어. 근데 전반부는 그렇다치고, 이야기가 갈수록 자기 자랑처럼 들린 건, 내 귀에만 그런 건가?" 도도의 목소리가 불어오는 가을바람에 실려 앉아 있는 우리들을 간질였다.

"참, 이제야 생각나네요." 골판지 썰매를 타고 놀던 아이들이 집으로 돌아가 주위가 조용해졌을 즈음, 니시지마가 나를 돌아보며 말했다. "기타무라는 무슨 용건이었습니까?"

"아아." 먼저 전화를 건 사람은 나였지. "실은 학교 축제에 관한 건데."

"학교 축제……?" 니시지마와 도도는 둘 다, 듣고 보니 그런 행사가 있었지, 하는 눈치였다.

"오늘 간지가 같이 가자고 해서 실행위원회 회의를 구경 갔었는데, 이번 축제에서는 초능력을 다룰 건가 봐."

"초능력?" 니시지마가 눈을 가늘게 뜨고 대꾸했다.

"미나미 말이야?" 도도가 고개를 갸웃거리며 물었다. "나도 처음엔 미나미 이야기를 하나 했는데, 가만 보니 그게 아닌 거 같더라. 혹시, 와시오라는 사람 알아? 스푼 구부리기라든가 기억투시 같은 걸 한대."

니시지마가 손뼉을 쳤다. 셰퍼드 라몬이 자기를 부르는 신호로 알았는지 퍼뜩 고개를 쳐들고 바라보았다. 도도가 어린아이 달래듯 등을 쓸어 주었다.

"알아요. 와시오 뭐라든가, 좀 기가 약해 보이는 아저씨인데, 전에 텔레비전에 나와서 스푼을 구부리는 거 본 적이 있습니다. 어찌나 땀을 흘리던지 그쯤 되면 초능력이라기보다 초노동이라고 하는 게 낫겠더라고요. 그렇게 힘들고 애쓰느니, 애먼 스푼 그냥 놔두는 게 백번 낫습니다."

"나는 몰라."

"그 와시오 씨가 온대. 우리 축제 때. 그리고 또 한 사람, 아소 고이치로라는 남자가 있는데."

"그쪽은 나도 알아." 이번에는 도도가 손뼉을 치고, 셰퍼드 라몬이 또 한 번 눈을 치켜떴다.

"책도 낸 적이 있는, 학자 아니야? 텔레비전에서도 본 것 같은데?"

"그쪽은 모르겠습니다. 그 사람도 초능력을 사용합니까?"

"아니, 그 아소 씨는 초능력을 믿지 않는 측으로 나올 사람인 것 같아."

"믿지 않는 측?" 도도가 다시 한 번 곱씹는다. 나는 대충 끄덕였다.

"아무튼 이번 축제에서는 와시오 씨가 보인 초능력을, 아소 씨가 규명하는 그런 이벤트가 기획되어 있어."

"으음." 니시지마는 생각보다 시큰둥한 반응을 보였다.

"근데 그게 어쨌는데요?"

"아까 그 아소 씨가 회의에 왔는데, 이런 말을 하더라. 초능력이란 건 이 세상에 없고, 설사 있다 해도 의미가 없대. 스푼을 구부린다 한들 뭐가 달라지느냐고."

"일리 있는 말 아닙니까." 니시지마가 고개를 끄덕인다. 그러자 도도가 대꾸한다. "그렇지만 그런 식으로 단정 짓는 것도 마음에 안 드네."

바로 그거야, 내가 힘주어 말했다. "아소 씨는 예의 바르고, 나쁜 사람 같지는 않았지만 무조건 의미가 없다고 단정하는 데는 나도 반발심이 생기더라."

"와시오라는 사람이 나쁜 사람일지도 모릅니다."

"그럴 가능성도 있긴 한데……." 하면서 나는 내가 뭐에 이렇게 미련을 갖고 있는지 알 수 없어 솔직히 당혹스러웠다. 뭣 때문에 이렇게 아소 씨에게 위화감을 갖고 반감을 느끼고 있는지 이해할 수 없어서 말을 하면서 다시 생각했다. "초능력을 부정하는 사람들은 초능력 이외의 다른 것들도 부정할 것 같아."

"이외의 다른 거라니, 예를 들어 어떤 것 말입니까?"

"예를 들면 그 스푼 구부리기를 하는 사람의 인생이라든가."

"인생까지?" 도도가 되물었다.

"그리고 그것을 보며 환호하고 박수 치는 사람들의 감성이라든가 그런 것도 전부 부정할 것 같아. 혼자 잘난 척하면서."

"그렇지만 생각해 보십쇼. 그런 부정한 초능력 같은 걸 보고 좋아라 박수 치고 찬양하다 보면, 그대로 속아 넘어가는 것밖에 더 됩니까."

나는 처음 미나미의 스푼 구부리기 묘기를 봤을 때 니시지마가 "스푼이 구부러졌다고 뭐가 어떻게 되는 건 아니잖습니까."라고 말했던 것이 생각났다. 니시지마는 의외로 아소 씨와 비슷한 의견을 갖고 있는 것 같았다.

"하지만 예를 들어서 어디 농촌에서 선량하고 순박한 할머니가 와서." 나는 거기까지 말하고 나서야 비로소 내 머릿속에 뿌옇게 끼어 있었던 게, 오래전에 본 텔레비전 방송의 한 장면이었다는 걸 깨달았다. "할머니가 스푼을 구부린 것을 보고 출연자들이 트릭을 찾아내 추궁하는 것을 보는데 불편하고 불쾌하더라. 스튜디오까지 불러내서 그렇게까지 사람을 무안 줄 필요가 있나?"

"호오, 의외네." 도도가 약간 놀란 듯이 말했다.

"의외라니?"

"너는 좀 더 논리적인 줄 알았거든. 다른 사람의 감성이라든가 심리에는 별 관심 없는 줄 알았지."

음…… 듣고 보니 확실히 의외는 의외네.


9


아소 씨에 대한 니시지마의 태도가 돌변하는 데는 그리 긴 시간이 걸리지 않았다. 다음 날 나와 니시지마가 도서관 매점에서 아소 씨를 본 게 계기가 됐다.

나와 니시지마에게 도서관은 책을 열람하고 공부하는 장소라기보다 싼 커피를 마시며 잡담을 나누거나, 갑작스레 내린 비를 피하거나, 누군가를 기다릴 때 이용하는 장소였다. 우리는 그날도 비를 피하기 위해 거기 있었다. 안경에 튄 빗방울을 손수건으로 닦으면서 니시지마가 투덜댔다. "아직 10월인데 너무 춥네요."

"그러네." 그러고 있는데 웬 신사가 다가서더니 정중하게 물었다. "여기 앉아도 되겠습니까?" 다른 소파도 만원이라 그나마 비어 있는 자리였다. 그러시라고 말하며 얼굴을 보니 바로 아소 씨였다. 나도 모르게 헉하고 말았다.

아소 씨는 자리에 앉으면서 내 얼굴을 보고, 상대가 자기를 보고 놀라는 데는 익숙한지 침착하게 대응했다. "안녕하세요, 아소입니다. 어제 회의실에 있던 학생인가요?"

"아, 네. 맞습니다."

그러자 아소 씨는 편안한 미소를 지으면서 어젯밤은 축제실행위원 학생들 몇 명과 술을 마시러 나갔었다고 했다. 오늘은 오늘대로 다른 교수와 대담 스케줄이 있다고 한다.

"여기 있는 기타무라에게 들었는데요." 니시지마가 몸을 가까이 들이대며 말했다. "저도 동감입니다."

"네? 뭐를 말씀입니까?"

"초능력이란 건, 시시한 거죠."

생뚱맞은 발언에 살짝 놀라면서도 아소 씨는 곧 입을 맞췄다. "아아, 네 그렇죠. 그런 건 좋지 않은 겁니다." 흰머리 하나 없는 것이 역시 젊어 보였다.

"여기 기타무라는요, 그런 사기적인 초능력이 중요하대요." 니시지마가 나를 가리키며 말했다.

"아, 그래요?" 아소 씨는 딱히 나를 경멸하는 눈치는 아니었다. "초능력을 믿습니까? 무슨 계기라도 있었을까요?"

나는 대답하기도 귀찮아서 골난 사람처럼 입을 꾹 다물고 있었는데, "봤어요." 하며 니시지마가 끼어들었다. "스푼 구부리기를 보고 완전히 감화된 겁니다."

아소 씨가 슬며시 웃었다. "센다이에도 있군요, 그런 사람들이. 하기야 기술과 연출력만 습득하면 손재주가 있는 사람은 누구나 가능하지만."

"아니요, 근데 그건 정말이라고밖에 생각할 수 없어요." 나에게 도서관은 비 피하기, 휴식, 만남의 장소지 토론하는 곳이 아니다. 따라서 그의 말에 반론하고 싶은 마음은 없었지만 그래도 간단히 설명을 했다. "그 애는 술집에서 힘들이지 않고 물건을 이리저리 움직이기도 했다고요."

"생선회가 담긴 배도 움직였지요." 니시지마가 팔짱을 끼면서 한 수 거들었다.

어라, 하는 눈빛으로 아소가 니시지마를 돌아보았다. "아니, 학생은 초능력 불신파 아니었나요?"

"나도 무조건 초능력을 의심하는 것은 아닙니다." 니시지마는 뚱하게 아소를 보며 말했다.

"뭐요?"

"나도 내 눈으로 직접 봤으니까요. 믿지 않을 수가 없습니다. 아무도 건드리지 않았는데 배가 테이블 위를 슬금슬금 나아갔다고요. 말하다 보니 생각나네, 그런 영화가 있잖습니까. 정글 숲 속을 이동하는 배가……."

"헤어초크 작품 중에 있지."* 내가 보탰다.

"네, 바로 그겁니다." 니시지마는 나를 가리키며 반가워했다. "그런 식으로 생선회를 담은 배가 이동했습니다, 대이동이죠. 그러니까 그런 능력은 인정할 수밖에 없지만요, 다만 내가 말하고 싶은 것은, 그것이 뭐 그리 대단하냐 그거죠. 초능력 같은 것으로 큰소리치지 마라, 이 말입니다."

"미나미는 한 번도 큰소리치지 않았어."

"학생들이 무슨 말을 하는지는 잘 모르겠지만." 그쯤에서 비로소 아소 씨의 얼굴이 굳어졌다. "초능력이란 건, 없습니다."

"아뇨, 있습니다." 니시지마는 눈을 똑바로 쳐다보며 대꾸했다. "내가 주장하는 것은 그것이 큰 의미가 있느냐는 문제로."

아소 씨는 끝까지 듣지도 않고 손을 내저었다. 그것은 버릇없는 학생 때문에 성가시다는 제스처이지, 진짜 초능력자가 있다는 사실에 당황한 것은 아니었다. 귀찮군, 골치 아픈 녀석이야, 도무지 말귀를 못 알아듣네, 하는 표정이었다. "잠깐만, 지금 학생들은 진심으로 초능력이 있다고 말하고 싶은 겁니까?"

나는 잠깐 생각하고 말했다. "그렇다기보다, 초능력이랄까, 스푼 구부리기 같은 것은 분명 실재한다고요."

"어디에?"

"어디긴요, 우리랑 같은 과 친구가 그런다니까요."

---

* 독일의 영화감독 베르너 헤어초크의 1972년 작 〈아기레, 신의 분노〉를 가리킨다.

"그 친구 지금 어디 있습니까?"

나는 거기서 입을 다물었다. 미나미의 이름을 밝히는 건 간단했지만 그 후 아소 씨의 입에서 무슨 말이 나올지 짐작이 갔기 때문이다. 만나게 해 달라고 하겠지. 데려오라고 할지도 모르고. 아무튼 미나미가 귀찮아질 가능성이 있어서 나는 잠깐 고민했다. 나의 침묵을 아소 씨가 어떻게 해석했는지는 확실하지 않지만, 그는 흰 이를 드러내며 말했다.

"그렇지. 다들 마찬가집니다. 끝까지 몰아붙이면, 말을 못 해요. 증거를 요구하면 지금은 없다, 보여 줄 수 없다고들 합니다. 실험에 실패하면 환경이 나쁘다, 조건이 갖춰지지 않았다, 변명을 합니다. 학생들은 특히 더 그런 비현실적인 것에 휩쓸리기 쉽습니다. 속기 쉽다고요. 그러니 학생들도 조심하는 게 좋을 겁니다."

"속기 쉽다니 무슨 말입니까?" 니시지마가 종이컵에 담긴 커피를 단숨에 마시고 물었다.

"학생들은 시간적으로 여유가 있고 영악하죠. 또 나는 다른 인간과 다르다, 나는 특별하다고 믿는 경향이 있습니다. 근거도 없이 말이죠. 그래서 대개 학생들은 두 부류로 나뉩니다."

"두 부류요?"

"그 시간을 때우기 위한 쾌락과 즐거움에 탐닉해서 즐기면 그만이라고 생각하는 학생과,"

거기까지 듣고 내 머리에는 간지가 떠올랐다.

"또 한 부류는, 자기가 어떤 사람인지 정체성을 찾아내려 애쓰는 학생이지요. 곰곰이 생각하고 다양한 지식과 정보를 쌓아 자기는 남들과 다르다고 안심하는 부류." 아소 씨의 장광설은 그걸로 끝나지 않았다.

"내 생각에 '즐기면 그만'인 부류의 학생들은 그다지 걱정할 필요가 없습니다. 그들은 사회에 관심을 보이지는 않지만, 결국에는 사회에 흡수되어 갑니다. 간단히 말해서 요령이 좋은 거죠. 반대로 후자는 위험합니다. 많은 정보를 입수해서 남들보다 영리한 줄 알고 사회 모순과 병폐 현상에 신경을 씁니다. 자기는 영리하고 주위 사람들은 어리석기 때문에 자신이 나머지 사람들의 의식을 바꾸어야 한다는 사명감을 띠기까지 합니다. 환경문제를 호소하는 사람들이 그런 부류지요. 환경 파괴를 의식하는 것은 자기들뿐이라 자신들이 어떻게든 나서지 않으면 안 된다고 안달합니다. 이렇게 말하기는 뭐하지만, 그건 거만하고 유치한 선의라고밖에 보이지 않습니다."

겉으로는 고개를 슬쩍 끄덕였지만, 그 의견에 동의할 수는 없었다. 환경문제에 열심인 사람들이 모두 거만하지는 않을 것이다. 그렇게 따지자면, 말끝마다 거창한 단어를 끄집어 내며 유식한 척하는 소설가나 대학교수 쪽이 훨씬 더 거만한 것 아닌가.

"학생들이 문제의식을 갖는 것이 나쁘다는 겁니까?"

내 질문에 아소 씨는 "나쁘다고 잘라 말할 수는 없지만, 젊은 사람들이 사명감을 띠고 행동하는 것은 별 가치가 없습니다." 하며 고개를 흔들었다.

아소 씨의 그 여유로운 말투가 니시지마에게 불을 당기는 건 아닐까 걱정이 되어 흘낏 쳐다보니, 불이 붙었다. "그럼 말입니다." 그의 말문이 열렸다. "그러면, 의식 없고 사회에 대해 아무 생각도 없이, 내 힘으론 어쩔 수 없다는 둥 나는 알 바 아니라는 둥 말하는 게 더 좋다는 말씀입니까? 중동의 전쟁이라든가 미국의 횡포에 찍소리 한 번 못 하고 질질 끌려가는 우리 나라의 행태를 보고도 못 본 척하는 게 좋단 말씀입니까?"

아소 씨도 그쯤 되니 니시지마의 기세에 움찔하기는 했지만, 학생들과의 토론에는 도가 터서인지 "그런 생각이 위험하다는 겁니다, 네." 하고 차분하게 대답했다. 그러고 나서 앞에 있던 종이컵을 집어 들고 후후 불며 미소를 지어 보였다. "허허, 뜨겁네."

니시지마의 열의를 비꼬는 것처럼 들렸다.

나는 얼결에, 조심하세요, 여차하면 뎁니다, 라고 할 뻔했다.

"나는 말입니다, 개인의 힘에는 한계가 있다고 봅니다. 학생이라면 더더군다나 그렇죠. 얻을 수 있는 정보도, 경험도 부족합니다. 어폐가 있을지 모르지만 그런 젊은이들이 무언가를 호소해도 세상은, 바뀌지 않습니다. 뭘 안다고 설치느냐는 말이나 듣기 십상이죠." 아소 씨가 나직하게 말했다. "나는요, 정말로 중요한 것은 정치라든가 환경이라든가 그런 것이 아니라 좀 더 수수하고 단순한 것이라고 생각합니다. 사기적인 초능력은 그 정반대 아닙니까. 겉이 화려하고, 수법이 뻔하고, 근본적인 게 아니에요.

차근차근 성실하게 일하는 사람들을 업신여기는 것처럼 보입니다. 세상은 바뀔 필요가 없습니다."

"모르겠군요." 니시지마는 그렇게 말했지만, 나는 알겠다고 대답했다.

"하지만 아소 씨, 만약 자기 눈앞에서 초능력이라고 믿을 수밖에 없는 현상이 일어나면 어떻게 하시겠습니까?"

"'만약'이란 가정에 답하고 싶진 않지만, 물론 보자마자 의심하겠죠. 하지만 만에 하나, 그것이 정체불명의 능력이라고 인정해야만 하는 경우라도 감동하지 않을뿐더러, 별로 놀라지도 않을 겁니다. 스푼을 구부린다고 사회가 바뀌는 건 아닙니다."

"하지만." 나는 이야기의 흐름상 지적하지 않을 수 없었다. "그건 모순 아닙니까? 아소 씨는 지금 이 세상은 바뀔 필요가 없다고 하셨잖아요. 다시 말해서 사회는 바뀌지 않아도 된다는 뜻 아닙니까. 그런데 스푼 구부리기는 사회를 바꿀 수 없으니 의미가 없다, 라고 비판하는 것은 앞뒤가 맞지 않습니다. 스푼 구부리기를 목격하고, 대단하네, 재밌다, 하고 즐거워하는 것은 조금 전에 아소 씨가 말한 '수수하고 단순한 것'과 다른 겁니까? 스푼을 구부리는 사람들에게 그렇게 대단한 목적 따원 없다고 보는데요."

오호, 니시지마가 신기하다는 눈으로 나를 보았다. "기타무라가 열변을 토하는 것은 처음 보는데요. 이게 웬일입니까?"

나는 고향 집에서 본 그 텔레비전 방송이 생각났다. 그 방송에서 본 시골 할머니는 분명 이 세상에 영향을 끼치려고 스푼을 구부린 것은 아니다. 그 할머니는 전혀 거만하지도 않았다. 분명 주위 사람들을 재밌게 해 주고 싶었던 것일 뿐이다. 그것을 비난하고 욕하는 의도는 도대체 뭐란 말인가? 단순히 사람들이 즐거워하는 것을 질투하는 건가, 아니면 세간의 관심을 받고 시선을 끄는 사람에 대한 혐오인가. 진실을 밝히는 것이 정의라고 하는 것은 명목상의 이유라고밖에 생각되지 않는다. 그야말로 단순한 구실이다.

아소 씨는 나의 말을 듣고 언짢아하지 않았다. 여유 있는 어른이다 그거겠지. "그게 아닙니다." 그는 살짝 고개를 좌우로 흔들었다. 길게 말해 봤자 소용없다는 분위기였다. 그는 결국 "고맙습니다, 토론 즐거웠습니다." 하고 자리에서 일어났다.

그 자리에 남은 니시지마와 나는 서로 얼굴을 멀뚱히 쳐다보았다.

"불완전 연소로 끝난 대화이긴 해도, 나름 의미 있는 시간이었네."

"완벽한 불완전 연소입니다. 기타무라, 저 사람 뒤통수 한 번 제대로 쳐 줍시다."

이리하여 니시지마는 완벽한 아소 씨의 안티로 돌아서게 된 것이다.

## 10

"어떻게 뒤통수를 칠 건데?" 하토무기 씨가 생글거리며 물었다. 이번엔 또 무슨 해프닝을 벌일 거냐고 하면서 관심을 보였다.

밤 9시 '켄켄켄'에서 식사를 하고 있었다. 하토무기 씨가 퇴근한 후 영화를 보고 와서 저녁이 많이 늦었다. 하토무기 씨는 레바니라 정식을, 나는 완탕면 정식을 시켰다. 쇼가야키 정식은 그간 무슨 일이 있었는지 어느 틈에 메뉴에서 사라졌다.

"니시지마는 그냥 그 자리에서 한 말이지 별다른 아이디어가 있는 건 아닐 거야. 그렇지만 아소 씨가, 자기는 뭐든 다 안다는 얼굴을 하고 말하는 건 나도 좀 거슬리더라."

"오호." 하토무기 씨가 들고 있던 젓가락을 지휘봉처럼 휘둘렀다. "기타무라 군도 변했네."

"변했다고?" 일전에 도도에게서도 같은 말을 들었다.

"처음 만났을 때와는 달라졌어. 확실히 그래, 뭐랄까……." 벽에 붙은 메뉴판에 답이 나와 있는 것도 아닐 텐데 하토무기 씨는 눈동자를 이쪽저쪽 굴리며 말했다. "전보다 차갑지 않아졌어."

"차갑지 않아?" 나는 피식 웃었다. "하긴 나도 그렇게 생각해. 늘 모든 일에서 한 발짝 떨어져 있었는데 이제는 조금 더 가까워진 거 같아." 그러고 나서 만두를 집어 먹었다. 잘게 썬 부추의 향과 저민 고기의 쫄깃함이 입안에 가득 찼다. 그런데 완탕면의 완자와 만두는 그 맛이 그 맛이라 괜히 같은 걸 두 개 시켰다고 후회했다.

"모든 일에 가까워졌다고?" 하토무기 씨가 되물었다.

"나는 조금 떨어진 위치에서 사람들을 내려다보는 타입이었잖아. 입학하자마자 도리이가 조감형이라고 했을 정도로. 근데 지금은 눈높이가 조금 땅 위로 내려왔다고."

"조류에서 점점 인간이 되어 가는 중이네."

"어떤 때는 그냥 니시지마가 들고 있는 긴 작대기에 걸려서 끌려 내려온 거 같기도 하지만. 아니, 애당초 멀리 떨어져 있지 않았던 건지도 모르고. 조감형 인간이란 건 자기만 특별하고, 멀리서 남들 행동을 관찰한다고 생각했기 때문에 나온 말이잖아."

"응, 그래." 하토무기 씨는 처음부터 알고 있었던 것처럼 미소 지었다. "맞아. 혼자 떨어져서 남들을 지켜보는 건 아무리 생각해도 시건방진 거고, 또 웃겨."

나는 피식 웃었다. "근데 하토무기 씨는 어떻게 생각해? 초능력을 부정하는 사람과 긍정하는 사람, 어느 쪽이 옳다고 봐?"

"내 생각엔." 하토무기 씨는 거기서 아주 조신하게 말했다. "내 생각에는, 머리 좋은 사람들이 걸려들기 쉬운 올가미가 있는 거 같아."

"올가미?"

"응, 머리 좋고 유식해 보이는 사람들은 꼭 상황을 요약하고 싶어 하더라."

"그 말인즉?"

"초능력은 이런 것이고, 그것을 믿는 사람은 이런 사람들이다, 라는 식으로 말이야. 예를 들면, 영화를 봐도 이 영화의 테마는 '마른 멸치'다, 라는 식으로. 무엇이든 요약해서 결론 내는 거지. 모두 뭉뚱그려서 본질을 파악하려고 하는 거야. 실제로 본질이란 건 각각 다른 것, 케이스 바이 케이스 아닌가? 하지만 그들은 그런 식으로 자기가 얼마나 우수한지 어필하려는 걸 수도 있어."

그 말도 일리가 있다고 생각했다. 그런데 마른 멸치가 테마인 영화는 대체 어떤 영화일까.

"이러고저러고 할 거 없이, 축제 당일에 미나미 씨가 회장에 나가 마이크든, 재떨이든 이동시켜 보면 되는 거 아냐?" 그게 가장 간단하고, 효과적이지 않느냐고 하토무기 씨가 말했다.

"그 생각도 해 봤는데." 니시지마와 이야기할 때도 같은 이야기가 나왔다. 와시오 씨가 진짜인지 가짜인지는 둘째치고, 아소 씨에게 속임수가 아닌 진짜 초능력을 보여 주자고. "하지만 그러기엔 너무 기예가 없는 게 아니냐고 니시지마가 그러더라."

"기예? 초능력 자체가 이미 남다른 기예 아닌가? 사실 그 이상이지."

"미나미보고 나오라고 해서 스푼을 구부리게 하는 건, 아무래도 좀."

"왜, 미나미 씨한테 미안해서?"

"아니 그렇게 되면, 스푼을 구부리는 게 뭐 대단한 일이냐고 했던 니시지마가 좀 머쓱해지잖아."

"하긴, 그렇겠다." 하토무기 씨가 쿡쿡 웃음을 터뜨렸다. "그렇다고 니시지마가 대신 초능력을 부릴 수도 없고."

"그, 와시오라는 초능력자는 뭐가 특기인데?" 나는 축제실행위원회 회의에서 나눈 대화를 떠올렸다.

"스푼 구부리기와 또 뭐라더라? 아, 기억을 투시하기도 한대. 어제, 무슨 일을 했는지, 어디에 갔었는지 그런 것들을 알아맞힌대."

"에이, 왠지 그건 냄새가 난다."

"나도 좀 그래."

"아, 이런 건 어때?"

"어떤 거?"

"아소 씨를 미행하는 거야. 시간을 정해 놓고 그동안 그가 뭘했는지 몰래 조사하는 거지. 그래서 그것을 마치 투시한 것처럼 나중에 알아맞히는 거야. 잘만 하면 그 사람도 놀라지 않겠어?"

"금방 들키겠지."

"잘만 하면, 뒤통수 한 번 제대로 칠 수 있을걸?"

"음, 나쁘진 않은 거 같아." 식당을 나서려는데 문득 생각이 떠올라서 물어보았다. "혹시 생텍쥐페리의 책 읽은 적 있어?" 니시지마가 전에 말한 책이 생각났다. 어렴풋이 떠오르는 책 제목을 말했더니 하토무기 씨는 읽은 적이 있다고 했다. 그러더니 웃으며 말한다. "니시지마의 뿌리가 혹시 그건가?"

"그 책이 그 정도야?"

"자세히는 나도 기억이 안 나는데, 아직까지 외우는 문장은 있어."

"어떤 건데?"

"저 멀리 바다에는 난파당한 사람들이 있다. 이렇게 많은 조난자들을 보며 수수방관하고 있을 수만은 없다. 조금만 참으시오, 지금 우리들이 달려가리다!"

"와아."

"확실히는 기억나지 않지만, 대충 그런 문장이야. 어때, 그거 니시지마스럽지 않아?"

나는 그 말을 듣자마자 쌀이 많이 나는 나라의 아집으로 저 먼 중동에서 아직까지도 끊이지 않고 계속되는, 의미 불명의 전쟁과 분쟁이 가장 먼저 떠올랐다. 그러고는 곧바로 그에 대해 무슨 일이든 해야 한다고 애달파하며 필사적으로 제 나름의 핀후(평화)를 쌓아가는 니시지마를 생각했다. 기다리시오! 지금 내가 달려가리다! 기세 좋게 외쳤음에도 달려 나가지 못하는 니시지마 나름의 비분悲憤과 원통함도 느껴졌다.

"비슷하다."

"맞지? 그리고 '인간은, 자신과는 상관없다고도 볼 수 있는 불행한 사건에 대해서도 창피해하는 존재다.'라는 글귀도 있었어."

"그러고 보니 그 비슷한 말을 들은 적이 있어." 나는 기억을 더듬었다. 확실히 처음 '켄켄켄'에 왔을 때 니시지마는 그와 비슷한 말을 했다.

"나도 한번 읽어 볼까?" 했더니 "글쎄, 소설로는 재미있을까 모르겠네." 하토무기 씨는 이제 막 타오르려는 불길에 찬물을 끼얹었다.


그로부터 이틀이 지난 평일 오후, 아침부터 학교에 오기는 했는데 오후 강의들이 모두 휴강이었다. 하는 수 없이 교내 서점에서 문고판 책을 서서 읽고 있는데 미나미를 만났다. "아, 도리이는?"

"안 왔어. 오늘은 나만 강의 들으러 온 거야."

"도리이와의 한집살이는 어때?"

"그럭저럭이라고 해야 하나." 미나미는 내 얼굴이 다 붉어질 정도로 얼굴을 붉힌 후에 조곤조곤 대답했다. "시행착오를 겪고 있어." 도대체 무슨 작업을 하기에 시행착오씩이나 겪는지 모르겠다.

"근데, 기타무라. 니시지마의 개 이야기, 알아?"

"도도네 간 개?"

"그렇구나, 너도 같이 있었구나. 도도네 갔었다며? 어제 전화로 들었어. 도도 어머니도 미인이시지?"

"두 사람이 꼭 닮아서 깜짝 놀랐다. 근데 도도는 개에 대해 뭐래?"

"귀엽대. 무슨 종류야? 치와와라든가 미니어처닥스훈트?"

"셰퍼드."

"경찰견 말이야?"

그때 미나미의 휴대전화 벨이 울렸다. 미나미가 얼른 전화기를 귀에 대더니 "응, 무슨 일이야?" 하고 반갑게 받았다. 그 표정과 분위기로 상대가 도리이라는 걸 짐작할 수 있었다. 지금부터? 어디? 시간이 될까 모르겠네, 하는 걸 보니 물어보나 마나 어디로 불러내는 전화다. 나는 대충 한 귀로 흘려듣고 있는데 끊기 전에 미나미가 "알았어, 그럼 기타무라한테 부탁해 볼게." 해서 귀가 쫑긋했다. 왜 거기 내 이름이 등장하는 거지?

"지금 도리이는 마작 하우스에 있대. 니시지마랑 같이. 자기 대신 좀 해 달래."

"그럼 빨리 가 봐야겠네."

"너도 와 주었으면 좋겠다던데."

"나도? 왜 또?"

"그게 재밌을 거 같다는데?"

마작 하우스는 시내의 낡은 상점가에 있었다. 이런 걸 두고 역사가 있네, 전통적이네 말들을 할 테지만 간단히 말해서 그냥 오래된 가게였다. 가게 입구에는 그곳의 초대 매니저가 옛날에 유명한 대회에서 우승 기념으로 찍었다는 사진이 걸려 있는데, 그 흑백사진을 보니 절로 "그 시절과 요즘 마작 규칙이 어디 같겠습니까?" 하고 묻고 싶을 정도로 세월이 느껴졌다. 이 하우스에는 마작을 처음 배운 이후 나도 니시지마의 손에 이끌려 몇 번인가

306

온 적이 있다. '중국어와 확률 공부'라는 명목으로.

"기타무라 군, 오랜만이네."

마작 하우스 입구 근처의 테이블로 가자 고가 씨가 손을 번쩍 들었다. "아, 고가 씨도 와 계셨어요?"

하우스는 담배 연기로 공기가 탁했다. 사람들은 모두 자기 패를 탐탁잖은 표정으로 노려보고 있다. 분위기가 화기애애하지는 않았고 찌뿌둥하니 무겁게 가라앉아 있었는데, 고가 씨의 풍모는 그곳에 아주 잘 녹아들었다. 이 아저씨는 도대체 뭘 했던 사람일까? 프로 마작꾼? 아니면 그에 준하는 도박사?

"제때 잘 왔어. 나 이제 슬슬 가 볼 테니까 나랑 바꿔 줘." 맞은편에 있는 도리이가 말했다.

그때 도리이와 니시지마 사이에 앉아 있던 남자가 자기도 간다며 일어났다. 머리를 갈색으로 물들이고 엷은 색깔이 있는 안경을 썼다. 온몸으로 '날라리'라고 광고를 하는 듯한 사람이었다. 고가 씨가 아는 사람인가 막연히 생각하고 있는데 그 남자가 갑자기 "기타무라 군, 나랑 교대해 줘." 하며 내 이름을 부르는 것이 아닌가. 난 움찔했다. 도리이가 킥킥 터지는 웃음을 참는다. 니시지마도 한마디 했다. "역시 못 알아보는군요." 아니, 도대체 누구지? 그 사람을 마주 보니 안경 너머로 참한 눈동자가 엿보였다. 나는 한동안 믿을 수 없어 눈만 껌뻑이고 서 있었다. "아니, 이게 누구야. 너…… 혹시, 야마다?"

"그래, 그, 야마다다." 도리이가 킥킥댔다. "얼마 전에 '켄켄켄'에서 말을 거는데 누군가 했어."

입학 초기 하세가와가 주선한 그 미팅에 같이 참석했던 야마다였다. 그 후로 학교에서 스쳐 지나가기도 하고, 잠깐 서서 이야기를 나눈 적은 있었지만, 이렇게 머리부터 발끝까지 변신을 하고 이 자리에 나타날 줄은 꿈에도 몰랐다.

"아니, 예전과는 완전……." 나는 일단 거기까지 말을 하고 나서 단어를 골랐다. "딴사람이 됐네." 미안하지만, 안 좋은 쪽으로.

"야마다, 얘 여친 생겼대. 그래서 이렇게 변한 거야."

"그래서 변한 거 아니야."

"아니긴, 뻔하지. 그래서 변한 거야."

"그 사람입니다, 그 사람. 그 미팅에 나왔던 여자요. 뭐시기 선순가 하는 사람 있었잖습니까." 니시지마가 말했다.

"하세가와?"

"그 사람 친구요, 같이 따라 나온 여자요." 니시지마의 말에 야마다는 잠깐 언짢은 표정을 지었지만, 여자친구가 생겼다고 우쭐한 건지 콧구멍에 힘을 주며 가방에서 사진을 꺼냈다. 아무도 보여 달라고 하지 않았는데 말이다. "이거 봐도 돼."

"야마다, 이 녀석, 아까부터 들이대고 난리야. 여자친구는 뭐 자기만 있나? 아이고, 재수 없어." 도리이가 뒤에서 놀리는 동안 나는 사진을 봤다.

퍼레이드 장면이었다. 커다란 리무진 뒷좌석에 야마다와 여자가 타고 있었다. "이게, 뭐야?"

"그거 대통령 퍼레이드 장면이야." 야마다의 콧구멍이 한층 넓어진다. "나랑 여자친구 얼굴을 합성한 거지."

그 말을 듣고 나는 미팅 때 그가 한 말이 생각났다. 야마다는 컴퓨터로 사진을 조작하는 게 취미라고 했었다.

"흔한 합성사진이야. 근데 이거 원래 암살 직전의 대통령 사진이잖아. 찝찝하지도 않냐? 자식, 취미 한번 고상하다." 도리이가 말했다.

"이 옆에 앉은 여자가 네 여자친구냐?" 하면서 나는 사진을 자세히 들여다보았다. 본 적이 있는 것 같기도 하고 아닌 것 같기도 하고. "근데 어떻게 하다 이 여자랑 친해진 거냐?"

"며칠 후에 도서관에서 우연히 만났어." 야마다는 쑥스러워서 그런지 괜히 인상을 쓰고 말했다.

"도서관에서 도대체 무슨 말을 주고받았으며, 어떠한 경위로 사귀기 시작했고, 어쩌다 이 꼬락서니로 변하게 됐는지 도통 말을 안 해 주네……." 도리이가 웃으며 지갑을 꺼내 돈 계산을 했다.

"꼬락서니라니, 이게 왜 꼬락서니야!" 야마다는 살짝 눈을 흘겼지만 금세 다시 싱글거렸다.

"이제부터 데이트가 있거든."

"데이트하러 어디로 갑니까?" 니시지마의 질문에 순순히 대답한다. "볼링 치러. 그거 재밌더라."

"아 참, 도리이도 요즘 볼링 실력 많이 늘었어." 미나미가 자리에 앉으며 말했다.

"조금씩 조금씩 한 손으로 던지는 요령을 익혔지." 도리이가 오른손으로 머리를 긁적였다.

"다리에 힘을 주고 밸런스를 잡는 거지만 이젠 점수가 꽤 나와. 니시지마, 다음에 한 게임 할까?"

"아뇨, 나는 됐습니다."

"그건 그렇고, 마작은 참 좋은 게임이야. 한 손으로 해도 들어오는 패는 평등하거든. 불리할 게 전혀 없어." 도리이가 자연스럽게 말하고는 약간 심각한 표정을 짓더니 내 귀에 대고 속삭였다. "미나미랑 침대 위에서 한 손으로만 놀려니 감질나더라. 그 세계도 다양하고 복잡하잖냐. 나는 외팔이만이 가능한 특단의 수법을 궁리할 계획이다."

아니, 뜬금없이 그런 소리를 하고 그래. 내가 머뭇거리고 있었더니 "무슨 얘기야?" 하면서 미나미가 다가와 나는 얼른 아무것도 아니라며 고개를 돌렸다.

도리이는 크하하 웃고 밖으로 나가려다가, 내게 다가오더니 말했다. "너도 웬만하면 휴대전화 좀 사라. 급한 일 있을 때 불편하단 말이야."

"난 급한 일 없어."

"있으면 편하다니까 그러네."


뒤에 남은 우리들은 새로운 멤버로 마작을 시작했다. 니시지마가 버튼을 누르자 차곡차곡 쌓여 있던 패가 올라왔다. 문명의 발달은 이런 데서도 실감할 수 있다. 자동 마작 테이블의 편리함이란.

"도리이 군은 참 장해." 고가 씨가 말했다. "힘든 점이 퍽 많을 텐데도, 우는소리 한 번 안 하니 말이야."

"네, 장해요." 미나미가 아들 자랑하듯 말했다. "처음엔 입만 떼면 불평불만이었는데 스스로 하루하루 노력하더니 이젠 한 손으로 머리도 저렇게 만질 수 있게 됐다고 좋아해요."

"그러고 보니 야마세미 스타일 완전 부활했네."

"도리이는 사고를 당하고 나서 많은 걸 깨달았대요." 미나미가 말을 이었다.

"많은 거 뭐?"

"그냥 너무나 평범한 일인데, 한 손으로 샴푸하기가 참 어렵다든가, 한 손으로 튀김 만들기가 어렵다든가, 이 세상에 쉬운 일이 없다는 걸 깨달았대."

들으면서 나는 오른팔 하나로 머리를 감는 모습과 기름을 두른 프라이팬 앞에 선 모습을 상상하고는, 정말 큰일이겠다 싶어 고개를 끄덕였다. "도리이는 참 장해."

"근데 아까 보니까, 어깨에 멍 자국 비슷한 것도 보이던데." 약간 뜸을 들이다가 고가 씨가 말했다. "그건 그냥……." 대답하기 어려운지 미나미가 입술을 오므렸다.

주사위가 굴러가고, 니시지마는 '선'이 되고, 우리들은 차례차례 패를 잡고, 마작이 시작됐다.

"그리고 자기는 재미 삼아 다른 사람 집을 감시하다가 사고를 당했으니 자업자득이라고 했어요. 그에 비하면 아무런 잘못도 없는데 더 큰일을 당한 사람들도 많다면서."

나는 다시 한 번 같은 말을 할 수밖에 없었다. "도리이는 참 장해."

"기타무라, 뭐 좋은 아이디어라도 생각났습니까?" 열 바퀴가 돌 무렵 가미차에 앉은 니시지마가 말했다.

"응? 뒤통수칠 아이디어?"

"허허, 그건 또 무슨 얘긴가?" 고가 씨가 흥미를 보였다.

"실은 말입니다."

거기서 니시지마는 거침없이, 아소 씨의 활동과 그의 '실태'에 대해 설명했다. 실태라고 해 봤자 니시지마의 주관이 만들어 낸 실태였지만. 그것에 따르면, 그자는 사람들 위에서 사람들을 가르치듯 논리 정연하게 말하지만 아무것도 모르는 사람이며, 사실을 알면 행복해진다고 생각하는 전형적인 바보다.

"사실을 알면 행복한 거 아냐?" 미나미가 말했다. 패를 가져와 그대로 손에 쥐고 있다. 그러고는 🀙을 버렸다.

"저기요, 사실이란 건 말입니다. 사실, 이러나저러나 크게 상관없는 겁니다." 니시지마가 침을 튀겼다. 그의 입에서 튄 침이 멋지게 호를 그리며 미나미가 버린 🀞에 똑 떨어졌다.

"에이, 난 이제 저 ▣는 안 만질 거야." 미나미의 말에 나와 고가 씨도 전적으로 동의했다. 니시지마는 아랑곳하지 않고 이야기를 계속했다.

"과학 덕분에 생활이 편리해진 건 확실하지만 말입니다, 이것이 진실입네, 하고 뭐나 된 것처럼 떠들어도 되느냐, 하면 그건 또 다른 이야깁니다. 아니, 그것 때문에 분위기만 썰렁해지니 오히려 미안한 마음을 가져야 해요."

"니시지마는 그렇게나 아소 씨가 못마땅해?" 미나미가 말하면서 자기 패를 한번 가만히 내려다본다. 이제 슬슬 때가 됐구나, 하고 생각하는 찰나 예상이 적중했다. "그럼, 리치!"

"그럼, 이라는 게 무슨 뜻입니까 대체. 접속사 사용이 이상하지 않습니까." 니시지마가 투덜댔다.

어쨌거나 미나미는 마작의 여왕이다. 내가 지금까지 대학을 다니면서 확실히 깨친 것이 있다면 '잘하는 사람은 정말로 잘한다. 두말할 것 없이 잘한다.'는 사실이라고 할 수 있을 것 같다.

어떻게 그렇게 마작을 잘하느냐고 물었지만 미나미의 대답은 명확하지 않았다.

"우리 아빠가 마작을 아주 좋아하셔서 초등학교 때부터 좋으나 싫으나 끼어 앉아 게임을 익혀야 했어."

"아아, 그 경험으로?"

"하지만 실은 원리라든가 버린 패를 읽는 방법이라든가 어떤 패를 버려야 하는가 같은 규칙은 나도 몰라."

"그런데 그렇게 잘해?"

"언제부턴가 들어왔으면 좋겠다 싶은 패가 들어오더라고."

"들어오더라고?"

"패를 버릴 때도 상대에게 읽히지 않게 됐지." 미나미는 처마 밑에서 잠든 고양이처럼 온화한 표정으로 대답했다.

"그럼 그거, 휘어져라! 하고 생각하면 스푼이 휘어지는 거랑 비슷하네."

"응. 듣고 보니 그러네. 비슷한 거 같아." 미나미는 살짝 고개를 까딱했다. 나는 그 말을 듣고 솔직히 살짝 실망했지만 마음은 편해졌다. 따지고 보면, 상대를 꼭 이겨야 한다는 마음이 잘못된 것이다. 고수의 말을 새기며 나는 미나미가 버린 패를 읽었다.

하지만 아무리 머리를 굴려 봐도 안전한 패를 모르겠어서 고민하고 있는데 고가 씨가 말했다.

"🀙이나 🀚이면 괜찮을지도 몰라."

제대로 하자면 이런 식으로 예측과 충고를 대놓고 하는 것은 규칙에 위반되는 것이지만, 너무나 막강한 적에 맞설 경우에는 서로 지혜를 나눌 필요도 있다.

"괜찮을까요?" 나는 내가 들고 있는 🀙을 내려다보았다. "그게 원리야. 미나미 짱이 버린 처음 세 패가 🀙🀚🀛이잖아. 🀙을 되도록 빨리, 예를 들어 이번처럼 세 번만에 버린 경우는 그보다 앞선 패 🀚🀛은 문제없어. 상식이지 그거야."

"근거는 뭔데요?"

"만약 ▣이 맞는다면 미나미 짱은 ▣▣을 갖고 있단 소리야. 혹 단기單騎 대기를 한다면 ▣을 갖고 있는 거지. 그 얘기는 세 번째 돌 때 ▣을 버린 시점에서는 ▣▣▣이라는 형태라든가, ▣▣▣이라는 형태잖아. 거기서 ▣을 버렸다."

"일반적으로 생각하면 그렇죠."

"다만 그렇게 빨리 ▣▣▣에서 ▣을 버린다고는 보기 어렵지."

"그건 왜죠?"

"그런 차례에 ▣▣▣에서 ▣▣의 형태로 결정하기는 일반적으로 불가능하거든."

"확정하긴 어렵다는 말씀이세요?"

"그렇지. 생각해 봐. ▣이 또 한 번 들어올 가능성도 있잖아. 그 말은 세 번째에서 ▣을 버린 건 ▣▣▣이 아니었으니까 그랬다고 추리할 수 있지." 고가 씨는 정년퇴직 후 여생을 즐기는 아저씨 같은 분위기가 강했지만, 어쩌다 한 번씩 이런 식으로 매섭게 눈빛을 빛내며 설득력 있게 말하는 걸 보면, 그 정체가 정말 궁금해진다. 도대체 뭐 하는 사람이지?

"그건 단순히 이제 족보가 완성돼서 달리 버릴 게 없는 상황으로, 그래서 ▣▣의 형태로 정했는지도 모르죠."

"그럴 가능성은 있지. 그러니 일찌감치 리치를 부르는 경우는 이 원리가 통하지 않지만, 이번은 그렇게 리치가 이르지 않으니까."

"그러네요." 나는 고개를 끄덕이고 손에 쥔 ▣을 테이블에 덜렁 던져 놓았다. 머릿속으로 하나하나 가능성을 짚어 보니 의외로 미나미를 상대로도 붙어 볼 만한 것 아닌가. 고가 씨의 말마따나 분석만 잘하면 마작은 그다지 겁낼 게 아니라고 생각하게 되었다.

글쎄 뭐 대단한 건 아니지만.

내가 패를 버린 것과 거의 동시에 미나미가 "론." 을 부르며 패를 내려놓았다.

"미안합니다, 이렇게 해서 리치잇바쓰* 도이도이** 산안코***입니다." 한다.

"고가 씨, 이게 뭐예요." 내가 우는소리를 하니 고가 씨도 멋쩍은 표정으로 말한다. "어허, 이거 참 이상하네."

"🀈🀈🀈이 있었기 때문에, 일단 🀈은 필요 없겠구나 해서 버린 거야." 미나미는 그러면서, 별생각 없어서 미안, 했다.

"원리라는 건 그런 겁니다. 원리를 믿지 말라는 원칙도 있거든요." 뺏길 것도 얻을 것도 없는 니시지마는 속 편한 소리를 했다.

나는 한숨을 푹 내쉬면서 깨끗이 점봉을 지불하고 기분 전환을 위해 "들어 봐, 아소 씨를 혁하게 만들 방법인데." 하며 전날 하토무기 씨가 말한 도청 아이디어를 발표했다.

* 한 바퀴가 돌기 전에 리치를 한 것.
** 다른 사람에게 받은 패로 열네 개를 짝(보통 세 개씩)으로 맞추게 되는 것.
*** 같은 그림의 패 두 개씩, 3세트로 된 조합.

"그거 재밌겠네요."

"재밌겠는데."

니시지마와 고가 씨가 동시에 말했다. 어딘가 현실과 동떨어진 면이 있는 두 사람이 흥미를 보이자, 나는 절대 미각의 소유자들에게 '맛있다'는 평가를 받은 것 같은, 복잡 미묘한 기분이 들었다.

"미행은 충분히 해 볼 만한 일이네요." 니시지마가 말했다.

"그건 초능력이 아니지?" 하며 미나미가 웃었다.

"그건 상관없습니다. 나는요, 그자가 얼굴이 허예지는 것을 보고 싶은 것뿐입니다. 기억을 투시하겠습니다, 한 다음에 아소 씨의 행적을 다 알아맞히면, 아무렴, 입이 떡 벌어지지 않겠습니까?"

"글쎄 그 정도로 입이 벌어질까?" 미나미는 반신반의했다. "금세 들키지 않을까? 전날 자기 행동을 우연히 목격한 것 아니냐고 반박할지도 모르지."

"그러면 말이야." 거기서 고가 씨가 다시 눈을 빛냈다. "센다이에 오기 전, 한 일주일 정도 그 아소 쨩의 행동을 꼼꼼히 조사하면 어떨까?" 나름대로 저명한 학자를 다짜고짜 어린애 부르듯 '쨩'이란다.

"흥신소에 부탁하는 거야."

"그건 좀 과한 것 아닐까요? 비용도 많이 들 거 같은데." 나는 그 자리에서 동의할 수 없었다. 반대로 니시지마는 기다렸다는 듯이 덥석 물었다. "아뇨, 그 정도는 해야 됩니다. 두고 보십쇼, 그 남자 아주 깜짝 놀랄 겁니다."

"흥신소 비용이 꽤 비쌀 텐데."

"아르바이트비를 다 털겠습니다. 내가 아르바이트한 돈을 다 내겠다고요. 만 엔이면 됩니까? 2만 엔? 아님 3만 엔? 그 작자 뒤통수를 치는데 그 정도는 내야죠." 니시지마가 다시 불을 뿜었다.

"단위가 다를걸? 아마." 미나미는 만면에 동정의 빛을 띠며 니시지마를 보았다.

"네? 정말요?"

"응. 정말."

"내가 해 줄 수도 있지." 바로 그때 고가 씨가 입을 뗐다.

"네?" 우리의 시선이 일제히 고가 씨에게로 집중됐다.

"내가 이래 봬도 그런 데 한 재주가 있네." 고가 씨가 말했다. "아주 저렴하게, 조사해 볼까?"

예전부터 품어 온 "당신 도대체 정체가 뭡니까?"라는 말이 이번에도 목구멍까지 올라왔다.

"좋습니다, 결정 났네요." 니시지마가 힘차게 말했다. "고가 씨, 잘 부탁드립니다." 하며 손을 내밀어 맞은편에 앉은 고가 씨에게 악수를 청했다.

그때 미나미가 "쓰모!" 하고 외치며 패를 쓰러뜨렸다. "멘핀단 야오 산쇼쿠 도라 1, 하네만인가?"

"졌습니다." 나는 두 손을 번쩍 들었다. 그리고 생각했다. 기왕 혼낼 거, 아소 씨를 마작에 초대해 미나미의 마력을 보여 주는 건 어떨까? 무엇보다 그쪽이 제일 효과적이지 않을까?

11

오후 3시가 넘어 뜬금없이 찾아간 우리들을 도도는 환영해 주었다. 물론 "어서들 와." 하며 만면에 미소를 띤 건 아니고, 도자기 인형 같은 순백의 무표정으로 "안녕?" 한 게 전부였지만, 그 애로서는 그것이 환영의 제스처였다. 대신 현관까지 나온 도도의 어머니가 반갑게 "어서들 와." 하고 맞아 주었다.

"갑자기 웬일들이야?" 도도가 거실로 올라간 우리들에게 물었다.

"조금 전까지 마작 하우스에 있었거든." 내가 여기까지 오게 된 경위를 설명했다. "집에 가는 길에 갑자기 미나미가 셰퍼드가 보고 싶대서."

"미리 말도 없이 미안해." 미나미가 고개를 주춤 떨구며 말했다. 그랬더니, 설마 그 얘기를 듣고 짖은 것은 아니겠지만 바깥 정원에서 컹컹 개 짖는 소리가 났다. 커튼 너머에 얌전히 앉은 그림자가 보였다. 미나미가 커튼을 젖히자 셰퍼드가 이쪽을 바라보고 있었다.

"개가 아주 영리해." 도도의 어머니가 활짝 웃었다. "아버지가 반대는 안 하셨어?" 내가 물었다.

"아니." 도도가 바로 대답했다. "엄마가 개를 키우기로 했다고 하니까 '그거 잘됐네, 그러잖아도 나도 키우고 싶었는데.' 하시고 끝."

"그 말밖에 할 줄 모르는 양반이니까 뭐." 도도의 어머니는 유쾌하게 말하고 셰퍼드 라몬의 목덜미를 어루만졌다.

그런데 또 생명의 은인이기도 한 니시지마에게는 으르렁대니 웃음이 났다. 유리문을 닫고 다시 거실 소파에 앉았다. 거실은 꽤 널찍했다. L자형 소파는 특대형인지 우리들이 모두 둘러앉고도 여유가 있었다. 우리는 조금 전 마작 하우스에서 만난 야마다의 변신한 모습과, 미나미와 도리이가 같은 중학교 출신이라는 얘기 등 두서없이 전혀 연관성 없는 이야기들을 했다.

조금 있다가 도도의 어머니가 물었다. "마작에서는 누가 이겼니?" 왜 그런 걸 궁금해하나 했더니, 도도의 어머니도 마작을 엄청 좋아한단다. "나도 왕년엔 꽤 했지." 도도의 어머니는 신이 나 보였다.

"그렇지만 미나미는 어머니가 생각하시는 것보다 강할걸요."

"모처럼 다들 여기까지 왔는데 그럼 한판 할까?"

방금 전까지 마작을 하다 왔는데 또 해? 하고 있는데 어느 틈에 앞에 낡은 마작 패들이 깔렸다. 고타쓰 테이블에서 마작 패를 섞는 몸짓을 보니 어머니도 보통 내공이 아니었다. 도도는 참가하지 않고 도도의 어머니와 나, 니시지마, 미나미, 이렇게 넷이

서 한찬을 하기로 했다. 하우스의 자동 테이블은 패 섞기도 쉽고, 게임하기도 편하지만 이렇게 손으로 패를 섞는 옛날 방식이 확실히 게임을 하고 있다는 실감이 나서 나는 더 좋다.

도도의 어머니도 같은 느낌이었던지 계속 손을 놀리면서 말했다. "요즘엔 자동이지? 내가 하던 시절엔 매번 이렇게 손으로 다 했는데. 어때? 마작은 정체를 알 수 없는 게임이라고 생각하지 않아?"

"정체를 알 수 없는 게임요?"

"'운기'랄까, '흐름'이랄까, 그런 게 있잖아. 자기가 소극적으로 임하면 운도 슬쩍 피해 가고, 해 보겠다고 적극적으로 뛰어들면 운도 딱딱 붙지. 나도 자주 경험했는데, 이거 너무 이겨선 안 되겠다 싶어 다른 사람이 '론' 하는 것을 대충 흘려 넘기면, 다음부터 들어오는 패가 형편없어지고 흐름도 완전히 변해 버리더라고."

"예예, 맞습니다. '운기'란 게 있지요." 니시지마가 고개까지 끄덕이며 동의했다. "어머님, 저도 전적으로 같은 생각입니다. 마작은요, 꼭 독충처럼, 알 수 없는 무서움으로 가득한 생명체지요." 또 저러다 나를 걸고넘어지겠지 했더니 아니나 다를까, "여기 기타무라는 말입니다." 하고 나온다. "'운'이란 건 이 세상에 없다네요. 전부가 확률이니까 운이 따른다, 따르지 않는다, 하는 건 그 사람이 해석하기 나름이래요. 내가 누차 말하지만, 이건 그런 게 아닙니다."

"하지만 실제로 해 보면 마작은 선택과 가능성의 문제니까 흐름이라든가 운이라든가 그런 것을 믿고 할 순 없지." 내가 말했다.

"나는 그럴 수 있다고 생각하는데?" 도도의 어머니는 사분사분하게 말했지만, 그 말투에서는 힘이 느껴졌다. "그리고, 이 패에 불가사의한 힘이 있다는 생각도 들거든."

"패에요? 이 딱딱한 물질에 말입니까?"

"모두의 기대라든가 희망, 기도, 혹 비판이라든가 원망이 손가락을 통해 이 마작 패에 배어들지 않나 싶어. 그래서 패들을 막 뒤섞고 있으면 그 알 수 없는 힘으로 인해 한쪽으로 쏠리는 경우가 생기는 게 아닐까."

"속임수와는 다른 의미에서요?" 미나미가 묻는다.

"물론 그것과 다르지. 자연히 그렇게 쏠리는 거지. 그러니까 요즘 유행하는 컴퓨터 마작은 별개의 게임이라고 생각해. 사용하는 패의 수는 똑같고 규칙도 같고 확률도 다르지 않지만, 마작이 갖는 독특한 '운기'와 '불가사의한 힘'은 손으로 패를 직접 치고 돌리지 않으면 안 되거든."

"보세요, 내 말이 맞지요." 니시지마가 무슨 괴수의 목이라도 딴 듯 큰소리쳤다. "기타무라가 주장하는, 무미건조하고 운치라곤 없는 확률론으로는 설명되지 않는 것이 마작에는 있단 말입니다."

그래그래, 알았다. 나는 솔직히 인정했다. 물론 니시지마가 너무 시끄러워서 그런 것도 있지만 그 이상으로 미나미의 압도적인 실력과 니시지마의 말도 안 되는 줄패배를 보고 있으면 불가사의한 힘을 인정하지 않을 수 없었다.

큰소리친 만큼 도도의 어머니는 실력도 좋았다. 잘한다기보다 능숙하다는 게 적절할 것 같았다. 패를 나눌 때부터 족보 짜기에도 뛰어난지 눈 깜짝할 사이에 덴파이를 만들었다. 동장의 2국과 3국에서는 연속해서 만간을 올렸다. 다만 유감스럽다고 해야 하나, 1등은 역시 미나미였다. 평소처럼 사람들이 방심한 틈을 타서 조용조용 쓰모를 낸 것뿐인데 그것이 또 점수가 높아(쓰모 핀후 잇키쓰칸 도라도라, 쓰모 도이도이 도하쿠 도라 도라 도라) 미나미는 1등을 고수했다.

흐음, 도도의 어머니는 엷은 미소 속에 당황한 빛을 내비치며, 고수가 고수를 알아보듯 미나미를 감탄 어린 눈으로 보았다.

거봐, 내가 뭐랬어. 어머니 뒤에서 쭉 게임을 관전하던 도도가 한마디 했다.

니시지마가 의미 모를 소리를 한 것은 마지막 국이 종반에 접어들었을 무렵이다. 고정 순위, 즉 비리 자리를 지킨 그는 심각한 표정으로 패를 옆으로 버리고 "리치"를 선언하고, 콧구멍에 힘을 주었다.

니시지마가 흥분한 것으로 보아 꽤 높은 점수가 들었나 했더니, 갑자기 두 손을 비비며 이상한 주문을 외기 시작해서 사람을 움찔하게 했다. "내게 힘을 빌려 주십쇼. 톰, 데쓰, 데리, 아카,

후렌, 몬베쓰, 페스, 구로." 동물 이름 같기도 한 단어들을 읊더니 아주 심각한 얼굴로 다시 주문을 읊조린다. "내게 힘을 빌려 주십시오." 그다음에도 다시 베크, 잭 어쩌고 하더니 "당신들도 힘을 빌려 주시지 않겠습니까."란다.

우리는 멍하니 바라보다가 곧 또 시작이군, 했다. 그의 돌출 행동을 이해한다고 해야 하나 단련됐다고 해야 하나, 아무튼 그러려니 했다. 도도의 어머니는 이상한 염불도 다 본다는 식으로 니시지마를 빤히 쳐다보며 웃었다. "도대체 그게 뭐 하는 거야?"

"아무것도 아닙니다." 말은 그렇게 하면서도 니시지마는 심각한 눈빛으로 사람들이 버린 패를 주시했다. "아무튼 이번 패로 나는 대역전을 할 겁니다."

"무섭네." 미나미가 말했다.

"나는 하나도 안 무서워."

"기타무라, 그런 식으로 말하다간 큰코다칩니다."

"방금 말한 그 이름들, 남극에 남겨진 개들의 이름이지?"

"뭐?" 나는 도도를 쳐다봤다. "그럼 그거, 〈남극 이야기〉*에 등장하는 그……?"

"그래 맞아. 구로라든가 지로, 어쩌고 하면서 아까 니시지마가 읊은 거, 그 개들 이름 맞지?"

피식 콧바람을 냈지만 니시지마의 얼굴에 동요의 빛이 스쳤다.

---

✛ 1983년 상영된 일본 영화. 남극관측대와 썰매견 이야기.

"그러니까 너 지금, 🀄 패를 기다리는 거 아니야?" 도도가 콕 집었다.

아하, 그렇구나. 나와 미나미가 같이 끄덕였다.

"어허, 더 이상 말하지 마십쇼!" 니시지마가 울상을 지으면서 사정했다. 나는 들고 있던 패에서 버리려던 🀄을 꽉 움켜쥐었다.


12


"내가 가도 너무 외로워하지 말아요."

니시지마는 도도네 집을 나서면서 셰퍼드 라몬을 보고 다정하게 말했지만, 라몬은 무슨 소리냐는 표정으로 쳐다볼 뿐이었다. 버스를 타고 역 앞에 도착했을 때 니시지마는 아르바이트를 하러 갈 시간이라며 자리를 떴다.

"기타무라, 이제부터 어떻게 할 거야?" 미나미가 물었다. 시계를 보니 7시다.

"하토무기 씨가 일을 마칠 시간이니 같이 저녁 식사라도 하겠지?"

"아, 그러네."

"너는?"

"글쎄, 뭐 할지 생각 중이야." 미나미는 발치를 내려다보며 불편한 얼굴로 말했다.

"혹시 도리이랑 뭐 안 좋아?" 슬쩍 떠보았더니 미나미는 손을 내저으며 대답했다. "아니, 그런 건 아니고."

글쎄, 진짜인 것 같기도 하고, 얼버무리는 것 같기도 했다.

"괜찮으면 나랑 같이 갈래? 하토무기 씨도 같이 가겠지만, 할 얘기 있으면……."

"아."

"아니, 네가 뭔가 할 얘기가 있는 거 같아서……."


"며칠 전에 역 앞에서 강도를 만났어."

우리는 퇴근하는 하토무기 씨를 기다렸다가 '켄켄켄'에 갔다. 그런데 가게 문은 닫혀 있고 '주인장 입원'이라고 쓴 종이가 붙어 있었다. 무슨 일일까. 우리는 하는 수 없이 근처의 피자 가게로 갔다.

안쪽 테이블에 자리를 잡고 앉은 후 미나미가 말을 꺼냈다.

"강도!" 하토무기 씨의 눈이 휘둥그레졌다. "어디 다친 데는 없고?"

"예, 괜찮아요. 지난주 저녁이에요. 어째 그날따라 지나다니는 사람들도 없더라고요." 미나미는 컵에 담긴 물을 찍어서 테이블에 약도까지 그려 가며 현장의 위치를 설명했다. "여기가 역이라면 이쯤에, 격투기 체육관이 있잖아."

"제법 큰길인데. 강도는 한 사람이었어?"

"네. 샛길에서 불쑥 나타나 작은 칼을 들이대고 돈을 내놓으라고." 미나미의 말투가 의외로 담담한 것이 오히려 더 마음에 걸렸다. "그래서 막 뛰어 달아났어요."

"경찰에 신고는 했어?"

"너무 무서워서……." 미나미는 어깨를 움츠리며 도리어 자기가 죄를 지은 것처럼 기어 들어가는 소리로 말했다.

"경찰에 신고를 할 걸 그랬나요?"

"도리이한테는 말했어?"

"아니." 미나미는 얼굴을 발갛게 물들이며 고개를 가로저었다.

"그랬구나." 하토무기 씨와 내가 동시에 같은 소리를 냈다. 도리이를 좋지 않은 일에 끼어들게 하고 싶지 않은 마음은 이해할 것도 같았다.

"아니 근데, 정말로 뭐 큰일은 아니었어. 그냥 동네 불량배한테 돈을 뜯긴 거라고 생각하면 그다지 드문 일도 아니고."

"아니, 그건 큰일이지." 내가 말했다.

"근데 오늘 기타무라 너한테 하고 싶었던 이야기는 그게 아니라 그 근처에 얼씬거리고 싶지 않다는 거였어."

"얼씬거리고 싶지 않아?"

"응. 역 근처에 가는 게 무서워. 그 기억이 자꾸 나서 말이야. 그러니까 우리 다 같이 걸어갈 때도 될 수 있으면 그 근처는 지나지 않았으면 해."

나는 고개를 끄덕이며 이제부터 그 일대는 지나다니지 말자고 했다. "근데 나한테 하고 싶었던 얘기는 그게 다야?"

강도를 만났다면 좀 더 호들갑을 떨 만도 하지 않나 싶어 약간 이상했다. 그러다가 스푼도 힘들이지 않고 구부릴 수 있는 미나미는 보통 사람들과 느끼는 게 조금 다른가, 하고 혼자 끄덕이고 말았다.

"그리고 나뿐만 아니라 너희들도 가능한 그 근처를 지나다니지 않는 게 좋을 거 같아. 위험해. 아까 얘기할까 하다가 니시지마한테 그런 말을 하면 괜히 더 호기심을 키울까 봐. 범인을 잡자면서 부러 더 그쪽으로 갈 수도 있잖아."

"응, 그럴 수 있지." 나는 동의했다. "프레지던트맨이야, 하고 소리칠지도 몰라. 아 참, 그 강도, 프레지던트맨은 아니었을까?"

"글쎄, 그건 아닌 거 같은데." 하면서 미나미는 살며시 웃었다. "나한테는 대통령이냐고 묻지도 않았고, 또 프레지던트맨은 남자만 노린다잖아. 아무튼 너한테 먼저 말하고 싶었어. 네가 지나가는 말로라도 슬쩍 니시지마한테 귀띔해 주면 좋겠어서."

"그 근처에 얼씬하지 말라고?" 알았다고 대답은 했지만 어떻게 말을 해도 니시지마란 녀석, 근본이 호기심 만만이라 덤빌 게 뻔해, 순순히 다른 길로 돌아가게 할 자신은 없었다.


테이블에 나온 피자는 크기도 엄청난 데다 치즈가 폭포수처럼 늘어져서 우리는 한동안 먹는 것 외에 다른 생각은 할 수 없었다. 손가락으로 치즈를 떠올리고, 케첩을 바르고, 고개를 들고 후룩후룩. 도우가 얇아 바삭하고 맛있었다. 화제는 학교 축제 때 아소 씨의 뒤통수를 치는 게 과연 가능하냐는 이야기로 옮겨 갔다.

"근데 왜 아소 씨는 그렇게 초능력을 싫어하는 걸까?" 미나미가 고개를 갸웃거렸다. 앞에 있는 사람이 보통 사람이거나 아예 모르는 사람이었다면 "초능력이란 건 비현실적이고 뭔가 찜찜한 냄새가 나잖아." 하고 대충 말할 수도 있겠지만, 지금 내 앞에 있는 사람은 실제로 초능력이라고밖에는 생각할 수 없는 힘을 가진 미나미였다. 그녀는 이렇듯 분명하게 현실에 존재하며, 우리에게 수상한 짓을 할 이유도 없으니 그 질문에 대답이 궁할 수밖에 없었다.

"그런 비상한 힘으로 사람들의 눈을 속이는 것을 혐오하는지도 모르지."라고 한 것은 하토무기 씨였다. 하토무기 씨는 아직 미나미의 스푼 구부리기를 본 적이 없다. 그래도 미나미의 능력에 대해 이해하고 있었다. "가짜일수록 그런 일을 하잖아."

"혹, 괴상한 신흥종교로 오해하는 건 아닐까?" 미나미가 약간은 서운한 표정으로, 또 한편으로는 그럴 수도 있겠다는 목소리로 말했다. 그대로 두면 끄트머리에 "우리 동네 사람들은 그러지 않았는데." 하고 덧붙일 것만 같았다.

"괴상한 신흥종교?" 나는 피자를 입에 넣으며 말했다. "나는 멀쩡한 사람들이 이상한 종교에 빠지는 것이 이해가 안 돼."

"그래? 나는 이해되는데." 하토무기 씨가 곧바로 대꾸했다.

"그래? 어째서?" 나는 하토무기 씨가 그렇게 자신 있게 대답할 줄은 몰랐기 때문에 약간 놀랐다. 하토무기 씨는 손가락에 묻은

치즈를 핥으며 침착하게 말했다.

"매일매일 우리들은 열심히 살고 있지만, 어떻게 사는 게 옳은지는 모르잖아."

"무슨 말이야?"

"어떻게 살면 행복해질지 정답을 모른다고. 안 그래?"

"네, 그래요." 미나미가 고개를 끄덕였다.

"이렇게 말하면 어떨지 모르겠지만, 우리는 본의 아니게 사막에 덜렁 내던져져서는 알아서 살아 나가야 하는 존재들이라고."

"알아서?"

"그래. 어떻게 살면 좋을지, 아무도 가르쳐 주지 않아. 그냥 네 마음대로 하라고 하면 더 하기 어려운 법이잖아."

"그게 무슨 말이야?"

"모두들 답을 알고 싶어 한다고. 꼭 정답이 아니더라도 적어도 힌트라도 주어지길 바라지. 그러니 예를 들어 주택 매매 시 점검할 사항이라든가, 실패 없는 육아법이라든가, 이렇게만 하면 문제 없습니다, 하는 지표에 의지하는 거지."

"그렇지, 그런 부분이 있지." 나도 고개를 까딱했다.

"하지만 실제로 살아 보면 알겠지만, 인생살이에는 그런 게 없잖아. 체크 포인트라든지, 무슨 무슨 방법이라는 건 없다고. 말 그대로 자유연기야. 그러니 누가 '이 수행을 하면 행복해질 수 있습니다.'라거나 '이것만 참으면 행복해집니다.'라고 하면 뭔가 답을 얻은 듯이 느끼는 것 같아. 아무리 괴롭고 인내가 필요하더라도 '이것만 하면 행복해진다.'는 지표가 있으면 고민할 게 없지. 생각해 봐, 우리들은 어릴 때부터 해야 할 일이 딱딱 정해져 있었잖아. 태어나자마자 개월 수에 따른 건강검진이 있지, 여덟 살에 초등학교에 들어간 후부터는 몇 년 단위로 입시와 졸업이 반복되잖아. 혼자 따로 생각하지 않아도 이미 틀이 정해져 있었다고. 아마 정규교육을 받지 않은 사람이라도 나름의 절차가 따로 정해져 있을걸? 그러던 것이 대학 과정까지 끝나면 졸업과 함께 이제부터 '알아서들 하시오.'라고 하니 멍해지는 거지."

"그게 종교라는 거야?" 내가 묻자 하토무기 씨는 "그런 종교도 있다는 얘기야." 하더니 물을 한 모금 마시고 계속했다. "왜 이상한 종교에는 계급 같은 게 있잖아. 수행에 따라 점점 단계가 격상되는 식. 그런 건 정말 잘되어 있다고 생각해. 이 단계를 거치면 계급이 올라가고, 계급이 높아질수록 행복해진다, 라는 말을 들으면 아무래도 심적으로는 편하겠지."

"글쎄 편할까?"

"괴롭지만, 편하지. 무얼 하면 좋다는 게 분명하고, 결과도 눈에 보이니까. 하지만 결국 그런 것에 기대지 말고, 자유연기를 해야 하는데 어떻게 하면 좋을지 머리를 싸매고 고민하고 온몸으로 부딪치면서 살아갈 수밖에 없다고 난 생각해."

"하토무기 씨는 참 현명하세요." 미나미가 깊이 감동해 말했다.

나는 거기서 오래전에 니시지마가 마작에 관한 내 생각을 부정하며 "판이 끝난 후에 몸부림치며 괴로워하는 것이 마작 아닌

가. 확률이다 뭐다 분석하는 것은 마작이 아니라 단순한 계산'이
라고 했던 말이 생각났다. 확실히 인생은 계산이나 체크 포인트
확인이 아니라, 어떻게 된 일인지 도무지 답을 모르겠다면서 머
리를 쥐어뜯으며 한 걸음씩 나아가는 것인지도 모르겠다.

13

10월의 세 번째 월요일, 와시오 씨가 회의를 하러 온다고 해서
우리는 그를 만나기로 했다. 축제실행위원회를 만나기 전에 우리
가 접촉할 필요가 있었기 때문에 신칸센 출구에서 그를 기다렸
다가 가까운 찻집으로 데려갔다.

"어, 나는 대학 강의실로 오라고 들었는데." 처음에 와시오鷲尾
씨는 의아하게 생각했다. 이름에 독수리를 뜻하는 '취鷲' 자가 들
어 있어서 그런 건 아니겠지만 어쨌거나 매부리코가 맨 먼저 눈
에 띄었다. 하지만 전체적으로는 독수리다운 기백은 전혀 풍기
지 않았고, 왜소해서 그런지 품이 작고 약해 보이는 인상이었다.
머리털이 성성하고, 빰은 홀쭉했다. 다리미 자국이 선명한 와이
셔츠는 깔끔했지만, 그보다 한밤중에 장롱에서 다리미를 꺼내는
와시오 씨의 처량한 모습이 연상돼 도리어 딱해 보였다.

"약속 시간은 2시였는데."

"그 전에 저희 이야길 좀 들어 주셨으면 해서요." 나는 서두르
면서도 정중하게 말했다. 간지에게 와시오 씨가 언제 도착하는

지, 실행위원과는 몇 시에 합류할지 들었기 때문에 한발 먼저 손을 쓴 것이다.

"학생들은 축제실행위원이 아니오?" 우리를 경계하는 듯 굵은 눈썹이 일그러진다.

노려보는 것이 아니라 겁을 먹은 눈치다. 간지의 언질에 따르면 와시오 씨는 건설 회사에서 영업을 담당하고 있다고 했다. 나는 상상해 보았다. 분명 와시오 씨는 몇 차례 단독주택과 아파트를 취급하며 그러는 동안 '채광이 좋지 않다.'라든지 '처음에 들은 얘기와 다르게 천장이 기울어졌다.'라는 둥 소비자로부터 불평을 듣고, 그때마다 변명을 하며 양해를 구해 왔는지 모른다. 다시 말해서 그는 성실하고 정직한 품성이기는 하지만 사람들 사이에서 주로 밀리는 입장이었을 것이다.

"저희가 하고 싶은 말은요, 우리와 같이 그 사기꾼을 망신 주지 않겠냐는 겁니다." 니시지마는 형식적인 인사도, 서두도 없이 다짜고짜 본론부터 들이댔다. 와시오 씨는 오렌지 주스를 쭉 빨다가 니시지마의 말에 숨을 멈추고 나를 보았다.

"사기꾼?"

"아소 말입니다. 아소." 니시지마가 다시 침을 튀기며 말했다. 그러고는 '아소 고이치로의 실태'에 대해 이야기하기 시작했다. 실태란 지난번과 마찬가지로 니시지마의 주관적인 것으로, 이번에는 미나미 앞에서 말했던 것보다 한층 각색되어 있었다.

"아소는 궁극적으로 진실을 규명하려는 게 아니라 누군가를 깎아내려서 자기가 뛰어난 사람이라는 걸 과시하고 싶은 것뿐입니다."라든가 "그런 식으로 하다가, 거꾸로 초능력자라고 불리는 사람들과 한통속이 돼서는 사전에 입을 맞춰 놓고 저 혼자 주목받으려고 할 겁니다."라면서 자신의 억측을 단정적으로 이야기했다.

"사기꾼이란 건 내가 자주 듣는 말인데……." 와시오 씨가 씁쓸하게 웃었다. 눈꼬리에 주름이 잡히고 뺨이 경련했다. 분위기를 맞추기 위해 웃는 버릇이 몸에 밴 것 같다.

"와시오 씨는 스푼 구부리기, 할 수 있으시죠?" 내가 묻자 와시오 씨의 눈동자가 바쁘게 오락가락했다.

"할 수 있어요."

"왠지 자신 없으신 거 같네요."

"늘 되는 건 아니라서."

"언제부터 그런 게 가능하셨어요?"

"초등학교 2학년." 이런 질문이야 수도 없이 받았을 터, 와시오 씨는 곧바로 대답했다.

"전날 텔레비전에서 스푼 구부리기를 하길래, 본 대로 학교 급식 시간에 해 봤더니 많은 아이들 중에 나만 되더라고……."

"모두들 깜짝 놀랐겠네요."

"그렇죠. 다들 놀랐지요." 와시오 씨는 먼 데로 시선을 돌렸다. "네리마 구에 사셨던 건 아니죠?" 나는 무심코 말했는데 와시오 씨는 별로 신경 쓰지 않았다.

"반 애들이 모두 스푼을 가져와서 이것도 구부려 봐, 이것도 구부려 봐, 그랬어요. 아, 그래서 만지고 돌렸더니 구부러지더라고. 전부 구부러졌지. 섬뜩한 기분이 들기보다는 신 나더라고."

"그래서요?"

"담임선생님이 시끌벅적한 소릴 듣고 왔는데, 우리가 설명을 했더니 그 선생님도 자기 스푼을 가져와서 나더러 구부려 보라고 하잖아요? 그래서 스푼을 쥐고 주문을 외웠더니 그것도 구부러지더라고."

"선생님이 뭐라고 그랬어요?"

"숨겨라, 그러더라고요."

"숨기라고요?"

"그 선생님이 보는 눈이 있었어요. 그런 묘한 재주가 있으면 주위 사람들한테 괜히 밉보여 공격을 받을 거라고 판단하신 거죠. 그런 힘은 숨기라고 그러더라고요."

"뭘 모르는 선생님이었군요." 나는 깊이 생각하지 않고 말했다.

"아니, 잘 아신 거지요." 와시오 씨는 아까처럼 뺨을 떨며 피식 웃었다. "학생들도 경험이 있겠지만, 어릴 때는 다른 아이들과 다른 점, 눈에 띄는 점이 대개 마이너스 요인이 되잖아요. 눈에 띄면 손가락질당하고, 튀어나온 못이 정 맞는다는 말이 뭐 괜히 있겠소?"

"맞는 말씀입니다." 니시지마는 힘주어 말하고 찬찬히 와시오 씨에게 얼굴을 가까이 들이댔다. "뛰어난 능력은 늘 시기받고 따돌림당하죠. 맞는 말씀입니다." 모르긴 해도 니시지마는 자기가 왕따를 당했던 고등학생 시절을 떠올렸을 것이다. "요시쓰네와 갈릴레오입니다." 니시지마가 덧붙였다.

"거기서 그만둘 걸 그랬어요." 와시오 씨는 어깨를 움츠리며 빨대를 문다. "텔레비전에 나가지만 않았어도 그냥 조용히 살았을 텐데."

행인지 불행인지 와시오 씨와 같은 학교에 방송국 프로듀서의 딸이 다녔다고 한다. 학년은 하나 위지만 와시오 씨의 능력이 교내에 퍼지자 그 여자아이도 자기 아버지를 기쁘게 해 줄 마음에 그 이야기를 했다고 한다.

"나는 대뜸 좋다고 했지요. 나가서 스푼만 구부리면 되는 일이었고, 드는지 나는지 모를 정도로 존재감이 없던 나한테는 더없이 좋은 기회라고 생각했거든요."

"부모님은 와시오 씨의 그 능력을 어떻게 생각하셨나요?"

"꺼림칙하게 생각했겠죠." 와시오 씨는 히죽거리고 한숨을 내쉬었다. "하지만 텔레비전 방송에 출연하는 것은 결국 동의하셨죠. 왜냐하면 우리 집은, 뭐 이건 자랑은 아니지만, 가난했거든요. 처음 한동안은 초능력자라고들 하면서 영웅 대접을 해 주었지요. 지금 와서 생각하면 그때가 나의 황금기였던 것 같아요."

"그랬던 것이 차츰 사기꾼이라고 손가락질당하게 된 건가요?" 나는 거침없이 물었다. 사람들의 이런 거침없는 질문에 익숙한지 아니면 오히려 순진하게 들렸는지 와시오 씨 역시 망설이지 않고 대답했다. "사람을 붕붕 띄우면서 저 지붕 꼭대기에 올렸다가, 싫증 나면 사다리까지 치워 버리는 것이 대중의 심리 아니오?" 달관한 듯한 목소리였다. "매스컴이나 구경꾼들의 취미지요. 쩔쩔 매면서 지붕에서 떨어지는 꼴을 보고 즐기는 거지."

그는 황금기가 지난 후의 생활에 대해서도 말해 주었다. 와시오 씨는 처음의 방송 출연을 계기로 자주 방송에 출연하게 되었다. 그러는 동안 이런저런 잡지에도 실리면서 사람들의 입에 자주 오르내리는가 싶더니, 그다음부터는 의심의 화살이 날아들었다고 했다. 이 소년은 정말로 초능력자인가, 왜 스푼만 구부리고 포크는 불가능한가, 스튜디오에서 그렇게 땀을 흘린 이유는 무엇인가, 소년의 부모는 둘 다 마땅한 직업 없이 와시오 소년의 수입으로 먹고살지 않나 등 의심과 시기, 질투가 처음에는 한두마디, 그다음부터는 우후죽순으로 곳곳에서 튀어나왔다.

"나는 포크도 구부릴 수 있었지만 방송국이 스푼 구부리기에 집착했던 것뿐이고, 그렇게 땀을 흘렸던 것은 스튜디오의 조명이 너무 뜨거웠기 때문이었는데." 와시오 씨는 얼굴을 찡그리며 우리에게 설명했다. "우리 부모님이 직업이 없다고들 하는데 그거야 내 힘으로 어쩔 수 없는 거 아니오."

"아 참, 다른 사람의 기억을 투시하는 것도 가능하시죠?" 니시지마가 물었다. "들었습니다, 대단한 능력 아닙니까?" 처음 와시오 씨의 이야기를 했을 때는 "초능력이라기보다 초노동이라고 하는 게 낫다." 하며 무시했으면서 이제는 전폭적인 지지를 보내

듯 말했다. 요시쓰네와 갈릴레오 이야기를 그렇게 하더니만, 이제는 니시지마와 와시오로 엮을 셈인가?

"아아." 와시오 씨는 약간 피곤해 보였다. "그렇죠, 일단은, 할 수 있다고 되어 있죠."

"일단은⋯⋯이라뇨?" 내가 되물었다. "거짓말이에요?"

"아니, 아니." 그가 부정하는 동작이 초조함 때문인 것 같지는 않았다. 그런 동작도 몸에 밴 것이다. "거짓말은 아니오. 다만 스푼 구부리기도 그렇지만 될 땐 되고, 안 될 때는 또 안 돼요. 어느 때는 되고 어느 때는 안 되는지 나는 그 원리도, 이치도 모르겠어요. 옛날에는 필사적으로 조건을 생각해 내려고 애썼는데, 이젠 뭐, 포기했소. 그러니 가능하다고 덜컥 말했다가 막상 해보라고 하면 괴로워지거든요." 그러고는 고등학생 시절 텔레비전 특집방송에 출연했을 때의 이야기를 했다. "생방송이었지요."

와시오 씨는 되도록이면 생방송은 피하고 싶었다고 했다. 정해진 시간 내에 끝내야 한다는 게 부담이 됐기 때문이다. 예상대로 그때는 스푼도 구부리지 못하고, 출연자의 기억을 투시할 수도 없었다.

"그럼 그 시간에 어떻게 하셨어요?"

"그 출연자의 근황을 우연히 잡지에서 읽었었죠. 그래서 그것을 내가 투시한 것처럼 '척'을 했지. 처음엔 어떻게 잘 넘어가나 했는데, 결국 허점이 드러나고 말았지요." 그다음부터 사람들은 와시오 씨를 속이 드러난 사기꾼으로 보고, 쩔쩔매는 모습을 놀려 대기 시작했다. "그런 꼴을 당하고도 이런 식으로 이벤트 제의를 받아들이는 것은, 그 몇 푼이 아쉽기 때문이죠. 부동산 영업을 할 때도 '초능력자'라는 것은 나름대로." 거기까지 말하고 어렵게 말을 잇는다. "도움이 됩니다."

"하지만 이번 이벤트는 원만하게는 끝나지 않을 거예요." 니시지마가 심각한 얼굴로 말했다. "아소가요, 이런저런 장치를 해 놓을 거예요. 초능력을 까발리기 위한 장치를요."

"아소 씨는 학자 스타일이랄까, 현실적인 사람이니까 나 같은 사람은 마음에 들지 않겠지요. 그렇지만 난 초등학교 때부터 그런 종류의 사람들한테 수도 없이 당해 왔기 때문에 이젠 아무렇지도 않아요."

"분하지 않습니까?" 니시지마의 목소리가 무겁게 깔렸다. 그것을 참고만 있을 수 있느냐면서.

"우리들이 준비를 할 테니까 그 계획대로 아소의 입을 떡 벌어지게 해 줍시다."

"준비?"

"우리들이 축제 당일까지 아소의 행적을 조사할 겁니다. 탐정을 고용해서요. 탐정은 이미 확보해 두었으니 따로 신경 쓸 필요는 없고요. 비용도 걱정 마십쇼." 니시지마는 시원시원하게 설명했다. "그다음엔 그저 기억을 투시하는 시늉을 하면서 척척 맞히면 되는 겁니다. 하나하나 똑 떨어지게 맞혀서 그 사람 얼굴이 허예지도록 하면 됩니다."

"아소 씨에게 못할 짓을 하는 거지요. 그렇게까지 하는 건 내키지가 않네요. 불공평하다는 생각이 들어서……." 와시오 씨는 우리의 제안에 응하려 하지 않았다.

하는 수 없이 "아소 씨는 무슨 수를 써서라도 와시오 씨를 곤궁에 빠뜨리려고 한단 말이에요." 하고 가르쳐 주기로 했다. "아마 실행위원이 아소 씨가 센다이에 도착한 이후 일정을 와시오 씨에게 은근히 흘릴 거예요. 아오바 성에 간답니다, 라는 식으로요. 그건 전부 와시오 씨를 낚시에 걸려들게 하려는 거짓 정보예요. 사기를 치도록 유도할 거라고요. 속지 마세요."

와시오 씨가 나를 가만히 쳐다본다. 아소 씨가 그런 수까지 쓰려고 한다는 것 때문인지 아니면 이런 일은 이번이 처음이 아니라고 말하고 싶은 건지, 고민하는 표정이었다. 조금 있다가 마침내 그가 입을 열었다. "그게 사실이라면, 이것도 참 안 좋네요."

"연락 주세요." 나는 우리 집 전화번호를 건넸다. 지금 이 만남은 축제실행위원들에게 비밀이라고 다시 한 번 못을 박았다. 와시오 씨는 알았다고 하면서도 여전히 안절부절못했다.


14


와시오 씨와 헤어진 우리는 이제부터 뭘 할지 마주 앉아 몇 마디 나눴다. 이 길로 축제실행위원 회의에 참석할 마음도 들지 않았고, 그렇다고 달리 할 일도 없었다. 그래서 우리는 여기저기

쏘다니다가 센다이 역 앞 버스정류장을 피해 일방통행인 좁은 길로 들어섰다. 일직선으로 긴, 그 어두컴컴한 길로, 듬성듬성 셔터가 내려진 가라오케와 술집들이 늘어서 있었다.

"저기 말이야." 내가 먼저 입을 열었다. "너는 도도를 어떻게 생각하나?"

"무, 무슨 뜻입니까?" 니시지마가 움찔한다.

"아니, 무슨 뜻은……. 그냥 말 그대로 어떻게 생각하느냐고."

"지금 그 말은, 내가 참 아까운 짓을 했다, 뭐 그렇게 생각해서 하는 말 아닙니까?"

"맞아."

"너무 득달같이 대답하는 거 아닙니까?"

"너도 도도가 싫은 건 아니지?" 오래전의 일이기는 하지만 미팅에도 나갔고, 그때도 괜찮게 보이려고 양복까지 샀을 정도니까. 좁은 길에는 차들이 거의 다니지 않았지만 빨간불이 들어와 우리는 그 자리에 섰다.

"난 그런 쪽에 좀 삐딱합니다." 니시지마가 마지못해 인정했다. "도도는, 정말 예쁩니다. 나도 그건 압니다. 좋은 애라는 것도 압니다. 그래도 서로 꽤 오래 봐 왔으니까요. 하지만 그래서 말입니다. 나랑은 정반대란 것도 압니다. 도도는 가만히 있어도 주위의 시선을 받고 늘 좋다, 잘한다 칭찬받았을 거고, 그에 비해 나는요, 늘 거부당하고 따돌림당해 왔잖습니까. 이제 와서 도도 같은 플러스 전기를 띤 인간이 내게 다가오는 것은, 뭔가 잘못된 겁니다."

"내가 한마디 해도 되겠냐?"

"한마디 정돈 괜찮습니다."

"우선 예쁜 여자들이 사람들에게 긍정적으로 받아들여지는 경우가 많다는 것은 나도 수긍하지만, 그래도 나름 어려운 점 또한 많을 거라고 생각한다."

"나보다야 낫겠죠."

"가령 네 말이 다 맞는다 쳐도 플러스와 마이너스가 만나면 딱 좋은 거 아니냐?"

"기타무라, 그건 무책임한 위로입니다."

"아니, 마이너스와 마이너스를 곱하면 플러스가 된다, 는 식의 얘기가 무책임한 거지."

"근데, 도도는 어디까지가 본심일까요." 니시지마의 뺨이 살짝 떨렸다.

그야 당연히, 완전히 본심이지, 하고 나는 설교성 멘트를 날릴까 하다가 그만두고 말을 바꾸었다. "니시지마, 이런 말이 있다."

"무슨 말요?"

"쓴 여뀌의 잎을 즐겨 먹는 벌레도 있다."

"여뀌요? ……옛날부터 그거 궁금했는데요, 여뀌가 뭡니까? 얼마나 쓴데요?"

"응? 글쎄…… 아니 그게 포인트가 아니고…… 그만큼 사람은 제각각이고, 취향도 다양하다 그 말이야."

그러다가 나는 어느 틈에 우리가 그 킥복싱 체육관이 있는 거리를 걷고 있다는 걸 알았다. 이 길로 곧장 가면, 미나미가 말한, 칼을 든 강도가 나타났다는 장소가 나온다. "어!" 나는 앞을 쳐다보았다. 니시지마도 곧 "아아, 저 남자, 그 남자 아닙니까?" 하고 끄덕였다.

검은 티셔츠에 트레이닝 바지를 입은, 어깨가 떡 벌어진 남자가 전방에 있었다. 가을에 입기에는 옷이 꽤 얇아 보였지만, 남자의 다부진 몸은 추위와는 전혀 무관해 보였다. 아베 가오루. 바로 앞에 체육관이 있으니 거기서 나왔을 것이다. 저 사람이 지금 챔피언이던가 아니던가, 나는 기억을 더듬어 봤지만 잘 생각나지 않았다.

그러고 있는데 마침 아베 가오루가 옆을 스쳐 지나갔다. 여전히 박력이 넘치네, 하고 있는데 뒤에서 "어이." 하는 소리가 들렸다. 나와 니시지마는 발길을 멈췄다. 아베 가오루가 우리를 번갈아 바라보았다.

"왜 그러세요?" 우리들은 차렷 자세로 서서 대답했다.

"당신들."

"예."

"우리 체육관에서 킥을 해 보지 않겠나?"

나와 니시지마는 둘 다 영문을 몰라 아무 말도 못 하고 서 있었다.

"전에 우리 체육관 앞에서 구경한 사람들 아닌가?" 아베 가오루가 씩 웃었다.

그게 언제 적 이야기인데 하면서 놀라고, 어떻게 우리 얼굴을 지금까지 기억하고 있나 해서 또 한 번 놀랐다.

"한번 해 보지. 자네들 정도면 잘할 수 있을 거야." 아베 가오루의 말은 카리스마 자체였다. 그 분야의 정상까지 맛본 사람만이 가질 수 있는 설득력을 지니고 있었다. 그래서 우리는, 아니 적어도 나는 순간, 격투기 경험이 전혀 없음에도 내가 샌드백을 차고 연습을 거듭해 링에 올라가서 격투기 선수로 성장해 가는 모습까지 그려 볼 수 있었다.

좋아, 한번 해 볼까. 나는 그 자리에서 킥복서의 길에 한 걸음 내딛기로 결심했다. 행동은 전혀 달랐지만.

"어렵겠는데요." 나와 니시지마가 합창했다. 물론 겸손이 아니라 주제를 파악해서 한 대답이다.

"농담이시죠?"

"내가 농담이나 하는 사람으로 보이나?" 아베 가오루의 험악한 눈빛이 정통으로 우리를 쏘아보았다.

과녁이 된 우리는 두 손을 번쩍 들고 대답했다. "아니요. 그렇지 않습니다."

"다음에 또 만나면 그땐 꼭 체육관에 집어넣고 말 테다." 그는 힘주어 말했다. 권유인지 협박인지.

아베 가오루가 샛길로 들어가는 것을 지켜본 후 니시지마가 말했다. "이 근처엔 얼씬거리지 맙시다."

"어, 그래."

미나미도 강도가 나올까 봐 무섭다고 한 길이니, 누이 좋고 매부 좋고 이 길로 다니지만 않으면 그만 아닌가.

15

축제 사흘 전, 우리는 고가 씨가 조사한 내용을 듣기 위해 시내의 한 술집에서 그를 만났다. 고타쓰 테이블이 있는 별실로 들어가 맨 안쪽에 고가 씨가, 그 건너편에 나와 니시지마가 앉았다. "조사는 다 끝났나요?"

테이블 안을 들여다보고 방석을 뒤집던 고가 씨가 고개를 슬며시 쳐들고 "꼼꼼히 했지. 이게 아소의 약 일주일 동안의 행적이네." 하면서 봉투에서 종이 한 장을 꺼냈다.

나와 니시지마는 맞선 상대의 사진을 보듯 종이를 들여다보았다. 스케줄표처럼 왼쪽에는 날짜와 시간대가, 오른쪽에는 이동 장소와 행적이 적혀 있었다. 일주일 동안 아소 씨의 행적을 망라한 기록이다. 하루에 한 장, 총 여섯 장이었다. "이게 사진하고, 녹취한 거야." 봉투 안에서 사진 다발과 종이들이 딸려 나왔다.

니시지마가 그것을 거의 빼앗다시피 받아서 보았다. 나도 잠깐 보고서를 읽었다. 학생인 내 입장에서는 짐작할 수밖에 없지만, 종이에 쓰여 있는 아소 씨의 일상은 보통 사람들보다 변화무쌍하고 바빴다. 강의를 하러 대학에 가고, 대담 스케줄로 잡지사에 가고, 밤에는 친구들과 식사를 하고, 토요일에는 가족들과 어린이 영화를 보러 갔다.

"이 정도면 놀라게 할 수 있겠지?" 고가 씨가 보고서를 가리켰다.

그야 볼 것도 없이 놀랄 것이다. 이것을 보고 와시오 씨가 무대에서 "아소 씨, 당신 지난주에 영화를 보지 않았습니까?" 한다거나 "잡지사와 대담을 했군요." 하면 헉하고 얼굴이 노래질 게 틀림없다.

"그러면 안 돼." 고가 씨가 고개를 흔들었다.

"안 되다니요?"

"그렇게까지 구체적으로 맞히면 의심을 살 수가 있어. 대담 스케줄 같은 건 조사하려고 들면 충분히 알아낼 수도 있는 거니까. 뭐, 출판사에 문의했겠지, 하고 의심할 수 있다고. 그러니까 예를 들면 거기 쓰여 있는, 정류장에서 어떤 할머니가 시간을 물어봤다거나 택시에서 누가 두고 간 타월을 발견했다거나, 그런 것을 대충 뭉뚱그려서 지적하는 정도가 딱 좋을 거야. 본인도 깜빡하고 있던 것을 이쪽에서 넌지시 말하면 자기도 생각이 나서, 그걸 어떻게 알았는지 신기해하지 않겠어? 특히 택시는 자기 말고 아무도 같이 타지 않았으니 조사해서 알아내는 것도 말이 안 되고, 누구한테 미행당했다고는 생각도 못 하겠지."

"근데 그건 어떻게 조사하신 거예요?"

"여기 적혀 있어요. 도청으로 알아낸 것 같아요." 니시지마는

346

다른 보고서를 넘겨보고 있었다.

"이 정도면 사생활 침해 아닌가요? 죄책감이 드네요." 내가 머리를 긁적이며 말하자 고가 씨가 "하기야……" 하고 말했고, 니시지마는 "그러네요." 했지만, 둘 다 일말의 죄책감은 느끼지 않는 목소리였다.

"고가 씨가 직접 조사하셨나요?"

"도쿄에 있는 지인에게 부탁했지."

당신 정체가 뭡니까, 라고 묻고 싶은 충동이 다시 일었다. "근데 이거 무지 비싸지 않아요?" 전에 미나미도 말했지만 흥신소 비용은 눈이 튀어나올 정도로 비싸다고 들은 기억이 있다.

"괜찮아, 괜찮아. 모르는 사람도 아니고 그 정도야 다 이해해주지."

"그렇지만 의외네요." 니시지마가 찬찬히 말했다.

"의외라니, 뭐가?"

"아소에게는 분명 여자가 있을 거라고 생각했거든요. 내 예상이 빗나갔네요. 아무것도 없어요."

"그러네." 고가 씨도 말한다. "나도 그렇게 생각했지. 저런 남자는 여자들이 꽤 따를 것도 같고 분명 딴짓을 할 거리가 있을 거라고 예상하고 살펴봤는데 말이야. 글쎄, 뭐 이건 그냥 일주일 동안의 행적이니 좀 더 길게 쫓아다니면 결과는 달라질지도 모르지."

"바람피운 사실을 와시오 짱이 콕 집어내면 정말 재밌을 텐데." 니시지마는 어느새 와시오 씨를 와시오 짱이라고 불렀다.


16


와시오 씨가 다시 센다이를 찾은 것은 다음 날, 그러니까 대학 축제가 열리기 이틀 전이었다. 초능력 이벤트는 축제 마지막 날 이었기 때문에 아직 시간 여유가 있었다. 그런데 와시오 씨가 내 게 전화를 했다. "사실 내일 와도 되긴 하는데······." 그는 이번에 도 머뭇거리며 꼭 변명하듯 덧붙였다. "그런데······ 전에 학생들 이 말한 계획대로 하려면, 준비가 필요하겠다 싶어서."

그래서 우리는 지난번에 만났던 역 앞 찻집에서 그와 마주 앉 아 있다.

"어떻게 저희 말대로 움직일 생각을 하셨나요?"

"며칠 전에 실행위원회 학생들과 회의를 할 때 그러더라고." 와 시오 씨는 청승맞은 얼굴로 말했다.

"뭐라고요?"

"축제 당일 아소 씨가 역 구내 규탄 요리집에서 점심 식사를 하고 그 길로 아오바 성을 구경하러 간다고. 그 얘긴 며칠 전에 학생들이 내게 한 말 아닌가."

"예, 말하자면 떡밥이죠. 떡밥." 내가 말했다. 그리고 고가 씨에 게 얻은 그 '아소 씨 조사 결과'를 보여 주자 와시오 씨가 두 눈 을 휘둥그렇게 떴다.

"이거, 이 정도면 품도, 돈도 꽤 들었을 텐데……." 그는 이렇게까지 해서 아소 씨를 놀라게 하고 싶으냐며 혀를 내둘렀다. "그럼 내가 어떻게 하면 좋을까요?"

그래서 내가 물었다.

"당일 이벤트는 어떤 식으로 진행된다던가요?"

와시오 씨의 설명에 따르면 행사 일정은 다음과 같다. 강당 개장은 14시부터이고, 이벤트는 14시 반부터 시작한다. 무대 위에 의자를 놓고 오른쪽에 와시오 씨, 왼편에 아소 씨가 앉는다. "우선 내 경력이랄까, 요전에 말한 그 스푼을 구부리게 된 경위를 이야기하고, 그 후 실제로 내가 스푼 구부리기 시범을 보이고 아소 씨가 그것을 지켜보는 거지요."

"보고, 까발리는 겁니까?" 니시지마가 뚱하니 말했다.

"사회를 보는 학생이, 작은 비디오카메라로 내 손동작을 촬영해서 그것을 무대 위에 있는 큰 스크린으로 보여 줄 건가 봐요, 학생들이 다 보도록."

"그다음에 기억투시를 하나요?"

"그렇죠. 아소 씨의 손목시계나 평소 갖고 다니는 액세서리를 나한테 주면 내가 그것 위에 손을 얹고 투시하는 거죠." 와시오 씨는 투시할 때의 동작인지 앞에 있는 커피 잔 위에 두 손을 얹었다.

"그렇게 하면 다른 이의 과거가 보이는 거예요?" 니시지마가 무례하게 집게손가락으로 가리키며 말했다.

"될 때는요."

그 후 우리들은 축제 날 해야 할 준비에 대해 이야기를 나누었다. 먼저 어제 고가 씨한테 배운 대로, '극장에 갔군요.'라든지 '대담을 하셨군요.' 같은 구체적인 말은 되도록 피하고 막연하면서도 특징이 있는 사항들, '노파가 말을 걸지 않던가요?'라든가 '택시에서 뭔가를 발견하셨군요.' 같은 것을 지적하라고 일렀다.

"네, 그래야겠군요."

"근데, 최근에 성공한 것은 언제인가요?" 찻집을 나설 때 내가 물었다. "마지막으로 기억을 투시할 수 있었던 건 언제입니까?" 와시오 씨는 멈춰 서서 나를 보며 잠시 잠자코 있다가 대답했다. "한참 전요." 아주, 오래전 일이란다.

호텔로 들어가는 와시오 씨를 배웅하고 나와 니시지마는 한동안 말없이 상점가를 걸었다. 그동안 니시지마는 무슨 생각을 했는지 모르겠지만 나는 와시오 씨를 생각했다. 길거리 아르바이트생이 패스트푸드점 전단지를 건넸다. "니시지마, 내 생각에는 아무래도 와시오 씨가 초능력자는 아닌 것 같아. 옛날에는 그랬는지 모르지만 지금은 아닌 것 같다."

이렇다 할 근거는 없지만 왠지 그런 느낌이 들었다. 와시오 씨는 자신감도 없을뿐더러 진실성도 느껴지지 않았다.

"그럴지도 모르죠." 기분 나쁜 목소리는 아니었다. 어쩌면 그도 나와 비슷한 생각을 했는지도 모르겠다. "그렇지만 사기꾼은 아닙니다. 와시오 씨는 나름대로 열심히 사는 사람입니다."

"그래."

아직 사막으로 한 발짝도 내디디지 않은 우리는 상상도 할 수 없는 고난이 사회 곳곳에 도사리고 있을 것이다. 초능력도 없으면서 초능력자인 척하지 않으면 먹고살 수 없는 '지난한 삶'이 기다리고 있을 것이다. 하지만 괜찮습니다, 니시지마는 말했다. "초능력이 없더라도 저 정보만 있으면 아소 씨의 뒤통수를 칠 수는 있으니까요."

아아, 그 말은 맞네. 나도 맞장구쳤다.

하나 나는 그날 밤 와시오 씨가 초능력자가 아닌 것도 모자라 적과의 내통자였음을 알게 됐다.


"아소하고 와시오가 서로 아는 사이니?" 도도가 전화해 물었다. 밤 12시가 넘은 시간이었다. 나는 벽에 기대어 앉아 책을 읽고 있었다.

"무슨 말이야, 갑자기?"

"나 오늘 아르바이트 갔었거든."

"그때 말한 미니스커트 입고 일하는 데 말이야?" 나는 어두침침한 술집 안을 긴 다리로 성큼성큼 걷는 도도를 떠올렸다.

"그래. 근데 거기 아소하고 와시오가 왔더라."

"뭐?"

"응, 손님으로. 아소라는 사람은 나도 텔레비전에서 본 적이 있으니까, 처음에는 어머나, 하긴 했는데. 테이블에 가 앉아서 이런

저런 이야기를 받아 주다 보니까⋯⋯."

"잠깐만, 그런데, 너 아르바이트 할 때는 사람들 비위도 맞추고 애교도 부리고 그러냐?" 갑자기 궁금해서 물어봤다.

"그야 그렇지." 도도는 역시나 뚱하게 대꾸하고는 사족을 달았다. "늘 하던 대로."

늘 하던 대로라⋯⋯ 애교를 부린다는 건지 아니라는 건지.

"근데 다른 한 사람이 와시오 씨였다고?"

"응, 그렇게 불렀어. 꽤 오래전부터 아는 사이 같던데? 그냥 슬쩍 물어본 거지만." 하면서 도도가 설명한 남자의 용모는, 별 볼일 없는 회사원의 인상에 자신감이라고는 없어 보이는, 딱 와시오 씨였다.

"이벤트를 앞두고 벌이는 전초전이었나? 아니면 서로 파이팅을 교환하는 자리?"

"아니, 그보다는 단합 대회 같은 분위기던데?" 도도의 말에 김이 제대로 샜다.

"단합 대회?"

"그 두 사람 서로 정보를 교환하던데 뭐. 와시오라는 사람이 아소에게 일방적으로 흘리는 걸 수도 있지만, 아무튼 아소는 너와 니시지마의 작전을 모두 알고 있어."

"뭐? 그게 무슨 말이야?" 나는 등을 꼿꼿이 펴고 바로 앉았다. "무슨 말이냐고."

"흥신소를 이용해서 아소의 일거수일투족을 조사했다며? 그

거, 와시오가 전부 이야기했어. 학생들이 이런 정보를 입수해서
이벤트 날에 아소 씨를 놀라게 하자는 걸 보면 요즘 학생들도 만
만하게 볼 게 아니라면서 웃더라. 너랑 니시지마 얘기 맞지?"

"아마도." 두고 볼 것도 없다. "근데 왜 와시오 씨가 그런 짓
을……"

"나도 궁금해서 무슨 얘긴지 대충 물어봤거든." 그랬더니 그
두 사람은 도도가 설마 그 학교 학생이라고는 생각하지 못했는
지 순순히 설명해 준 모양이었다. 대학 축제 때 초능력 이벤트가
있는데, 사실 그것은 와시오 씨가 속임수를 써서 그런 '척'을 하
면 아소 씨가 그 실체를 밝혀내는 쇼라고. "그것을 본 학생들이
그 시간 동안 즐거워하면 되는 거야. 쇼라고 쇼. 요즘엔 정치든
격투기든 다 쇼 아닌가."라고.

"그런 얘기를 다른 사람이 듣는데 그렇게 해도 된다고 생각했
나?" 와시오 씨가 그랬다면 또 그러려니 하지만 아소 씨까지 그
렇게 경솔하게 행동할 줄은 몰랐다.

"글쎄, 그럴까?" 도도가 말했다. "술기운에 떠벌린 걸지도 모르
고, 나 같은 젊은 여자를 앉혀 두고 떠들어 봤자 무슨 일이 있겠
냐 했을지도 모르지. 어쩌면 내가 꽤 농염하게 접근을 했으니까
그 덕을 좀 봤는지도 모르고. 대개 남자는 성적性的으로 어필하
는 여자를 우습게 보는 경향이 있거든."

"그건, 분명 그래." 이 역시 경솔한 생각일지 모르지만 꼭 그럴
것 같았다.

"그래서 어떻게 할 거니?"

"어떻게 하긴 뭘 어떻게 해." 나는 이미 아무런 미련 없이 이일에 관심을 껐다. 그래서 이젠 어찌 되든 상관없다, 하고 대답하고 싶었지만 입에서는 이런 말이 튀어나왔다. "니시지마한테는 말했어?"

"아니." 도도가 말했다. "네가 말해. 어차피 니시지마는 화만낼 텐데 뭐."


17


니시지마는 화를 냈다. "와시오 짱이 아소와 왜 한통속이란 말입니까?"

다음 날 점심, 그러니까 축제 전날 학생식당에서 밥그릇을 앞에 두고 울분을 토했다. 밥알도 몇 개 날아들었다.

"아주 있을 수 없는 일은 아니야." 나는 완곡하게 표현했다. 어젯밤 내가 전화로 상황을 이야기했을 때 하토무기 씨도 그랬다. "전혀 없는 소린 아니네. 와시오란 사람도 분명 불안한 거야. 앞으로 어떻게 살아갈지……."

"살아가는 데 정답은 없으니까 말이지?"

"아마 그 사람이 본업으로 하고 있는 그 영업 일이란 것도 그리 녹록지는 않을걸? 그러던 차에 아소 씨한테서 솔깃한 얘기를 들은 거 아니겠어?"

"자기랑 한 팀이 되지 않겠느냐고?"

"응, 돈벌이가 될 거라 그러면서." 하토무기 씨가 당연하다는 듯이 이야기했다.

"그래서, 니시지마. 어떻게 할 거냐? 대안을 생각할까?"

"대안?" 니시지마는 아예 다 포기한 사람처럼, 구운 생선을 입 안에 쑤셔 넣고 우적거렸다. 나는 이제나저제나 대답이 나올까 실룩대는 입 모양만 바라보았다. 조금 있다가 그가 입을 뗐다. "됐습니다. 뭐, 그만두죠. 그런 짜고 치는 고스톱 판에는 끼어드는 게 바보입니다. 초능력을 보려고 온 관객들에 대한 배신이에요."

"그렇게 따지면 우리도 도청을 해서 속임수를 쓰려고 했잖아. 그것도 일종의 관객 모독 아니냐?"

"기타무라, 그런 걸 두고 궤변이라고 하는 겁니다."

"니시지마, 그쪽이야말로 궤변이지."

누가 궤변이든 간에 나와 니시무라가 의욕을 상실한 건 확실했다. 다행히 그다음에 있던 어학 강의가 휴강이어서 우리는 바깥 벤치에 앉아 머리를 식히기로 했다.

"비늘구름이라, 거참 이름 한번 잘 지었네요." 니시지마는 하늘을 가리키며 마치 앞만 보고 달려온 회사원이 정년퇴직 후 무기력하게 한마디 흘리는 듯, 그런 부자연스러운 여유를 보였다. 하지만 그의 말대로 물빛 하늘에 붓으로 흰 물감을 점점이 뿌려 놓은 것만 같은 구름은, 물고기 비늘과 꼭 닮아 아름다웠다.

"아, 도도다." 오른쪽으로 시선을 옮기다가 알아보았다. 앞쪽 벤치에 도도가 앉아 있다. 어렴풋이 얼굴을 알아볼 만한 거리였다.

"아아, 그러네요." 니시지마도 바라본다.

그때 도도 옆으로 남자가 다가서는 게 보였다. 다른 단대의 학생인지 처음 보는 얼굴이다. 훤칠한 키에 불그스름한 재킷을 빼입었다. 도도에게 뭔가 말을 거는데 입을 벌릴 때마다 하얀 이가 눈에 띄었다. "건치남." 나도 모르게 중얼거렸다. 도도는 여전히 무표정한 채로 한쪽 귀에서 이어폰을 빼고 남자의 이야기를 듣고 뭐라고 대꾸했다. 얼마 후 남자의 표정이 확 밝아지면서 그의 건치가 더욱 빛을 발했다. 경쾌한 발걸음으로 자리를 뜬다. 도도가 다시 이어폰을 귀에 꽂는다.


도도, 하고 불렀더니 도도가 예쁜 얼굴을 돌아보며 이어폰을 뺐다. 조금 전과는 달리 양쪽 이어폰을 모두 뺀 것이, 그녀로서는 나름대로 친밀감을 표현하는 것 같아 마음이 놓였다.

"여기서 뭐 해?"

도도가 들고 있던 전단지를 펼쳤다. "미인대회?" 글자를 읽으며 고개를 갸웃거렸다. "축제 때 하는 이벤트인가?"

"그런가 봐."

"그런 식의 행사는 성차별적이라고 여자들한테 비난받을 텐데."

"나가 볼까 해."

"도도, 참가할 겁니까?" 니시지마가 놀라서 물었다.

"그럴까 해."

"아까 누가 말을 걸던데."

"인문대학 4학년인 것 같아."

"아는 사람?"

"전혀." 도도는 뚱한 표정으로 고개를 내저었다. "언제 한번 미술관에 같이 가지 않겠느냐고."

"미술관?" 낯선 단어에 놀랐다. "미美와 술術의 집館, 미술관?" 그러고 보니 우리 학교에서 조금 떨어진 곳에 현립 미술관이 있는 게 생각났다. 도도는 건조한 말투로 말했다. "그 미술관 상설 전시가 볼만하대."

"그래서 가려고?"

"왜, 안 돼?"

"아니." 나는 즉시 대답했다. "전혀 안 될 거 없지."

그랬더니 옆에서 니시지마가 "아하, 그래요?" 하더니 흠, 하고 콧바람을 내쉬었다. 그러고는 화제를 바꾸고 싶었는지 아니면 정말로 궁금해서인지 이어폰을 가리키며 물었다. "지금 뭐 듣고 있었습니까?"

도도는 거기서 살짝 웃으며 전에 없이 쑥스러운 표정을 지었다. "라몬스. 〈투 터프, 투 다이〉." 하고 앨범명인지를 영어로 덧붙였다.

"아아." 니시지마가 안경테를 만지며 대답했다. "나도 그거 좋아합니다. 라몬스의 앨범 가운데서도 특히 좋아합니다."

"〈멧돼지〉를 듣고 있었는데 좋더라." 도도가 말했다.

"디 디 라몬의 그 곡은 정말 멋지지요." 니시지마가 여세를 몰아 대꾸했다. 나는 옆에서 두 사람의 대화를 들으며 생각했다. 미술관과 〈멧돼지〉 중에서는 아무래도 미술관 쪽이 이길 것 같군.

조금 있다가 도도가 물었다. "그래서 너희들은 어떻게 할 거야?" 해가 기울기 시작하면서 도도의 등 뒤에 긴 그림자가 드리워졌다. 왠지 니시지마와 내 그림자보다 몇 배는 더 어른스러워 보이는 것이 인생을 몇 발짝 앞서 나가 있는 느낌이었다.

"어떡하긴 뭘 어떡합니까, 우리는 미술관 같은 데 안 갑니다."

"아니, 축제 말이야. 아소의 뒤통수를 치겠다며."

"그건 뭐 이제 될 대로 돼랍니다." 니시지마의 말에 나도 옆에서 고개만 끄덕거렸다.


18


다음 날부터 축제가 시작됐지만 니시지마와 나는 학교 근처에도 가지 않고 있었다. 멋모르고 설치다 어른들의 농간에 놀아난 애송이 꼴이랄까, 맥이 쭉 빠졌다. 한번은, 내 방 전화기에 와시오 씨가 부재중 메시지를 남겼다. 아소 씨에게 들킬지도 모르지만 학생들의 정보를 바탕으로 해 보겠다는 내용이었다. 마침 그때 놀러와 있던 하토무기 씨와 같이 메시지를 들었는데, 이미 어떻게 된 일인지 알고 있는 그녀 역시 씁쓸한 표정으로 말했다.

"말은 잘하네."

도리이가 전화한 것은 그다음 날, 그러니까 축제 이틀째였다.

"마지막 날 같이 가자."

나는 갈 마음이 없다고 했지만, 도리이는 이야기를 다 듣고도 부추겼다. "알 만큼 아는 성인들이 초능력에 대해 이러쿵저러쿵 떠들고, 또 뻔히 보이는 연극을 한다니 웃길 거 아냐, 구경 가자. 그리고 너 그 얘기 들었냐? 도도가 미인대회에 나간다잖아."

"어어, 들었어."

"보고 싶지 않냐? 다른 학교 애들도 올 거래. 수영복까지는 아닌 모양이지만, 다시 없는 기회잖아."

"무슨 기회?"

"여자의 몸을 유심히 살펴봐도 희롱이니 변태니 하는 소리를 듣지 않을 좋은 기회." 크하하 하고 도리이가 웃었다. 그러다 옆에 미나미가 있는지, 응 그래? 그럼 싫어한다고? 알았어, 하고 조금 떨어져서 말하는 소리가 들렸다. "그렇지만 도도라면 1등을 할지도 몰라."

"미나미랑 둘이서 사이좋게 가면 되겠네."

수화기 저편에서 부스럭대는 소리가 났다. 뭐야, 무슨 일이야, 하는데 "기타무라, 우리 다 같이 가자. 이런 것도 다 학창 시절 추억이잖아." 하는 미나미의 소리가 튀어나왔다. 기분이 좋은지,

목소리가 귀여운 나팔 소리를 연상시켰다.

"거봐, 미나미도 그러잖아. 1시에 학생식당에서 보자."

도리이와의 전화를 끊고 난 후, 나는 잡지를 읽고 있는 하토무기 씨에게 통화 내용을 말해 주었다. 하토무기 씨가 기다렸다는 듯이 "가자, 가자." 하기에, 더 이상 빼기도 뭐해서 그러자고 했다.

다음 날 학교에 가니 입구에는 아치 장식이 되어 있고 평소에는 한산하던 부지에 천막과 간판이 어지럽게 서 있었다.

"이런, 정신이 하나도 없네." 도리이가 말했다.

"생각보다는 덜하네요." 니시지마가 뚱하게 대꾸했다.

강의동 서쪽으로 무대가 마련되어 있었다. 지금은 밴드가 나와 연주하고 있지만 도리이 통신에 의하면 앞으로 10분 뒤에 미인대회가 시작된다고 했다. "아, 미인대회 중에는 남자들이 출전하는 코너도 있잖아. 미남대회. 자기 한번 나가 보는 게 어때?" 하토무기 씨가 팸플릿을 보며 말했다. 됐습니다, 나는 피식거리면서 "니시지마, 나가 보는 게 어때?" 하고 떠넘겼다.

"그래요? 내가 한번 나가 볼까요?" 니시지마가 심각한 얼굴로 고민을 하는 모습에 우리는 다 같이 웃음을 터뜨렸다. "왜들 웃는 겁니까." 니시지마는 삐치기도 잘한다.

"그래도 어떻게 도도가 저런 행사에 다 나가네." 내가 지나가는 말로 한마디 했다.

"간지가 꼬드긴 거 아니야?" 도리이가 대답했다.

"간지가?"

"그 자식이 실행위원인가 뭔가 하잖아. 며칠 전에 도도가 간지랑 걸어가는 걸 봤거든. 아니면 혹시 두 사람 사귀는 거 아냐?"

도리이는 니시지마에 대한 도도의 짝사랑에 대해서는 전혀 몰랐고, 또 그건 상상도 못 할 일이니, 그야말로 본 대로 느낀 대로 한 말이다.

"그치? 미나미도 봤지? 서로 꽤 사이가 좋아 보였잖아."

"글쎄, 그냥 서서 이야기만 한 것 같기도 했고." 미나미는 단정 짓지 않고 얼버무렸다. 미나미의 말본새로 보건대 이미 도도와 니시지마의 사이를 알고 있는 것 같았다.

나와 하토무기 씨는 어떻게 반응해야 좋을지 몰라 약간 긴장하며 니시지마 쪽으로 시선을 돌렸다. 그는 평소와 똑같은 뿌루퉁한 표정으로 "허어." 하기만 했다.

사람들이 하나둘 몰려들었다. 도리이가 그 광경을 보며 말했다. "저 봐, 여자를 맘껏 쳐다보고 싶어 하는 사람들이 저렇게 많다고."

그때 무대 위에 화려한 의상을 입은 사회자가 모습을 드러냈다. 나름 엘비스 프레슬리처럼 연출했는데, 그야말로 싼 티 나는 엘비스였다. 위아래에 현란한 장식이 주렁주렁 달린 흰옷을 입고 굽 높은 부츠도 신었다. "자 자, 여러분 오래 기다리셨습니다."

잠깐만, 저거 간지 아냐! 도리이가 제일 먼저 알아봤다. 듣고 보니, 가짜 털로 구레나룻을 만들어 붙이고 커다란 안경으로 변장했지만, 간지였다. 그는 쓰러지는 여성을 받쳐 주듯 마이크를 끌어안고 간사 역을 맡은 간지라고 자기소개를 한 뒤 혼자 헤벌쭉 웃었다. 저 자식 졸업할 때까지 저 소리를 할 건가, 도리이가 웃었다.

그러게 말이야. 고개를 끄덕이면서 흘깃 보는데, 도리이의 뒤에 서 있던 중년 부부가 도리이의 왼팔을, 팔 없이 소매만 펄렁거리는 셔츠를 가리키며 둘이서 뭐라고 소곤거렸다. 내 시선을 느꼈는지 도리이와 미나미도 언뜻 뒤를 돌아다본다. 중년 부부는 어색하게 입을 다물고 딴청을 피웠다. 무슨 일이 있었는지 곧 눈치챈 모양이지만 도리이와 미나미는 아무 말도 하지 않고 괜찮다는 눈빛으로 나를 보았다.

무대 앞에 열 명 정도의 심사위원들이 철제 의자에 앉아 있었다. 개중에는 교수도 있었고, 조교도, 매점 아주머니와 미식축구부 학생도 있었다. 먼저 심사위원이 소개되고, 이어서 후보자들이 한 명씩 호명에 따라 무대 위로 올라왔다. 미인대회라고는 해도 학생들이 기획한 것이라 그다지 무대가 거창하지는 않았다. 오히려 외진 바닷가의 해변 무대처럼 허술했다. 하지만 등장할 때의 음악과 후보자들의 공들인 의상만큼은 꽤 볼만해서 점차 분위기가 달아올랐다.

그중에서도 간지의 후보자 소개는 할리우드 영화의 예고편이나 프로레슬링 개막식의 요란한 선수 소개만큼이나 유쾌했다. 예를 들면 "다음 후보자는 안경이 어울리는 나라에서 온, 안경

미녀로서 방년 20세, 환갑까지는 아직 40년이란 유구한 세월이 남은 꽃띠. 궁술 외길 인생. 아무개 양." "다음 후보자는 본 대학의 구내 서점에서 근무하는 카운터 걸! 좋아하는 소설가가 누구냐는 질문에, 나는 그리 쉽게 누구를 좋아하는 스타일이 아니라고 말해 더욱 유명해진 아무개 양." 이런 식이었다.

요란한 음악이 울리고 약간은 쑥스러워하면서 후보자들이 나타나면 관객들이 박수를 보냈다. 간지가 후보자에게 다가가 마이크를 들이대고 몇 마디 하고 나면 심사위원들과의 질의응답이 이어졌다. 원만한 분위기 속에서 간지가 느닷없이 후보자들에게 자기 자랑을 해 보라고 마이크를 들이대 긴장한 후보들이 당황하기도 하고, 어떤 후보는 그 자리에서 재치 있게 받아쳐 웃음을 자아내기도 했다. 우리들은 점점 행사에 빠져들었다.

"다음 후보자는 무표정의 여신." 하고 간지는 도도를 소개했다. "애교 없기로는 스치는 바람 같고, 아름답기로는 너른 수풀 같습니다." 하면서 시답잖은 묘사를 늘어놓고는 "이 후보자가 입학한 이래 본 대학과 타 대학을 막론하고 모든 남성들이 데이트를 신청했지만, 하는 족족 퇴짜를 맞고 격침당했습니다. 캠퍼스에는 나가떨어진 남성들의 시체로 발 디딜 틈이 없습니다. 산 너머 산입니다. 자! 여러분 그 산 정복을 목표로, 그리고 저를 비롯한 시체들의 원혼을 달래는 것을 목표로, 모든 남학생들은 하나 되어 이 후보자를 정복합시다!" 다른 후보자들보다 곱절은 더 열과 성을 다해 소개했다.

신비한 분위기의 색소폰 연주와 함께 도도가 천천히 무대 위로 올라왔다. 날씬하게 떨어지는 검은색 원피스를 입어 화려한 맛은 없었지만, 관객들이 일제히 침을 꿀꺽 삼키는 걸 나는 느꼈다.

"역시 탁월한 미인이야." 하토무기 씨가 흐뭇하게 내 귓가에 속삭였다.

도도는 평소와 다름없이 형식적인 웃음이나 애교스러운 동작 하나 선보이지 않았고, 우리에게는 별로 위화감은 들지 않았다. 하지만 다른 사람들 눈에는 억지로 끌려나온 후보처럼 보였을 게 틀림없다. 간지는 도도에게 몇 가지 질문을 하고, 도도는 짤막하게 대답했다.

"좀 더 상냥하게 하면 좋을 텐데." 도리이가 싱글거리며 말한다. "니시지마, 넌 어떻게 생각하냐?"

그러자 니시지마는 시큰둥하게, 글쎄요, 그러더니 길게 숨을 내쉬었다. "나는 이만 가 보겠습니다. 이제 대충 볼 건 다 봤으니까요."

"뭐야, 이제부터 진짜지. 좀 더 보자."

"됐습니다. 그리고 보니 조금 전에 본 간판에 대학 구내 일주 울트라 퀴즈라나 뭐라나 써 있던데 거기나 참가하겠습니다." 니시지마는 그러고 나서 사람들 틈바구니를 헤치고 뒤쪽으로 사라졌다.

"야! 그럼 이따가 강당에 초능력 쇼 보러 올 거지?" 도리이가 멀어지는 니시지마의 등에 대고 소리쳤다.

나와 하토무기 씨는 서로 얼굴을 마주 보고 아무 말 없이 어깨를 한 번 으쓱했다가 다시 무대 위로 시선을 보냈다.

"니시지마가 왠지 좀 이상한데?"

"글쎄." 내가 대답했다. "근데 도리이, 너 키가 좀 컸냐?"

도리이는 눈을 왕방울만 하게 뜨면서 대꾸했다. "그건 또 무슨 소리야?" 그러면서 자기 다리를 본다. 요즘 다리에 근육이 좀 붙고 체격이 좋아지기는 했다며 중얼거렸다.

그다음에도 우리들은 간지의 활약상과 미인대회 진행을 지켜보았다. 모든 후보자들의 소개가 끝나자 다시 한 번 모든 후보자들이 무대 위로 올라와 일렬로 쭉 늘어섰다. 그리고 열 발자국씩 걸어 봐라, 뒤를 돌아봐라, 가장 좋아하는 단어를 큰 소리로 말해 봐라, 절대 심사숙고한 것으로는 보이지 않는 심사위원들의 주문에 따라 행동했다. 뚱한 표정으로 시키는 대로 하는 도도가 너무 우스웠다.

시답잖은 대화가 몇 마디 오가고, 요란한 팡파르와 간지의 멘트에 이어 우승자가 발표됐다. 예상을 뒤집고 우승자는 도도가 아니었지만, 생각해 보니 그럴 만도 하다는 생각이 들었다.

"아니 저게 뭐야, 결과가 뭐 저래!" 미나미가 불만을 토했다.

"저거 미리 짠 거 아냐?" 하토무기 씨도 항의했다. "도대체 뭐가 잘못됐는데?"

나와 도리이는 두 사람을 진정시켰다. "실수로라도 방긋하지 않은 게 패인이었어."

"모나리자가 폭소하는 거 봤어?" 하토무기 씨는 흥분을 가라앉히지 못했지만 어쨌든 대회는 끝이 났다. 그 뒤에 남자 부문이 시작된다기에 우리들은 서둘러 자리를 떴다.

19

강의동에서 아래로 몇 분 걸어가면 기념강당이 나온다. 건물 앞 입간판에는 '아소 고이치로 대 초능력자의 한판 대결!'이라고 적혀 있었다.

"벌써 시작했네." 나는 시계를 보며 말했다. 시작은 2시 반부터니 이미 30분이나 지났다.

매표소에서 티켓을 사고 있는데 뒤에서 니시지마가 달려왔다. 숨이 턱에 차서 헐떡인다. "헉헉, 딱 맞춰 왔네요." 겨우 숨을 고르면서 티켓을 산다.

"퀴즈대회, 어떻게 됐어?"

"매점의 OX 퀴즈까지는 올라갔는데, 거기서 떨어졌습니다. 근데 〈스타워즈〉의 다스 베이더가 다테 마사무네의 갑옷을 참고했다는 얘기를 들어 본 적 있습니까?" 하고 구시렁대는 걸 보니 그 문제에서 떨어진 모양이다.

500명 정도 수용하는 작은 홀이 거의 꽉 찼다. 어둠 속에서

둘러본 것이기는 했지만 빈자리가 보이지 않았다. 정면에 있는 직사각형 무대에만 조명이 비쳤는데, 법정의 피고석과 검사석을 본떠 배치한 듯 테이블이 놓여 있었다. 오른쪽에서 일어난 와시오 씨가 가운데 의자에 나와 앉는 참이었다. 무대의 맨 안쪽에는 정사각형 스크린이 걸려 있었다.

와시오 씨의 옆모습이 스크린에 비쳤다. 자세히 보니 단상에서 한 학생이 작은 비디오카메라를 들고 있었다. 그가 촬영한 영상이 스크린에 재현되는 것이다.

도리이가 마지막 열 오른쪽 끝에 빈자리를 발견하고 이쪽으로 오라며 손짓했다. 우리는 엉거주춤 허리를 굽히고 이동하여 그 끝자리에 앉았다. 도리이와 미나미, 니시지마 세 사람이 앞에 앉고 나와 하토무기 씨가 뒷줄에 앉았다.

"와시오 씨, 잠시 기다려 주십시오." 아소 씨의 목소리가 장내에 울려 퍼졌다. 목소리는 컸지만, 흥분하는 기색은 전혀 없었다. 왼편 테이블 앞에 서 있다가 가운데에 있는 와시오 씨 곁으로 다가간다.

"대단히 죄송하지만 제가 준비한 스푼으로 시범을 보여 주시겠습니까?" 이제 막 와시오 씨가 스푼 구부리기를 보여 줄 차례인 듯했다.

"이것은 요 앞 학생식당에서 빌려 온 보통 스푼입니다." 하고 먼저 밝히고 뒤이어 말했다. "의심하는 것은 아닙니다만, 이번엔 제가 초능력을 검증할 차례니 최선을 다해 보겠습니다. 물론 이것은 충분히 설명을 하고 식당에서 빌려 온 것이니 나중에 꼭 돌려 드리겠습니다."

그러자 사회를 맡은 학생이(지난번 회의 시간에 본 레게 머리 실행위원장이었다) 아소 씨의 말에 얼추 장단을 맞춘다. "그렇지만 와시오 씨가 스푼을 구부리면 돌려줘도 쓸 수가 없겠네요." 장내에 웃음소리가 퍼졌다. 와시오 씨는 처량한 표정으로 아소 씨에게서 스푼을 건네받아 두 손으로 만지기 시작했다. 그 손동작이 스크린에 비쳤다.

"어때? 네가 보기엔?" 도리이가 미나미에게 물었다. "진짜 같아?"

"글쎄 나한테 물어본들 내가 뭐 전문가인가……." 미나미는 작은 소리로 웃었다.

"전문가라기보다 그냥 넌 진짜잖아." 도리이가 나직이 말했다.

결론부터 말하자면, 와시오 씨는 스푼을 구부리지 못했다. 스크린에 비친 얼굴이 땀으로 번들거렸던 이유는 조명 때문만이 아니었을 것이다. 고개를 떨구고 "오늘은 안 되네요." 하는 와시오 씨는 너무도 힘이 없어 보여, 이것이 아소 씨와 공모한 연기라는 걸 몰랐다면 조감형인 나도 퍽이나 안됐다고 동정을 보냈을 것이다.

하지만 그 '다 큰 어른들의 뒷거래'를 알고 있는 이상, 능청스러운 두 사람의 연기에 그저 고개가 설레설레 절로 저어졌다. 무대 위에서 오고 가는 말들은 미리 짠 각본에 따른 것이다. 간단히 말해서 '쇼'다. 오히려 거기서 두 사람이 진작 아는 사이라는 것을 모르는 사회자가 "와시오 씨, 어떻게 된 거예요? 왜 못 하시는 거예요?" 하고 짓궂게 묻는 모습에 와시오 씨가 가련해 보일 정도였다.

"와시오 씨, 오늘은 안 된다고 말하는 것 역시 과학적이지 않습니다." 그러면서 아소 씨는 무대에서 걸음을 옮겼다. 그리고 스푼 구부리기를 비롯한 이른바 초능력이라는 행위에 대해 비판하기 시작했다.

"왠지 재수 없네, 저 사람." 도리이가 나를 돌아다본다. 누가 아니래, 하는 기분으로 나도 고개를 끄덕였다. 미리 이야기를 들은 하토무기 씨도 막상 아소 씨의 자신만만한 연설을 직접 듣자 불쾌감이 더한지 미나미에게 귀띔했다. "미나미 짱, 저기 있는 스푼, 미나미 짱이 가서 확 구부려 버려."

"맞다, 미나미 한번 해 봐." 도리이도 말했다.

"에이, 무슨 소리야……." 미나미가 놀란 표정으로 손을 내젓는다.

그러는 동안 무대 위에서는 와시오 씨의 기억투시가 시작됐다. 자, 이번엔 어쩌려나, 나는 자세를 바로잡고 지켜보았다. 와시오 씨는 아소 씨의 시계를 빌려 두 손을 위에 얹고 눈을 감은 다음 명상하는 시늉을 했다. 그 표정이 스크린에 크게 비쳤다. 나이도 먹을 만큼 먹은 어른이, 천진하게 기도하는 아이처럼 앉아 있는 모습은 보기에 따라서는 코미디의 한 장면 같아서, 숨죽이고 지켜봐야 하는 상황임에도 나뿐만 아니라 관객들 모두가 터져 나오려는 웃음을 참고 있었다.

와시오 씨가 눈을 떴다. "당신의 지난주 행동이 어렴풋하게나마 보입니다."

"그거야말로 기다리던 말입니다." 하는 아소 씨가 정말로 기대하는 표정이라, 더 가증스러웠다.

"저 여유 만만한 모습, 엄청 거슬리네." 도리이가 삐죽거렸다.

"이쪽도 만만찮다는 걸 보여 줬으면 좋겠어." 하토무기 씨가 고갯짓했다.

"수요일, 당신은 누군가와 일에 관해 이야기를 나누지 않으셨나요? 예를 들면 대담 같은 것 말입니다." 와시오 씨는 그렇게 시작했다.

"오!" 니시지마가 놀라 작게 비명을 질렀다. "우리의 자료를 일단 써먹긴 하는군."

계속해서 와시오 씨는 말을 이었다. "또 가족분들과 극장에 가지 않으셨나요?"

아하, 역시. 나는 생각했다. 장내에 긴장감이 돌았다. 와시오 씨의 지적에 '초능력자가 드디어 반격을 시작했다.'고 생각하면서 관객들도 숨죽여 지켜보는 분위기였다. 위원장 겸 사회자인 레게 머리도 무대 위에서 불안한 표정으로 아소 씨를 보고 있다. 선생님, 이건 예상치 못한 일인데…… 괜찮으세요, 하는 눈치다.

조금 있다가 아소 씨의 점잔 빼는 목소리가 마이크를 통해 장내에 퍼졌다. "와시오 씨, 그 정도 일은, 내 사무실이나 출판사에 문의해 보면 금방 알 수 있는 것이고요, 극장에 간 것도 제 옆집에 물어보면 알 수 있습니다. 외출할 때 이웃에게 택배 올 것 대신 좀 받아 달라고 부탁을 했거든요. 들어 보니 너무 구체적입니다. 그 정도면 초능력이 아니라 뒤를 캔 거지요."

여기저기서 웃음소리가 일었다. 뭉쳐 있던 공기가 흐물흐물 풀어지는 분위기였다.

다행이네, 그냥 뒷조사를 한 거였어? 하고 안도하는 분위기였다.

뭐야, 대체 이런 분위기는……. 모두들 초능력이 이 세상에 존재하는 게 그렇게 두려운 건가? 존재해서는 안 된다는 건가?

아소 씨는 다시 옛날부터 지금까지 행해져 왔던 예언과 투시 능력에 관련된 속임수에 대해 장광설을 늘어놓기 시작했다.

"저 와시오라는 사람이 밑거름이 되어서 아소의 강연회 분위기를 띄워 주는 느낌이야." 하토무기 씨가 말했다.

"두 사람이 손을 맞잡고 이 세상에서 아예 초능력의 씨를 말리고 싶어서 저러나?"

"그렇지만 와시오라는 사람은 초능력자 맞지?" 도리이가 생각하다 한마디 했다.

그 물음에는 내가 대답했다. "옛날엔 그랬지." 이전에는 확실히 그 능력을 갖고 있었지만 지금은 다 없어졌고, 그저 남들 눈을 속이는 정도밖에 안 될지도 모른다. 어릴 때부터 저 사람의 인생을 그늘지게 한 것은 초능력이고, 그래서 저 사람은 아마도 그런 능력만 없었더라면, 하면서 후회하고 있을지도 모른다. 혹시 그래서인가? 나는 속으로 생각했다. 그 같은 원망을 해소하기 위해 아소 씨를 위한 피에로가 되면서까지 차라리 초능력이란 것에 복수를 하고 있는 건 아닐까.

나는 말해 주고 싶다. 와시오 씨, 만약 내 생각이 맞는다면 그건 자기 연민치고는 너무 혹독한 겁니다.

"너무 일방적이라 보기가 좀 그러네." 도리이는 여전히 불쾌한 표정으로 투덜댔다. "미나미, 뭔가 좀 보여 줘라."

"뭔가?"

"아예 저 아소라는 사람을 공중으로 날려 버려. 자동차도 날리는데 사람이라고 못 할 거 있어?"

"에이, 그건 안 돼." 미나미가 말한다. 나만 그렇게 생각하는지는 몰라도, 미나미의 말투가, 꼭 부인이 남편을 대하는 느낌이었다. "자동차도 한참 동안 해 보지 않았고, 덩치가 큰 건 아마 안될 거야."

"그럼 작은 건? 저기 책상 같은 거." 도리이는 좀처럼 포기하지 않았다.

"저것도 너무 클지 몰라." 미나미가 대답했다. 초능력을 부정하는 자리에 이렇게나 자연스럽게 초능력 이야기를 하는 여학생이 앉아 있는 것도 참 묘했다.

"여러분, 여기서 잠깐 끼어들겠습니다." 제 삼의 목소리가 울려 퍼진 것은 바로 그때였다.


20


무대 위에 나타난 사람은, 간지였다. 싼 티 나는 엘비스 프레슬리 분장을 한 간지가 손을 흔들며 무대 뒤에서 튀어나왔다. 야외무대에서는 그렇다 쳐도, 조용한 토론회 분위기인 이 강당에서는 위화감을 불러일으키는 등장이었다. 이것이 시나리오에는 없는, 예기치 못한 해프닝인 것은 아소 씨와 사회자의 떡 벌어진 입을 보면 알 수 있었다.

"갑작스러운 출연에 대단히 죄송합니다. 간사 역을 맡은 간지라고 합니다." 그는 또 단골 대사를 날리고 이어 말했다. "자, 여기 모인 여러분께 꼭 보여 드리고 싶은 게 있습니다."

"뭡니까, 저거." 그쯤 되니 니시지마도 놀란 모양이다.

"자, 그럼 이것을 봐 주십시오." 간지가 말하며 무대 앞 스태프에게 손으로 신호를 보냈다. 곧 스크린에 사진이 크게 비쳤다. 처음에는 뭔가 했는데 자세히 보니 파악이 됐다.

"무슨, 사진 같은데?" 미나미가 눈을 가늘게 떴다.

"오른쪽에 있는 사람, 아소 씨잖아." 도리이가 알아본다.

"왼쪽에 있는 건 와시오네." 하토무기 씨가 말했다.

"가운데 있는 건 도도 아니야?" 내가 소리쳤다.

"맞아, 저거 나야." 뒤에서 들리는 소리에 우리들은 허둥지둥 자리에서 일어나 뒤를 돌아봤다. 바로 뒤에 도도가 서 있었다. 도도가 난간에 몸을 기대고 있었다.

"어떻게 된 거야?" 나는 모두의 궁금증을 대변해서 물었다. 장내는 떠들썩하고, 맨 끄트머리에 있는 우리의 움직임에는 아무도 신경 쓰지 않았다.

다시 한 번 스크린을 보았다. 스냅사진 같다. 미니스커트를 입은 도도가 소파 가운데에 앉아 있고 그 양옆에 아소 씨와 와시오 씨가 앉아 있다.

"나는 이 사진을 모처에서 입수했습니다." 간지가 신이 나서 말했다. "이 초능력자와 그것을 규탄하고자 하는 꽃미남 학자는 사실 사이좋은 술동무였나 봅니다. 아름다운 호스티스를 앞에 두고 이렇게 헤벌쭉한 것 좀 보십쇼." 방방 뜬 목소리로 간지가 말을 이었다. "초능력을 경계하기 이전에, 우리는 이 두 사람부터 경계해야겠습니다." 큰 소리로 말한다.

"이거 네가 아르바이트하는 데서 찍은 사진 아냐?" 나는 도도의 얼굴을 다시 쳐다보며 물었다.

"저 사진은 가짜요, 인위적으로 조작된 거요." 무대 위에서 아소 씨의 목소리가 멀리서 들렸다. 찰나적인 동요는 있었지만 냉정을 유지하려 애쓰는 모습이다. "합성이요."

"쿨하지 못하게." 하토무기 씨가 작은 소리로 말하자 도도가 털어놨다.

"사실 저건 합성사진 맞아."

뭐? 나는 다시 한 번 놀랐다.

"두 사람이 내가 아르바이트 하는 곳에 온 건 사실이지만 사진 같은 건 있을 리가 없잖아."

"그럼 저건?"

"합성한 것 맞아. 다른 손님과 찍은 사진에다 합성한 건데 감쪽같지?"

"누가 저런 걸 했어?" 내가 묻자 도리이가 바로 대답했다. "야마다가 한 거냐?"

"야마다?"

"그 자식, 저런 사진 합성이 취미라고 했었잖아."

"지난번에 너희들이 우리 집에 와서 말해 줬잖아." 도도가 말했다. 야마다에게 부탁한 모양이다.

"저건 그럼 도도가 기획한 일입니까?" 니시지마도 어리둥절한 표정이었다.

"기획이라기보다, 그냥 생각나길래." 도도는 아무렇지도 않게, 여전히 쿨하게, 고개를 끄덕였다. "간지가 축제실행위원이라고 하길래 잠깐 부탁한 거야."

"간지도 한몫했군." 도리이는 씩 웃으며 위로 쭉쭉 삐친 머리를 만졌다. "다시 봐야겠는걸."

"미인대회에 나가는 것과 교환 조건으로 도와준 거야." 도도가 말했다.

그랬구나. 간지와 둘이서 걸어간 것은, 그러니까 이 이야기를 하려고 그런 것 같다. 장내는 꽤 소란스러웠다. 간지가 분위기를 능숙하게 부추겼다.

무대 위로 다시 시선을 돌렸다. 아소 씨는 바짝 긴장한 얼굴로 스크린의 사진을 없애려고 기계를 만지고 있었다. 와시오 씨 역시 당황하기는 했겠지만, 너무도 돌발적인 상황에 오히려 속이 후련한지 처음보다 편안한 표정으로 웃고 있었다.

"와시오 씨, 뭐가 좋다고 그렇게 웃고 있습니까?" 아소 씨가 불편함을 드러냈다.

"아소 씨, 우리들이 진 겁니다." 와시오 씨가 웃으며 말했다.

"이게 무슨 시합입니까. 이기고 지고의 문제가 아니잖습니까."

"예기치 못한 상황이라는 점에서, 이것을 초능력으로 봐도 좋지 않을까요?" 하면서 웃는 와시오 씨의 표정이 내게는 뚜렷하게 보였다. 맨 뒷자리에 앉은 나와 무대 사이는 꽤 멀었지만 눈가에 주름을 잔뜩 잡고 웃는 와시오 씨는, 초등학교 때 처음 스푼을 구부려서 반의 영웅이 되고 존경과 동경의 시선을 받으며 행복에 겨워 어깨를 으쓱하는 소년 와시오를 연상시켰다. 이벤트의 진행과 사회는 이미 흐지부지되었고 레게 머리의 사회자와 간지가 마이크 없이 서로 이야기를 하고 있었다.

"저기, 미나미." 도리이가 또 말한다. "작은 물건이면 움직일 수 있지? 저기 아소 앞에 있는 매직펜 같은 거."

"매직펜?" 미나미가 고개를 빼고 무대 위를 바라보았다. 나와 하토무기 씨도, 그리고 니시지마도 같은 자세였다. 아소 씨 근처에 매직펜이 놓여 있었다.

"저 정도 크기라면." 미나미가 말한다. "어느 정도는……."

"아소 짱한테 보여 주는 거야. 진짜 초능력을!"

미나미는 의자에 자세를 바로잡고 앉아 무대로 향했다. 우리들은 숨을 죽이고 지켜보았다. 도리이가 낮은 목소리로 "매직펜!" 하고 말했다.

관객들은 아무도 눈치채지 못한 것 같다. 30초도 채 안 돼서, 아소 씨가 의자에 앉은 채 뒤로 벌렁 등을 젖히는 것이 보였다. 매직펜이 책상에서 떠올라 눈앞까지 날아간 것이다. 붕 떠서 "만유인력이란 게 다 뭐냐?" 하고 비웃기라도 하듯이 자연스럽게 공중에 떴다. 벌어진 입을 다물지 못하는 아소 씨가 보였다. 펜은 소리 없이 제자리로 내려왔다. 그러더니 다시 한 번 튀어 올랐다. 확연히 겁에 질린 아소 씨를 확인하며 우리들은 다 같이 웃었다.

"저 정도가 한계인가 봐." 미나미가 숨을 내쉰다.

"니시지마, 뭔가 할 말 없어?" 뒤에 서 있던 도도가 물었다.

니시지마는 순간 입을 꾹 다물었다가 곧 한마디 했다. "그러고 보니, 도도 우승했습니까?"

"니시지마 씨, 궁금하긴 해?" 하토무기 씨가 놀리듯 물었다.

시간을 들여 준비한 것에 비해 이렇다 할 결과는 없었던 축제였다. 그 밖에 히로세가와 강변에서 다 함께 돼지고기 된장육수를 만들 때 무지개를 발견하고는 마구 좋아했던 일과, 니시지마가 비디오 대여점에서 빌리려던 성인 비디오 제목을 그곳 점원이 큰 소리로 확인해 주는 바람에 니시지마가 격노했던 일도 있었는데, 아무튼 가을 이야기는 이 정도로 접어 둔다.

제4장

겨울

1

12월에 접어들자 센다이 시내는 빨강, 초록, 흰색으로 뒤덮이기 시작했다. 크리스마스 장식 이야기다. 센다이 시내에서는 12월 초에 전통적으로 상가 차원의 축제도 있어 아케이드 거리에는 커다란 다시*가 등장한다. 좋게 말하면 서양과 일본의 퓨전 스타일, 대놓고 말하면 지조 없는 인상을 준다.

"벌써 겨울이네요." 니시지마는 내 앞에서 낙담한 표정으로 말했다. "이렇게, 우리의 대학 생활이 눈 깜짝할 사이에 끝나는군요."

---

* 각종 장식을 단 포장마차.

우리들은 시내 아케이드 거리에 있는 노천카페에 있었다. 평일이지만 나름대로 붐볐다.

"대학 생활의 1년이란, 정말이지 순식간에 지나가 버리네." 나는 새삼 실감하며 말했다. "근데 니시지마, 좀 말랐냐?"

"그런가요? 난 잘 모르겠는데. 내 살들은 어디로 없어진 걸까요." 니시지마가 빨대를 물고 고개를 갸웃거리며 뺨을 만졌다.

"그 아르바이트는 아직 계속하고 있어?"

"아직도 합니다. 아예 그 빌딩 경비실에 취직할까 생각할 정도입니다."

"그거 농담으로 들리지는 않는데? 고가 씨도 안녕하셔?"

"그 사람은 죽을 때까지 거기서 일할 생각인 것 같습니다."

"그 아저씨는 도대체 정체가 뭐야?" 내가 케케묵은 의문을 마침내 끄집어냈다.

"나도 모르겠어요. 수상한 건 사실입니다." 니시지마는 눈을 번뜩이다가 퍼뜩 자기 지갑에서 작은 종이 한 장을 꺼냈다. 명함이었다. 고가 씨의 이름과 함께 여러 협회와 조직명이 적혀 있었다. "고가 씨가 옛날에 쓰던 거래요."

"정체우整體友 모임? 마작의 표준화 및 교정설립위원? 이런 게 실제로 존재하기는 하는 건가?"

"글쎄 말입니다." 니시지마는 대답했다.

"실제로 있지도 않은 조직이라면 좀 곤란한 거 아냐?"

"찝찝하니까 기타무라에게 주겠습니다." 그러면서 꺼림칙한 부적이라도 되는 양 뿌리치듯 내게 들이밀었다.

"남한테 선사하는 물건은 자기가 받아서 기쁜 물건으로 하라는 말 못 배웠냐?"

"못 배웠습니다." 니시지마는 뚱하게 잘라 말했지만 바로 약한 소리를 했다. "기타무라, 나는 외롭습니다." 빨대로 달짝지근한 음료를 빨아 마시면서 말이다. "만나는 사람마다 날 붙잡고 장래를 생각하라고 채근합니다. 나는 아직 학생인데 왜 벌써들 그렇게 안달인지 모르겠습니다."

"너도 네 장래에 대해 생각해 두는 게 좋아. 딴 데 정신 팔고 있다가는 학교생활도 금방 끝난다니까."

"나한테는 지금이 바로 황금기입니다. 지금 이때뿐이라고요. 과거나 앞으로의 일은 관심 없습니다. 지금, 내가 할 수 있는 일을 할 겁니다. 아니, 사람들은 뭐 하는 겁니까. 졸업하고 대기업에 취직한다든가, 공무원이 되겠다든가, 사법고시를 보겠다든가 하는데, 그게 다 뭘 위한 겁니까? 말로는 그러면서들, 요즘 보면 개나 소나 빈둥빈둥 할 일 없어 보이는데요, 뭘."

"논문을 다 썼으니까 긴장이 좀 풀린 거지."

"우리 학교는 왜 논문, 논문 하는 겁니까? 입학논문, 졸업논문, 중간중간 주말논문도 생겼죠? 3시논문은 또 뭡니까. 나는 말입니다, 미래는 전부 미확정입니다. 자유라고요. 내년에도 학교에 다니는 것 외에 아무것도 결정한 것 없습니다."

나는 그쯤에서 길게 한숨을 쉬고 말했다. "그래, 요즘 도도는 만났냐?"

"도도." 니시지마는 영어 시간에 발음 연습을 하는 학생처럼 이름을 따라 하더니 떨떠름하게 대답했다.

"뭐, 몇 번쯤요. 하지만 그건, 저기, 셰퍼드 라몬을 만나기 위해서입니다. 셰퍼드 라몬요."

"도도, 애인이 생겼다던데."

"기타무라, 뭔가 의도가 있는 말로 들리는군요."

"그런 거 없어." 하면서 쳐다봤더니 니시지마는 입을 실룩이며 말했다.

"저 눈 좀 보십쇼, 속이 시커먼 눈입니다."

"근본적으로 네가 도도를 방치했으니 어쩔 수 없지."

"맞습니다. 나는 도도를 방치한 니시지마입니다, 네."

"아니지, 방치를 못 했으니……. 근데 미나미한테 들은 건데, 도도가 요즘 여러 남자들이랑 교제하는 모양이더라." 이번에는 정말로 의도를 담고 한 이야기다.

지난번 미인대회에 나간 이후 도도는 몇몇 사람들과 데이트를 하고 있다. 니시지마에게 차였다고 내게 말한 후 도도는 이런저런 남자들이랑 사귈까 한다고 말했었다. 그 말을 실천에 옮기는 것이기는 했지만, 그 일은 내게도 놀라웠고, 물론 학교 안에서도 화제가 됐다. 꽉 잠겼던 문의 열쇠를 발견한 양, 문이 열렸다! 광명이다! 내게도 볕 들 날이 왔다! 그런 분위기가 남자들 사이에 흘러넘쳤다.

"그런 것 같더군요." 니시지마가 마지못해 고개를 끄덕였다.

"알고 있었냐?"

"미나미가요, 일일이 내게 연락을 해요, 하나하나 빠짐없이요." 니시지마는 부러 여유로운 목소리를 내며 미나미의 말투를 흉내 냈다. "'도도, 같이 아르바이트하는 남자랑 사귄대.' '아르바이트 하는 술집에 온 손님이랑 헤어지고 이번엔 또 다른 손님, 세무사 랑 만나는 거 같아.' '젊고 잘생긴 세무사인데 그 사람이 먼저 도 도에게 접근했나 봐.' '도도, 세무사랑 헤어지고 이번엔 우리 학 교 미식축구부 부장이랑 사귄대, 니시지마.'"

"그거 참 대단하네."

"누가 아니랍니까. 역시 말입니다, 나랑은 세계가 다릅니다. 방 광염으로 졌든, 간밤에 잠을 잘 못 자서 졌든 사람들한테 한물 갔다는 평을 받는 아베 가오루가, 그래도 마음먹고 덤비면 일본 왕좌를 꿰차는 것과 마찬가집니다. 도도도 마음만 먹으면 금세 남자들이 하나둘 생긴다고요."

사실 내가 대단하다고 생각한 것은 니시지마가 미나미에게 들 은 말들을 하나하나 기억하고 있다는 점이었지만, 설명하기도 귀 찮아서 그냥 넘어갔다. "아베 가오루, 다시 일본 챔피언이 됐냐?"

"네, 맞습니다. 도리이가 며칠 전에 그렇게 말했습니다. 그 불량 한 근육남도 한다면 하는 모양입니다."

나는 그 엄격하고 금욕적인, 수행승의 분위기마저 풍기는 아 베 가오루의 모습을 떠올렸다. 입학 초기에 도리이, 니시지마와 함께 본, 석양이 들이치는 체육관에서 반라의 남자들이 땀을 흩뿌리며 몸을 움직이고 근육을 단련시키던 장면이 눈앞을 스쳐갔다. 기억이 각색되어서 그런지 그 광경은 참으로 아름다웠고, 그것을 넋을 잃고 바라보던 우리들까지 무척이나 순수하게 생각됐다.

"전에 체육관으로 나오라는 말을 들었을 때는 깜짝 놀랐지만."
하고 니시지마가 말했다.

"그땐 정말 쫄았잖아."

니시지마는 컵에 든 주스를 말끔히 비우더니 화제를 바꾸었다.

"그건 그렇고, 미국은 다시 손을 뻗치기 시작했습니다. 그 대통령이 다시 당선됐잖습니까. 도대체 무슨 생각을 하는지 모르겠습니다."

나도 신문 정도는 보는지라 그 기사는 읽은 적이 있다. 재선에 성공한 대통령은 우쭐한 기분에 그러는지, 아니면 달리 할 일이 없어서 그런지 다시금 중동을 공격하기로 결정했다. 바로 얼마 전까지 공격했던 나라의 치안도 확보되지 않았는데, 낄 데 안 낄 데 모르고 또 그 이웃 산유국에 딴죽을 걸고 있다. "핵무기 몰래 숨겨 두었죠?" "지금 당장 그거 폐기하지 않으면 우리 힘으로 쳐부술 겁니다." "석유 때문에 이러는 게 아닙니다. 중동에 지금 문제가 있으니 우리가 해결하겠다는 겁니다." "우리 미국은 이 지구의 평화를 생각하느라 여념이 없습니다." 소심하면서도 탐욕스러운, 버르장머리 없는 부잣집 아이 기질을 그대로 드러낸 선언이었다. 우리 나라의 총리도 그에 뒤질세라 나도 끼겠다며 손을 들었다.

"그것은 절대로 나의 의견과 배치됩니다. 이 세상 사람들이 나까지 줏대 없는 우리 나라 총리의 의견과 같을 거라고 생각할까봐 걱정이 아닐 수 없습니다."

"하지만 실제로 핵무기를 숨기고 있다면 그건 위험한 일이지."

"기타무라, 그런 선동에 속으면 안 됩니다. 정작 미국은 핵무기를 비롯한 대량살상무기를 감추기는커녕 떳떳하게 보유하고 있을 뿐만 아니라, 실제로 사용하고도 있잖습니까."

"그것도 맞는 말이긴 해." 나는 그저 웃고 말았다. "니시지마는 화낼 일도 참 많네."

"나는 말입니다, 여차할 때 어쩔 줄 모르고 우왕좌왕하지 않기 위해 미리 화를 내 두는 겁니다. 진작 분개해 두는 거라고요. 일 다 치르고 나서 불평해 봤자, 사후 약방문 아닙니까."

"나는 이해가 안 돼."

"기타무라 같은 사람은요, 늘 사회에 무관심하니까 막상 이 세상이 혼란스러워지면 그 길로 곧장 패닉에 빠질 겁니다. 어쩌면 좋지? 이거 왜 이러는 거야? 하면서 이리 뛰고 저리 뛰어 봤자 손에 잡히는 건 아무것도 없다, 이겁니다."

"아니, 그건 그렇고." 나는 본론을 꺼냈다. "지금부터 나랑 쇼핑

하러 가지 않을래?" 창밖으로 보이는 상점들을 가리켰다. "크리스마스 선물을 사고 싶은데."

"그런데 왜 같이 가자는 겁니까? 혼자 가서 사면 되지요." 니시지마는 마뜩잖아했다. 사실 크리스마스 대목으로 붐비는 상점에 남자 둘이 나란히 들어가기가 썩 내키는 건 아니다. 하지만 어차피 할 일도 없고 이런 것도 다 재미가 아닐까 싶었다.

"크리스마스 선물을 고르는 것도 분명히 추억이 될 거야."

니시지마는 대놓고 삐죽거렸다. "추억이라뇨, 그거 다 입바른 소립니다. 우리의 학창 시절은 아직도 많이 남았다고요."

투덜거리기는 했지만 니시지마가 정말로 싫어서 그러는 건 아니라는 걸 알기에, 알았으니까 가자고 잡아끌었다. 우리는 각자 음료 값을 지불하고 카페를 나섰다.


2


내가 프레지던트맨에게 당한 것은, 니시지마와 헤어진 직후였다. 우리는 상점을 몇 군데 돌다가 핸드백의 비싼 가격과 직원의 고압적인 태도에 질려 구입을 포기하고 식당에서 저녁을 먹었다. 아르바이트하러 간다는 니시지마와 헤어진 다음 나는 혼자 시디숍에 들러 음악을 듣다가 집으로 가던 길이었다. 선로 밑을 지나는 지하도로 연결되는 길이라 외등도 띄엄띄엄 서 있는 어둑한 장소였다.

처음 가까이 다가오는 발소리를 들었을 때는 시디숍 직원이 그렇게 오랫동안 가게 안을 얼쩡댔으면서 시디 한 장 사지 않고 나가는 건 어디서 배워 먹은 매너냐고 따지러 온 건가 했다. 그래서 오른쪽 어깨를 잡힌 순간만 하더라도 미안한 기분이었는데, 그때 귓가를 때린, 초조함과 절박함이 뒤섞인 울림에 퍼뜩 귀가 트였다.

"대통령인가."

강한 힘이 내 어깨를 잡더니 곧바로 팔을 등 뒤로 꺾었다. 소리를 지르려고 했더니 입을 왼손으로 틀어막았다. 나는 뒤로 질질 끌려갔다. 눈 깜짝할 사이라 도무지 무슨 일이 일어난 건지 알 수가 없었다. 죄 없는 내 심장 고동만이 아우성쳤다. 발을 딛고 서려 했지만 발바닥이 직직 미끄러졌다. 남자의 팔이 언뜻 보였다. 겨울인데 소매를 걷어붙였는지 맨살이 그대로 보이고, 외등 불빛에 꼿꼿하게 솟은 털이 반뜩였다.

"대통령인가?" 그가 다시 물었다. 입 냄새인지 약간 비릿한 냄새가 코를 쏘았다. 나는 몸을 좌우로 비틀어 보았지만 그는 꿈쩍도 하지 않았다. 프레지던트맨, 머릿속에 그 단어가 스쳐 지나갔다. 이 남자가 프레지던트맨인가? 한편 이건 정말 어처구니없는 일이지만, 내가 정말 대통령이랑 닮았나? 하는 생각이 스친 것도 사실이다. 그 와중에 여유가 있었던 것도, 낙천적이었던 것도 아니다. 하지만 그런 의문이 든 건 사실이다. 니시지마, 이자가 프레지던트맨이냐?

골목 안으로 끌려 들어가 낡은 아파트 부지 뒤로 나왔다. 입주자가 없는, 곧 헐릴 빌딩 같았다. 자전거 주차장으로 사용되었던 것 같은 터는 어둠 속에서도 지저분해 보였다.

"대통령인가, 대통령인가?" 결코 큰 목소리는 아니었지만, 귓가에 들이대고 불어넣는 그 소리에 나는 점점 초조해졌다.

그는 나보다 머리 하나는 더 컸다. 이두박근에 알통이 잡힌 정도로 봐서 체격은 꽤 좋은 것 같고 가슴팍도 두툼했다. 입이 막혀 숨 쉬기가 힘들었다. 고개를 흔들어 보았다. 벽돌담에 다가가더니 남자는 휙 돌며 내 뒷덜미를 잡은 채 벽돌담에 얼굴을 밀어붙였다. 뺨이 담에 맞닿았다. 오른쪽 팔이 등 뒤로 꺾여 올라갔다. 뒤에서 찍어 누르는 힘에 뺨이 짓눌렸다. 아픈 건 둘째치고 도무지 이게 무슨 노릇인지 혼란스러웠다.

뒤에서 다시 한 번 묻는다. "대통령인가?" 상대가 자꾸 힘을 주어서 그런지 꺾인 팔이 저려 왔다. 보면 알지 않느냐고 소리치고 싶었다. 그 원숭이 닮은 대통령과 내가 닮았다면 그건 다시없는 굴욕이다. 싸늘하게 뺨에 와 닿는 담벼락의 냉기와 어둠, 그리고 전날 내린 비 때문에 농도를 더한 곰팡내 때문에 불안감은 커져만 갔다. "대통령인가, 대통령인가?"

담벼락에 짓눌린 얼굴이 아팠다. 어떻게 해야 좋을지 머리를 굴려 보지만, 정신이 들었을 때는 내 입에서 "맞다, 내가 대통령이다."라는 말이 나오고 있었다. 뭐? 그 소리에 나도 놀랐다. 다만이 사람이 듣기에도 그것은 예상 외의 대답이었던 모양이다.

"그런가?" 그가 흠칫하더니 내 몸을 뒤돌리고는 등을 벽에 붙였다. 몸을 바짝 붙인다. 그러고는 왼쪽 팔뚝으로 가슴과 목 사이를 찍어 눌렀다.

코 앞으로 남자의 얼굴이 바투 다가왔다. 호흡을 바로잡으려고 필사적으로 숨을 쉬었다. 내쉬고 들이마셨다. 심장이 쿵덕쿵덕 널을 뛰었다.

"드디어 찾았다, 대통령." 남자가 말했다. 당연히 처음 보는 얼굴이었다. 코가 크고 눈은 약간 처지고 입술이 두툼했다. 턱은 뾰족했지만 마른 형은 아니다. 체격이 좋고 나이는 사십 대 전후. 나를 노려보며 남자는 턱수염으로 살짝 덮인 입술을 움직였다. "악의 진앙."

나는 곧 그렇다고 끄덕였다. "대통령에게 무슨 용건인가."

"다 너 때문이다." 남자가 말했다. 부리부리한 눈에 핏발이 서 있고, 심각한 눈빛은 역시 상궤를 벗어나 있었다.

"현장에 가 보지도 않은 놈이 잘난 척 모든 것을 좌지우지하고 말이야. 그렇게 하고 싶으면 직접 가서 하라고. 세상을 보라, 넌 눈 뜬 장님인가! 네가 온 세상을 쑥대밭으로 만들고 있잖나!"

상사를 매도하듯 미국 대통령을 질책하는 소리에 놀라 나는 침을 꿀꺽 삼켰다.

"그렇게도 전쟁이 하고 싶으면 네가 직접 가서 하라고!"

나는 상대가 눈치채지 못하도록 조심조심 오른팔을 허리춤으로 이동시켰다. 뚜렷한 의지와 작전이 있던 건 아니다. 다만 몇 시간 전의 "이리 뛰고 저리 뛰어 봤자 손에 잡히는 건 아무것도 없다."는 니시지마의 말이 생각나 정말로 손에 잡히는 게 없나 한번 넣어 본 것이다. 손끝에 작은 종이가 닿았다. 그게 뭔지 생각할 겨를도 없었다. 아무런 근거도 없이 그거야말로 나를 구해 줄 무기라고 확신하고, 그것을 끄집어내 남자를 향해 휘둘렀다. 마구 휘젓다가, 그었다. 찌직 소리가 났다. 느낌에…… 종이가 프레지던트맨의 왼팔을 그은 것 같았다.

"아." 나와 프레지던트맨 둘 다 순간 멍해졌다.

나는 그제야 내가 오른손에 들고 있던 종이를 쳐다보았다. 명함이었다. 고가 씨의 명함을 주머니에 넣어 둔 채 그냥 놔두었나 보다. 빳빳한 재질이어서인지 프레지던트맨의 왼팔에 상처를 냈다. 상처를 본 프레지던트맨은 이글거리는 눈을 부릅뜨고 나를 노려보았다. 이제 죽었구나, 순간 위기를 느꼈다. 하나 내 예상과는 달리 프레지던트맨도 찔끔해서 머뭇거리는 게 아닌가. 설마 명함 때문에 상처가 좀 났기로서니 벼르고 벼르던 대통령에게 겁을 먹은 건가? 기가 막혀 쳐다봤더니만 내게 등을 보이고 그는 자리를 떴다.

나는 얼이 빠져 한참을 그대로 서 있었다. 그러고 나서야 어쨌든 살았구나, 정신이 들었다.

# 3

"큰일 날 뻔했네. 기타무라." 도리이가 동정하듯 눈썹을 찌푸리며 말했다.

"큰일이라고 할 것까지는 없어. 그냥 뺨을 좀 담벼락에 긁힌 것뿐인데, 뭐."

"그래도 밤중에 그런 일을 당하다니, 무서워." 도리이의 옆에 있던 미나미가 말했다.

정적 속에 볼이 굴러간 후 핀이 부딪는 소리가 났다. 얼굴을 들고 레인을 보니 핀들이 사이좋게 누워 있다. 오른팔을 문지르면서 이쪽으로 들어오는 니시지마에게 도리이가 한마디 했다. "야아, 니시지마. 이거 한 게임 하는데." 우리는 앞다투어 손뼉을 치며 그의 스트라이크를 축하해 주었다.

우리는 지금 볼링장에 와 있다. 이곳으로 친구들을 불러 모은 것은 나다. 평일 저녁 시간이라 그런지 장내는 한산해서 우리 다섯 명이 두 개 레인을 독차지하고 있었다. 도리이와 미나미, 나와 니시지마와 도도가 편을 나누어 신 나게 공을 굴렸다. 처음에 우리들은 논문 내용과 진척 정도에 대해 이야기했다. 그 이야기가 어느 정도 마무리됐을 무렵 내가 전날 밤에 일어났던 일에 대해 말을 꺼냈다.

"그런데 내가 아무리 생각해도 납득할 수 없는 것은 말이죠, 기타무라는 그 미국 대통령과 전혀 닮지 않았단 말이에요." 의자에 앉은 니시지마가 입술을 실룩대며 말했다.

"그건 그래." 도도가 입을 열었다. 도리이가 고개를 끄덕였다. "그런데 근본적으로 그 사람이 노리는 것이 대통령을 닮은 남자라는 건 니시지마의 추리에 불과해."

"그렇지만 맞잖아. 기타무라를 공격한 그 사람은 기타무라에게 대통령이냐고 자꾸 물었다잖아." 도리이가 반론한다.

"응. 그렇게 물었어."

"지금까지는 피해자가 중년 남자들이었는데." 도도가 그렇잖아도 의문이었던 점을 말했다. "요즘 그 대통령이 주름 제거 수술을 받았다든가 하는 소문이 있지 않습니까? 그래서 기준이 살짝 바뀐 겁니다." 니시지마가 천연덕스럽게 말했다.

"기타무라 너는 모르는 남자였지?" 미나미가 물었다.

"이제 와서 아는 사람한테 대통령이냐는 질문을 받으면 그것도 참 통탄할 일이지."

"하지만 기타무라를 구한 것이 고가 씨의 명함이라는 게 또 신기한 일입니다. 그것을 건네준 내 덕분이기도 하고요." 자기가 쩝쩝하니까 건네준 거면서, 라는 생각이 드는 한편 그 명함에는 적을 물리치는 기운이 서려 있는 건 아닐까 하는 생각도 슬그머니 들었다. 고가 씨는 참말로 미스터리다. 하다못해 명함 한 장도 우습게 볼 수가 없다. 도리이가 일어나 볼 리턴 테이블로 가서 볼을 잡았다. 12파운드짜리 청색 볼이다. 도리이는 몸을 한쪽으로 굽히고 균형을 잡고 공을 들어 올렸다. 한 손으로 공을 다루는 모습이 아주 능숙했다. "훈련의 성과다, 기타무라. 지금은 왼팔이 있었을 때보다 더 애버리지가 잘 나와." 도리이는 자랑스럽게 말했다. "여자들 앞에서는 더 잘 나오고."

오른팔을 치켜들며 오른쪽 다리를 내딛더니 레인으로 공을 굴렸다. 공은 바닥에 마찰하는 소리도 없이 매끈하게 굴러가 핀에 도착하기 직전 고개를 까딱하듯 왼편으로 약간 커브를 틀어 1번 핀과 2번 핀 사이로 치고 들어갔다. 핀이 산산이 날아간다. 남은 건 두 개. "아아." 도리이가 안타까운지 오른손으로 뒤통수를 문지른다. 맞은편에 앉은 미나미는 도리이를 지켜보며 다정한 표정을 짓고 있다.

"잘하는데." 도도도 감탄했다.

"몸도 좋아진 거 같아." 내가 도리이의 오른팔을 가리키자 도리이는 살짝 얼굴을 붉히며 팔에 알통을 만들어 보인다. "어때, 니시지마. 나도 이제 좀 하지?"

"네. 도리이는 도리이대로 열심히 애쓰고 있습니다." 니시지마는 점잔을 빼며 말했다.

"아무튼 기타무라가 무사해서 다행이야." 미나미가 나를 보며 말했다. "프레지던트맨은 상대에게 폭력을 가하잖아, 그렇지?"

"니시지마의 말에 따르면, 세계를 위해."

"실제로 그 범인은 미국 대통령에게 원한을 품고 있는 것 같더라."

"저것 보십쇼, 내 예상이 맞잖습니까. 프레지던트맨은 세계를 위해 대통령에게 대항하는 겁니다."

"이렇게나 장기간 한결같이 대통령에게 맞선다는 것이 무엇보다 대단해." 도도가 인형 같은 얼굴로 말했다.

사실 다 맞는 말이다. 우리들이 처음 만났을 무렵부터 지금까지 프레지던트맨은, 활약이랄까 암약이랄까 범행을 지속하고 있으니, 정말로 그 꾸준함은 알아줄 만하다.

"그것을 취재, 보도하는 매스컴보다 훨씬 세상일을 생각하고 있는지도 몰라." 내가 말하자 도리이가 곧 말을 받는다. "한밤에 덜미를 잡힌 사람이 그런 말을 하냐? 크하하."

"하지만 그 자리에서 '맞다, 내가 대통령이다.'라고 대답한 기타무라도 대단해." 도도가 말했다.

"기타무라, 내가 중요한 거 하나 알려 주겠습니다." 니시지마가 안경 너머로 나를 노려보았다. "당신은 대통령이 아닙니다."

"알고 있습니다."

"그래서 그다음에 어떻게 됐어?" 도리이가 얼굴을 들이밀며 물었다.

"경찰에 신고했더니 금방 경찰차가 오더라. 그러고는 이것저것 물어보더라. 나이가 지긋한 경찰관이었는데 무지 무뚝뚝했어. 이번에도 프레지던트맨의 범행이 아닌가 생각하는 것 같았어. 물론 경찰이 프레지던트맨이라고 부른 건 아니지만." 그는 연쇄 강도범이라고 했다.

"그래서 그다음엔 어떻게 됐습니까." 니시지마가 팔짱을 끼고 나를 바라보았다. 그것으로 끝날 이야기가 아니라는 얼굴이다. 물론 거기서 끝이 아니다. 오히려, 이제부터가 본론이다. "다음 날 아침에 경찰서에서 오라고 연락이 왔어."

"그럼요, 그들은 곧장 불러냅니다."

나나 니시지마나 다케우치 씨 저택 사건의 경험으로 알고 있었다. 도리이가 범인들의 차에 치인 피해자라는데도 처음에는 오히려 우리를 의심하고, 그 의심이 풀린 후에도 다루기 쉬운 목격자로 몇 번이고 불러내 진을 뺐다. "업무상 필요한 일입니다." 형사들은 틀에 박힌 대사만 읊어 대고, 무슨 말을 해도 꼭 화를 내는 것처럼 들렸다.

"어차피 범인도 못 잡는 주제에."

"그런데 이번엔 용의자를 잡았으니 확인차 나와 달라는 연락이었어."

그 자리의 모든 시선이 일제히 내게 쏠렸다. "잡혔어?" 도리이가 눈을 부릅떴고, "프레지던트맨이?" 미나미가 물었다. "나의 프레지던트맨." 니시지마가 덧붙였다.

"대질이라고 하나? 아무튼 매직미러를 통해 취조실을 보고 확인했지."

"영화에서 본 적 있어." 도도가 한마디 보탰다.

"네 네, 있습니다, 나도 본 적 있어요." 니시지마는 흥분을 감추지 못했다. "인상 고약한 남자들 여럿이 죽 늘어서 있는 거 말이죠. 저 끝입니다, 저 맨 끝에 있는 놈이 범인입니다."

"아니, 아니야." 나는 손을 내저으며 부정했다. "여러 명 중에서 한 명을 꼽는 게 아니더라. 방에 있던 사람은 한 명뿐이었어. 방으로 들어갔는데 한쪽 벽이 유리로 되어 있었어. 그것을 통해 옆방에 있는 사람이 가해자인지 보라고 하더라."

텔레비전 드라마에서 본 것과 똑같은 상황이었다. 척 보는 순간 의자에 앉은 젊은 사람의 모습이 눈에 들어와 어디로든 숨고 싶었다. 괜찮다는, 저쪽에서는 이곳이 보이지 않는다는 형사의 말을 듣고도 걱정이 됐다.

"취조실에는 젊은 남자가 있었어. 전날 밤에 그 근처를 배회하던 사람인 모양인데."

"그냥 배회하고 있던 것만으로 의심을 받은 거냐?"

"검문을 하는데 반항적으로 나와서 경찰한테 수상하게 보였나 봐."

"경찰은 그 남자를 프레지던트맨이라고 의심한 거야?" 도도가 담담하게 물었다. 멀리서 핀이 넘어지는 소리가 울리고, 뒤따라 함성이 일었다.

"응. 그래서 내가 불려 간 거지."

"결과는?"

"다른 사람이었어. 나를 공격한 남자는 좀 더 나이가 많은 사람이었고, 어깨가 떡 벌어졌거든. 완전히 다른 사람이었어."

"에이, 그게 뭐야." 미나미는 그러면서도 괴담이 '설'에 불과하다고 판명 났을 때처럼 안도하는 모습이었다.

"프레지던트맨이 그렇게 간단히 잡힐 리가 없지요." 니시지마가 어깨를 으쓱해 보였다.

"그래서 형사한테 '다른 사람'이라고 했지." 형사들도 그 젊은 사람이 연쇄 강도범이라고 생각하지는 않는 것 같았다. 그저 태도가 너무 불손해서, 잡아들인 김에 이 녀석이 강도범이면 한 방에 끝나는데, 하고 일말의 기대를 했던 것뿐인 듯했다.

"그래서." 도리이가 고개를 갸웃거리며 말했다. "다음 이야기가 또 있겠지? 기타무라가 우리를 불러낸 걸 보면 당연히 그게 끝은 아닐 거야."

"다음 이야기라…… 있지." 내가 고개를 끄덕였다. "내가 매직미러를 통해 본 사람은 프레지던트맨이 아니었어. 그런데……."

"그런데?" 도도가 날카롭게 앞을 내다보았다.

"아는 얼굴이긴 했지."

"예?" 니시지마가 안경을 바로잡는다. "누굽니까? 나도 아는 사람입니까?"

"응." 나는 끄덕이면서 더 이상 시간을 끌기도 미안하다 싶어 말했다. "호스트 준이었어." 네 사람의 얼굴을 보았다. "아아, 그놈!"

"그거, 우연이었어?" 도리이의 얼굴이 굳었다. 그야 그럴 만도 하다. 다케우치 씨 저택의 빈집털이 사건과 직접적인 관계는 없었지만, 호스트 준은 호스트 레이치와 어울려 다녔으니 그 불행한 사건과 아주 관계없는 사람은 아니다. 도리이의 시선이 자신의 왼쪽 어깨로 향했다.

"우연이었던 거 같아." 나는 대답했다. "그날 밤 어쩌다 그 근처를 돌아다니다가 경찰의 검문에 순순히 응하지 않아서 잡힌 것뿐이겠지."

"그래서?" 팔짱을 낀 니시지마가 심각하게 처다보며 물었다. "그래서 그게 어떻다는 겁니까? 호스트 준을 미끼로 호스트 레이치를 찾아내겠다는 겁니까?"

나는 자리에서 일어나 볼 리턴 테이블까지 걸어가 손을 말리고 13파운드짜리 공을 들어 올렸다. "맞아. 니시지마."

"어떻게?" 나는 레인에 들어서서 도리이의 말을 들었다. 왼손을 내밀었다가 오른손을 뒤로 들어 올리고 왼발을 내디디며 공을 앞으로 굴렸다. 공이 손에서 스윽 떨어져 나간다. 레인을 울리며 핀을 향해 굴러간다. 나쁘지 않은 각도로 커브를 틀어 핀과 충돌한다. 핀과 핀이 서로 부딪치며 쓰러지는 것을 지켜본다. "아깝다." 도리이와 미나미의 소리가 들렸다. 나도, 아까웠다. 왼쪽 끄트머리에 핀 하나가 꼿꼿이 남아 있었다. 의자로 돌아왔다.

"어떻게 할 거야?" 도도가 물었다.

"괜찮아. 저 정도 핀은 처리할 수 있어."

"그게 아니라. 그 호스트 말이야. 니시지마가 말한 대로 그 나머지 호스트를 찾아낼 생각이야?"

"경찰서 앞에 카페가 하나 있거든. 널찍한 노천카페. 실은 거기서 잠깐 시간을 죽였어. 확신까진 아니지만 어쩌면 호스트 준이 경찰서에서 풀려나 나올지도 모르겠다 싶어서."

"그야 뭐 범인도 아니겠다, 딱히 나쁜 짓을 한 것도 아니니 풀려나겠지."

"그래 맞아. 좀 있었더니 예상대로 호스트 준이 나오더라."

말쑥한 정장 차림의 호스트 준이 약간 초조한 표정을 한 채 정문으로 나왔다. 나는 곧 자리에서 일어나 미리 준비해 둔 돈을 지불하고 카페에서 서둘러 나왔다. 교차로를 가로질러 호스트 준과 일정한 거리를 두고 뒤쫓았다. "호스트 준이 걸어가면서 휴대전화로 누군가와 통화하더라."

"그 자식인가?" 도리이가 말하는 그 자식은, 물어볼 것도 없이 호스트 레이치다.

"아마, 아닐걸? 한 10분 후에 세단을 탄 젊은 여자가 나타난 걸 보면 그 여자를 불러내는 전화였을 거야."

"물론 뒤따라갔겠죠?" 니시지마의 형형하게 빛나는 두 눈이 나를 향했다.

"물론이지." 마침 큰길 가까이에 있어서 다행이었다. 일대에는 손님을 기다리는 택시가 발에 챌 정도로 진을 치고 있었다. "택시 기사님이 꽤 센스 있는 아저씨더라. 앞차 좀 따라가 달라고 했더니 '언젠가 이런 날이 올 줄 알았다.'면서 바짝 밟아 주더라고."

호스트 준이 탄 차는 아무런 의심도 없이 달렸기 때문에 뒤를 쫓는 건 어렵지 않았다. 굳이 문제가 있었다면, 내 지갑에 든 돈이 그다지 넉넉지 않았다는 점이다. 따라서 추격전이 길어질 경우 택시비를 지불하지 못할 가능성이 있었다. 설마 돈이 모자란다는 말을 듣고도 택시 기사가 "언젠가 이런 날이 올 줄 알았다."면서 좋아할 리는 없을 테니 그 점만큼은 걱정이 됐다.

"차가 한 15분 정도 달려가더니 멈췄어." 외곽이기는 했지만 센다이 시 북단에 있는 주택가의 멋들어진 맨션이었다. 조금 떨어진 장소에서 택시를 내린 나는 맨션 입구 근처까지 걸어갔다. 호스트 준과 여자는 차를 세우고 맨션으로 들어서는 참이었다.

"오토록이었습니까?" 니시지마가 질문했다.

"응." 나는 끄덕였다. 호스트 준이 인터폰을 누르고 뭐라고 하자 문이 열렸다.

"거기가 호스트 준의 맨션이라는 말입니까?"

"그거야 모르지. 집 안에서 누군가가 문을 열어 주었으니 단순히 남의 집을 방문한 것일 수도 있고, 아니면 호스트 준을 포함해 몇몇이 같이 사는 집일 수도 있지."

그쯤에서 나는 자리에서 일어나 나머지 핀을 처리하러 나섰다. 볼을 들고 레인 앞에 서서 왼쪽 핀을 겨냥했다. 오른쪽으로 가다가 대각선으로 휘어져 핀을 맞히도록 조준하고 던졌다. 집중력이 모자랐는지 중간쯤에서 왼편 도랑으로 빠졌다.

"그래서 기타무라는 어떻게 할 생각이야?" 내가 자리로 돌아오자 도도가 입을 뗐다. 그러더니 대답도 듣지 않고 볼을 던지러 나섰다. 검은 원피스 차림의 도도는 등이 꼿꼿한 게 뭘 입어도 맵시가 났다. 사뿐사뿐 걸어가 흐르는 듯한 폼으로 빨간 볼을 던졌다. 더없이 여성스러운 폼이었다. 볼은 곧장 나아가 여덟 개의 핀을 쓰러뜨렸다.

"해 볼까?" 도도가 두 번째 시도에서 스페어 처리를 못 하고 자리로 돌아오자 도리이가 말했다. "우리가 하는 수밖에 없겠지?"

"잠깐만, 뭘 한다는 거야?" 미나미는 척 보기에도 불안한 기색이었다.

"거기 그 자식이 있을지 모르잖아."

"그 자식이라니?"

"그 범인 말이야." 도리이가 대답했다. 흥분하지도 들뜨지도 않은 목소리에 딱 도리이다운 장난스러운 말투였다. "내 팔을 뭉갠 자식들."

미나미가 슬픈 표정을 지었다가 곧 나를 심각하게 쳐다보았다. 내가 쓸데없는 말을 해서 도리이가 저러는 거라고 책망하는 듯했다. 그 시선이 너무 따가워서 그런 건 아니지만, 나는 서둘러 변명했다. "아니, 그 아파트에 범인이 있다고 단정할 수는 없어. 그냥 호스트 준이 들어갔다는 것뿐이야."

"그럼 왜 우리를 불러냈어."

그 말을 듣자 뜨끔했다. 확실히 난 '할 생각'이었나 보다.

"알아봅시다." 니시지마가 안경을 벗고 수건으로 렌즈를 닦기 시작했다. "지켜보면서 확인해 보는 겁니다."

"확인해서 뭐하게?" 미나미의 목소리가 반쯤 노기를 띠었다.

"뭐하긴, 경찰에 신고하는 거지." 도리이는 당연하지, 하면서 웃었다. "우리가 그 밖에 뭘 하겠어. 깊이 발을 담그진 않아."

그럴 거 같지 않아, 미나미가 불안한 목소리로 읊조렸다.


5


"의외로 잘 어울리네." 하토무기 씨가 도수 없는 안경을 걸친 나를 보고 말했다. 볼링장에서 만난 지 이틀 후 오후 2시, 우리들은 맨션 앞 작은 공원에 다시 모였다. 공원이라기보다 놀이 기구가 있는 작은 쉼터라는 게 더 어울렸다. 호스트 준이 들어가는 것을 목격한 그 맨션이다.

하토무기 씨가 운전하는 차에 나와 도도와 셰퍼드 라몬이 함께 타고 왔다. 하토무기 씨는 최근 큰 차로 바꾸었기 때문에 셰퍼드 라몬도 충분히 탈 수 있었다. 차 안에서 너무나 얌전히 앉아 있는 셰퍼드 라몬을 보고 나와 하토무기 씨는 감탄하지 않을 수 없었다.

"머리가 꽤 좋아, 이 개." 도도는 거의 반사적으로, 하지만 여전히 무표정하게 말했다.

"왜 내가 가면 안 된다는 겁니까?" 이틀 전 니시지마는 불평했다.

"생각해 봐. 혹시 그 레이치라는 사람이 나타나면 너를 알아볼지도 모르잖아. 만난 적도 있으니까." 미나미가 설명했다. 처음에는 이 계획에 소극적이던 그녀는 꼭 하겠다면 최대한 안전한 방법으로 해야 된다고 집착하더니 급기야 작전을 지휘하려고 했다.

"그럼 어째서 기타무라는 가도 됩니까? 도도도 볼링장에서 그 호스트와 만났으니 눈에 띄면 곤란하기는 마찬가지 아닙니까."

"기타무라는 그 맨션의 위치를 아는 사람이니 뺄 수 없지." 미나미가 목소리를 누그러뜨리고 말했다. "그리고 혼자서 그곳 근처를 얼쩡거리다가는 괜히 이상하게 보일 수 있으니까 개를 데리고 산책시키듯이 하는 게 안전하잖아." 하면서 은근슬쩍 셰퍼드 라몬을 동원하게끔 했다. "무엇보다, 니시지마 너는 인상이 강해서 사람들이 기억하기 쉽거든. 분명 그 호스트의 기억에도 남아 있을 거야."

"어째서 내 인상이 강하다는 겁니까?"

"어, 기타무라 왜 그래?" 내가 미나미의 얼굴을 빤히 바라보자 미나미가 물었다.

"아니, 그냥, 너도 좀 변했구나 싶어서." 나는 솔직히 느낀 점을 말했다. "억척스러워졌네. 처음 만났을 때는 좀 더, 뭐랄까."

신입생 환영회 때 옆에 있던 간사이녀에게 "이 애는 너무 말이 없어서 심심하다."라는 말까지 들은 미나미였는데, 많이 달라졌다. 그러고 보니 그 간사이녀는 요즘 통 보이지 않는다.

"내가 우물쭈물, 말도 잘 못하고 그랬었지?" 미나미가 두 뺨을 발갛게 물들이며 기어 들어가는 소리로 말했다. "이제 좀 큰 것 같지?"

그런 거 같아, 나는 고개를 주억거렸다.

"아주 큰 사람이 됐지. 이젠 못 하는 말이 없다니까." 도리이가 끼어들었다. 그리고 시선을 이쪽으로 돌렸다. "나는 이번 계획에 협력할 수 없으니까, 잘 부탁한다, 기타무라."

"협력?"

"그 집을 감시하는 건 같이 할 수 없어."

"그야 당연하지." 도리이를 그 범인들과 대면시킬 생각 따위는 눈곱만큼도 없다.

"어째서 나는 안 된다는 겁니까. 기타무라도 곧장 정체가 탄로 날 거라고요."

"그래서 이렇게 안경까지 쓰고 들키지 않으려고 노력하잖냐." 하고 달래도 그는 납득하지 않았다. 그래서 다시 한 번 설득했다. "알았어. 그럼 이번엔 나와 도도가 가서 관찰하고 다음엔 니시지마 너도 해라." 이렇게라도 하지 않으면 도저히 그의 불만을 잠재울 수도 없었고, 근거는 없었지만 '다음번'은 없으리라고 믿었다.

"평일 대낮에 이런 엉뚱한 일로 시간을 보낼 수 있다니, 학생이란 신분은 참 좋은 거야." 놀이 기구 옆 벤치에 앉아 하토무기 씨가 말했다. "아니꼽게 듣지 마. 정말로 부러워서 하는 소리니까."

"자기도 평일 이 시간에 우리들이랑 함께 있으면서, 뭘."

"나야 오늘 쉬는 날이니까 그렇지. 귀중한 휴일을 남친과 그 친구들의 탐정 놀이에 바치는 거라니까."

"스스로 따라오고서는."

내 이야기를 들은 하토무기 씨가 재미있을 것 같다며 따라온 것이다. 도도는 조금 떨어진 자리에서 셰퍼드 라몬을 쓰다듬고 있다. 한낮의 공원에는 아이들 몇 명이 모래사장에서 놀고 있었다. 그중 한 아이가 금방 울 것 같기도 하고 또 웃을 것 같기도 한 표정으로 셰퍼드 라몬에게 다가섰다.

"저기 말이야." 조금 있다가 도도가 이쪽으로 걸어왔다. 셰퍼드 라몬은 아이들 손에 배를 내주고 그 자리에 드러누웠다. "만약 그 집에 범인들이 있다면 어떻게 할 건데?"

"그야 당연히 경찰에 알려야지." 볼링장에서 한 도리이의 대답과 같다.

"그게 다야?"

그게 다냐고? 내 머릿속에도 같은 소리가 들렸다. "아니면 뭐가 또 있는데?"

"앙갚음이랄까, 복수 같은 거." 도도는 말간 얼굴로 무시무시한 말을 했다.

"에이, 무슨." 나는 곧바로 대답했다. "우리들은 단순히 이 집에 호스트 레이치가 있는지 확인하러 온 것뿐이야. 만약 그렇다면 곧바로 경찰한테 연락할 거야. 도리이도 말했지만 경찰한테 알리지 않고 일을 당했다가는 자업자득밖에 안 돼."

결국 그날은 저녁 5시까지 그곳에 있었지만 아무런 소득이 없었다. 호스트 레이치나 범인으로 보이는 사람은 전혀 눈에 띄지 않았고 호스트 준도 나타나지 않았다. 어린아이들이 그림책이 아니라 실제 셰퍼드를 구경할 기회는 됐을지 모르지만, 말하자면 그게 다였다. 우리들은 맨션을 한 번 올려다보고 어떻게든 입구로 들어갈 수 없을까 안을 들여다보다 단념했다. 차를 타고 오는 길에 '켄켄켄'에 들러 셋이서 식사를 하고 도도와 헤어졌다.

"허탕 쳤네." 하토무기 씨가 말했다.

"생각할수록 점점 의미가 없는 거 같네."

"좀 더 알아보는 게 좋을 것 같은데?"

"그렇담, 결국 '다음번'이 있게 되잖아." 니시지마가 낄 차례다.

이제 그만 그거 벗는 게 어때? 하토무기 씨가 지적할 때까지 나는 안경을 쓴 것도 잊고 있었다.

다음번 감시는 이틀 후였다. 꼭 들어야 할 강의도 없어서 오후부터는 시간이 났다. "자, 갑시다, 기타무라. 역시 내가 가지 않으면 얘기가 안 된다니까요." 학생식당에 나타난 니시지마가 어깨를 잡아 흔들었다.

"알았어, 알았다고." 하면서 도도도 부르는 게 좋겠다고 생각했다. 지난번처럼 개를 데리고 있는 것이 수상해 보이지도 않고, 그 맨션 주민들에게 셰퍼드 라몬이 꽤 좋은 인상을 준 것도 같았기 때문이다. 집으로 전화를 하니 도도가 직접 받았다. "그럼 내가 차 몰고 데리러 갈 게."

"어라, 도도 너도 차 있었냐?" 면허를 땄다는 이야기는 전에 들었지만, 차는 없었던 것으로 기억한다.

"누가 사 줬어." 도도가 대답한다.

"누가?"

"가게 손님."

"뭐?"라고도, "아아."라고도 말하지 못하고 기껏 "그래." 하며 얼빠진 대답을 했다. "그래? 대단하네. 그런 사람들이 정말로 있구나."

"돈 쓸 데가 없어 쩔쩔매는 남자들이 의외로 많은 모양이야." 도도가 남 이야기하듯 했다.

"정말로?" 정말로 손님한테 받은 거냐?

"나는 웬만해선 거짓말 안 해."

"도대체 뭘 하면 자동차를 사 주는 거야?"

"아무것도. 그냥 옆자리에 앉아서 이야기를 들어 준다거나 뭐."

"싹싹하게?"

"나 나름대로."

"나도 옆에 앉아서 아주 밤이 새도록 들어 줄 수 있는데."

오후 3시쯤 맨션 앞에 도착했다. 지난번에 주차했던 장소에 도도가 차를 세우고, 셰퍼드 라몬과 우리 셋은 작은 공원 벤치에 자리를 잡았다.

"여깁니까?" 니시지마가 '악의 총본산'을 보는 눈으로 맨션을 올려다봤다. 도도는 그네 옆 철책에 몸을 기대고 있었고, 그녀의 발치에 셰퍼드 라몬이 바싹 엎드려 있었다. 냉담한 표정의 미녀 옆에 악마가 몸종처럼 붙어 있는 그림처럼도 보였다.

"오늘은 아이들이 없나 보네." 도도가 주위를 둘러보고 어깨를 한 번 으쓱한다.

"저쪽에 지나가기는 합니다만." 니시지마가 맨션 앞길을 가리켰다. 벤치에 앉아 돌아봤더니 유치원생들이 일렬로 나란히 걸어가는 중이었다. 조그만 몸을 살랑대면서 열에서 이탈하지 않게 눈치를 보며 걸어가는 꼬마들이 귀여웠다. 한동안 그 행진을 지켜본 다음 나는 고개를 쳐들고 하늘을 봤다.

"대단한 걸 알았습니다." 니시지마가 입을 뗐다.

"대단한 거?"

경험상 그의 아이디어란 게 대부분 대단하지 않았기 때문에 그다지 상대할 마음은 없었지만 예의상 물어는 봤다.

"지금 생각난 건데요, 계산이 맞지 않습니다."

"무슨 계산?" 나와 도도의 목소리가 뜻하지 않게 겹쳤다.

410

"아까 아이들을 보고 갑자기 생각났는데요, 신기한 걸 알아냈습니다. 들어 보십쇼. 예를 들어 나한테는 부모님이 있지 않습니까, 기타무라한테도요."

"그렇지."

"누구든지 생물학적으로는 부와 모, 두 사람이 있지 않습니까. 그리고 그 부모들한테도 당연히, 부모가 있고요."

"그야 그렇지."

"그렇게 생각하면, 그러니까 그림으로 그려 보면 말입니다. 세대를 거슬러 올라갈수록 부모가 늘어나 가지가 여러 갈래로 갈라지는 느낌 아닙니까."

"응, 그렇지." 나도 머릿속으로 아버지의 부모님, 또 그 부모님과 그 부모님의 부모님으로 퍼져 가는 그림을 그려 보았다.

"그런데 말입니다." 니시지마는 옆에 앉은 내게 얼굴을 들이대며 말했다. "옛날이 지금보다 인구는 적었잖습니까. 그거 이상하지 않아요? 도도는 어떻게 생각합니까? 에도 시대 같은 경우 분명히 지금보다 훨씬 인구가 적었을 겁니다."

"그야 적었겠지."

"그렇죠. 이상하지 않습니까?"

"이상한가?" 도도가 나를 보았다.

"당연히 이상하죠. 부모의 부모의 부모라는 식으로 과거로 갈수록 더 퍼져 가는데 어째서 인구는 더 적습니까?"

나도 거기서 생각을 좀 해 봤지만 그의 말대로 단순히 계산하면 묘한 인상을 받는다. 기타무라, 이건 이상합니다. 우리들은 속고 있는 겁니다. 옆에서 니시지마가 쿡쿡 찔렀다.

"속고 있다니, 누구한테?" 도도가 말했다.

"그건 아마도." 나는 짐작 가는 대로 말해 보았다. "옛날엔 자식들이 많았다는 게 상관있지 않을까?"

"그게 무슨 말입니까?"

"예를 들어 여기 한 사람이 있잖아." 그러면서 나는 발밑에 떨어져 있는 나뭇가지로 땅에 지도를 그리려 했다. 그런데 앞에서 갑자기 "이 개 당신들 개예요?" 하는 여자 목소리가 들리는 바람에 족보 얘기는 거기서 흐지부지됐다.

도도가 돌아보며 맞는다고 했다. 언제 왔는지 셰퍼드 옆에 어떤 아주머니가 와 쭈그리고 앉아 있었다. 잘 손질한 잔디 같은 털을 쓰다듬고 있었다. 눈을 가늘게 뜬 셰퍼드 라몬도 편안해 보였다. "요즘 보기 드물죠, 이런 개." 하는 그 부인은 작은 체구의 중년 여성으로, 겨울인데 빨간 반팔 티셔츠에 검은 줄무늬가 들어간 면바지를 입고 있다. 얼굴이 동그스름하다. 나름 멋을 내려고 한 듯한 갈색 머리가 그다지 어울리지 않았다. 그렇게 입고 춥지 않느냐고 물으려다가 초면에 하는 말로는 좀 뭐해서 그만두었다.

"셰퍼드 라몬이에요. 제가 구한 개입니다." 니시지마가 벤치에서 일어나 부인 곁으로 다가갔다. 셰퍼드가 힐끔 니시지마를 보았다. 그 눈이 꼭 "이제 그 공치사 좀 그만하시지!" 하는 것 같기도 했다.

412

"라몬?" 부인이 의아한 눈으로 쳐다보았다.

내가 손을 흔들었다. "아, 이 개의 이름이에요."

그랬더니 부인이 "라몬이라면 라몬스의 그 라몬?" 하고 말하기에, 나는 이건 또 뭔가 싶어 멍해졌다.

"아주머니, 라몬스 아세요?"

"나 팬이에요." 소녀처럼 말하며 아주머니가 웃었다. "나의 청춘기, 그러니까 십 대 시절 미국에 갔을 때 들었어요. 가바 가바 헤이*."

"가바 가바?"

"기타무라, 몰라요? 〈핀헤드〉라는 곡에 나오는 후렴구예요. 라몬스의 상징어구라고요. 가바 가바 헤이." 니시지마가 정색을 하고 설명했다.

"가바 가바 헤이." 도도도 따라 할 줄은 몰랐다.

"뭐니 뭐니 해도 나는 두 번째 앨범이 제일 좋아요." 부인은 이렇게 말을 꺼내며 니시지마와 좋아하는 노래에 대해 이야기했다. "조이 라몬도 조 스트러머도 세상을 뜨다니 믿을 수가 없어요." 두 사람은 죽이 잘 맞았다. 에디 앤드 뭔가, 리처드 아무개인가를 들먹이며 아주 신이 났다. 중간에 부인은 그래서 네가 라몬이구나, 하며 셰퍼드를 어루만졌다. "당신들은 이 맨션 사람들 아니죠?"

---

* 라몬스의 두 번째 앨범 〈리브 홈〉에 수록된 〈핀헤드〉의 가사.

"예, 아닙니다." 내가 대답했다. "이 공원은 입주민들 외에 들어올 수 없습니까?" 이미 부지 내에 들어와 있으면서 시치미를 떼고 물었다.

"원칙적으로는 입주민 전용이죠. 말하자면, 개도 들어올 수 없어요."

"아, 그래요?" 도도는 워낙 표정이 없어 뭘 묻는 말이어도 마치 항의하는 듯이 보였다.

"그래도 그렇게 일일이 까다롭게 구는 사람은 없어요."

그때 맨션 앞 일방통행 차도에 차 한 대가 거칠게 섰다. 브레이크 소리와 동시에 마찰음이 길게 울려 퍼졌다. 문이 열리면서 차내에 꽉 차 있던 음악 소리가 터져 나왔다. 검게 선팅 한 세단에서 남자 둘이 내렸다. 차 문이 닫히고 흘러나오던 음악 소리가 사그라들며 차가 다시 출발했다. 차에서 내린 남자들이 맨션 입구 쪽으로 느긋하게 걸어갔다.

나는 도도에게 눈짓을 하고 나서 니시지마를 보았다. 둘 다 예리한 시선으로 대답했다.

"어쩜 좋을까 몰라." 부인이 작게 말했다.

"네?"

"저, 지금 걸어가는 젊은 사람들 말이에요. 우리 맨션에 그렇게 들락거리잖아요."

"왜요, 뭐 불편하게 하나요?"

"꼭 그런 건 아니지만요. 한 집에 너무 많은 젊은이들이 모여 있으니까 주민들이 모두 불안해해요." 부인은 아주 조심스레 말하다가 곧 표정을 누그러뜨렸다. "사실 뭐, 나도 젊을 때는 친구 집에서 잠도 자고 라몬스다 더 클래시다 크게 틀어 놓고 주변 어르신들한테 눈총도 받고 그러기야 했지요. 그런 생각을 하면 저 젊은이들에게 뭐라 할 것도 없지만요. 그냥 좀 불안해서."

"젊은 사람들은 사려 깊지 못하고, 어디로 튈지 모르죠?" 도도가 말했다.

그래요, 맞아요. 부인의 눈가 주름이 더 깊어졌다. 나는 입구로 들어가는 남자들을 눈으로 좇았다. 틀림없다. 호스트 준이다.

"볼링 대결할 때의 모습과 전혀 달라진 데가 없네요." 입구를 쳐다보던 니시지마가 나직이 말했다. "조금의 개선도 없어요."

"확실히 저 사람은 그때 그 남자야." 도도도 호스트 준을 알아본 모양이다.

"당신들, 아는 사람이에요?"

"우리는 저런 천방지축 같은 사람하고 알고 지내는 사람들이 아닙니다." 니시지마가 다시 뚱한 얼굴로 대답했다. "오히려 그 반대죠. 우리는 나아갈 방향이 뚜렷한 학생들입니다."

당장 내년 일도 정해진 게 없다고 했으면서, 뚫린 입이라고 참 잘도 떠드는군.

"저 사람들 몇 호실에 살아요?"

"저 젊은 사람들하고 싸움이라도 하려고요?" 부인의 입에서 다짜고짜 그런 말이 튀어나와서 순간 대답이 궁해졌다.

"천만에요, 무슨." 도도가 재잘댔다. "실은요, 지금 지나간 남자가 우리가 찾고 있는 사람을 알아요."

도도의 말은 거짓말이 아니다. 호스트 레이치는 호스트 준의 아는 사람이고, 우리가 찾고 있는 사람은 호스트 레이치니까.

"어머나." 부인은 동정인지 감탄인지 말꼬리를 길게 뺐다. "왜 찾는데요?"

어떻게 대답하면 좋을지 바로 판단이 서지 않았다. 빈집털이 범이라고 하면 십중팔구 기겁을 할 것이고, 그렇다고 방금 만난 아주머니에게 친구의 왼팔을 뭉개고 달아난 사람이라고 할 수도 없는 노릇이었다. 그렇다고 단순히 아는 사람이라고 했다가는 그럼 왜 직접 가서 묻지 않느냐고 추궁당할 게 뻔하다. 어차피 이렇게 된 거, 가출한 친구를 몰래 찾고 있는 중이라고 말할까 했다. 한데 그러기 전에 부인이 먼저 말했다. "603호."

"네?"

"원래는 얌전해 보이는 할아버지가 집주인인데, 세를 준 모양이에요. 그래서 저렇게 젊은 사람들이 들락거리는 거예요." 부인은 맨션을 올려다보고 끝에서 세 번째 집이라고 가르쳐 주었다.

"603호가 저깁니까?" 니시지마도 고개를 들고 보았다.

"학생들 설마 집으로 쳐들어가서 소동을 부리는 건 아니겠죠? 그런 사람들로는 보이지 않지만."

"그럼요. 네, 저희는 그런 사람들 아닙니다." 내가 손을 내저었다.

"603호로 가 볼래요?" 니시지마는 의기양양하게, 사명감을 내비치며 그렇게 말했다.

"니시지마."

"그 사람들이 있는지만 확인하면 됩니다." 그 사람들이란, 그여름 다케우치 씨 저택에 침입한 범인들을 말한다.

"그럼 가 보지 그래요." 부인이 말했다. "오토록이지만 나랑 같이 들어가면 돼요."

"그래도 될까요?"

"라몬스를 좋아한다는 젊은이는 내 믿어 주고 싶어요." 부인은 빙그레 웃었다. 우리들 입장에서는 참으로 고마운 생각이었지만, 일반적으로 보자면 퍽이나 안이한 발상이 아닐 수 없다. 다시 한번 아주머니가 웃으면서 말했다. "라몬스의 가사에도 있잖아요. '위 어셉트 유, 위 어셉트 유.' 받아들일게 받아들일게." 아주머니, 만약 라몬스가 '돈을 버려라, 버려라.' 하고 노래했으면 돈을 버리시겠습니까, 하고 물을 뻔했다.

6

우리 집은 401호니 볼일이 있거든 들러요. 그러면서 부인은 4층에 도착하자 엘리베이터에서 내렸다. 문이 닫히고, 6층에 도착하기까지 짧은 시간 동안 우리는 그제야 603호에 가서 어떻게 할지 입을 뗐다. 셰퍼드 라몬은 맨션 입구에 묶어 두었는데,

사전에 한 일이라고는 그게 전부여서 만전을 기했다고는 할 수 없는 상황이었다.

"전진하는 겁니다. 닥치고 전진입니다."

"그렇지만 만약 호스트 준 일행과 맞닥뜨리면 좀 곤란하지 않을까?"

"그럴 수도 있지." 도도의 담백한 목소리, 도착을 알리는 엘리베이터의 띵 소리, 문이 열리는 소리가 동시에 울렸다. 나는 반사적으로 닫힘 버튼에 손을 뻗었다. 하지만 니시지마가 가로막았다.

"왜 문을 닫습니까?"

"어떻게 할지 계획도, 준비도 되어 있는 게 하나도 없잖아."

"하긴, 기타무라가 보기엔 준비랄 게 너무 없는 셈이지." 도도가 말했다.

"일단 가 보면 어떻게든 된다니까요."

"일단 가서 뭘 어떻게 할 건데."

"아니 예를 들어, 피자 배달부인 척하고 초인종을 누르면 되지 않습니까." 엘리베이터 문이 열려 있어서 니시지마도 목소리를 낮추었다.

"우리는 피자도 안 갖고 왔잖아." 나도 작은 목소리로, 하지만 똑똑히 지적했다. 웬일인지 도도가 쿡쿡 웃었다. "그건 그래. 우리는 피자가 없잖아."

401호 아줌마의 선심으로 어찌 들어오기는 했지만 역시 이번

일은 건물 밖에서 해결했어야 하는 게 아닌가 하는 생각이 들었다.

"일단 밑으로 내려가지 않을래? 좀 더 얘기해 보고."

"집 안으로 쳐들어가서 그 호스트에게 또 다른 호스트가 있는 곳을 대라고 하면 됩니다. 셰퍼드 라몬에게 콱 물어 버리라고 해도 되지 않습니까."

"셰퍼드 라몬은 저 아래 있잖아." 도도가 지적했다.

바로 그때 복도 오른쪽, 엘리베이터 안에 있는 우리들에게는 보이지 않는 구석에서 문을 여닫는 소리가 났다. 우리는 동시에 입을 다물었다. 침을 꿀꺽, 숨을 죽이고 귀를 기울였다.

"이치로, 잠깐만 기다려. 지금 밖으로 나갈게. 아아, 집 안이 무지 시끄럽거든. 다들 여기 모여 있어서 네 소리가 안 들린다 야." 하는 말소리가 들렸다.

이치로라는 말에 우리들은 서로 얼굴을 마주 보았다. 사토 이치로=호스트 레이라는 등식이 머릿속에 떠올랐다. 목소리의 주인공은 볼 것도 없이 호스트 준이다. 휴대전화로 통화하는 중이다. 집 안이 시끄러워서 밖에 나와서 받는 모양이었다. 설마 엘리베이터에 올라타는 건 아니겠지 싶어 마음을 졸였다. 기도한 보람이 있었는지 발소리가 차츰 멀어졌다.

복도 끝에서 무거운 문소리가 나고, 조금 있다가 쿵 하고 다시 닫히는 소리가 났다. 나는 그제야 숨을 길게 토해 냈다.

"비상계단으로 갔나 보다." 먼저 알아챈 것은 도도였다.

"좋아, 우리도 가는 겁니다."

"여기서 곧장 나가는 건 좋지 않아. 한 층 더 내려가서 5층 비상계단으로 나가자." 내가 제안했다. "아래층 계단에 서 있으면 전화 내용이 들릴지도 몰라."

"맞습니다." 니시지마가 그제야 열림 버튼에서 손을 떼서 나는 5층을 눌렀다.

엘리베이터의 문이 열리고 우리는 앞뒤로 열을 지어 걸어 나갔다. 비상구 표시가 있는 문이 나왔다. 나는 아무 소리도 내지 말라는 표시로 손가락을 입 앞에 대고 나서, 문손잡이를 살짝 돌렸다. 혹시 호스트 준이 여기 내려와 있으면 큰일인데, 하는 생각이 들었지만 문은 이미 열렸다. 머리 위에서 앉는 신발 소리와 더불어 전화에 응하는 호스트 준의 목소리가 들렸다.


7


그 주 주말, 나와 도도 앞에 앉은 하세가와는 이야기를 듣고 나서 자신은 그런 사실을 전혀 몰랐다고 말했다. 자기는 처음 듣는 소리라고.

지난번에 만났던 패밀리 레스토랑인데, 그사이 식당의 상호가 바뀌고 내부 장식도 새로워졌다.

"정말로 그거 레이치였어?" 하세가와가 말했다.

"실제로 우리가 본 건 아니지만 호스트 준이 전화하는 것을 들었다니까. 증거는 없지만 상대는 분명 레이치일 거야."

"센다이에 있다고?"

"아마도 그래." 내 옆에 있던 도도가 대답했다.

나는 하세가와의 반응을 꼼꼼히 살폈다. 다시 볼 일이 없을 거라고 생각했던 여자를 이쪽에서 먼저 불러낸 것은 그녀가 호스트 레이치의 거처를 알고 있지 않을까 기대했기 때문이다.

"그 사람이 어디에 있는지 궁금한 쪽은 우리야."

비상계단에서 숨죽이고 훔쳐 들은 호스트 준의 전화 내용을 되짚어 보았다. 호스트 준은 전화에 대고 말했다. "센다이에 오랜만에 오니 어때? 잠잠해질 때까지 돌아오지 않을 생각 아니었어?"

그 내용으로 봐서 레이치는 현재 센다이에 있다.


"내가 레이치와 연락을 하고 있지는 않을까 해서 불러낸 거니?" 하세가와는 예상대로 불쾌한 기색이었다.

"그래." 나는 솔직히 대답했다. "만약 호스트 레이치가 센다이에 있다면 네가 혹시 알지 않을까 했지."

"만에 하나, 그렇다면 어쩔 생각인데?"

"경찰에 신고해야지. 빈집털이범이 센다이에 있다고."

"내가 사실대로 말할지 안 할지도 모르면서?"

"하긴 전례도 있잖아." 도도의 목소리는 차가우면서도 상대를 밀어붙이는 힘이 있었다. 여름에 발생한 다케우치 씨 저택 사건을 끄집어냈다.

"그때 그 호스트와는 연락하지 않는다고 했으면서 서로 연락을 끊지 않고 지냈잖아."

"덕분에 우리는 빈집털이범과 마주쳐서 큰일을 당했지." 결국 도리이는 신체의 일부까지 잃게 됐고.

직원이 커피가 든 포트를 가져와 더 드시겠느냐고 물었다. 우리 셋은 모두 한 잔씩 더 부탁했다.

"하지만 나는 사실 레이치의 거처를 몰라." 하세가와는 마지막으로 봤을 때보다 얼굴이 좋아진 것 같기도 했다. 전에 워낙 말랐어서 그런지 지금은 뺨이 좀 통통해진 것 같다.

"준과도 만나지 않았고. 솔직히 말해서 그 사람들에 관해서는 신경 끄고 살았거든." 하세가와는 말하면서 고개를 살짝 숙이고는 덧붙였다. "믿지 않겠지만." 비굴함까지는 아니었지만, 으레 그러려니 단념한 말투였다.

"믿기로 하지." 내가 대답했다. 도도도 같은 말을 했다.

"뭐?" 하세가와는 허를 찔린 듯 멍하게 말했다. 경계심과 당혹감이 교차한 얼굴이었다. "왜?"

"시간도 많이 흘렀겠다, 그렇잖아." 나는 일일이 설명하기 귀찮다는 표정으로 말했다.

"너는 그렇게 못된 사람으로 보이지는 않으니까. 언제까지고 곱씹는 것도 좋은 일이 아니고." 이번에는 도도가 대답했다.

솔직히 말해서 나는 그때까지도 곱씹고 있었다. 법적으로 따지자면 인과관계로 치기에 좀 부족하지만, 도리이가 팔을 잃은 근본 원인은 하세가와라고 생각했다. 다만 도리이 본인이 신경 쓰지 않겠다고 하니 더 이상 할 말이 없었던 것이다.

"너희한테는 말하지 않았지만 사실 하세가와가 꾸준히 꽃을 보내고 있어." 얼마 전 '감시 계획'에 대해 서로 이야기하고 돌아가는 차 안에서 도리이가 말했다. 미나미가 운전하는 차에는 나와 도리이만 타고 있었다.

"꽃?"

"우릴 속이는 바람에, 도리이가 크게 다쳤다는 소릴 듣고 반성하고 있대." 그렇게 말하는 미나미의 목소리는 곱지 않았다.

이제 와서 제아무리 반성해 봤자 도리이의 팔이 멀쩡해지겠느냐고, 나는 말했다.

"하세가와도 나름대로 죄책감을 느끼고 있는 거겠지." 도리이의 목소리만 선선했다. "전에도 말했지만, 그건 내 책임이야. 하세가와에게 프레지던트맨의 집을 발견했다는 낭설을 듣고 너희들을 꼬드긴 게 잘못이었어. 그때 내가 뭐라고 그랬는지 기억나냐?"

"잊어버렸어."

"재밌지 않겠냐고 했잖아." 크하하, 도리이가 웃었다. "상황을 깊이 생각하지 않고 경솔하게 행동하다가 이렇게 된 거지. 다 자업자득이야." 옆에서 미나미가 한숨을 쉬었다.

"도리이, 기특해." 나는 정말로 그렇게 생각했다.

"글쎄." 그는 다시 한 번 큰 소리로 웃었다. "생각은 그렇게 해도 아직 이런 상황을 완전히 받아들인 건 아니야. 지는 해를 보고 질질 짜는 게 일인데 뭐."

"왜 지는 해를 보고 그래?"

"나도 잘 모르겠는데. 아름다운 석양을 보면 내 팔이 이제 없다는 게 더더욱 실감이 나더라."

"글쎄, 석양과 네 팔에 무슨 연결 고리가 있는지는 잘 모르겠지만, 아무튼 너는 대단하다."

"그럼 그렇게 대단한 내가 한마디 할게." 도리이는 이야기를 되돌렸다. "하세가와도 꽤 고민스러울 거라 생각해. 거의 매달 꽃을 보내는 걸 봐. 무시 못 할 횟수야."

"꽃을 보내는 것으로 용서받을 수 있을 거라고 생각하다니, 나 참." 평소 미나미의 성격치고는 꽤 공격적인 말투였다.

"미나미, 지금 경계하고 있구나?" 도리이가 조수석에서 놀린다. "내가 워낙 인기가 많으니까 하세가와가 작업을 걸어오는 건 아닌가 싶어서." 그런 다음 평소처럼 웃고, 평소처럼 뻗친 머리를 매만지면서 또 한 마디 했다. "안심하셔. 내 눈엔 미나미밖에 안 보이니까."

뒷자석에서 흘낏 보니 말없이 미나미의 얼굴이 발갛게 달아오르고 있었다.

"아무튼 하세가와를 만나거든 너무 몰아세우지 마."

"몰아세울 생각 없어." 나는 대답했다. 정말로 그랬다. "용서할 생각도 없고 말도 가려듣긴 하겠지만."

"나도 그렇긴 한데, 그래도 매월 꽃을 보내고 편지를 쓰는 게 쉬운 일은 아니잖냐. 원래 그 애 책임이라고 생각하지도 않고 말이야."

"너무 순해, 도리이는."

"안심하셔. 나는 미나미가 너무 좋으니까."

"그게 아니야. 나는 정말로 걱정이 돼서 하는 소리라니까."

도리이는 부끄러워하는 미나미를 흐뭇한 눈으로 바라보면서 딴소리를 했다.

"그러고 보니 하세가와 선수는 내년에는 현역에서 은퇴할 거 같더라?" 프로야구 선수 걱정까지 하는 그의 여유에 나는 무릎을 꿇었다.


우리가 믿는다고 할 줄은 전혀 예상하지 못했는지 하세가와는 흠칫하며 몸을 움츠리고 팔을 끌어안았다. 그 바람에 테이블 위의 컵이 쓰러져 물이 쏟아졌다. "아." 하세가와가 허둥지둥 컵을 바로 세운다. 엎질러진 물은 갈 곳을 잃고 흘러넘쳐 나와 하세가와 앞에 있는 종이 매트에 스며들었다. "물에 흘려 보내자."* 의식하기도 전에 내 입에서 말이 튀어나왔다.

도도가 말을 이었다. "아무튼 너는 그 남자가 어디 있는지 모

* 지나간 일은 없었던 것으로 하고 일절 탓하지 않는다는 관용구.

른다는 얘기지?" 그렇다면 더 이상 볼 일 없잖아? 그녀의 말투에
선 쌩하니 칼바람이 불었다.

"준이 레이치와 통화를 하면서 그러더라." 나는 자세하게 설명
했다. "통화 내용을 들었는데, 28일에 무슨 일이 있는 모양이더
라."

"28일?"

"12월 28일, 쇼지東海林 씨 집에서."

"쇼지東海林?"

"도우가이린."* 도도가 말하고 물을 마셨다.

우리들이 비상계단에서 숨어 엿들을 때 위층에 있는 호스트
준은 '도우, 가이, 린'이라고 발음했다. "그거지? 쓸 때는 東海林
(도우가이린)이라고 쓰고, 읽을 때는 쇼지라고 읽지? 그거야 상식
이지 상식. 그 사람이 뭔데? 이번에도 부자냐?" 하고 말했다. "28
일부터 해외에 간다고? 알았어, 조사해 둘게. 후지마 동네 어딘
데?" 그러다가 잠시 상대의 이야기를 듣더니 "솔직히 말해서 나
는 끼어들고 싶지 않다. 이치로 너도 빨리 발을 빼는 게 좋아. 그
사람들 위험해. 일단 조사할 수 있는 만큼은 조사해 주겠지만
말이야." 하고 승낙했다.

---

✤ '쇼지'는 한자를 훈으로 읽은 발음. '도우가이린'은 한 음절씩 음으로 읽은 발음
이다.

"그 소리는." 하세가와의 얼굴에서 약간이지만 핏기가 가셨다. "레이치가 또 빈집털이를 한다는 소리야?"

"왜, 걱정되니?" 도도가 하세가와를 빤히 주시하며 물었다.

"걱정은……." 먼저 입을 떼고 하세가와는 몇 초간 망설였다. 된다고 해도 될지 고민하는 기색이 역력했다. "안 되지만."

"나는 걱정돼."

"나도 걱정돼."

나와 도도의 말을 듣고 하세가와는 물이 엎질러진 부분을, 무의식중에 그랬는지, 손가락으로 문질렀다. 천천히 고개를 들고 씁쓸한 표정으로 말을 바꾸었다. "나도 사실은 걱정이 돼."

"이건 우리의 감이랄까, 추측인데, 그들은 분명 계획적으로 빈집을 터는 조직이야. 전에 다케우치 씨 저택을 털었을 때도 그집 주인은 해외여행 중이었어. 이번에 쇼지 씨도 28일부터 해외에 간다며. 그 사람들은 그런 정보를 입수해서 빈 부잣집만 노리는 거야. 그러니 이번에도 그들은 28일에 쇼지 씨의 집을 털 생각인 거지."

"센다이로 돌아오는 위험을 무릅쓰고? 그렇게 위험한 일을 할까?"

"하지, 아마도." 도도는 차갑게 말했다. "어디로 숨든 돈은 필요하고, 큰돈을 벌려면 빈집을 터는 게 제일 간단하고 쉽다고 생각했겠지. 궁할 땐 손쉬운 방법을 택하게 마련이지."

거기서 나는 하세가와에게 말했다. "하지만 네가 호스트 레이치가 있는 곳을 모르면 하는 수 없지."

"어떻게 할 건데?"

"그 쇼지 씨의 집이 후지마 마을에 있는지를 조사해서 정말로 있으면 경찰에 미리 말해야지. 그날 잠복하라고."

하세가와는 움찔하다 말했다. "만약 나도 뭔가 알게 되면 연락할게. 믿지 않겠지만."

믿는다고 다시 한 번 말하고 내 휴대전화 번호를 건넸다. 늦은 감은 있지만 나도 최근에 휴대전화를 갖고 다니게 됐다.

헤어지기 전에 하세가와에게 "그래도 호스트 레이치의 본명이 사토 이치로라는 건 충격"이라고 했더니 그제야 그녀의 얼굴에 긴장이 풀리면서 웃음이 번졌다.

8

"이 집이 확실해."

"여깁니다, 맞습니다."

나와 니시지마는 집 앞에서 서로 자신했다. 하세가와를 만나고 나서 며칠 후 우리들은 전화번호부에서 쇼지로 시작하는 이름을 하나하나 조사했다. 후지마 마을과 지역 번호가 일치하는 집이 딱 한 집이 있어 우리는 곧장 그곳으로 향했다. 세상에는 전화번호부에 번호를 등재하지 않는 집들도 많고, 그것만 봐서는 빈집털이범들의 표적인지 아닌지 판별할 수 없다는 생각이 들었지만, 그 집 앞에 도착하자마자 "바로 이 집"이라는 확신이 들었다.

시내에서 걸어서 20분 정도 떨어진 오래된 주택가. 큰길에서 포장도로를 따라 쭉 들어간, 제일 안쪽 집이었다.

다케우치 씨 저택에 필적할 만한, 어쩌면 그 집보다 더 우람한 고급 저택으로, 처음에는 무슨 클리닉이나 회사 건물이라고 생각했다. 개인 주택이라고 보기에는 너무 덩치가 컸다. 높은 담이 길게 이어졌다. 차고 문으로 보이는 큰 셔터와 출입문이 있었지만 안을 살펴볼 수는 없었다. 분명 잘 손질된 정원이 있고 그 안에는 튼튼하게 지어진 건물이 있을 것이다. 보지 않아도 눈에 훤했다.

"어마어마하네." 내가 말하자 니시지마는 문에 걸린 '쇼지'라는 문패를 가리키며 "덩치로만 보자면 쇼지가 아니라, 풍림화산風林火山⁺이라고 해도 되겠네요." 하고 또 어디서 주워들은 풍월을 어울리지도 않게 늘어놓았다.

괜히 그 앞을 얼쩡거리다가는 안에서 우락부락한 사람들이 나타나 '뭐 하는 것들이냐.' '뭐 하러 왔느냐.'며 캐물을 것 같아 뒤로 물러나 매우 부자연스럽게 주위를 흘끔거리면서 지나쳤다.

"감시용 카메라가 있습니다." 한 블록을 지나 니시지마가 말했

---

⁺ 전국시대의 무장 다케다 신겐이 사용한 군기에 적힌 손자孫子의 시구로, 빠르기는 바람과 같고, 고요하기는 숲과 같으며, 매서운 공격은 불과 같고, 굳건하기는 산과 같다, 는 의미이다.

다. "응, 나도 봤어. 문에도 있고 셔터에도 있더라."

"그 사람들 이번에도 자동차를 밟고 서서 담을 넘어 들어갈까요?"

그 말을 듣는 순간 머릿속에 지난번 사건의 광경이 떠올랐다. 호스트 레이치가 운전하는 RV차가 천천히 오다가 담에 바짝 붙어 서고, 그 안에서 내린 세 사람이 타이어를 밟고 묘기를 부리듯 담을 넘어 들어갔었다.

"12월 28일, 저 집에, 그들이 나타날 거란 말입니까?"

"내가 다시 한 번 말해 두지만, 우리는 경찰한테 그 정보를 알리기만 하는 거다."

"경찰이 믿어 줄까요?"

그 빈집털이범들이 다시 똑같은 일을 저지르려고 합니다, 장소는 후지마 마을의 쇼지라는 사람의 저택으로, 날짜는 12월 28일, 시간까지는 모르겠습니다만 아무렴 밤이겠죠. 이런 식으로 신고해 봤자 경찰들이 "좋은 정보 고맙소." 할 것 같지는 않았다. 오히려 "그걸 어떻게 알았냐?" "어디서 들었냐?" 하고 추궁하다 결국에는 "너희들도 공범 아니냐."고 반문할 가능성도 있다. 한 번 지나간 공범 의혹을 다시 불러일으킬 게 틀림없다.

"그렇지만 경찰한테 알리지 않고 우리끼리 해결할 수도 없잖아."

"기타무라, 경찰을 과신하면 안 됩니다. 아무렴 당일에는 우리도 감시에 나서야 합니다."

그런 말을 하는 너야말로 너 자신을 너무 과신하면 안 된다고 말해 주고 싶었다. 아직도 나는 걸핏하면, 다케우치 씨 저택 앞에서 범인들과 충돌하고 길바닥에 나자빠졌을 때의 공포와 초조, 땅바닥의 감촉, 손바닥에 박힌 돌 조각의 따끔함이 어제 일처럼 생생히 떠오른다. 그리고 그때마다 등줄기의 털이 쭈뼛거리고 뱃속이 싸하다. 니시지마는 그렇지 않나 보다.

좋은 일은 서두르라는 옛말이 있지만, 아니 이 상황은 좀 다르지만, 아무튼 우리는 곧장 경찰서로 향했다. 경찰서 문을 열고 들어가는 순간 왠지 자수하러 온 기분도 들었다.

"잠깐만, 근데 그 형사 이름 기억합니까?"

"뭐, 7대 3 가르마?"

"우리를 조사한 그 재수 없는 사람요."

"꽉 막힌 나카무라 씨. 수사 3과."

"맞아요, 맞습니다. 그 형사 아직 여기에 있을까요?" 니시지마는 손뼉을 치면서 꽉 막힌 나카무라, 꽉 막힌 나카무라, 하고 읊어 댔다. 경찰서에 들어서자마자 안내창구의 여경과 눈이 마주쳐 우리는 곧 용건을 밝혔다. "나카무라 씨를 만나러 왔는데요."

"그래서 어떤 느낌이었어?" 차를 운전하면서 하토무기 씨가 말했다. 이미 해가 넘어가기 시작한 시간이었고 조수석에 앉은 나도, 뒷좌석의 니시지마도 긴 하루에 꽤 지쳐 있었다. "형사는 그 얘기를 다 믿어 줬어?"

"글쎄, 뭐." 나카무라 형사는 예상대로 우리들이 하는 말을 좀처럼 믿지 않았다. 오랜만에 보는데도 우리의 얼굴을 기억하는지 그가 먼저 말을 걸었다. "웬일입니까? 무슨 일 있습니까?" 그의 말투는 여전히 무뚝뚝했다. 우리가 설명하기 시작하자 '후지마 마을' '쇼지' '12월 28일'이라고 수첩에 받아 적고는 어떻게 그런 정보를 얻었느냐고 재차 물었다.

차마 맨션에 들어가 엿들었다고는 할 수 없는 노릇이라 "우연히 들렀던 패스트푸드점에서 호스트 준을 봤는데 거기서 전화하는 걸 들었다."고 하기로 미리 니시지마와 입을 맞췄다. 나카지마 형사는 끝까지 석연치 않은 표정을 풀지 않았다. 믿고 싶지 않으면 믿지 않아도 됩니다. 막판에 가서는 니시지마가 한마디 내뱉었다.

"아니, 그래서 결국 그 사람이 믿었어, 안 믿었어?"

"나도 몰라. 참고하겠다고는 했어. 그렇게 말할 수밖에 없겠지만, 그래도 그날 순찰 정도는 돌지 않을까?"

"하지만 사실 무방비 상태로 경찰차를 타고 나갔다간 범인들을 놓치기 십상입니다. 전에 우리랑 대치했을 때와 같은 결과가 나올 거라고요." 니시지마가 불만스럽게 말한다.

"그래서 자기랑 니시지마 씨는 28일에 어떻게 할 생각인데?" 차들이 신호를 기다리는 동안 브레이크를 밟은 하토무기 씨는 조수석에 있는 나를 보며 말했다. 피부가 하얘서 그만큼 더 까만 눈동자가 눈에 띄었다. 무슨 말을 기대하는 건지, 호기심을 가득 담은 두 눈을 깜빡였다.

"아무것도 안 해. 그냥 집에 있을 거야."

"물론, 현장에서 감시할 겁니다."

나와 니시지마의 입에서 동시에 상반된 대답이 튀어나오자 하토무기 씨가 재밌다는 듯이 웃었다. 앞에 선 차들이 꼼짝하지 않는 것을 확인하고 다시 나를 본다. 하토무기 씨는 고개를 한 번 갸웃거리고는 니시지마를 쳐다보았다. 그러더니 "의견 일치를 보시죠!" 하고 살짝 웃었다.

"생각해 보면, 우리가 현장에 갈 필요까진 없어. 경찰이 어떻게 움직일지는 모르겠지만, 뒷일은 그 사람들이 알아서 할 일이야."

뒤에 앉은 니시지마가 조수석 등받이를 붙잡고 몸을 내밀었다. "기타무라, 그냥 그러고 있다가 이번에도 그들이 도망치면 어떻게 합니까?"

나는 그 말을 듣고 다시 한 번 곰곰이 생각했다. 머리에 떠오르는 것은 길바닥에 쓰러진 도리이의 모습이었다. 그의 팔을 뭉갠 RV차도 떠올랐다. 나는 주먹을 불끈 쥐었다. "놓치고 싶지 않아."

"그렇죠?" 니시지마가 힘주어 말했다. "그 사람들을 잡을 기회가 왔는데 경찰에 맡겨 두었다가 그냥 놓쳐 버리면 그처럼 아까운 일이 또 있겠습니까. 그야말로 분노의 정점이죠." 그러고는 '정점'이라는 단어를 영어로 말한다. "분노의 서미트입니다, 분노의 서미트!"

"분노의 서미트······?" 하토무기 씨가 웃었다.

"하지만 범죄자를 처벌하는 건 우리 일이 아니야. 우리한테는 그럴 권리도, 방법도 없어."

신호가 바뀌었는지 앞차가 움직이기 시작했다. 하토무기 씨도 핸드브레이크를 풀고 차를 전진시켰다. 조금 있다 니시지마는 자신 있게 말하기 시작했다. "실은 말입니다. 어제 어쩌다 텔레비전에서 영화를 한 편 봤는데요." 하고 주절대기 시작했다. "스티븐 시걸이 나온 영화였습니다."

"그게 누구야?" 하토무기 씨가 말했다.

"배우. 미국 액션영화에 곧잘 나오는 배우인데, 나오기만 하면 백전백승하는 사람 있어."

"그 시걸이 말입니다, 교회의 참회실에서 말하더라고요."

"뭐라고?"

"'내가 직접 나가 싸우는 게 재판보다 빠를 거 같아 그랬습니다.'라면서 반성하더군요."

하토무기 씨가 웃음을 터뜨리며 물었다. "그거 무슨 의도에서 한 말이야?"

"빠르고 자시고를 따질 문제가 아니잖아. 그거야 시걸한테나 어울리는 대사지." 내가 기가 막혀 고개를 내저었다.

"대단하지 않습니까? 나는 감동했습니다. 그의 말이 맞습니다. 우리가 직접 나가 싸우는 게 지름길입니다."

"글쎄 속도전으로 승부를 낼 문제가 아니라니까." 나는 다시 한 번 지적했지만, 니시지마에게는 들리지 않았다.

아무튼 니시지마와 나 사이에는 생각의 차이가 있고, 그 골은 상당히 깊었기 때문에 12월 28일의 일은 다음에 다시 의논하기로 했다. 니시지마도 썩 만족한 눈치는 아니었지만 일단은 그러기로 받아들였다.

"그럼 이제부터 뭐 할까?" 하토무기 씨가 말했다. "저녁 시간이 다 됐는데 밥이나 먹을까?"

"너는 오늘 아르바이트 안 가나?"

"오늘은 안 갑니다." 니시지마가 대답했다. 그런데 평소와 달리 뭔가 할 말이 남은 것 같은 투였다.

"무슨 일 있어? 하고 싶은 말이 있으면 그냥 하지. 니시지마답지 않게 왜 그래?"

"그래요, 나답지 않습니다."

"무슨 일인데?" 하토무기 씨도 운전하면서 물어보았다.

그제야 니시지마는 마음을 먹었는지 털어놓았다. "실은 어른스러운 옷을 갖고 싶습니다."

뭐라고. 나와 하토무기 씨는 곧바로 알아듣지 못했다. "지금 그거 빈집털이와 상관있는 거야?"

"있을 리가 없죠."

"혹시 그럼." 하토무기 씨는 뭘 보고 그랬는지는 모르겠지만 이렇게 물었다. "도도 씨하고 관계있는 거야?"

니시지마가 움찔하며 대답했다. "어떻게 알았어요?"

## 9

상점에서 옷을 고르는 것은 하토무기 씨의 전문 분야다. 자신도 있겠다, 아주 신이 났다.

주차장에 차를 세운 후 상점가 지하에 있는 남성복 매장에 들어갔다. 넓지는 않지만 흰 공간에 정연하게 양복을 걸어 둔 모습이 아주 세련된 인상을 주었다. 게다가 옷들이 아주 고급스러웠다.

"가격은 어느 정도 생각하고 계십니까?" 차 안에서 손님을 대하는 직원 같은 말투로 하토무기 씨가 묻자 니시지마는 잠자코 자기 손을 가만히 쳐다본 후 조용히 말했다. "10만 정도면 어떻습니까?"

"우왓!" 나는 깜짝 놀랐다.

"좋죠." 하토무기 씨는 사기가 바짝 올랐다.

"그 10만 엔은 지난달 아르바이트비?"

"아뇨, 고가 씨와의 마작에서 진 돈입니다."

"진 돈? 딴 돈이 아니고?"

"고가 씨에게 줄 돈이 있으면, 날 위해 쓰는 게 낫지 않습니까?" 그래서 그 돈으로 그냥 옷을 사겠단다. 참으로 이상한 해석이라는 생각도 들었지만 내가 그렇게 생각해 봤자다.

"데이트는 어디서 할 거냐?" 탈의실로 들어가 꿈지럭대는 니시지마에게 나는 커튼 너머로 물었다. 양복씩이나 빼입고 가는 장소는 도대체 어디인지 궁금했다. 오페라라도 보러 가느냐고 물은 것도 반은 진심이었다. "니시지마, 뭐라고 하면서 도도를 꾀었냐?"

나는 보이지도 않는 니시지마에게 거듭 물었다. 그러자 내 앞에 있던 하토무기 씨가 중요한 걸 알아냈다는 표정으로, 다시 말해서 눈을 부릅뜨고 나를 보며 소리 없이 "도도 씨" "남자친구" "있잖아?" 하고 물었다.

맞다. 나도 뒤늦게 깨달았다. 요즘 도도는 애인을 잇달아 갈아치우기는 하지만, 아무튼 얼쩡대는 사내들이 끊이지 않았고, 개중에는 자동차까지 사 줄 정도의 큰손 고객도 단골로 끼어 있었다. 커튼이 스윽 열렸다. "꾀긴 누가 꾑니까?" 니시지마가 나타났다.

"우와." 하토무기 씨와 나는 얼떨결에 감탄사를 흘렸다. "멋진데." 양복이 썩 잘 어울렸다. 짜리몽땅, 통통한 니시지마였는데 짙은 회색 스리버튼 양복을 입으니 전체적으로 호리호리하고 늘씬해 보였다.

"응, 나쁘지 않다."

"이거 너무 아저씨 같아 보이지 않습니까?" 니시지마가 몸을 좌우로 틀며 탈의실 거울을 뚫어지게 쳐다보았다.

"그렇지 않아." 하토무기 씨가 먼저 말하고 토를 달았다. "놀랍게도 말이야."

"응, 정말 놀랄 정도다." 내가 솔직히 말했다. "잘 어울려." 나는 고개를 끄덕이며 한 번 더 강조했다.

"그래요? 이게 좋습니까?" 니시지마가 다시 거울을 본다. "넥타이 색이 너무 수수하죠?"

"수수해서 좋은데?" 하토무기 씨가 전문가의 안목으로 보장했다. 와이셔츠나 넥타이를 모두 회색으로 통일하는 것도 근사하지 않을까, 라면서 그녀가 제안한 색이다.

"너무 밋밋해 보이지 않을까요?" 니시지마의 말에 나는 "하는 짓이나 생각하는 게 튀니까 옷은 좀 수수한 게 좋겠다."고 했다.

구두까지 골랐는데도 니시지마의 예산으로 충분했다. 거기다 그곳 여직원이 하토무기 씨와 한 다리 건너 아는 사이라고 해서, 조금 더 깎아 주었다.

"그때 생각난다. 우리 처음 만났을 때." 카운터에서 계산하는 니시지마를 기다리면서 나는 옆에 선 하토무기 씨에게 말했다.

"정말 그러네." 하토무기 씨도 내가 무슨 말을 하려는지 안 듯했다. "그때 니시지마가 마네킹이 입고 있는 옷을 전부 사 갔었지?"

"인상 깊었어?"

"그때도 말했지만 마네킹이 입은 옷을 전부 사 가는 것은 그리 이상한 일도 아니고 드문 경우도 아니야. 다만 '마네킹이 입은 걸 전부 사 가면 창피한 일일까요?' 하고 직원한테 묻는 손님은 처음이었어. 그래서 더 기억에 오래 남았어. 주눅 들지 않고 당당하게 그런 말을 하는 게 신선했거든."

"니시지마는 어떤 상황에서도 주눅 들지 않고 당당하지." 그 점이 바로 니시지마를 니시지마로 만드는 근간이라고 생각한다. 자신을 창피하게 생각하지 않고 쭈뼛거리는 일 없이 뜻한 대로 행동한다.

"그래서 그때 산 옷은 입었어?"

"미팅하러 갈 때 입었는데 그 이후로는 안 입은 것 같지, 아마?"

그러고 나서 당시 호스트 레이치와 하세가와의 모습, 뒤풀이로 볼링장에 갔던 일, 도도의 제안에 니시지마가 스페어 처리를 했던 일들이 주마등처럼 스쳐 지나갔다. 벌써 옛날 일처럼 그리웠다. 그러고 나서는 우리가 아직도 그 호스트 레이치와의 연결 고리를 끊지 못하고 있다는 사실에 새삼 놀랐다.

"오래 기다렸습니다." 부러 더 감사 인사를 하며 니시지마가 다가와 우리는 상점을 나섰다. 아케이드 거리를 셋이서 걷다가 중간에 좁은 골목길로 들어갔다. 걸어가면서 내가 물었다. "근데 데이트하는 게 아니면 그 옷은 어디다 쓰게?" 설마 벌써부터 구직 활동을 하려는 건 아니겠지.

"한번 가 볼까 합니다."

"어디를?"

그러자 니시지마는 잠깐 주춤하더니 숨을 길게 내쉬며 대답했다. "도도의 가게 말입니다. 클럽이라고 합니까? 룸살롱입니까? 거기 내가 한번 가 볼까 합니다."

나는 그 소리를 듣고 걸음을 멈췄다. 니시지마도 멈춰 선다.

"도도가 아르바이트하는 데 말이야?"

"한참 전에 기타무라에게서 그곳의 위치를 들었던 거, 그동안 설마 바뀌지는 않았겠죠?"

"아마도." 나는 얼떨결에 고개를 끄덕였다. 도대체 상황 파악이 되지 않았다. "그때부터 지금까지 계속 한곳에서 일하는 것 같긴 한데. 근데 정말 뭐하러 거길 가?"

"당연히 되찾기 위해 가는 거지 뭐겠어." 하토무기 씨가 거기서 뭔가 감을 잡았다는 표정으로 말했다.

되찾아? 나는 갸웃거리다가 니시지마에게로 시선을 돌렸다.

그는 "저기요." 하고 어울리지도 않게 기어 들어가는 소리로 말하더니 덧붙였다. "도도가 마음에 걸립니다."

나는 선뜻 무슨 말인지 이해하지 못하고 있다가, 차츰 눈과 두 뺨이 부드럽게 풀어지며 가슴 언저리가 뜨끈해졌다. "야아." 함성도, 수사자의 포효도 아닌 한마디를 지르고 하토무기 씨를 마주 보았다. 그녀의 얼굴에도 함박웃음이 걸려 있었다.

"그 말은, 그럼, 이제 와서 도도를 찬 걸 후회한다는 소리구나."

"후회는 이미 전부터 했습니다. 나중後에 뉘우친 게 아니라, 한 참 전前에 뉘우쳤다고요. 후회가 아니라 전회지요, 전회前悔." 민 망했던지 그는 또 영문 모를 소리를 주절거렸다.

"그런데 내가 지금 이런 소릴 하기도 좀 뭐하지만, 때가 너무 늦었어."

"지금이요?"

"지금이니까."

그때가 벌써 언제냐며 나와 하토무기 씨가 질책했다.

"버스, 이미 떠났습니까?"

"한 가지 확인하고 싶은 게 있는데, 도도 씨가 여러 남자들하고 사귀는 걸 보고 놓친 게 아까워서 그러는 거야?"

"그런 거 아닙니다. 방긋 웃는 도도의 옆에 다른 놈이 있는 게 싫어서 그럽니다." 선언 같기도 하고, 독선 같기도 한 그 말을 듣고 나와 하토무기 씨는, 아니 적어도 나는 감동했다. 하토무기 씨도 두 눈이 촉촉해졌다.

"근데 말야." 나는 짚고 넘어갈 건 분명히 짚고 넘어가야 한다. "도도는 웬만해서는 안 웃어."


"근데 정장은 왜 산 거야?" 하토무기 씨가 물었다.

"그런 곳에 가 본 적은 없지만 보통 그런 데는 성인들이 가는 곳 아닙니까?"

"좋은 의미에서나 나쁜 의미에서나 그렇지. 성인들은 성인들이지."

"학생인 티 내며 들어가서 괜히 무시당하고 싶지는 않습니다. 거기 있는 사람들에게 멋모르는 애송이가 들어왔다고 웃음거리가 되고 싶지는 않다고요. 그러려면 적어도 겉모습이라도 그럴듯하게 차리고 가야 하지 않겠습니까."

나는 니시지마가 혼자 갸바쿠라에 들어가 뚱한 얼굴로 자리에 앉는 장면을 상상해 보았다. "도도를 지명할 거냐?" 나도 자세히 아는 건 아니지만, 그런 곳에서는 어떤 여성의 서비스를 받을지 손님이 정할 수 있다고 들었다.

"지명료라는 듣도 보도 못한 명목으로 돈을 내야 한답니다." 니시지마는 미리 조사를 했다고 한다. "그렇지만 거기까지 일부러 찾아가지 않더라도 도도는 언제든 만날 수 있잖아." 하토무기 씨의 말도 맞는다.

"크리스마스이브 아닙니까." 니시지마는 못마땅한 기분을 그대로 드러내며 시선을 돌리고 말했다. 나는 니시지마가 크리스마스이브를 경멸하고 그런 분위기에 휩쓸리는 사람들을 조롱하는 유형인 줄 알았다.

"도도, 그날도 아르바이트하나?"

"며칠 전에, 이야기할 때 일한다고 그랬어요."

"지금 사귀는 남자랑은 안 만나나?" 나는 "그래도 크리스마스이브인데." 하면서, 요즘은 누구랑 만나나, 생각했다.

"그래서 하는 말입니다." 니시지마는 강조했다. "나도요, 도도와 애인 사이에 끼어들 생각은 없습니다. 그건 너무 뻔뻔한 일이니까요. 솔직히 말해서 그러면 도도도 넌더리가 날 테고, 민폐 아닙니까. 하지만요, 손님으로 가면 이야기가 다르겠죠. 그럼 별문제 없다고 봅니다."

그러니까 간단히 말해서 니시지마는 도도를 설득한다거나 사귀자는 말을 하기보다, 그냥 단순히 크리스마스에 손님으로 도도를 만나러 가고 싶은 것 같았다.

"뭐야, 되찾으러 가는 게 아니었어?"

"나는 그런 말은 한 적 없습니다."

"그래? 그냥 손님으로 가는 거였구나." 하토무기 씨가 한마디 했다.

"추억 만들기입니다." 니시지마가 한마디 툭 던졌다.

"추억은 만드는 게 아니라, 그냥 그렇게 추억이 되는 거야. 세월이 흘러 어느 날 떠올려 보면 추억이 되어 있는, 그런 거지." 하토무기 씨가 말했다. "니시지마, 그렇지만 역시나 손님 입장으로 만족할 게 아니라 공세를 강구해야 할 것 같은데."

"공세라뇨?"

"거듭 후회했습니다. 당신 생각이 머릿속에서 떠나질 않습니다. 지금 만나는 남자와 헤어지고 저와 사귀어 주시지 않겠습니까? 호소하는 거지."

"그래, 그게 빠를지도 모르겠다." 하토무기 씨도 거들었다. "지난번에 말한, 그 시걸인가 뭔가 하는 사람도 분명 그랬을 거야."

"시걸은 갸바쿠라 같은 데 안 갑니다." 니시지마가 여전히 뚱하게 대꾸했다.

## 10

"아무한테도 말하지 마요." 니시지마는 우리에게 거듭 못을 박았다. 양복을 사 입고 크리스마스이브에 도도가 일하는 곳에 찾아가는 거, 창피하단 말입니다. 그러니 알았죠? 누설 금지입니다, 라고. 알았어 알았어, 했지만 결국 나는 도리이와 미나미에게 홀렸다.

"니시지마, 화내겠다." 미나미가 나를 보며 웃었다.

"너도 입이 무거운 건 아니구나." 도리이가 옆에서 손가락질했다.

"나는 기본적으로 약속은 지키는 쪽인데." 변명이 아니라, 사실 입이 무겁다고 자부해 온 나다. "다만 이건 다들 공유하는 게 좋을 거라고 판단했지."

옆에 있는 하토무기 씨가 고개를 끄덕였다.

"이번 건은 우리들 모두에게 중요한 일이니까." 미나미가 주먹을 쥐었다.

"니시지마와 도도의 일은 우리 일이기도 하잖아." 도리이가 끄덕이며 컵을 집어, 커피를 한 모금 들이켠 후 말을 이었다. "하지만 도도가 니시지마에게 마음이 있었던 게 사실인가? 나, 며칠 전에 미나미한테 그 얘기 듣고 깜짝 놀랐는데. 잠깐, 기타무라 너도 알고 있었냐?"

"나는 아주 오래전부터 알았지." 입학하고 얼마 지나지 않아서, 라고 덧붙였다.

"정말 그렇게 오래전에?" 도리이가 눈을 휘둥그레 떴다. 까마득한 옛날 일처럼 들리는 모양이다. 그러고 나서 괜히 자기도 도도를 점찍었었다는 말을 해서 미나미한테 면박당했다.

"도리이 씨는 미나미 짱이랑 만나서 참 잘됐어." 하토무기 씨의 말투가 최면술사가 주문을 걸 때처럼 들렸다.

"맞아요, 나는 미나미를 만나서 참 다행이에요." 도리이도 주문을 따라 하듯 뇌까렸다.

"근데, 미나미랑 도리이, 너희 둘은 오늘 크리스마스이브인데, 괜찮겠어?"

이제 와서 얘기지만, 이쪽도 커플이니 양해는 구해야지 싶었다. 우리들이 있는 곳은 센다이 번화가에 있는 카페였다. 큰길, 유흥업소와 바가 입주해 있는 작은 건물의 2층이다. 별로 유명하지 않은 곳이라 그런지, 아니면 크리스마스이브를 보내기에는 어울리지 않은 곳이어서 그런지 실내에는 손님들이 별로 없었다. 우리는 창가의 4인용 테이블에 자리를 잡았다. 창밖으로 좁은 차도를 내려다보니, 찻길 건너 정면에 멋진 네온사인이 빛을 발하는 빌딩이 있다. 도도의 아르바이트 장소, 갸바쿠라가 있는 건물이다.

"괜찮아." 도리이가 대답한다. "나랑 미나미는 그런 이벤트 같은 건 별로 중요하게 생각하지 않아. 그것보다 하토무기 씨랑 너는 정말로 괜찮아? 이런 일로 크리스마스를 그냥 보내도?"

"우리는 이런 일로 시간을 보내는 게 재밌어."

"맞아. 이게 우리들이 바라던 이벤트거든."

"아무튼 특이한 커플이야." 도리이가 크하하 하고 웃었다. "근데 여기 있어 봤자 갸바쿠라 안은 보이지 않잖아."

"그래도 혼자 분투하고 있을 니시지마를 응원해 줘야지." 하고 말하고서 나는 새삼 생각했다. '그래, 니시지마는 일생일대의 승부를 내러 간 거야.'

시계를 보니 10시가 넘었다. 저녁 6시에 모여 가까운 패밀리 레스토랑에서 간단히 저녁을 먹고 한 시간 반 전부터 이 카페에 앉아 있는 것이다. 적어도 니시지마가 빌딩 안으로 들어가는 모습이라도 보고 싶었다. 하지만 오가는 사람들이 너무 많아 그나마도 못 보고 지나쳤을 가능성이 있다.

"니시지마 씨, 이제 오는 걸까? 아니면 이미 들어가 있는 걸까?" 하토무기 씨가 말했다.

"이미 들어가 있을 거 같다."고 말했지만, 나도 딱히 근거가 있는 건 아니었다. 하지만 니시지마는 생각이 떠오르면 그 자리에서 행동하는 성격이니 이미 주사위는 던져졌다고 생각되었다.

"가게 안은 어떤 식으로 되어 있을까?" 미나미가, 상상해 봐야지, 하며 배시시 웃었다.

"니시지마는 별로 긴장하지 않겠지? 안으로 들어가서 도도를 만나러 왔다고 말했을까?"

"저런 가게에서는 본명을 쓰진 않잖아?" 하토무기 씨가 바깥 빌딩을 가리킨다.

"글쎄, 거기서 쓰는 이름을 확실히 알아보고 갔겠지?" 은근히 걱정이 됐다.

"도도 씨, 그 클럽 내에서도 인기 있을 거 같지 않아? 얼굴도 예쁘고 분위기도 신비스럽고." 하토무기 씨의 말에 나와 도리이는 곧바로 긍정하지 않고 잠깐 생각을 했다. "글쎄, 저런 가게에 오는 손님들에게 도도처럼 무뚝뚝한 태도가 얼마나 먹힐지는 모르겠네."

"근데, 도도 씨가 놀랄까?" 한 20분쯤 후에 하토무기 씨가 생글거리며 말했다. "손님으로 온 니시지마 씨를 보고 말야."

"전혀 예상치 못했을 테니 기분이 좋든 나쁘든 놀라기야 하겠지." 나는 빌딩을 보면서 말했다.

"기분이 나쁜 건 어떤 경우야?" 미나미가 물었다.

"'나를 차 버린 주제에 다 늦게 여긴 왜 왔어? 이제 보니 놓친 물고기가 아깝단 생각이 드냐?' 뭐, 이런 식으로 생각할지도 모른다는 거지." 도리이가 대답했다.

"하지만 다른 사람도 아니고 도도니까, 표정은 그대로겠지? 무표정하게 옆에 앉아서 온더록스를 만들어 줄지도 몰라."

"그리고 니시지마는 아마 평소 말투로 '내가 만나러 왔습니다.' 그러겠지." 내가 말했다.

"이거 드라마틱한 순간인걸?" 도리이가 싱글벙글했다.

조바심이 나서 그런지 시간이 길게 느껴졌다. 우리는 각자 빨대를 만지작거리기도 하고, 바닥에 한 방울 남은 커피를 털어 넣기도 했다. 바깥의 네온 장식이 크리스마스 분위기를 한껏 고조시키다 못해 아주 눈이 따가울 정도였다.

"도도는 정말 어떨까?" 나는 그동안 정말 궁금해하던 이야기를 꺼냈다.

"어떻다니."

"여러 남자들을 사귀는 게, 행복할까? 재밌을까? 그 소리야."

"나한테는 그런 얘긴 별로 안 하더라. 그냥 가끔 누구랑 사귀기로 했다든가, 그 정도 외에는." 미나미가 대답했다.

"만약 지금 도도가 아주 만족스러운 상황이라면……." 나는 걱정이 됐다. "오늘 니시지마가 클럽으로 찾아간 건 상당한 실례고, 도도 입장에서 귀찮을 수 있는데."

"그러게 말이야." 하토무기 씨가 말했다.

"아니 아마 문제없을 거야." 도리이가 자신 있게 대답했다. "도도가 지금 누구랑 사귀고 있는지는 모르지만 만족할 리가 없어."

"어떻게 그리 자신 있게 말해?" 미나미가 쳐다보았다.

"애당초 도도는 니시지마한테 꽂혔었잖아. 나는 턱이 빠질 정도로 놀랐지만, 어쨌든 그랬잖아."

"아주 초장부터 그랬지." 내가 끄덕였다.

"봐. 그런 도도의 취향을 만족시킬 만한 남자는 그리 흔치 않거든." 도리이는 만면에 미소다. "니시지마를 능가할 정도로 임팩

트가 있는 남자는 별로 없다고."

아, 그렇구나. 우리 세 사람은 그 의견에 크게 공감했다. 듣고 보니 확실히 맞는 말이다.

"그럼 지금쯤 어떻게 됐을 거 같아?" 미나미가 다시 동그란 눈동자를 빛내며 빌딩을 내다보았다. 빌딩 아래로 살갗을 내놓은 여자와 검은색으로 빼입은 남자들이 길 가는 사람들에게 말을 걸고 있었다.

"니시지마는 작업 기술도 없지, 지나치게 직선적이지, 분명 어울리지 못하고 혼자 멀뚱히 앉아 있는 건 아닐까?" 나는 마음이 쓰였다.

"웃음거리가 되든 인기남이 되든 둘 중 하나야. 그런데 니시지마 외에도 도도를 점찍은 손님이 있으면 그것도 볼만하겠는걸?" 도리이는 무책임하게 말했다. 아니, 우리들 모두 무책임하게 갸바쿠라 안에서 벌어지는 일들을 멋대로 상상하며 시시덕대고 있으니, 오십보백보다.

"도도를 점찍은 손님?"

"음, 아마 좀 있어 보이는 사회인이겠지? 기름기 줄줄 흐르는 젊은 사업가 말이야……." 하토무기 씨는 니시지마의 라이벌 손님의 프로필까지 상상의 나래를 펴기 시작했다.

"도도가 니시지마와 떠들고 있는 것을 곁눈질해 보면서 애를 태우겠지." 나도 분위기를 타고 한마디 보탰다. "기다리다 지쳐 울컥한 사업가가 니시지마의 자리로 가 불만을 터뜨릴지도 몰

라. 질 수 없다, 하면서. 니시지마를 얕보고 무시하는 말도 하고."

"이거 점점 재밌어지네." 도리이는 가공의 이야기에 완전히 몰입했다. "아마 그렇게 되면 니시지마도 화를 낼걸? 특유의 그 말도 안 되는 장광설을 쏟아 내면서 맞짱 뜰 거야. '사회인이 뭐가 그리 자랑입니까? 그래 사회인인 당신은 이 세상을 위해 뭘 하고 있습니까?' 하면서 말이야."

"그럼 갑자기 가게 안이 쥐 죽은 듯 고요해지겠지." 미나미가 말을 이었다.

"이제 됐습니다, 난 가겠습니다, 하면서 니시지마는 자리를 일어선다." 하면서 도리이가 고개를 흔들었다. "돈을 내고, 그럼 도도 잘 있으쇼, 인사를 하고 가게를 나온다."

"그건 어째 씁쓸한 결말이네." 하토무기 씨가 실망한다.

"거기서 도도가 발끈하면 재밌을 텐데." 도리이는 다시 상상을 이어 나갔다. "사업가한테 니시지마를 무시하지 말라고 소리치고 먼저 나간 니시지마를 쫓아간다든가."

"그렇게 되면, 도도는 가게에서 잘리는 거지." 나는 냉정하게 잘라 말했다. "그래도 그 편이 극적인 느낌은 사네." 하면서 미나미는 웃었다.


그로부터 5분 후, 마침내 니시지마가 모습을 드러냈다. "어!" 하토무기 씨가 맨 먼저 그를 알아보고 창문을 톡톡 두드렸다. 우리들은 일제히 창문에 달라붙었다. 엘리베이터를 타고 내려왔는지 그가 빌딩 안에서 저벅저벅 밖으로 걸어 나왔다.

"저 양복!" 내가 손가락으로 가리켰다. 지난번에 나와 하토무기 씨가 같이 가서 산, 회색 스리버튼 정장이었다.

"잘 어울리는데." 미나미가 감탄했다.

그때 바로 뒤에서 검은 미니스커트 차림의 섹시한 여자가 따라 나왔다. 눈을 크게 뜨고 보니 도도였다. 우리 넷은 입을 떡 벌리고 아무 말도 못 했다. 도도는 긴 다리로 경중경중 니시지마의 뒤를 따라갔다. 도도가 거기서 니시지마를 불렀는지 오른쪽으로 돌아가려던 니시지마가 멈춰 서서 돌아보았다. 길에는 지나가는 사람들이 많았지만, 내 눈에는 도도와 니시지마의 모습만 오롯이 들어왔다.

"또 한 사람이 있네." 도리이가 말했다.

도도 뒤에 더블버튼 양복을 입은, 덩치 좋은 남자가 낯빛이 붉으락푸르락해서는 뛰어나왔다. 꼬불거리는 머리와 툭 튀어나온 배가 눈에 띄었다. 이번에는 그 남자가 도도를 부르는 것처럼 보였다. 도도는 재빨리 뒤를 돌아보고 남자의 얼굴을 확인하더니 약간 긴장하는 듯했다.

"아, 도도, 화났다." 미나미가 작은 소리로 말했다.

"정말 그러네." 내가 말했다. 늘 무표정한 도도는 감정이 겉으로 드러나지 않지만 우리는 안다.

"이거 뭐가 어떻게 된 거야?" 도리이는 의아해하면서도 상황을 즐기는 모습이었다.

도도가 홱 돌아서서 그 남자에게 다가갔다. 거침없이, 이번에도 경중경중. 그러고는 근처 어느 클럽 간판에 걸려 있던 루돌프 봉제 인형을 천천히 잡는다 싶더니 순식간에 휘둘러 남자를 가격했다.

찻집에서 내려다보던 우리들은 모두 소리도 못 내고 입만 쩍 헤벌렸다.

남자는 얼굴에 루돌프 인형을 정통으로 맞고 비틀거렸다. 그러는 동안 도도는 오른쪽으로 돌아갔다. 우뚝 서 있는 니시지마에게 달려가더니 그의 손을 잡고 뛰기 시작했다.

두 사람이 우리들의 시야에서 사라졌다.

"미나미, 저기 봐." 도리이가 재빨리 보고 아래를 가리켰다. 그쪽을 보니 투실투실한 양복쟁이가 씩씩대며 서 있었다. 어깨에 얹힌 루돌프 인형을 바닥으로 내던지고 방금 도도와 니시지마가 사라진 방향으로 달려 나가려는 모양새였다.

"미나미, 루돌프 인형!" 도리이가 유리창 너머를 가리켰다.

"응." 미나미가 고개를 끄덕하는 그 순간, 땅바닥에 떨어져 있어야 할 루돌프 인형이 공중으로 떠올라 다시 남자의 얼굴에 가서 부딪쳤다. 남자는 기겁을 하며 미끄러져 그 자리에 그만 엉덩방아를 찧었다.

"지금 그거 미나미 씨가 날린 거야?" 하토무기 씨가 놀랐다.

"예, 저 정도는 할 수 있어요."

"도대체 도도랑 니시지마에게 무슨 일이 있었던 걸까." 나는 나름대로 머리를 굴리며 다시 한 번 거리를 내려다보았다. 혹, 조금 전 우리들이 멋대로 떠들던 공상과 흡사한 일이 가게 안에서 일어났던 건 아닐까? 설마.

조금 있다가 다들 무슨 신호를 받은 것도 아닌데 우리는 조용히 박수를 쳤다. 축복인지 응원인지 모를 조용한 박수 소리가 한동안 따뜻하게 울려 퍼졌다.

"기분 좋은 크리스마스 아니냐, 기타무라?" 도리이가 말했다.

"꽤나 오래 걸렸네." 미나미가 감정이 벅차오르는지 니시지마와 도도가 달려 나간 방향을 바라보며 말했다. "저 둘이 맺어지기까지."

"어어, 그러게." 나도 동감했다.


11


크리스마스가 지나고 12월 27일 우리들은 도도의 집 근처 강가에 모였다. 예전에 니시지마가 고등학교 시절 물건을 훔쳤던 적이 있다고 고백했던 그 자리. 다음 날로 예정된 빈집털이 계획에 대해 대책을 세우기 위해서다. 나와 니시지마, 그리고 도도와 미나미, 이렇게 넷이 팀이 됐다. 도리이는 빠졌다.

"경찰에 알렸으면 이제 우리는 관여할 바 아니잖아." 미나미가 주장했다.

"그래, 모르긴 해도 어느 정도 받아들인 것 같긴 해."

우리의 이야기를 들을 때 나카무라 형사의 심각한 얼굴이 떠올랐다. 적어도 경찰차 한 대 정도는 보내 주지 않을까 내심 기대하고 있었다.

"그러니까 우리는 그저 확인차 가는 것뿐입니다." 니시지마가 거들었다. "만일 경찰이 우리 말을 믿지 않아서, 그래서 그 범인들이 실제로 들이닥치면 큰일 아닙니까."

"그럼 어떻게 할 건데?"

"곧바로 경찰한테 전화할 거야." 내가 분명히 약속했다.

"기타무라 너도 나설 거야?" 나는 미나미가 이 일에 소극적인 것은 충분히 이해한다.

"어떻게 되나 끝까지 한번 지켜보고 싶어." 내가 설명했다. "지난번 사건은 지금 생각해도 충격적이었고, 후회도 많이 했지만, 그 범인들이 아직까지 체포되지 않고 어딘가에 있다는 게 찝찝하잖아. 이대로, 어쩌면 그 사건이 미제로 묻힌다고 생각하니 분해서 말이야. 그런데 얼마 전에 내가 경찰서에서 우연히 호스트 준을 목격하고 나서 일이 여기까지 진행된 거잖아. 다시 생각해도 그 사건의 마무리를 우리는, 아니 나는 꼭 봐야겠어."

"역시 논리적이던 기타무라가 변했어."

"그래, 그렇게 됐어." 나도 인정했다. "하지만 절대 위험한 짓은 하지 않을 거야. 그냥 지켜보기만 할 거야."

"혹시 범인으로 오해받는 거 아니야?" 미나미는 또 걱정이다. 그럴 가능성도 없지는 않다.

우리가 있는 데서 조금 떨어진 강둑에서 남자아이들 셋이 구르기 놀이를 하고 있었다. 옆으로 누워 몸을 쭉 펴고 데굴데굴 구른다. 옷이 더러워지고, 풀이 짓밟히는 것도 개의치 않고 신 나게 구른다. 우와, 끝내줘, 무섭다, 무서워! 하면서도 다시 강둑을 뛰어 올라가는 아이들의 얼굴이 티 없이 맑다.

"도도도 가?"

"응." 도도는 곧 대답했다. "기타무라가 위험한 짓 하나 안 하나 내가 지켜보려고."

"위험한 짓을 한다면, 그건 내가 아니라 니시지마지."

"하긴 그렇죠, 네." 니시지마도 두말없이 인정했다.

"도리이는 역시 반대하던?" 나는 물어볼까 말까 망설이다가 결국 물었다.

"안타까워하더라."

"그래." 나는 도리이에게 미안한 마음이 들었다. 도리이도 미나미처럼 우리가 아직 정신을 못 차렸다고 낙담하는구나, 하고 생각했기 때문이다.

"그게 아니라 자기도 이번 일에 끼고 싶었대. 믿을 수가 없어. 그런 일을 당하고도……."

데굴데굴 강둑을 굴러 내려가는 세 녀석들은 아직도 그 놀이를 계속하고 있다. 어질어질 눈앞이 도는 게 재밌는지 강둑 위를 휘청휘청 걸어간다. "그럼 누가 제일 멋지게 회전하는지 점수를 매기자." 한 아이가 말했다. "규정연기랑 자유연기로 나누자." 꼬마들이 별 걸 다 안다. 기껏해야 열 살 정도 되어 보였는데 말하는 건 훌쩍 어른스러워서 참 맹랑하다는 생각이 들었다.

"아 참, 내가 아르바이트 그만둔 거 얘기했나?" 조금 있다가 도도가 뜬금없이 말을 꺼냈다.

"그때, 크리스마스이브 사건 때문에?" 내가 얼결에 물었다.

"크리스마스 사건?" 당연히 도도는 무슨 소리인지 몰라 다시 묻고, 옆에 있던 니시지마와 마주 본다. 그걸 어떻게 알았느냐는 표정이다.

"아, 아니, 아무것도 아니야." 나는 허둥지둥 얼버무리고 나서 물었다. "왜, 무슨 일이 있었어?"

거기서 니시지마가 얼굴이 벌게져서는, 은근히 자랑하는 투로 말했다. "우리 사귀기로 했습니다. 덕분에 아주 요즘 행복에 젖어 있습니다." 웃으며 고백한다. "저 아래 흐르는 유구한 강의 흐름이나 강물에 반사되는 태양 빛도요, 지금 내 눈엔 안 보입니다. 왜냐고요? 내 눈엔 도도밖에 보이지 않으니까요."

도도도 그 말에 고개를 끄덕이며 응답했다. "드디어, 때가 온 거야." 그녀다운 심플한 대사였다.

뭐 그리 대단한 일은 아니지만.

그다음부터는 둘 다 헤벌쭉하니 있었다. 우리가 빤히 쳐다보니 니시지마는 약간 귀찮다는 표정으로 "그냥 이런저런 일들이 있었어요." 하면서 도도에게 눈짓을 했다. 도도는 얼굴색 하나 변하지 않고 마무리했다. "그 후로도 이런저런 일이 있었지."

우리들은 다음 날 어떻게 할지 시간과 장소를 확인하고 일어 났다. 바지에 붙은 잔디를 털고 걸어가려는 데 그때까지도 구르 고 있던 아이들을 본 니시지마가 또 어쭙잖은 소리를 한마디 했 다. "구르는 돌에는 이끼가 끼지 않는다지만, 구르는 아이들한테 는 온갖 풀들이 다 엉겨 붙는군요."

너무도 자연스럽게 걸어 나가는 니시지마와 도도의 뒷모습을 뒤에서 바라보며 나와 미나미는 씨익 웃었다.


12


12월 28일 밤은 금세 찾아왔다. 우리는 일단 차를 길에 세워 두고 그 안에서 쇼지 씨의 저택을 감시하기로 했다. 시계를 보니 밤 9시가 넘어 있었다. 몇십 미터 떨어진 왼편 담을 따라 쇼지 씨의 저택이 이어졌다.

"그때랑 똑같군요." 니시지마가 말했다.

"그때?" 운전석의 도도가 묻는다.

"다케우치 씨 저택에 갔을 때." 내가 대답했다. "그때도 우리는 이렇게 차에서 그 집을 바라보았거든."

"다른 점이라면 그때는 여름이었기 때문에 더워서 죽을 뻔했 다는 거죠."

"네가 에어컨을 꺼서 그랬잖아." 나는 뒷좌석에 앉아 있었다. 옆에는 세 사람이 벗어 둔 코트가 한 자리를 차지했다. 나는 쇼지 씨의 집을 감시하는 틈틈이 앞에 앉은 두 사람도 관찰했다.

도도와 니시지마는 서로 관심 없는 사람들처럼 정면만 바라보았다. 가끔씩이라도 서로 마주 보고 웃는다거나 좀 더 티 나게, 핸드브레이크 위에서 손을 맞잡거나 하면, 그래 잘 사귀고 있구나 알 수 있을 텐데, 그런 동작은 전혀 하지 않았다. 오히려 사이 안 좋은 동아리 멤버 같은, 서먹한 느낌이었다.

니시지마는 소형 비디오카메라를 들고 있었다. 범인이 나오면 이것으로 전부 촬영할 거라며 큰소리쳤다.

"그런 카메라는 어디서 구했냐?"

"고가 씨요. 고가 씨한테 말했더니 얼른 빌려 주던데요. 이거 업그레이드된 거라 밤에도 잘 보인대요. 암시暗視 장치라나 뭐라나, 자랑이 대단했습니다."

"고가 씨는 도대체 그런 걸 어디다 쓰는 거야?" 내가 또 물었다.

"왠지 섬뜩해." 도도가 차가운 눈빛으로 카메라를 보았다. 나도 그 말에 동의한다.

"좋은 사람인데……" 니시지마는 말하면서 카메라를 만지작거렸다.

그때 창문을 두드리는 소리가 났다. 툭툭 툭툭툭, 오른쪽 운전석 창밖에 사람이 서서 유리문을 두드렸다. 뒤에서 다가섰는지 우리는 전혀 눈치채지 못했다. 도도가 무뚝뚝한 표정으로 스위치를 눌러 창을 내렸다.

"역시나 당신들이군." 반듯한 7대 3 가르마에 내 천 자를 그린 미간이 먼저 눈에 들어왔다. 눈썹이 꿈틀거린다. 나카무라 형사다. 얇고 긴 코트를 입은 그가 차 안을 재빨리 둘러보았다. 나는 귀찮았지만 오른쪽 창문을 내렸다. 지루하게 늘어지는 모터 소리와 더불어 싸늘한 바깥 공기가 안으로 스몄다.

"도대체 여기서 뭐 하는 거요?" 나카무라 형사는 내 쪽 창문으로 얼굴을 보였다.

"확인차, 지켜보고 있습니다." 나는 솔직히 대답했다. "나카무라 씨에게 말한 대로 오늘 밤 저 집에 그 범인들이 올지도 모릅니다. 그래서……."

"그래서 뭐요? 그건 경찰 소관이오."

"말은 그렇게 하면서도 지금 나카무라 씨 한 사람밖에 없잖습니까?" 나는 주변 도로를 가리켰다.

"다른 곳에서 대기하고들 있소." 나카무라 형사가 눈썹을 움찔하며 불쾌한 표정으로 말했다. 기껏해야 잘난 경찰차 한 대겠지. 나카무라 형사는 한 발 물러서더니 고개를 위로 쳐들었다. 행여 근처에 주차 금지 표지판이라도 있으면 우리를 '주차 위반'이라고 협박할 속셈이겠지만, 우리도 그 정도는 미리 살펴봤다. 옆은 작은 접골원인데 주차 금지 표시도 없을뿐더러 딱히 통행에 방해가 될 만한 장소도 아니었다.

"다른 차들 통행에 방해가 되니 차를 빼시오."

"방해가 될 것 같으면 그렇게 할게요." 도도가 차갑게 대꾸했다.

"아무튼 여기서 그러고 서 있으면 오히려 의심을 받을 겁니다."
니시지마는 운전석 쪽으로 얼굴을 쭉 빼며 나카무라 형사를 쫓으려 했다.

"당신들 말이오." 나카무라 형사는 7대 3 가르마를 신경 쓰면서도 주변 상황을 살펴보는 것도 빠뜨리지 않았다. 결국 "방해하지 마쇼."라는 말을 남기고 그는 자리를 떴다.

"어쨌거나 경찰도 움직이고는 있는 거네?" 도도가 의외라는 듯이 말했다.

"나는, 우리 정보를 완전히 무시하든지 아니면 대병력을 보내 잠복하든지 둘 중 하나라고 생각했는데."

"무시하지는 않았지만 저 7대 3 가르마가 순찰을 도는 것 정도로는 너무 어정쩡하지 않습니까."

"다른 큰 사건이 있어서 그쪽으로 인원이 많이 투입됐거나, 아니면 7대 3 가르마가 다른 사람들을 설득시키지 못했거나." 나는 다시 한 번 시계를 본 후 앞의 두 사람에게 말했다.

"몇 시까지 버틸까?" 내 물음에 니시지마와 도도는 서로 마주 보았다. 그리고 소리 없이 의견 일치를 봤는지 동시에 말했다.
"범인이 올 때까지."


그 후로 30분이 더 지나 차 안에는 허탕 친 거 아니냐는 분위기가 감돌기 시작했다. 아직 날이 새려면 멀었고 딱히 피곤했던 것도 아니지만, 정지 화면처럼 지나가는 차 한 대 없이 쥐 죽은 듯 고요한 풍경을 보고 있자니, 이런 곳에 도둑이 나타날 리가 없다는 생각이 스멀스멀 들었다.

"좋아." 니시지마가 갑자기 안전벨트를 풀었다. "저 집 문 앞으로 가서 초인종을 누르겠습니다. 집에 정말로 사람이 있는지 없는지 확인하고 오겠습니다."

"쇼지 씨가 나오면 어떻게 할 건데?"

"적당히 둘러대지요, 뭐. 원래가 저 집은 오늘 밤에 아무도 없을 예정 아닙니까. 만약 누군가가 있으면 그건 계획 자체가 틀린 거니까 우리는 그냥 집에 가도 됩니다."

지난번 다케우치 씨 저택을 관찰할 때도 이랬는데. 그때 생각이 났다. 니시지마가 초인종을 울리고 소리를 치니 빈집털이범들이 도망쳐 나왔다. 그러다가 도리이가 돌이킬 수 없는 큰 변을 당했다.

"나는요, 일단 말을 꺼내면 행동으로 옮기는 사람입니다." 니시지마는 비디오카메라를 자리에 두고 문을 열었다.

"야!"

"괜찮습니다. 초인종을 누른 다음 부재중인지 확인하고 오는 건데요 뭐. 두 사람은 여기서 기다리십쇼." 내가 말리기도 전에, 아니 말려 봤자 듣지도 않았겠지만, 니시지마는 밖으로 나가 성큼성큼 걸어갔다.

나는 한숨을 내쉬고 뒷자리에 풀썩 기대앉았다. 도도가 거울을 통해 이쪽을 살폈다.

"니시지마는 앞뒤를 생각하지 않아."

"앞의 일은 생각해. 훨씬 앞의 일. 바꿔 말하면 미래를 생각한다고."

"저기 말야." 이것도 기회다 싶어 내가 물어봤다. "크리스마스이브에 말이야."

"어어? 응." 도도는 영 마뜩잖은 투로 대꾸했다.

"니시지마가 너 일하는 곳에 갔었지?"

"어어, 응." 이번에도 그런다. 도도의 눈이 거울 속에서 나를 본다. "무지 놀랐어."

"니시지마는 거기서는 어땠냐?"

"혼자서 뚱하게 앉아 있더라." 도도의 말투에는 여전히 아무런 감정도 묻어나지 않았다. "들어와서 나를 찾았대."

"긴장하던?"

"니시지마는 긴장 안 해."

그래, 나도 끄덕였다. 니시지마는 주눅 들지 않는다.

"그리고 말을 많이 하더라."

"말을 많이 해?"

"응. 학교 다니면서 즐거웠던 일, 또 후회되는 일."

"니시지마도 후회한 적이 있대?"

도도는 이 질문에는 대답하지 않았다. 추측건대 그가 유일하게 후회한 일은 도도에 관한 게 아닐까 싶다.

"술에 취하니까 니시지마가 같은 말을 여러 번 했어."

"뭐라고?"

"이 양복, 멋집니까? 나한테 어울립니까? 그러더라."

나는 소리 내 웃었다. "나랑 같이 사러 갔었거든."

"응. 니시지마가 그러더라. 기타무라하고 기타무라의 여친이 골라 주었다고. 그 얘길 계속했어. 친구가 자기 옷을 골라 주었다며 자랑하더라."

그 말을 듣는 순간 나는 뭐라고 대꾸할지 몰라 잠자코 있었다.

"나는 지금까지 남들보다 못 갖고 여러 가지 부족한 것에 익숙했는데, 대학에 들어와 친구들만큼은 확실히 잘 만났다고. 그런 얘기를 계속했어."

니시지마가 무슨 생각으로 그런 말을 계속했는지는 모르겠고, 취한 사람이 하는 말에는 별 의미가 없다는 것쯤은 알지만, 그래도 나는 감격했다. 그래서 시간을 좀 두고 그냥 "그랬니."라고만 했다.

그리고 내 인생에 드문 감격의 순간을 계기로 니시지마와 본격적으로 사귀게 됐냐고 물어볼까 했다. 노골적인 의미에서가 아니라 운명적인 결합이라는 뉘앙스를 담아 '맺어진 거냐?'고 할까도 생각했다. 하지만 말도 꺼내기도 전에 도도가 분위기를 깼다. "기타무라, 형사 왔다!"

## 13

나는 조수석과 운전석 사이로 몸을 내밀고 앞 유리창 너머를 응시했다. 외등이 딱 우리들 전방을 비췄다. 30여 미터 앞에 쇼지 씨 저택의 대문이 있었다. 니시지마가 그 앞에 서서 초인종을 누르려는 참이었다. 그 뒤로 나카무라 형사가 다가서는 게 보였다.

뒤를 돌아본 니시지마에게 나카무라 형사가 손가락을 세우며 뭐라고 한다. 거기서 뭘 하느냐고 화를 내는 거겠지. 초인종을 누르는 게 무슨 죄가 되는 건 아니겠지만 형사의 입장에서는 니시지마의 행동이 거슬릴지도 모른다. 니시지마는 나카무라 형사와 마주 서서 여느 때처럼 진지한 표정으로 대거리를 하고 있다.

"저런 데서 서로 이야기를 하고 있다간 설사 범인들이 온다 해도 중간에 가 버리겠다." 도도가 말했다.

얼마 지나지 않아 니시지마가 이쪽으로 돌아왔다. 나카무라 형사가 떠돌이 개를 쫓듯 손을 휘저었다. 얌전히 집에나 가라는 뜻이다. 다가서는 니시지마의 얼굴은 볼일을 보고 나서 뒤를 안 닦고 나온 찝찝한 표정이었다. 아스팔트 위를 너울거리는 니시지마의 그림자마저 불만스러워 보였다.

"아, 또 한 사람 있네." 도도가 그때 입을 뗐다.

"또 다른 형사인가?" 나도 쳐다보고 말했다.

쇼지 씨 저택 앞에서 니시지마의 등을 노려보는 나카지마 형사 옆에 다른 그림자가 다가섰다. 키가 크고 어깨가 떡 벌어져 얼핏 보기에는 운동선수 같았다.

남자의 얼굴이 쇼지 씨 집 옆 외등에 비쳤다. 뾰족한 턱과 높은 콧잔등이 얼핏 보여서 "앗!" 하고 나도 모르게 소리를 질렀다. 반사적으로 오른쪽 문의 잠금장치를 해제했다. "왜 그래?"

"프레지던트맨이다!" 나는 곧장 문을 열고 밖으로 튀어 나갔다.


차 옆까지 다가온 니시지마에게 나는 "저 사람이야!" 하고 앞을 가리키며 소리쳤다. "저 사람요?"

"프레지던트맨!" 나는 달리며 외쳤다. 그게 무슨 말입니까. 니시지마의 목소리를 뒤로하고 무조건 달렸다. 10여 미터 앞에서 프레지던트맨이 나카지마 형사의 팔을 뒤로 꺾고 있었다. 달리는 중이라 그런지 공포와 흥분이 목구멍까지 차올라 그런지 아무 소리도 나오지 않았다. 신음 같은 숨소리만 새어 나올 뿐이었다.

니시지마가 "정말입니까?" 소리치면서 따라온다. 나카무라 형사는 몸을 돌려 프레지던트맨과 서로 엉겨 붙어 몸싸움을 벌였다. 확실히 형사라 그런가, 팔을 잡히자마자 뒤로 질질 끌려갔던 나와는 달리 일전을 벌이고 있다. 하지만 프레지던트맨도 완력이 대단했다. 나카무라 형사를 압도하는 형세다.

프레지던트맨은 강했다. 나카무라 형사가 두 손으로 달려들려고 하는 것을 힘껏 뿌리치고 곧바로 오른팔을 휘둘러 그의 뺨을 휘갈겼다. 퍽 하는 묵직한 소리와 함께 순식간에 밤공기가 얼어붙었다. 프레지던트맨의 눈이 형형히 빛나고, 그의 시야에는 오로지 나카무라 형사만이 보이는 듯했다. 다가서는 우리들은 거들떠보지도 않았다.

"대통령인가." 거기서 남자가 말했다. 성난 목소리는 아니었고, 성마른 어른이 아이를 다그칠 때의 말투 같았다.

나와 니시지마는 엉겨 붙은 그들을 5미터 정도 앞두고 걸음을 멈추었다. 니시지마가 내 옆에 서서 나직이 물었다. "저 남자가, 저 남자가 맞습니까."

"꼼짝 마." 나카무라 형사의 목소리가 울렸다. 퍼뜩 고개를 들고 쳐다봤더니 그가 웅크린 자세로 총을 뽑아 들고 있었다. 프레지던트맨을 향해 정면으로 총구를 겨누었다. 엉거주춤하게, 휜 다리로, 꼴은 볼품없었지만 위압감은 있었다. 7대 3 가르마가 흐트러지고 얻어맞은 뺨이 부어오른 나카무라 형사가 한 번 더 말했다. "꼼짝 마, 경찰이다."

프레지던트맨은 나카무라 형사로부터 몇 발자국 떨어진 지점에서 멈춰 섰다. 그의 눈은 여전히 빛을 발했다. 경찰? 경찰은 됐어! 대통령은 어딨냐고? 하는 표정이었다.

나카무라 형사는 계속 총을 겨누면서 한 손으로는 허리에 차고 있던 무전기의 스위치를 눌러 동료에게 상황을 설명했다. 지원을 요청하는 거겠지. 나는 좌우를 둘러보았다. 쇼지 씨 저택을 꼭짓점에 두고 나머지 세 방향 어디에서, 누가 먼저 치고 들어올지 궁금했다. 우리들이 오늘 밤 이 자리에 있는 것은 프레지던트맨이 아니라 빈집털이범을 잡기 위해서다. 프레지던트맨이 오늘 밤 여기서 나카무라 형사를 덮친 것은 아마도 우연일 것이다. 서로 관련이 있다고는 보기 어렵다. 그러니까 만약 빈집털이범들이 지금 오면 어떻게 되는 거지? 나는 걱정이 됐다. 저택 앞에 있는 사람들을 발견하고, 더군다나 그중 한 명은 권총을 갖고 있다는 것을 눈치채면 볼 것도 없이 줄행랑칠 것이다.

"이봐, 당신들! 여기 이 사람 어떻게 된 거야?" 시선은 프레지던트맨에게 고정시킨 채 나카무라 형사가 소리쳤다. "이 사람이 당신들이 말하던 빈집털이인가?"

느닷없이 나타난 남자에게 팔을 꺾이고 뺨을 얻어맞았음에도 나카무라 형사는 흐트러짐이 없었다. 혼란스럽기야 하겠지만 냉정을 잃지 않으려고 노력하며 왼손으로 삐져나온 머리카락을 매만지기까지했다.

"아마 아닐 겁니다." 나는 대답했다. "이 사람은 빈집털이가 아니에요."

"그럼 뭔가. 당신들이랑 한패인가?"

"프레지던트맨입니다." 니시지마가 초조한 목소리로 말했다. 왜 그걸 몰라주느냐는 표정이다.

"프레지…… 뭐?"

"오래전부터 시내에 출몰했던 그 픽치기요." 나는 빨리빨리 설명했다. "연쇄 강도범 말이에요, 왜 있잖아요, 그, 저, '대통령인가' 그러면서 묻고 돌아다니는 사람요."

냉정을 유지하고 싶었지만, 혀가 마음처럼 움직이지 않았다. 나카무라 형사는 내 말에 대꾸는 하지 않았지만 얼굴이 한층 심각해지면서 아까보다 더 실감 나는 목소리로 프레지던트맨에게 말했다. "손들어."

연쇄 강도범에 대해서는 물론 나카무라 형사도 알고 있다. 그의 얼굴이 사뭇 굳어졌다.

"당신들은 비키쇼."

그때 사이렌이 울렸다. 고요하던 주택가의 공기를 신경질적으로 가르는 소리였다. 어디에서 나는 소리인지 몰라 나는 두리번거렸다. 회전하는 붉은 불빛 때문에 평온해 보였던 동네와 밤하늘이 갑자기 음산하고 불길한 분위기를 띠었다. 얼마 안 있어 오른쪽에서 경찰차가 모습을 드러냈다.

프레지던트맨은 쳇, 혀를 차더니 입술을 잘근거리는 게 고뇌에 찬 표정이었다. 아래로 처진 눈이 구슬퍼 보였다. 그리고 한발을 내디디며 주먹을 앞으로 내미는가 싶더니 총을 든 나카무라 형사를 향해 나직이 말했다. "전쟁 반대!"

뭐? 나카무라 형사가 얼빠진 소리를 냈다. 이런 상황에서, 얼토당토않게 '전쟁 반대'라는 말이 나오니 동요할 수밖에.

"전쟁 반대!" 프레지던트맨은 다시 한 번 반복했다. 온몸에 전기가 흐르는 것 같았다. 아아 역시…… 니시지마를 쳐다보았다.

역시 프레지던트맨은 니시지마가 추측한 대로 명분 없는 전쟁을 안타까워했던 것이다. 전쟁을 저지하기 위해 대통령을 찾았던 것이다. 전쟁 반대, 하고 절망 어린 외침을 한 프레지던트맨을 보며 나도 인정할 수밖에 없었다.

"역시 그런 뜻이었습니까?" 니시지마가 꽉 쥔 주먹을 내밀며 곱씹듯 말했다. 요란한 사이렌과 함께 다가온 경찰차가, 어린애 울음 그치듯 소리를 뚝 멈추고 정지했다. 빨간 등이 체포 현장의 분위기를 띄우는 조명 장치로 보였다.


"나는 이해합니다." 니시지마는 프레지던트맨이 경찰차에서 내린 형사들에게 제압당하는 것을 보고 힘주어 말했다. 형사들이 프레지던트맨을 땅에 짓누르고 두 팔에 수갑을 채웠다. 프레지던트맨에게 니시지마는 분명하게 말했다. "진심으로 감동받았습니다. 당신의 마음을 이해합니다."

이런 분위기로 계속 가다가는 공범으로 의심받을 수 있는데……. 나는 불안했지만 말리지는 않았다.

"인간이란." 니시지마는 계속 밀어붙였다. 한밤중에 주택가에 울려 퍼지는 "인간이란." 하는 대사는 왠지 어울리지 않았다. 나카무라 형사도 그렇게 느꼈는지 눈썹을 찌푸리고 이쪽을 쳐다보았다. "인간이란 자신과는 상관없는 불행한 사건에 전전긍긍하는 존재입니다."

땅에 엎어진 프레지던트맨이 거기서 얼굴을 쳐들고 니시지마

를 보았다. 나를 대변하는 이자는 대체 누구인가 궁금했을 것이
다.

니시지마는 이어 말했다. "저 멀리서 사람들이 난파당해 허우
적댈 때, 수수방관하고 있을 수만은 없습니다. 기다리시오, 내가
가리다! 바로 그 정신입니다. 나도 그 생각에 동감합니다. 대통령
을, 어떻게든 설득시키고 싶은 그 마음에, 뼈저리게 공감합니다."

엎드려 있던 프레지던트맨은 눈을 휘둥그레 뜨고 입은 절반쯤
벌린 상태였지만, 조금 있다가 고개를 까딱 움직였다. "다만 안타
깝게도." 니시지마는 그쯤에서 어린애를 타이르는 말투로 말했
다. "일본에, 그것도 이 센다이에, 대통령은 없습니다."

프레지던트맨은 그 말을 듣자 구슬피 두 눈을 내리뜨고 고개
를 떨구었다. 대기 중인 경찰차와 회전을 멈추지 않는 빨간 등,
머리 위에는 검은색인지 회색인지 구별이 안 되는 하늘이 펼쳐
져 있었다. 땅에는 수갑을 찬 기인과 무전기에 대고 말을 하는
형사들이 있다. 참으로 묘한 광경이다. 나는 할 말을 잃고 서 있
었다. "나카무라 씨, 이 젊은이들은 도대체……."

프레지던트맨을 잡아 일으킨 형사가 우리들을 쳐다보며 말했
다.

"그냥 지나가는 사람들이다." 나카무라 형사는 두 손으로 머리
를 매만지면서 대충 대꾸했다. 우리를 복잡한 일에 얽히게 하지
않으려는 배려인지, 자기 재량을 과시하려고 둘러댄 건지는 모르
겠지만, 아무튼 나카무라 형사는 우리의 신분을 밝히지 않았다.

"야, 니시지마. 오늘은 어쨌든 빈집털이범이 나타나지 않겠지?"

"설마 오늘은 오지 않겠죠."

그런데 바로 그때 차 한 대가 꽁무니를 감추며 사라지는 것이 얼핏 보였다. 살짝 급발진 소리가 울리고, 100미터쯤 앞에 모퉁이를 도는 대형차가 보였다.

혹 저 차가 빈집털이범들의 차가 아니었을까 하고 순간적으로 생각했지만, 설사 그렇다 한들 지금은 어쩔 수 없다는 생각이 들었다. 니시지마도 같은 생각이었는지 나를 한 번 보더니 길게 숨을 내쉬었다.

일이 복잡해지기 전에 그만 자리를 뜨려고, 나는 조금씩 발을 빼기 시작했다. 한데 그때 자리에서 일어난 프레지던트맨과 찰나적으로 눈이 마주쳤다.

"아." 그가 말했다. 나카무라 형사가 이쪽을 쳐다봐서 나는 당황했다. 도대체 무슨 말을 하려고 저러나 했더니 프레지던트맨이 나를 보고 "대통령이다." 하고 말했다. 이거 기억해 주셔서 영광입니다, 라는 말이 튀어나오려는 걸 꾹 참고 시치미를 뗐다. "무, 무슨 소리예요?"

14

우리는 차를 탔고, 도도가 액셀을 밟았다. "이제 됐니?" "일단은." "어디로 갈까?" "오늘은 틀린 것 같으니 예정 변경이다." "예정 변경? 우리의 예정 말이야?"

"아마 빈집털이범도 계획을 변경할 수밖에 없을 테니 우리도 그냥 가야지." 하고 나서 조금 전 쇼지 씨 저택 앞에서 일어난 일련의 해프닝을 설명해 주었다. 도도는 차를 몰면서 가끔 조수석을 보기도 하고 거울 너머로 나를 흘끔거리기도 했다. 교차로의 빨간 신호등이 조금 전 우리를 비추었던 경찰차의 빨간 등을 연상시켰다.

"그런데 너, 얼마 전에 프레지던트맨에게 당했잖아." 도도가 말했다.

"응, 그런데?"

"그렇다면 목격자라든가 증인 신분으로 경찰한테 가지 않아도 되겠어?"

"아아, 듣고 보니 그렇기도 한데 나카무라 형사는 내가 프레지던트맨의 피해자라는 건 모르거든." 그때 이야기를 들은 형사는 부서가 달랐다.

"나중에 그 일이 알려지면 이런저런 말을 듣지 않겠어? 왜 그때 그 말을 하지 않았느냐고, 괜히 이상하게 생각하지 않을까?"

그럴 수도 있다. 하지만 이제 와서 딱히 어떻게 해 볼 도리가 없다. "만약 경찰이 따져 물으면 너무 당황해서 그랬다든가, 적당히 말하지 뭐."

아, 그래? 도도는 별 감정 없이 대답을 하고 잠시 잠자코 있었다. 나는 뒷좌석 창에 얼굴을 가까이 대고 스쳐 지나가는 풍경을 멍하니 바라보았다.

"니시지마, 괜찮아?" 조금 시간이 흐른 뒤 도도가 조수석 쪽을 쳐다보며 물었다.

"니시지마, 무슨 일 있어?" 내가 앉은 위치에서는 니시지마의 모습이 보이지 않아서 얼른 몸을 일으키며 물었다.

"아무 일도 없습니다." 힘없는 대답이 돌아왔다.

"프레지던트맨이 잡혀서, 기분이 안 좋아졌어?" 도도가 쓸 만한 지적을 했다. 니시지마의 입장에서는 자신의 영웅 혹은 뜻을 같이한 동지, 프레지던트맨이 체포되는 것을 목격하고 어쩌면 환멸을 느꼈을지도 모른다. 꽤 실망했을 수도 있다. "기분이 안 좋은 건 아닙니다."

"괜찮아. 프레지던트맨이 붙잡혀도 니시지마의 정신이 죽은 건 아니야." 도도는 여전히 뚝뚝하게 말했다. 그리고 카스테레오의 재생 버튼을 눌렀다. 곡은 가벼운 멜로디로 시작했지만 곧 그것이 라몬스라는 것을 알았다.

"아아, 〈하울링 앳 더 문〉 아닙니까." 니시지마가 말했다. 라몬스의 곡치고는 꽤 세련된 느낌이라고 했더니 최대한 타협한 게 이 정도라며 니시지마가 웃는다.

"달도 떴네." 도도의 말에 앞을 보니 정말로 우리가 달리는 직선 도로 저 앞에, 까만 하늘 위로 둥근 달이 떠 있었다.

"니시지마, 괜찮아?"

"아무렇지 않습니다." 니시지마가 대답하고는, 노래 제목 때문에 그랬는지 뜬금없이 컹컹 개 짖는 소리를 냈다.

나는 집으로 가기 위해 센다이 역 북서쪽 파친코가 늘어선 좁은 길에서 차에서 내렸다. 문을 닫기 전에 모두들 수고했다고 하자, 둘이 동시에 "내일 보자."고 말했다. 둘이 이제부터 어디를 갈지 궁금증이 고개를 쳐들었지만 물어보기도 왠지 실례인 것 같았다. 물어봤자 제대로 말해 주지도 않을 것 같고.

시계를 보니 10시 반이 넘은 시간이었다. 이런저런 일이 벌어지는 사이 시간이 그렇게 지났나 보다. 일단 좁은 길을 따라 걸으며 휴대전화를 꺼내 하토무기 씨에게 전화를 걸었다.

"어떻게 됐어? 빈집털이범들 잡혔어?"

"생각지도 못하게 일이 돌아갔어."

"왜, 그 사람들이 안 왔어?"

"안 왔어. 근데 다른 게 왔어."

"다른 거?"

"프레지던트맨."

"무슨 말이야?"

도도에게 일단 설명을 한 뒤였기 때문에 무슨 일이 일어났는지 이야기하는 건 비교적 간단하게 끝낼 수 있었다. 이야기를 다들은 하토무기 씨가 말했다. "그건 정말 생각지도 못했던 일이네." 좀 더 자세하고 현장감 넘치는 보고는 집에 가서 해 주겠다고 하고 전화를 끊으려는데 하토무기 씨가 말했다. "그건 그렇고, 도리이 씨가 아까 전화를 했어."

"왜 하토무기 씨한테 전화를 했지?"

"자기, 아직도 휴대전화 번호 도리이 씨한테 가르쳐 주지 않았지?"

듣고 보니 그랬다. 사기는 했지만 아직 사람들한테 그 사실을 말하지 않았다. 휴대전화는 있는데 전화번호는 아무도 모르는 상태다. "무슨 용건이지?"

"무슨 중대한 발표가 있는 눈치던데."

"혹시 결혼 발표?"

웃으며 말하기는 했지만, 정말 그럴 수도 있다고 생각했다. 전화를 끊고 도리이한테 전화를 해 볼까 하는데 그 자리에서 바로 전화벨이 울렸다. 하토무기 씨인가 했더니 아니었다. 이 휴대전화 번호를 알고 있는 몇 안 되는 사람 가운데 하나였다.

"지금 어디 있어?" 하세가와의 목소리는 날카로우면서도 절박감이 묻어났다.

"어디기는, 지금 밖인데. 집에 가는 중이야."

"오늘 밤, 저기…… 레이치는?"

"아, 그게 궁금했냐?" 나는 숨을 내쉬었다. 뭐야, 또 걱정이 돼서? 기가 막힌다기보다 동정심 비슷한 느낌이었다. "예상치 못한 일들이 생겼어. 그래서 모르긴 해도 빈집털이는 취소됐을 거야." 그리고 더 이야기할까 말까 고민하던 끝에 덧붙였다. "네가 걱정하는 건 레이치지? 안심해도 돼. 아무튼 그 사람은 오늘 밤 또 죄를 짓지 않았고 잡히지도 않았으니까."

하세가와는 내가 곱지 않게 던진 말에 기가 죽은 듯했다. 말은 안 했지만 안타까운 신음 소리가 전화기 너머로 얼핏 들렸다. "으응, 그게 아니고." 하세가와는 좀 더 버틸 셈인지 다시 말했다. "나, 좀 전까지 준의 집에 있었어."

"준?"

"오늘 그런 일이 있단 소리를 듣고 나도 초조해서 가만히 있을 수가 있어야지. 얼마 전에 준이 사는 집을 가르쳐 줬잖아. 그래서 그 집을 찾아가 봤는데."

"뭐하러?"

"혹시 무슨 정보라도 얻을 수 있지 않을까 해서. 모두에게 도움이 될 만한."

나는 하세가와가 말한 '모두'는 아마 나와 도도, 도리이와 니시지마, 미나미일 거라고 추측했다. 짐작은 그렇게 했지만 액면 그대로 받아들일 수는 없었다. "만나 봤더니, 괜찮았냐?"

"집에서 쫓겨났다고 거짓말을 하고 가끔 오면 받아 달라고 했더니 전혀 의심하지 않더라. 준도 싹싹하고 눈치가 빨라서 오래간만이라며 반기더라고."

"그건 위험한 행동이야."

"괜찮아. 나도 모두에게 도움이 좀 되고 싶어서 그래."

또 '모두'라는 말을 쓰네. 뭐라고 말해 줄까? 어쨌든 내가 생각하는 '모두'에 하세가와는 포함되지 않는다.

"오늘 빈집털이에 관해서는 아무것도 알아낸 게 없어. 아마 준은 그렇게 깊게 관여하지 않는지도 몰라. 다만 아까 준이 통화하는 걸 들었어."

"호스트 레이치하고?"

"분명히 그럴 거야. 준의 말소리만 들은 거지만. 오늘 목표로 한 곳이 갑자기, 어렵게 됐다는 얘기 같았어."

"내가 아까 말했잖아. 갑자기 취소하게 됐을 거라고." 프레지던트맨이 나타났기 때문이다. "그래서 나도 그냥 집으로 가는 중이다." 그냥 대충 대답하고 이쯤에서 전화를 끊어 버릴까 하는데 하세가와가 갑자기 숨을 거칠게 내쉬며 하는 말에 발걸음을 멈췄다. "근데 지금 레이치가 어디 있는지 알았어."

"어디 있는데?"

"처음엔 레이치와 그 조직 사람들이 준의 집으로 올 생각이었나 봐. 센다이에 묵을 장소가 없으니까. 그런데 준이 그것을 원치 않았어. 옥신각신하더라고. 준도 빈집털이 조직에 끼고 싶지 않았던 거 같아. 그래서 다른 장소를 제안하더라."

"어디?"

"시내에 있는 어느 진료소. 개인 병원이었는데 꽤 오래전에 문을 닫은 모양이야. 그곳이라면 아는 사람도 없는 데다 주차장도 있고 침대도 있으니 거기서 쉬는 게 어떻겠느냐고 하더라."

나는 아무런 대꾸도 하지 않고 속으로 계속 자문했다. 과연 지금 하세가와가 하는 말을 믿어도 될까. 미팅 때의 일을 비롯해 볼링장 사건이나 다케우치 씨 저택 사건이나 하세가와가 하는 말을 그대로 들었다가 결국 골치 아픈 일에 휘말렸다. 차에 치인 도리이의 그림자가 다시 뇌리에 떠올라 휴대전화를 쥔 손에 나도 모르게 힘이 들어갔다. 부처님 얼굴도 삼세번까지*라지만, 그렇다고 해서 그게 세 번 속으면 부처가 될 수 있다는 의미는 아니다.

"내 말 믿지 않을지도 모르겠지만, 그래도 거기 가 보면 있을지 몰라. 그 말을 해 주려고 전화했어."

"있으면 어쩌라고?"

"경찰에 알려야지."

"그럼 네가 알리면 되겠네."

내 말투가 차가웠는지 하세가와의 목소리는 잦아들었다. "응, 나도 지금 그쪽으로 가고 있어. 확인하면 경찰에 전화를 하려고. 근데 택시가 안 잡혀서 시간이 좀 걸릴 것 같아."

이 말을 얼마나 믿어야 할지 모르겠다. 다만 일단은 그 진료소의 이름과 장소를 들어 두기로 했다. 하세가와는 방금 찾아봤다면서 위치를 설명해 주었다. 나는 알았다고 하고 전화를 끊었다. 행인지 불행인지, 하세가와가 말한 장소는 집으로 가는 길에 있었다. "지금부터 가서 상황을 좀 살펴볼게."라고 대답해 두었다. 수상한 RV차가 서 있는지, 진료소에 누군가가 들어간 흔적은 없

* 아무리 어진 사람도 거듭 속으면 화를 낸다는 뜻.

는지, 그 정도를 확인하는 일은 그다지 위험할 것 같지 않았다.

15

구즈키리 의원, 이라는 간판이 붙은 건물은 비교적 금방 찾았다. 늘 집으로 갈 때 지나는 버스 노선을 따라 북쪽으로 두 블록 더 가면 나오는 주택가다. 생각해 보니 다케우치 씨 저택이 위치한 고급 주택가와 가까워, 범행 현장에서 이렇게 가까운 장소에 과연 호스트 레이치가 있을까 하는 의문도 들었다. 등잔 밑이 어둡다는 걸까, 단순히 생각이 없는 걸까.

구즈키리 의원은 낡은 단독주택과 고급 아파트들 사이에 긴 형태로 위치해 있었다. 넓은 부지에 주차장도 있다. 개업 당시에는 사람들의 출입이 잦았을지 모르지만, 그것도 다 내가 센다이에 살기 전의 이야기다. 철거할 생각이 없는지, 아니면 후계자가 나오기를 기다리는 건지 외등 빛에 희미하게 떠오른 건물은 허리가 꼬부라진 노인처럼 보였다.

먼저 그 앞길을 한번 지나가 보았다. 주차장을 흘낏 보고 안채 건물을 살펴보았다. 울창한 숲처럼 조용하고 인기척 없는 부지에, 검은색 대형차가 주차되어 있다. 그리고 의원 입구 안쪽으로 흐릿하게 불이 켜져 있었다. 누군가가 있다. 일단 그 앞을 지나친 다음, 부자연스럽기야 말 안 해도 뻔한 일이지만, 나는 발길을 돌려 다시 한 번 의원 앞을 지나갔다.

이번에는 조금 전보다 천천히 걸어가면서 유심히 살폈다. 주차된 건 RV차였지만 도리이를 친 당시의 차와는 다른 차종 같았다. 그때의 차보다 더 덩치가 크고 무지막지한 탱크처럼 보이는 건 지금 내가 안고 있는 불안 때문인가. 의원 내에도 역시 불이 들어와 있다. 폐업 중인데도 전기가 들어오는지 그 불빛으로 인해 한층 더 분위기가 음산해 보였다.

심장이 두방망이질하기 시작했다. 흥분해서 그런지 두려워서 그런지 숨소리도 격해졌다. 나는 일방통행로를 따라 왔던 길을 되돌아가기로 했다. 시커먼 밤공기에 질식할 것 같아 큰길로 나가고 싶었다. 전신주 옆에 큰 흰색 차가 서 있었다. 와이퍼는 꺾이고, 사이드미러도 하나가 깨져 있는 불완전한 모습에 불안이 농도를 더해 갔다.

전화를 해야 한다고 나는 내게 명했다. 진료소 안에 누군가가 있는 건 확실하다. 신고해야 한다. 빈집털이에 대한 혐의를 곧바로 밝힐 수는 없지만, 빈 진료소에 허가 없이 침입한 죄는 물을 수 있을 것이다. 한번 붙잡히면 조사 과정에서 여죄가 드러날지도 모른다.

여기서 도리이를 만나게 될 줄은 꿈에도 몰랐다.

"아니, 기타무라 아니야?" 앞에서 도리이 목소리가 났다. 내가 걷고 있는 좁은 길에서 10미터 정도 더 나가면 큰길이 나오는데, 바로 그 모퉁이에 도리이와 미나미가 서 있었다. 그들이 내 쪽으로 다가왔다.

"지금 너희 집에 가는 길인데." 가죽 반코트를 입은 도리이는 왼팔 소매를 우아하게 흔들고 서 있었다. 귀여운 핑크색 코트를 입은 미나미가 말했다. "어떻게 딱 만났네."

"아까 하토무기 씨랑 통화했는데, 너 휴대전화 있다며?" 도리이는 내가 손에 들고 있는 휴대전화를 가리키며 말했다. "전화번호를 안 가르쳐 주면 무용지물 아니냐." 크하하, 그의 웃음소리가 어두운 동네에 울려 퍼졌다.

"오늘 어떻게 됐어?" 미나미가 동그란 눈을 바쁘게 깜빡였다.

"빈집털이범들은 오지 않았어." 나는 일단 말을 하고 대신 프레지던트맨이 나타났다고 한 번 더 상황을 설명하려고 했다. 그때 도리이와 미나미의 뒤쪽, 큰길에서 돌아 들어오는 그림자가 보여 나는 순간 등을 돌렸다. 그러면서 나는 도리이에게 이쪽으로 가자며 낡은 아파트 부지로 들어갔다.

"야, 왜 그래 갑자기."

"지금 이쪽으로 오고 있어." 나는 도로 쪽을 쳐다보며 말했다.

"누가 와?" 갑자기 작아진 내 목소리에 뭔가 눈치를 챘는지 도리이도 속삭였다.

"뭐가 어떻게 된 거야." 조그만 소리로 말하는 미나미는 벌써 불길한 예감이 든 모양이다. 설명해 줘야 할 것 같아 "빈집털이범들." 하고 입을 여는데, 그와 동시에 길가에서 말소리가 들렸다. 다시 입을 다물고 귀를 기울였다.

"너 말이야." 빈정거리는 투의 목소리다. "좀 제대로 된 정보를 물어 와야 될 거 아냐, 이게 뭐냐. 아무짝에도 쓸모없이."

"그건 저도 몰라요." 나중에 대답한 쪽은 내 귀에도 익은 목소리다. "왜 거기 경찰차가 서 있었는지 모르겠다고요. 그렇지만 집은 비어 있었을 거예요. 저는 분명 그렇게 들었거든요."

나는 도리이에게 눈짓을 하고 미나미를 쳐다보았다. 두 사람 모두 설마 하는 생각에 얼굴이 굳어졌다.

저놈이 그……?

도리이가 입 모양과 눈짓으로 물었다. 미나미는 더 이상은 참기 힘들다는 표정으로 눈썹을 찌푸렸다. 저벅저벅 발소리를 내며 세 사람이 우리 곁을 스쳐 지나갔다. 비닐봉지가 쓸리는 소리도 났다. 구즈키리 의원에서 밤을 보내기 위한 먹거리라도 사 들고 가는 거겠지.

저놈들이구나. 도리이는 지나간 남자들을 가리키며 확신했다.

"센다이는 마魔가 꼈어. 도무지가 제대로 되는 일이 없잖아. 네가 글러 먹은 거 아냐? 이치로." 남자의 목소리가 들렸다. 이치로는 호스트 레이치다. 내가 제대로 보긴 본 것이다. "이런 일이 원래 쉬운 건 아니잖아요." 호스트 레이치가 겁먹은 목소리로 말했다.

"아니 그럼, 너 호스트 노릇 하면서 빚까지 진 주제에 달리 무슨 수로 돈을 마련하겠다는 거냐? 안됐지만 이제 넌 나이도 먹고 호스트 바닥에서도 삼류밖에 안 되잖아."

"좀 더 간단히 한몫 챙길 수는 없겠냐. 빈집털이도 이거 생각보다 푼돈밖에 안 돼." 또 다른 남자의 목소리가 났다.

앞에 선 도리이의 눈이 험악하게 변했다. 미나미가 옆에서 도리이의 왼팔 소매를 꼭 붙잡고 애원했다.

"진정해, 도리이. 제발 흥분하지 말고. 응? 진정해." 도리이는 크게 숨을 두세 번 내쉬더니 전에 없이 심각하게 물었다. "이거 어떻게 된 거냐, 기타무라?"

"저 사람들 오늘 밤 그 집에 들어가지 않았어. 그리고 이 근처 진료소에 숨어 있는 거 같아. 아까 하세가와한테 그 말을 듣고 나도 확인하러 온 거야." 잠깐만, 그러고 보니, 하세가와는 여태 안 오고 뭐 하는 거지?

"정말이지 진저리 나, 그 사람 얘기." 미나미는 격해지려는 목소리를 애써 억누르며 하세가와를 욕했다.

"아무튼 경찰에 알리자." 나는 도리이 앞으로 팔을 뻗으며 그를 저지했다. 그러지 않았다가는 당장이라도 도리이가 뛰쳐나가 놈들에게 달려들지 않을까 불안했다. "그러니까 우리는 여기서 기다리자고."

하나 도리이의 움직임은 강력하고 민첩했으며, 마치 이 순간만을 기다렸다는 듯 망설임이 없었다. 몸을 비틀더니 내 옆을 빠져나가 도로로 나갔다. 그리고 앞으로 걸어가는 남자들을 향해 소리쳤다. "너희들, 거기 서!"

　내가 뒤쫓아 갔을 때는 이미 남자 셋이 뒤돌아선 상태였다. 나는 도리이의 왼편에 서서 그들과 대치했다. 호스트 레이치는 맨 오른쪽에 서 있었다. 머리는 예전보다 짧아졌지만 큰 코와 가느다란 눈썹은 여전했다. 하지만 어딘가 초췌해 보이는 것이 예전의 자신감 넘치던 호스트의 모습은 온데간데없었다. 그 옆에 키가 큰 남자가 하나 서 있고, 그 옆으로 빡빡머리 사내가 있었다. 두 사람은 삼십 대 중반쯤으로 보였지만, 척 보기에 벌써 참을성이나 근면함과는 거리가 멀고 치기 어린 인상이었다.

　"뭐야, 이것들." 가운데 있는 껑다리가 입술을 실룩거렸다.

　"너희들 도둑 맞지!" 도리이가 손가락질을 하며 똑똑히 말했다. 그의 감정이 목소리에 묻어났다.

　야 야, 도리이. 나는 어떻게든 그를 진정시키려고 코트 자락을 잡아끌었다.

　"도리이, 제발······." 미나미도 도리이 뒤에 서서 코트를 잡아당겼다.

　"기타무라, 잘됐어. 여기서 아예 매듭을 지어야겠다." 도리이가 나만 들리도록 목소리를 낮춰 말했다.

　"매듭." 나는 뇌까려 본다. 지난번에 내가 말했다가 도도에게 논리적이지 않다고 지적받은 단어인데, 지금 도리이 입에서 나온 그 '매듭'이란 단어의 울림은 몇 배나 더 무게가 느껴졌다. 그리고 무슨 까닭인지 내 머리에는 붉게 물들어 가는 사막의 풍경이 떠올랐다. 안락하게 지내 온 마을의 출입구 끝에 서서 눈앞에 펼쳐진 사막으로 한 발을 내딛겠다는 굳은 결심이었다. "구실이나 장황한 뜻풀이 따위 필요 없어. 사막으로 나가려면 우선 매듭을 지을 건 지어야 해." 내 귀에는 이런 울림으로 들렸다. 매듭을 짓지 않으면 전진할 수 없다는 말로 들렸다.

"뭐냐고 이것들." 빡빡머리가 꺽다리를 한 번 흘깃 보고 호스트 레이치를 쳐다보았다. 도마뱀처럼 찢어진 눈이, 어디선가 본 듯하다. 그 다케우치 씨 저택에서 몸싸움을 할 때 니시지마를 때린 놈 아닌가?

호스트 레이치는 우리를 멍하니 쳐다보다가, 푸시, 푸시, 운운 하며 볼링을 친 것도 까맣게 잊어버렸는지 고개를 저었다. "모르겠습니다."

"모른다니, 말이 안 돼지." 도리이는 억지로 웃어 보이려 했다. "너희들, 남의 돈을 훔쳐서 편하게 지낼 수 있을 거라고 생각하면 오산이야."

부모님의 돈으로 생활하는 학생 주제에 할 말은 아닌 것 같지만, 이럴 땐 일단 먼저 뱉고 보는 거다.

그때, 머리 위에 있던 외등이 갑자기 퍽 하고 나가 사람을 더 불안하게 만들었다. 하늘을 쳐다보니 달도 구름에 가렸다. 불길한 징조였다.

"이치로, 너 이거 들고 있어." 꺽다리가 들고 있던 비닐봉지를 호스트 레이치에게 건넸다. 그러면서 성큼성큼 다가선다. "뭐 하는 것들이야, 도대체. 함부로 건방 떨면 큰코다쳐."

나는 반사적으로 앞으로 나섰다. 미나미는 말할 것도 없고 팔이 한쪽뿐인 도리이를 전면에 나서게 할 수는 없는 노릇이다. 제일 먼저 적과 부딪쳐야 되는 사람은 나라고 판단했다. 잘됐다고도 생각했다. 여기서 혹시 뒤로 빼거나 하면 나는 한참을 자기혐오에 빠져 우울한 나날을 보내게 될 것이다.

"이것들이 어느 앞이라고 까불고 있어." 꺽다리가 곧장 내 멱살을 잡아 올렸다. 숨이 막혔다. 번쩍 딸려 올라가 발이 땅에서 떨어졌다. 꼴은 우습겠지만 나는 팔을 버둥버둥 휘둘렀다.

"그것 놔!" 도리이의 소리가 들렸지만, 돌아보니 도리이 앞을 빡빡머리가 막아서고 있었다. 언뜻 보니 빡빡머리는 살집이 두둑하고 꽤나 묵직해 보였다. 저쪽이 더 세 보이는데. 다시 무를 수도 없는 마당에 머릿속이 혼란스러웠다. 심장은 아플 정도로 뛰고 눈은 연신 깜빡깜빡, 다리는 후들거렸다.

"겨, 경찰한테 연락했어……요." 뒤에서 미나미가 말했다. "곧, 곧 올 거예요."

경찰보다 먼저 주변 집에서 이 소음을 듣고 누군가 도와주러 나오지는 않을까 하는 생각도 들었다. 혹 하세가와라도 나타나지는 않을까.

"웃기네. 경찰이고 나발이고 알게 뭐야." 내 멱살을 잡아 올린 꺽다리가 오른 주먹을 휘둘렀다. 동시에 눈앞이 까매졌다. 얻어

맞았다 싶더니 이내 정신이 들었다. 아픈 건 잘 모르겠는데 아무튼 눈앞에 불이 번쩍 튀었다.

"이 자식들, 뭐 하는 거야!" 도리이가 소리를 질렀다. 나는 고개를 돌려 "도리이, 하지 마." 하고 외쳤지만 그때는 이미 빡빡머리가 도리이의 코트를 움켜잡은 다음이었다. 그리고 갑자기 으악 하고 소리를 지르더니 설레발쳤다. "야 야 이봐, 이 자식 이거 외팔이야." 도리이의 왼팔, 팔꿈치 아래가 없는 소매를 잡고 웃었다. "야아, 이거 정말 웃기는데."

그 말을 듣는 순간 피가 거꾸로 솟았다. 마그마처럼 분노가 들끓어 오르면서 동시에 니시지마가 자주 말하던 더 클래시의 노래 가사가 뜬금없이 귓가에 되살아났다. "지배당하고 있는가 명령하고 있는가. 전진하고 있는가 후퇴하고 있는가."

그 가사에 힘입어 나는 있는 힘껏 오른 주먹을 휘둘렀다. 용서하지 않겠다는 마음으로 불같이 화를 내면서, 내심 나 자신이 이렇게까지 감정적으로 대응한 데 대해 놀랐다. 몸을 흔들었다. 흔들기는 했지만 완전히 빠져나오지는 못했다. 죽을힘을 다해 움직이면 어떻게든 되지 않을까 해서 껑다리의 옆구리를 노려 주먹을 뻗었다. 하지만 팔에 맞고 튕겨 나오고 말았다.

타격은 주지 못하고 대신 왼쪽 뺨을 얻어맞았다. 껑다리가 잡았던 멱살을 놓아 버려 나는 땅바닥에 나뒹굴었다. 빨리 일어나야 한다는 일념에 땅에 손을 짚고 고개를 쳐드는데 거기서 크윽 하는 신음 소리가 들렸다.

도리이가 당했구나! 눈을 꾹 감았다가 망설이며 앞을 보았다. 뿌옇게 보이기는 했지만, 신음하고 있는 건 도리이가 아니라 빡빡머리였다. 어떻게 된 일이지? 빡빡머리가 비틀거리며 도리이에게서 한 발 물러났다.

도리이를 처다본다. 도리이는 왼발을 앞으로 내밀고 몸을 비스듬히 틀어 빡빡머리를 노려보았다. 도리이의 자세는 안정적이었고 무게중심이 딱 잡혀 있었다. 무기 하나 없이 몸뚱이뿐이었지만, 완전히 틀이 잡힌 파이터의 자세였다. 나는 무릎을 세우고 겨우 일어났다.

도리이가 몸을 돌리는 게 보였다. 오른쪽 다리가 순식간에 허공을 가르고 앞으로 나갔다. 아, 나는 결국 소리를 지르고 말았다.

도리이의 발끝이 빡빡머리의 허벅지를 정통으로 강타했다. 둔탁한 소리가 났다. 일격을 당한 빡빡머리의 허벅지가 확연하게 푹 팬 게 보였다.

나는 그때까지 어떻게 된 노릇인지 퍼뜩 이해가 가지 않았다.

빡빡머리가 고통에 겨워 오만상을 찌푸린 걸 확인했을 뿐이다. 허벅지를 두 손으로 누르고 앞으로 수그리고 있다.

바로 도리이의 오른쪽 다리가 다시 움직였다. 상상을 초월할 정도로 높이 올라간 다리가 날았다. 궤도를 따라갈 수도 없는 맹스피드로 빡빡머리의 얼굴에 작렬했다. 빡빡머리가 바닥에 무릎 꿇는 모습을 나는 그저 멍하니 보고 있었다.

"이 새끼!" 내 앞에 있던 껙다리가 도리이에게 달려들었다.

도리이의 반응은 빨랐다. 어느새 준비했는지 몸을 돌려 오른쪽 로킥을 다시 날렸다. 껙다리의 왼쪽 정강이로 도리이의 발이 메다꽂혔다. 마치 위에서 도끼를 내리찍는 듯한 킥이었다. 곧바로 도리이의 다리는 제자리로 돌아오고 다시 준비 자세를 잡았다. 껙다리는 분노로 얼굴을 붉히고 한 발을 앞으로 내밀려 했지만, 곧 고통으로 인상을 쓰며 정강이를 감쌌다.

그런 껙다리를 도리이는 냉정한 표정으로 노려보았다. 그는 오른손을 들어 얼굴을 방어하고 어깨와 몸을 흔들고 있었다. 땅의 기운과 밤공기와 혼연일체가 된 것 같은 경쾌한 동작이었다.

"기타무라, 놀랐냐?" 껙다리와 대치하고 앞을 응시하면서 도리이가 말했다. 그러고는 크하하 웃었다.

"난 도무지, 지금, 뭐가……."

"1년 반이야."

"뭐?"

"체육관에 다닌 지 1년하고도 6개월이라고."

"체육관?" 나는 그 자리에서 얼른 알아듣지 못했다.

"아베 가오루가 다니는 체육관 있잖아, 킥복싱 체육관."

나는 그때까지도 무슨 말인지 파악을 못 하다가 아베 가오루라는 이름을 듣고 입학 초기 우리들이 넋을 놓고 바라본 킥복싱 체육관의 광경을 떠올렸다.

"한 팔을 잃고 반년 동안 재활 훈련을 한 다음에 체육관에 갔어. 아베 씨는 3년 정도 하면 잘할 수 있을 거라고 했지만, 1년 반 정도 하니 할 만하게 되더라." 도리이가 말했다.

그러면서 곧 콧바람을 한 번 내쉬더니 껵다리를 향해 날카로운 킥을 날렸다. 고개를 숙이고 있던 껵다리가 그 한 방에 완전히 무릎을 꿇었다.

"도리이는 아주 열심히 연습했거든." 내 뒤에 있던 미나미가 말했다. 미나미가 홱 고개를 돌렸다. 어두워서 금방 알아보지 못했지만 미나미의 눈에서 흐르는 눈물이 외등 빛에 반사되어 반짝였다.

도대체 이게 다 무슨 소리들인가 한동안 정신을 못 차리다가, 문득 미나미가 "강도를 만났다."고 말했던 게 생각났다. 그런 사건을 겪은 것치고는 미나미의 태도가 너무 침착하고 멀쩡해서 좀 이상하다는 느낌은 들었지만, 더 이상 길게 생각하지 않았다.

그럼 그건 혹시 미나미가 꾸며 낸 말이었나?

갑자기 그런 생각이 들었다. 그러니까 미나미는 우리들이 그 체육관 근처에 얼쩡거리지 않도록 하기 위해 그런 말을 한 것은 아닐까? 도리이가 체육관에서 훈련하는 것을, 아마도 그건 도리이의 희망 사항이었을지도 모르지만, 아무튼 우리들에게 보이고 싶지 않아서 그랬을 수도 있다. 그래서 미리 방어선을 친 게 아닐까?

땅바닥에 남자 둘이 널브러졌다. 도리이의 발차기가 얼마나 위력적인지는 모르겠지만, 못해도 정강이뼈에 금은 가지 않았을까.

보기에도 엄청난 파워였다.

"기타무라, 그 자식 어디로 도망쳤을까? 그 호스트 자식." 도리이가 돌아서서 내게 묻는다.

아닌 게 아니라 예전에 비하면 체격이 좋아진 것 같기는 했다. 아무리 그래도 도리이가 남자 둘을 킥으로 자빠뜨리다니, 보면서도 믿기 어려웠다.

"말도 안 돼." 나도 모르게 말했다.

"말이 안 되긴 뭐가 안 돼. 그 자식 어디 갔냐니까."

"아아." 나는 그제야 정신을 차리고 골목 끄트머리를 가리키며 아마 진료소 안으로 도망쳤을 거라고 했다. 좋아, 도리이가 먼저 나가 나도 끌려가듯 뒤따랐다. 미나미도 쫓아왔다.

"도리이, 어떻게 된 거야. 자세히 좀 말해 봐."

"한쪽 팔로 어떻게 사나 고민이 됐어. 아무렴 남들은 두 쪽인 걸 하나만 갖고 있으면 불리할 거 아니냐. 외팔로 몸을 지켜 나갈 방법을 궁리했지." 그러고 나서 미나미를 한 번 쳐다보았다. "또 소중한 여자친구를 내가 지켜 줘야 하지 않겠냐."

"근데 어떻게 킥복싱을 할 생각을 했냐고. 아니 그보다 왜 우리한테 말하지 않았어?"

"말해 봤자 너희들이 좋아할 것 같지 않아서 그랬지." 도리이는 씩 웃으며 내가 전에 했던 말을 똑같이 읊었다.

"말 안 하면 좋아할 줄 알았냐?" 나는 눈을 한 번 부라렸다.

"그러잖아도 오늘 말하려고 했었어."

조금 걸어 나가니 오른편에 진료소 간판과 주차장이 나왔다. "저 건물에 숨어 있을지 몰라." 내가 말했다. "근데 아까 그 사람들 그냥 저렇게 쓰러진 채 놔둬도 되나?" 뒤에 남은 두 사람을 가리켰다. 지금은 아파서 쓰러져 있어도 곧 털고 일어날 것이다.

"그래, 맞다." 도리이가 고개를 끄덕이며 미나미를 본다. "경찰 부를까? 싸움을 벌이다 쓰러진 사람들이 있다고 하면 와 줄 거야."

응. 미나미가 걸음을 멈추고 휴대전화를 꺼냈다.

바로 그때, 자동차의 헤드라이트가 정면에서 비췄다.

진료소 주차장에서 RV차가 머리를 내밀었다. 호스트 레이치와 또 다른 남자가 타고 있다는 걸 나는 곧 알아봤다.

달아나려는 것이다. 요란한 시동 소리가 줄기차게 짖어 대는 개의 울음소리처럼 높이 울려 퍼졌다. 나와 도리이는 곧 얼굴을 마주 보았다. 순간, 뇌리에 그 원망스러운 여름날의 충돌 사건이 스쳐 지나갔다. 도리이도 같은 생각이 떠올랐는지 나를 보는 눈동자가 잠깐 초점을 잃고 흔들리다가 다시 빛났다. 자동차가 주차장을 빠져나와 우리가 걷는 길가로 돌진해 왔다. 치이겠다, 라는 생각에 우리들은 길 양옆으로 피했다. 도리이가 외쳤다. "미나미, 위험해. 어서 피해!" 미나미의 얼굴이 얼음장처럼 굳었다. 휴대전화를 귀에 대려고 하다가 미나미가 "아" 하는 표정과 함께 그대로 굳었다. "어서 피해!" 나도 필사적으로 팔을 내저었다.

RV차가 우리들 사이를 통과해 지나갔다. 미나미가 있는 것을 알고서도 그랬는지, 모르고 그랬는지 속도를 줄이기는커녕 더 쏜살같이 달려 나갔다. 타이어 소리가 귀청을 찢는다. 미나미가 주춤거리며 길 가장자리로 뛰어들었다. 미나미는 담벼락에 부딪치고 겨우 자동차를 피했다. 우리는 그제야 한숨 돌렸다.

RV차가 달려 나가는 것을 눈으로 좇았다.

이대로 놓치는 건가, 라는 생각이 들었다. 그리고 이유는 알 수 없지만 눈앞에 입학 초기의 광경들이 꼬리를 물고 스쳐 지나갔다. 너무 긴장한 탓에 기억의 상자를 잘못 건드렸나. 수많은 장면들이 한꺼번에 쏟아져 나왔다.

호스트 레이치와 준이 볼링장에 나타났을 때. 그들이 도리이의 비위를 건드리고 어디선가 나타난 도도가 "푸시"를 외치고, 니시지마가 스페어를 처리했던 풋내기 1학년 시절의 봄. 뒤이어 다케우치 씨 저택 사건이 떠오른다. 도리이가 차에 치이고, 한쪽 팔을 잃고, 그래서 의기소침해 있는 도리이에게 힘을 주려고 니시지마가 빌딩 창에 불을 밝혀 '중中' 자를 그리게 했던 2학년 여름.

축제 때의 모습도 떠오른다. 재수 없게 잘난 척하는 아소 씨를 놀라게 하려고 열심히 계획을 세웠지만 생각대로는 되지 않았던 우리들의 3학년 가을. 그 외에도 내가 대학 4년 동안 경험한 시답잖은 사건들이 눈 깜짝할 사이, 마치 마른 천 위로 순식간에 물기가 빨려 올라오듯 지나갔다.

정신을 차리고 보니 나는 손가락을 하나하나 꼽고 있었다. 도리이를 흘낏 쳐다보고 곧 뒤쪽 담벼락에 기댄 미나미를 보았다. 그러고 나서 앞으로 달려 나가는 자동차의 뒤꽁무니를 본다.

놓쳐선 안 돼, 도망치게 내버려 둘 수 없어.

좁은 삼거리에서 막다른 길에 부딪히자 RV차는 거칠게 오른쪽 모퉁이를 돌려고 했다. 나는 주변을 둘러보다가 담 밑에 서 있는 또 다른 흰색 차를 보았다.

도리이를 쳐다본다. 그는 눈을 홉뜨고 콧구멍을 벌렁대며 나를 보았다. 아마도 이 순간 도리이와 내 머릿속에는 같은 생각이 떠올랐을 것이다. "미나미!" 크게 불렀다. 미나미가 이쪽을 보았다. 도리이도 나도 무슨 신호라도 받은 사람들처럼 동시에 전방에 서 있는 흰색 차를 가리켰다. 우리가 대학에 들어와 어울리게 된 후 '켄켄켄'에서 "4년에 한 번씩이네." 했던 도도의 말이 귓가에 메아리쳤다. 미나미의 초능력에 대해 이야기할 때였다. 자동차를 날릴 수 있네, 없네 하면서 흥분했었다.

나는 또 한 번 손으로 꼽아 본다. 옳거니, 금년이 바로 4년째야. 잠깐만 저건, 머리를 굴려 본다. 저건 무슨 차지? 차종이 뭐지? 시간으로 따지면 순간이었다. 도리이와 내가 차를 손가락으로 가리키며 동시에 고함쳤다.

"세드릭!"

흰색 세드릭이 날았다. 어둠 속에 소리도 없이 흰 차체가 떠오르는 것을 우리는 두 눈으로 똑똑히 목격했다.

새해가 밝고 1월도 보름이 지났다. 우리는 니시지마의 근무지, 경비실에 모여 마작 대회를 개최했다.

대회라고는 하지만 평소와 별반 다를 건 없었고, 그저 참가 인원이 많아 마작 테이블 주변이 북적거린 정도다. 도도가 데려온 셰퍼드 라몬이 밖에서 경비를 서고 있다.

"이제 좀 가르쳐 주세요. 그건 뭐였습니까?" 니시지마가 자기 패를 들여다보면서 말했다.

"그거라니 뭐?" 도리이가 말하며 ▦를 버린다.

"그거 말입니다, 그거. 빈집털이범들이 사고로 잡혔다고 신문에도 실렸잖습니까."

그날 호스트 레이치가 탄 RV차는 흰색 세드릭과 충돌한 다음 담벼락에 처박혔다. 출동한 경찰들이 차 안에 있던 남자들과 근처에 쓰러져 있던 남자들을 조사하면서 아무래도 말하는 게 심상치 않아 추궁해 봤더니 당황한 그들이 각자 이 말 저 말 하다가 결국 덜미가 잡혀 빈집털이범이라는 게 밝혀졌다.

"프레지던트맨 말이야?" 나는 아니라는 걸 알면서도 일부러 말해 봤다.

같은 날, 쇼지 씨 저택 앞에서 나카무라 형사에게 덤벼든 프레지던트맨은 꽤 큰 뉴스로 다뤄졌다. 지역 신문과 텔레비전 방송은 '연쇄 강도범 마침내 체포'라고 보도했다. 더군다나 체포된 프레지던트맨이 취조받는 내내 "전쟁 반대"라든가 "대통령이 직접 전장으로 가야 마땅하다."라든가 "미국이 하라는 대로 움직이기만 하면, 일본이라는 독립국가가 따로 있을 필요가 없다."라는 발언을 거듭했다는 점이 밝혀지자 전국의 일간지와 주간지도 관심을 나타내기 시작했다. 개중에는 '대통령남'이라는 별칭을 붙인 잡지도 있어 그것을 본 니시지마가 자기를 따라 한다며 투덜댔다.

"프레지던트맨이 아니라 빈집털이범 말입니다." 니시지마는 "폰"을 선언하며 牌을 내려놓았다. 들고 있던 패에서 자패 한 장을 버리고 오른쪽에 牌을 세 장 이동시켰다. 뒤에 앉아 있던 도도가 무표정하게 니시지마의 패를 바라보고 있다.

"그렇지만 나는 불쾌해서 못 살겠습니다. 프레지던트맨이 사명감을 갖고 미국 대통령에게 호소하려던 행위가, 아무런 행동도 하지 않는 일반 대중에게 질책받고 조롱받는 것을 도저히 납득할 수 없단 말입니다."

"아니, 그 사람은 펌치기였으니 어쩔 수 없지." 도리이가 웃는다. "게다가 '전쟁 반대'라는 유치한 말을 다 큰 어른이 하니 먹히겠어?"

"그럼 다 큰 어른은 '전쟁 찬성'이라고 외쳐야 합니까?"

"차라리 그 편이 뭔가 알고 하는 소리로 들리는데."

"뭔가 안다고요? 아는 어른들이 그 모양입니까."

"법치국가인 일본에서는 동기가 뭐든 그런 짓을 했다간 범죄자가 될 수밖에 없어." 나도 말했다.

"법률이 꼭 인간과 세계를 구한다고는 볼 수 없습니다." 니시지마가 화를 냈다.

"하지만 어쨌거나 우리들도 3월까지는 법학 전공생이잖아." 미나미가 한마디 하자, "참고로 니시지마만큼은 내년에도 법학부 학생이지만." 하고 도도가 거들었다. 그 말에 우리는 모두 웃음을 터뜨렸다.

"나는요, 내 의지로 더 다니는 겁니다." 니시지마가 갑자기 목소리에 힘을 줬다. 확실히 훨씬 전부터, 4학년이 되었을 때부터 니시지마는 하고 싶은 일이 있어 1년을 유급하겠다고 주장했다.

나는 4월이 되면 모리오카 시로 돌아가 공무원이 된다. 미나미는 센다이에서 시청 소속 공무원이 될 예정이고, 도도는 도쿄에 본사를 둔 큰 회사에 입사가 내정됐음에도 갑자기 진로를 바꿔 파티시에 수업을 받기로 했다. 부모님이 반대하지 않으셨느냐고 물었더니 "우리 엄만, 그거 참 재밌겠대."라고 대답했다.

"그리고 너의 아버님은 '그것도 좋겠네.'라고 하셨겠지?" 내가 넘겨짚었다.

"바로 맞혔습니다."


"아까 그 얘긴데요, 좌우간 그 빈집털이범들이 어떻게 잡히게 된 겁니까?" 니시지마는 석연치 않은 표정으로 또 물었다.

"어떻게라니?"

"뉴스에서 봤는데요, 싸움인가 뭔가를 해서 다친 사람이 있다고 하질 않습니까? 자동차가 또 다른 차를 들이받았다나, 그랬다고요."

"세드릭이었어." 내가 바로잡았다.

그때 외등의 어스름한 불빛 밑으로 계단에 살짝 얹힌 듯 떠보였던, 흰색 세드릭을 나는 평생 잊지 못할 것이다. 2미터 정도 됐을까? 분명히 차가 공중을 날았다.

"주간지를 봤는데요, 그 범인들은 갑자기 차가 날아들었다고 했다던데. 이게 무슨 일이랍니까? 내 생각엔 틀림없이 누군가가 무슨 짓을 한 것 같은데요." 니시지마는 안경을 만지작거리며 미나미를 쳐다보았다.

미나미는 얼굴이 발개져서 도리이 뒤로 숨었다.

"자동차가 어떻게 공중을 나나?" 도리이가 시치미를 뚝 뗀다.

"그럼 그럼, 자동차가 날 리가 없지." 나도 한마디 거들었다.

하지만 니시지마는 "그 세드릭은 물론 신형이었겠죠?" 하면서 좀처럼 미련을 버리지 못했다. 어림짐작에 니시지마가 좋아하는 음악이나 소설에 나오는 건 아닐까 싶다. 그러고도 니시지마는 물러서지 않았다. "저기 말입니다, 도대체 무슨 짓을 어떻게 했는지는 모르겠습니다만, 이 나라는 법치국가입니다. 자기들끼리 그런 식으로 앙갚음하면 어떡합니까?" 하고 따졌다.

"체포한 건 경찰이야." 내가 얼른 대답했다.

"법률이 인간이나 이 세계를 꼭 구한다고는 볼 수 없어. 안 그래? 니시지마." 도리이가 말했다.

"도리이는 지금 법학부생 아닙니까?" 니시지마가 그러면서 길게 한숨을 내쉬었다.

새해가 밝고 얼마 지나지 않아 우리는 경찰서에 불려 갔다. 너무 많은 일들이 한꺼번에 일어난 것 같아 이번에는 또 무슨 용건인가 했는데, '프레지던트맨의 피해자'로서 진술을 해야 한다고 했다. 그 남자가 틀림없느냐고 물어 고개를 끄덕이다가 종이 몇 장에 서명을 해 주고 나왔다. 나카무라 형사와도 한 번 만났다. 그는 우리를 딱히 귀찮게 하지도, 칭찬하지도 않았다.

"덕분에 프레지던트맨과 빈집털이범을 체포했다. 고맙다."는 말도 물론 없었다.


"그러고 보면 니시지마 군의 친구들도 참 재밌는 젊은이들이야." 내 가미차에 앉은 고가 씨가 말했다. 나는 문득 고가 씨를 찬찬히 뜯어보고 처음 만났을 때와 비교하면 흰머리가 는 것 같다는 생각도 했다.

"정체 모를 그룹이야." 고가 씨가 계속했다.

"아저씨야말로요." 나와 미나미, 니시지마의 목소리가 어쩌다 하나가 됐다. 그 소리에 놀란 표정을 지으며 고가 씨가 圖를 버렸다.

"아, 니시지마." 도도가 부른다.

"오, 맞았습니다, 맞았어요! 론입니다. 론!" 니시지마가 큰 소리로 말하고 자기 패를 눕혔다.

"진로토입니다. 저는 처음으로 이게 난 겁니다." 뒤에 앉은 도
도에게 자랑스레 말했다.

"한 건 올렸네." 도도가 짧게 대꾸했다.

아이고 좀 봐줘, 니시지마 군, 하면서 고가 씨가 고개를 떨구
었다.

"니시지마, 핀후로 나지 않아도 되냐?" 도리이가 놀렸다. 세계
를 위해 평화를 쌓지 않아도 되느냐고.

"평화요? 그게 뭡니까?" 일부러 더 그러는지 입에 침도 바르지
않고 딴청을 부렸다.

"야, 너 또 이러기냐!"

제5장

봄

강당에서 치러진 졸업식은 금방 끝났다. 처음 한동안은 학장님의 이야기를 어느 세월에 다 듣나 걱정했는데 생각 외로 빨리 끝났다. 졸업장을 받는 것은 각 학부에서 뽑힌 대표들로, 그들은 각자 분장을 하고, 등을 돌리고 단상에 올라가기도 하고, 팬터마임을 선보이기도 했다. 그런 어설프다고 해야 할지 유치하다고 해야 할지 모를 우리들의 태도를 학장님은 차가운 눈초리로 쳐다보았다.

　"학장 반응 영 안 좋네. 기껏 학생들이 분위기 띄우려고 애쓰는데 조금 웃어 주면 안 되나?" 오른쪽에 있던 도리이가 쑥덕댔다.

　"아니, 저게 옳은 반응이야." 나는 고개를 끄덕이며 대답했다. "저런 실없는 행동이 통하는 건 사막으로 나가기 전까지니까."

"사막?"

나는 도리이의 마지막 질문에는 대답하지 않고 단상으로 눈을 돌렸다. 그리고 센다이에 와서 겪은 4년 동안의 일들을 반추했다. 정말이지 눈 깜짝할 사이에 지나갔다. 도리이 옆에 앉아 있는 미나미는 무슨 까닭인지 벌써부터 혼자 훌쩍거려 주위의 실소를 자아냈다. 내가 생각해도 울 정도의 일은 아닌 것 같다.

"니시지마는?" 왼편에 앉은 도도에게 물었다.

"밖에 있어." 여전히 담담한 목소리로 대답했다. "좋겠군, 니시지마는 내년에도 학생이니."

도리이가 부러운 듯이 말했다. 도리이는 4월부터 센다이 시내의 작은 광고대행사에서 근무하게 되었다. "어쩌다 구인광고를 보고 면접을 보러 가서, 한쪽 팔이 없는데 괜찮겠습니까? 했더니 거기 사장님이 이러더라. '앞으로 내 한쪽 팔이 되어 주게.' 그게 무슨 말이냐? 그냥 썰렁한 농담이겠지?" 하고 반년 전에 도리이는 말했지만, 말과는 달리 기분은 좋아 보였다.

"슈퍼 샐러리맨으로의 길?"

"글쎄 어떻게 될지 모르지. 슈퍼 전업주부專業主夫를 목표로 하지 뭐."

"1학년 때 너는 졸업하고 나서 슈퍼 샐러리맨이 되면 여자 사귀기라든가 마작이라든가 닥치는 대로 책 읽기를 할 수 없게 될 거라고 그랬지?"

"슈퍼 전업주부가 돼도 그건 무리겠지?" 도리이는 아쉬운 표정으로 어깨를 들썩해 보였다. "하지만 킥복싱은 할 수 있잖아."

나와 니시지마는 한 달 전 킥복싱 체육관으로 구경을 갔다. 거기서 심각한 눈으로 샌드백과 마주 서서 날카로운 기합을 지르며 킥 연습을 하는 도리이를 보고 우리는 두 눈이 휘둥그레졌다. 한쪽 팔만으로 방어 자세를 취하고 민첩하게 몸을 움직였다. 퍽퍽 날아드는 킥이 너무 아름다워 우리는 숨도 제대로 쉴 수 없을 정도였다.

"당신들도 해 볼 텐가?" 아베 가오루가 체육관 안쪽에서 걸어 나와 물었을 때 나와 니시지마는 쩔쩔맸다. 그러다 결국 아니요, 하고 도리질을 쳤다. 이미 몇 차례 챔피언 타이틀을 탈환한 아베 가오루는 처음 봤을 때보다 훨씬 더 몸이 단단해 보였다. 입을 크게 벌리고 껄껄 웃더니 "도리이는 꾸준히 하고 있다."며 체육관 안을 가리켰다.

"도리이는 1년 반이나 계속하고 있는 건가요?" 내가 묻자 아베 가오루는 "1년 반밖에 안 됐지." 하고 무뚝뚝하게 대답했다. 그러면서 덧붙였다. "1년 반 이상 연습을 계속하고 있지, 저 녀석. 뭐 나만큼은 아니지만."

"도리이 잘하는 거예요?" 또 한 번 물었더니 아베 가오루는 피식 웃으며 말했다. "시합은 몰라도, 길바닥에 돌아다니는 피라미들에게는 지지 않을 거야."

"길바닥에 돌아다니는 피라미들하고는 싸워도 됩니까?"

"당연히 우리 체육관 연습생들에게는 금지 사항이지."

"네, 그렇지요." 나는 그 이상의 말은 하지 않기로 했다.

그러고 나서 아베 가오루가 솔직히 털어났다. "도리이가 친구들한테 연습하는 모습을 보이고 싶지 않다고 부탁하더라고. 심각하게 연습하는 모습을 보이는 게 창피하대."

"재작년 가을에 저희에게도 체육관에 들어오라고 권하셨잖아요?"

"우연히 근처에 있는 걸 봤지. 그런 식으로 으름장을 놓으면 겁먹고 얼씬거리지 않을 거라고 생각했거든." 빙긋이 웃는 아베 가오루는 웃고 있는데도 살벌한 기운이 감돈다. 그래요? 하면서 슬금슬금 뒷걸음치는 게 그나마 우리가 할 수 있는 최선이었다.

졸업식 자체는 이렇다 할 일 없이 싱겁기 그지없었고, 나는 여전히 한 발짝 떨어진 입장에서 식의 진행을 바라보았다. 하지만 학장님의 마지막 연설은 인상에 남았다. 길게 잔소리하는 유형은 아닌지 학장님은 졸업을 축하한다는 취지의 말을 간단히 한 다음, "학창 시절을 떠올리며 그리워하는 것은 상관없다. 하지만, 그 시절은 참 좋았지, 오아시스였지, 하면서 현실도피 할 생각은 하지 말아야 한다. 그런 인생을 보내선 안 된다."고 강조했다. 그리고 마지막으로 이렇게 덧붙였다. "인간으로서 누릴 최대의 사치란, 인간관계의 풍요로움이다."

식이 끝나고 강당을 나왔더니 복도가 인파로 꽉 찼다. 여기저기 가다 말고 서서 이야기하는 무리들이 있어 우리 네 사람은 그 사이를 누비고 빠져나오느라 애를 먹었다. 그래도 니시지마와 하토무기 씨는 금방 찾았다. 두 사람이 반갑게 팔을 휘저었고 점 잖은 셰퍼드 라몬도 함께 있었으니까.

"어땠어?" 하토무기 씨가 가까이 다가서며 물었다. 정장을 입으니까 멋지다는 말을 듣고는 좀 쑥스러웠다.

"학장님의 마지막 말씀 참 좋았지?" 도리이의 말에, 미나미도 도도도 모두 끄덕였다.

"뭐라고 하셨는데요?" 니시지마는 그 자리에 없었던 것이 못내 아쉬웠는지 뚱하게 말했다.

내가 다시 한 번 그 말을 해 주자 하토무기 씨와 니시지마가 동시에 아아, 하면서 웃었다.

"뭐야, 알고 있었어?"

"그 말 아닙니까. 내가 좋아하던 생텍쥐페리의 책에 나오는 말." 니시지마가 손가락을 쳐들며 말한다.

뭐야, 남의 말을 흉내 낸 거야? 크하하, 도리이가 웃어서, "흉내가 아니라 인용이지." 하고 내가 학장을 변호했다.

"아무튼 좋은 말이었어." 미나미가 변함없이 명랑하게 말하니, 도도가 감동과는 거리가 먼 말투로 감동했다고 말했다.


조금 떨어진 잔디밭에 남자들이 몇 명 모여 있었다. 척 보기에 벌써 우리 학교 학생들과는 차림새가 확연히 다른, 화려한 복장에 화장을 한 여자들도 함께 서 있다. 가운데 있는 사람은 간지였다. 여전히 왁자지껄 떠들면서 손을 쳐든다. "사은회의 간사는 물론 간사 역의 간지!" 라고 말하고 싶은지도 모르겠다.

간지를 보는 것도 오늘이 마지막이겠구나. 멍하니 그쪽을 쳐다보며 생각하는데 눈이 마주쳤다. 간지가 환하게 웃으며 이쪽으로 달려왔다. 왜 그러나 했더니 나와 도리이 옆에 서서 말한다. "정말 대학 생활 금방 끝이네."

"너는 어디 취직했냐?" 도리이가 묻자 그는 유명 상사의 이름을 대며 쓸쓸하게 웃었다. "아는 분 백으로, 그렇게 됐어."

"기회가 되면 또 보자." 속으로는 기회가 있겠냐 싶었지만 그러자며 손을 흔들었다. 간지는 웃으며, 나 말이야, 하면서 잠깐 입을 다물었다. 쑥스러운 듯 고개를 숙인 그는 평소의 그답지 않았지만 조금 있다 얼굴을 들고 말했다. "나 사실은 너희들이랑 어울리고 싶었다."

나와 도리이는 서로 마주 보고 뭐라고 대꾸해야 할지 몰라 "아아." 하고 얼버무렸다.

"그럼 됐다. 나 간다." 간지는 발길을 돌려 모여 있던 무리 속으로 돌아갔다.

나는 하토무기 씨와 나란히 걸었다. 내 여자친구는 지금도 여전히 센다이 시내 상점에서 일한다. 4월, 나는 모리오카로 돌아가게 되지만 일이 어느 정도 몸에 익으면 하토무기 씨에게 청혼할 생각이다. 나는 하토무기 씨의 얼굴을 옆에서 들여다보았다.

하토무기 씨가 내 시선을 눈치채고 물었다. "왜?"

나는 무안을 감추려고 뒤따라오는 친구들에게로 시선을 돌렸다. 그 순간 졸업 후 우리들의 모습이 예감처럼 머리에 떠올랐다.

4월, 회사 생활을 시작한 우리들은 '사회'라고 불리는 사막의 냉엄한 환경에서 상상 이상의 고초를 감내하게 될 것이다. 사막은 바싹 메말라 있고 불평불만과 냉소, 방관과 탄식으로 얼룩져 있을 것이다. 우리는 그곳에서 매일 필사적으로 발버둥 치며 한 고비 한 고비를 넘기고, 그러다 자신들도 모르는 사이 그 환경에 익숙해져 갈 것이다.

도리이를 비롯한 친구들과는 한동안 정기적으로 연락을 주고 받겠지만 점차 자신의 역할과 일상에 휘둘리다 차츰 그것도 소원해질 것이다.

나는 장거리 연애를 계속하기에 지쳐 하토무기 씨와 반년도 지나지 않아 헤어지게 될는지도 모른다. 그리고 거기서 또 몇 년이 지나면, 이 친구들과 보낸 학창 시절을 떠올리며 "그때가 참 그립다." "그런 일도 있었지." 하면서 오래전에 본 영화 장면을 이야기할 때처럼 읊조리고, 결국 우리들은 그렇게 뿔뿔이 흩어져 갈 것이다.

글쎄, 뭐 그리 대단한 건 아니겠지만.

# 뜨겁게 공감하고 묘하게 빨려 들어가는

아직은 사회라는 사막에 발을 들여놓지 않은 대학 신입생들이 사막의 문턱에서 마음의 준비를 하고 살짝살짝 맛보기를 해 가며 마침내 첫발을 떼는 모습이 파노라마처럼 지나간다.

좋은 대학을 가기 위해 오로지 하나의 목표로 수업 시간은 물론 방과 후에도 도서관으로 학원으로 다니며 책과 씨름하는 것은 우리나라 학생들과 다르지 않다. 그 과정을 어떻게든 마치고 드디어 입학한 국립대학. 평범한 대학 신입생 기타무라는 신입생 환영회 자리에서 한 발짝 떨어져 아이들(?)이 노는 모습을 지켜본다. 모두 자신을 어필하느라 애쓰는 모습이다. 남자들에게 둘러싸인 얼음공주도 있고, 다소곳하게 제자리에 앉아 있는 앳된 얼굴의 여학생도 있고, 처음 보는데도 스스럼없이 다가와 먼저 말을 걸어 준 아이도 있고, 늦게 등장해 다짜고짜 마이크를 휘어잡고 장광설을 쏟아 낸 괴짜도 있다.

하루하루 흘러가면서 강의실이 비기 시작하고, 마음 맞는 친구들끼리 뭉쳐 놀러 다니고 단체 미팅도 하고 단체 게임도 하고 그 와중에 미래에 대한 걱정도 잠깐씩 하고…… 여기까지는 우리나라 대학생들과 별반 다르지 않다. 이렇게 일상과 크게 다르지 않은 풍경 속에 젊은이라면 충분히 저지를 법한, 객기 어린 또래들 사이에서 일어날 법한 사건들이 아주 자연스레 꼬리를 물기 시작한다. 좋게 말해서 영리하고, 나쁘게 말해서 자기중심적이었던 조감형 주인공 기타무라는, 스스로도 이상하다 이상하다 하면서도 친구들과 함께 일련의 사건들을 겪으면서, 점점 참여형으로 변해 간다.

예를 들어 오지랖 넓은 친구 도리이의 제안으로 경찰 놀이에 끼었다가 도리이가 큰 변을 당하는 등의 일을 겪으며 감정의 롤러코스터를 경험한다. 그러면서 타인의 일에 관심이 없던 기타무라는 흥분하고 분노한다. 그리고 친구에 대한 마음을 표현하는 방식이 남다른 괴짜 니시지마를 다시 보게 된다. 또한 평소에 유치하다고 생각해 왔던 것들, 진심, 호소, 초능력(비논리적이고 과학적으로 입증 불가능한 것)을 믿게 되며, 다른 이와 더불어 부대끼고, 고민하고, 땀 흘리고, 울컥하는 것들이 세상살이의 참맛이라는 것을 체험하게 된다.

이들의 여정 속에 진심, 호소, 믿음 등 이 작품의 콘셉트와 맞물리는 소재들이 곳곳에 배치된다. 그중 하나로 마작을 꼽을 수 있다. 상황을 파악해서 먼저 짝을 맞추는 사람이 높은 점수를 얻고 승자가 되는 방식이지만, 그것도 보면 결코 혼자 이룰 수 있는 것이 아니다.

다른 이의 패를 읽기 위해 머리를 써야 하지만 그것을 역으로 읽고 자기 패를 내어 주기도 하고, 다른 이의 패를 주워 와 자기가 맞추고 싶은 패(그것이 비록 낮은 점수일지라도)를 완성할 수도 있는 것이다. 이런 인생, 저런 인생, 남을 돕기도 하고 도움을 받기도 하고 고민하면서, 지기도 하고 울기도 하면서 사는 우리 삶과 다르지 않다는 말이다. 또한 스무 살이 될 때까지 직접 몸으로 체험하기보다 사람과 생활을 책으로 경험한 이들이 코웃음 칠 초능력이 등장한다. 상식적으로는 믿기 어려운 모습이 진짜 속임수일 수도 있고, 과학적으로 설명할 수 없는 실제 능력일 수도 있다. 세상에는 그런 모습도 있으니, 혼자의 생각으로 단정 짓지 않고 넓게 포용할 때 맛볼 수 있는 소소한 재미들을 친구들은 배워 나간다.

그리고 빼놓을 수 없는 것이 아마도 작가의 대변인이라 보이는 괴짜 니시지마가 아닐까 싶다. 첫 등장부터 심상치 않더니 끝까지 독자들을 웃게도 만들었다. 어이없게도 만들었다, 감동하게 한다. 그야말로 초심을 잃지 않고 저 나름의 방식으로 뜻을 관철시키는 뚝심 니시지마는 만날 비리를 하지만 마작에서 세계의 평화를 위해 점수도 안 되는 핀후를 고집하고, 친구에게 힘을 주기 위해 기발한 퍼포먼스를 선보이기도 한다. 엉뚱한 해석인 줄 알았던 동네 퍽치기 사건도 예상치 못한 결말을 맞이하는데, 그 모습을 보면서 고개를 끄덕인 독자들도 많았으리라 생각한다.

이 작품이 집필된 2006년 중동의 상황과 지금은 차이가 있지만, 종교적인 분쟁과 석유채굴권, 유전 확보를 위해 미국이 무력을 행사하고 있는 현실은 여전하다.

니시지마는, 명목상으로는 중재자(팔레스타인과 이스라엘 간)인 양 행동하지만 뒤로는 무기를 팔고 그 지역을 지배하며 자원 이득을 얻으려는 강대국의 행위에 분노하고, 실제로 아무 힘이 되지 않더라도 뜻을 가지고 나름 애쓰는 사람이 있다는 것을 보여 준다. 처음에는 동네 개가 짖나 하던 친구들도 서서히 니시지마의 말에 공감해 간다. 상황을 뒤집고 변화시키는 것이 중요한 것이 아니라 자신만의 생각을 가지고, 표현하고, 확산되도록 나름 애써 보라는 이야기라고 해석된다.

미국의 패권주의와 그것에 부화뇌동하는 일본 정부를 비판하고 세계 평화를 부르짖던 니시지마가 술을 잔뜩 먹고 몇 번이고 되뇌던 말은 그리 거창하지 않다. "내가 대학에 와서 친구들 하나는 잘 만났다."라는.

엉뚱한 해프닝을 겪고, 자신들에게 놓인 상황을 해결해 나가면서 친구들은 "인간이란 자신과는 상관없는 불행한 사건에 전전긍긍하는 존재"라는 말을 행동으로 보여 주고, 외부의 사건에 대해 자신과는 상관없다고, 강 건너 불구경하는 건 '인간 실격'임을 역설한다.

후딱 지나가 버린 대학 4년 동안 기대 이상으로 많은 경험을 하고, 긴 세월이 지나 뿌옇게 될지라도, 지금 추억의 공간을 꽉 채운 주인공들은 졸업식 날 학장님의 말에 다시 한 번 고개를 끄덕인다. "인간으로서 누릴 최대의 사치란 인간관계의 풍요로움이다."

단행본에 이어 문고본을 바탕으로 『사막』을 작업하며 또 다른 느낌을 받았다. 분석하고 문장 하나하나에 골몰하기보다 독자가 되어 작업하니 울림이 컸다. 그래서 좋은 책은 처음 읽을 때, 한참 후 또 읽을 때 느낌이 새롭다고 하나 보다. 물론 시대 상황에 차이가 있고 문장 길이와 표현에 차이가 있어 다를 수 있지만, 처음보다 더 배부르고 오히려 더 진국으로 느껴지는 건 내가 생각해도 신기하다.

현재 청춘을 보내고 있는 독자분들이나 아직도 청춘이고 싶은 독자분들이 뜨겁게 공감하고 친구들과 느낌을 나누면 참 좋겠다.

2014년 7월
오유리

옮긴이 **오유리**

이사카 고타로의 『오듀본의 기도』『명랑한 갱이 지구를 돌린다』『명랑한 갱의 일상과 습격』『그래스호퍼』『가솔린 생활』『집오리와 들오리의 코인로커』, 나쓰 메 소세키의 『도련님』『마음』, 다자이 오사무의 『인간 실격·사양』, 요시다 슈이 치의 『파크 라이프』『일요일들』『워터』『최후의 아들』, 시게마쓰 기요시의 『나이 프』『소년, 세상을 만나다』『안녕, 기요시코』, 가와카미 히로미의 『나카노네 고만 물상』, 모리 에토의 『다이브』, 쓰지무라 미즈키의 『달의 뒷면은 비밀에 부쳐』, 하 야미네 가오루의 『괴짜탐정의 사건노트』 시리즈 등을 우리말로 옮겼다.

# 사 막

지은이 이사카 고타로
옮긴이 오유리
펴낸이 양숙진

초판 1쇄 펴낸날 2014년 7월 21일

펴낸곳 (주)**현대문학**
등록번호 제1-452호
주소 137-905 서울시 서초구 신반포로 321(잠원동)
전화 02-2017-0280
팩스 02-516-5433
홈페이지 www.hdmh.co.kr

ⓒ 2014, 현대문학

ISBN 978-89-7275-699-6 03830

\* 책값은 뒤표지에 있습니다.